# 交手

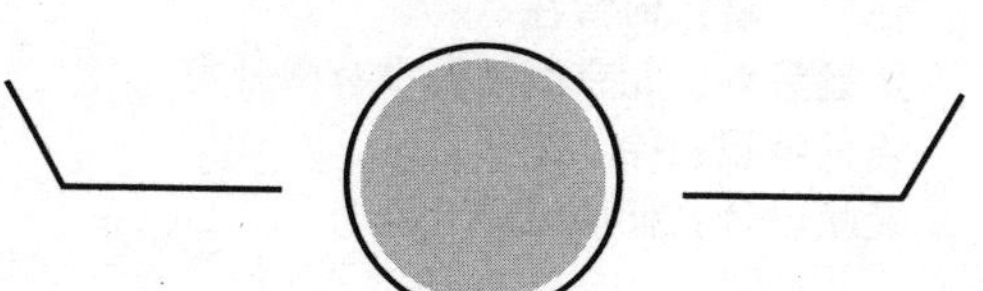


何常在 著

北京联合出版公司
Beijing United Publishing Co.,Ltd.

图书在版编目（CIP）数据

交手 / 何常在著. — 北京：北京联合出版公司，2018.8

ISBN 978-7-5596-2223-5

Ⅰ. ①交… Ⅱ. ①何… Ⅲ. ①长篇小说—中国—当代 Ⅳ. ①I247.5

中国版本图书馆CIP数据核字（2018）第118229号

交手

作　　者：何常在
选题策划：北京磨铁图书有限公司
责任编辑：徐　鹏
装帧设计：仙境设计

---

北京联合出版公司出版
（北京市西城区德外大街83号楼9层　100088）
三河市文通印刷有限公司印刷　新华书店经销
字数360千字　700毫米×980毫米　1/16　印张19.5
2018年9月第1版　2018年9月第1次印刷

ISBN 978-7-5596-2223-5
定价：48.00元

---

# 目录… CONTENTS

# /第一章/

# 财富神话

“互联网是一个盛产财富神话的行业，是一个批量生产亿万和千万富翁的宝地，你们想不想成为财富神话的主人公？想不想成为一名亿万富翁？想？那我会告诉你们机会已经来了，就看你们是不是能抓住了。不过在告诉你们机会在哪里之前，我要先讲几个互联网财富神话的前辈是怎么抓住了机会并且成为亿万富翁的故事！”

何方远一脸笑意，喝了一口咖啡，窗外天气大好，洒落一地灿烂，他如阳光一般的脸庞，生机勃勃，不过和他文雅阳光的形象形成鲜明对比的是，他牛饮般一口喝干杯中咖啡的举动，就不够淡定从容了。不过也不怪他，口若悬河地说了半天，肯定口干舌燥了。

“一个走出大学校门不到10年的年轻人能挣多少钱？他交出的答卷是——150个亿！32岁的年龄，150亿的财富，只用了5年时间！从50万元起家到身家百亿，有人曾经计算过，他平均每天挣到的钱接近1000万！这是什么概念？一天增加的财富相当于一家中等规模企业一年的利润！在短短几年时间就赚了传统企业几十年甚至几百年才能累积的财富，这就是互联网创造财富神话活生生的实例！那么问题一，他是谁？”

何方远讲完了第一个互联网财富神话的故事，往咖啡杯中加了一块糖，轻轻搅动几下，喝了一口，才又在美女同事梅荏苒期待的目光中，继续侃侃而谈，说起了第二个故事。

梅荏苒——何方远共事三年的美女同事，肤白貌美，个子小巧玲珑，戴一个大框平镜，大大的镜框几乎遮住半个脸庞，可爱得如一只百灵鸟，尤其是她用手推大大的眼镜框的时候，萌得一塌糊涂。

“第二个故事——他从小就是一个爱打架的傻小子，打过无数次架，没有一次是为了自己，全是为了朋友，因为他傻得义气，傻得可爱。他从小功课不好，数学曾经考过1分的低分。高中复读一年，他才终于艰难地考上了大学——还只是大专，幸亏当年本科招生人数不够，他以低于本科分数线5分的成绩，幸运地因为补录而上了本科。

“1995年大学毕业后，在国内大多数人还不知道互联网为何物时，他毅然辞去了大学讲师的好工作，用砸锅卖铁凑来的10万元创建了国内互联网历史上第一个B2B网页，即中国黄页网站。1999年，他正式创办芝麻开门网站，并迅速成为全球最大的B2B电子商务平台和亚洲最大的在线交易平台。2003年，又创办独立的第三方电子支付平台，在中国市场位居第一。到2009年时，他的个人净资产就已经达到了80亿。”

“10年，80亿，一年赚8亿，是什么概念？”何方远微微一笑，对包括梅荏苒在内的几人说道，“你们想不想赚？”

不等几人回答，他又继续他的故事了：“今年《财富》中国最具影响力的50位商界领袖排行榜，他榜上有名，排名第八，有人估算，到明年，他的个人净资产将会高达200亿——相当于200家大型集团公司的利润总和，而他一手打造的交易平台，控制了1万亿的交易额、数十亿的实体物品流动，创造了300万的直接就业和超过1000万的间接就业，这是多么伟大的成就，超过了几千家传统企业所能创造的价值总和，2012年，芝麻开门在网上的交易额突破一万亿大关，他由此被封为‘万亿侯’……那么问题二，他又是谁？”

“何哥，快讲，别停呀。”

“何哥，卖弄不是你的个性，风骚才是你的本色，立化中文网的风流人物，还看何哥……快讲呀。”

见大受欢迎，何方远得意了，眯起了眼睛，坏坏地一笑：“好，讲，讲，都听好了，别急，精彩的故事还在继续……

“第三个故事——1998年的深秋，他在深圳成立了一家注册资金只有十几万元的小公司，不久之后，公司的第一款新产品问世了，是一个毫不起眼的软件，软件一经推出，就大受欢迎，短时间内用户就突破了500万的大关。按说用户就是财富，但用户数量上去了，却让他不堪重负，因为他没钱购买更好的服务器，庞大的用户数量导致服务器经常崩溃，而他的公司账面上最惨的时候，只剩下了不到一万块。

“在这种情况下，他想到了出售软件以换取公司的生存空间，这款大受欢迎的软件，当时还只是公司的副产品，谈的几家公司对这款软件兴趣都不大，认为这款软件没有多大的发展空间，也没有什么用处，最终一家公司只肯出到60万元，和他预期100万元的目标还差了不少，他犹豫了半天，没有同意。如果当时有人愿意出价100万元，他肯定毫不犹豫地就卖掉了这款产品。这件事情直到今天回忆起来，他还连说庆幸当时没人肯出100万元。

“在度过了最艰难的一段时期后，受这款软件拖累，公司到了生死存亡的关头，要么关闭，要么寻求风投融资，最终有两家风投公司看中了这款软件的前景，共同出资220万美元购买了公司百分之四十的股份，这笔关键的资金帮他的公司渡过了难关，在他的软件用户到了2000万规模的时候，这笔钱还没有花完。回想起当时，他用这笔资金买了20万兆的IBM服务器，当把服务器放到桌子上时，所有人都笑开了花。也正是这两笔风投，让他从此走向了康庄大道，到2010年，他的软件同时在线人数突破了一亿人，到今天，用户超过了10亿！

“没错，这款软件的名字是企鹅，在国内，几乎和手机号一样普及的企鹅号，是人人必备的联络工具之一，而他一手缔造的企鹅帝国，现已发展成为中国市值第一、收入第一、利润第一的综合互联网公司，在全球互联网公司中市值位居第三，公司每天进账高达1.5亿元，而他个人的财富也高达400亿元！那么问题三，他又是谁？”

何方远站了起来，伸了伸腰，做了做肢体运动，对早已听得目瞪口呆的梅荏苒三人说道：“还有最后一个故事，想不想听？”

“想，想！”美女同事梅荏苒一把抓住了何方远的胳膊，用力摇动，半是哀求半是撒娇，“何总监，何哥，快点儿讲好不好，求你了。”

何方远最喜欢梅荏苒的撒娇，他哈哈一笑：“好，既然你们都想听，我就接着讲了……

“第四个故事——他19岁考上北大，23岁出国留学，1999年，31岁的他携风险投资回国创业，并在短短六个月内完成了目前中国最大、最好的中文搜索引擎的开发工作，随后，千方搜索网页上线，迅速占领了国内市场。2005年，千方在纳斯达克上市，2010年，成功击败全球最大的搜索引擎谷歌，成为国内无人可及的搜索霸主。时至今日，他创立的千方是全球最大的中文搜索引擎，同时也是全球最大的中文网站，如果说中国人上网必打开的软件是企鹅，那么必打开的网页就是千方，千方和企鹅一起成为我们生活中必不可少的一部分。千方的成功，也使中国成为继美国、俄罗斯、韩国之后，全球仅有的4个拥有搜索引擎核心技术的国家之一。如今，公司市值超过350亿美元，他的个人资产也高达600多亿人民币！

“以他现在的财富，他想买飞机，随手一挥就可以买一架飞机；想买轮船，全球最豪华的轮船随便选；想买汽车，宾利买一打可以连眼都不眨，但他仍然过得很朴素，仍然很敬业，不出去应酬，不去夜店，不喝酒不抽烟，下班就回家，从家里一出来就去公司。走在大街上，没人能认出他是一个举足轻重的商业帝国的掌门人，他名下的商业帝国，富可敌国，甚至比世界上许多国家还富裕，而他的任何一个决策，都足以掀起互联网的一场风暴，那么问题四……他又是谁？”

一口气讲完了四个互联网财富神话的故事，抛出了四个问题，何方远长长地舒了一口气，用力靠在椅背上，目光从围绕在他身边的三人身上一一扫过，见梅萑苒双手托腮，就如大学女生仰慕学识渊博的学长一样，目光痴迷而多情，他本来已经高涨的兴奋度瞬间就又增加了二十个百分点。

“四个故事，四个主人公，四个财富神话，你们谁说说看，四个人分别是谁？”何方远的目光落在梅萑苒秀长而近乎完美的脖颈上，见她洁白如玉的脖间挂了一块碧绿的玉，心中莫名动了一动。

梅萑苒办公的时候，喜欢用力靠在椅子上。她坐的位置靠窗，又喜欢靠在椅子上向外瞭望窗外的风景，何方远就为她起了一个“美人靠”的外号。

古代闺中女子轻易不能下楼外出，寂寞时只能倚靠在天井四周的椅子上，遥望外面的世界，或窥视楼下迎来送往的应酬，故雅称此椅为“美人靠”。

“美人靠”本是徽州民宅楼上天井四周设置的靠椅的雅称，用来形容人似乎不太恰当，不过梅萑苒却很开心地认可了这个外号。

“我知道，我知道，这个难不倒我。”梅萑苒像小学生抢答问题一样，高高举起右手，“第一个故事的主人公就是我们乔董——一手创立了兴众帝国的乔国界。第二个故事的主人公是马匀，名字怪，人长得也怪，像外星人，不过我最佩服他了，他的成功，就是一部活生生的中国互联网发展史。第三个故事的主人公当然就是马化龙了，听说他的企鹅号是10001，也不知道我能不能加他为好友。第四个故事的主人公是李颜红，要是我有机会见到他，我肯定当面质问他，既然都是中国首富了，为什么不起一个表率作用，公开抵制并打击盗版？也不知道他会不会脸红？”

何方远笑着摆了摆手：“今天不讨论道德层面的反盗版问题，我想说的是，以上四个故事、四个主人公，其中除了乔董之外，其余三人都是当今互联网的巨头，三人的商业帝国，人称BAT，是国内互联网的领军人物，虽说现在乔董的兴众帝国日薄西山，市值只有三大巨头的几十分之一，和三大巨头完全不在一个级别，但如果我说，三大巨头现在都想挖乔董的墙脚，你们说，四方混战，遍地狼烟，会不会掀起互联网一场血雨腥风的鏖战？”

“啊，不是吧，何哥，以三巨头现在的实力，当年五年赚150亿的乔董在他们眼里，不过是一个过气的老人家而已，而且现在兴众旗下的业务全线收缩，没什么三巨头看上眼的业务，三巨头的锄头再快、再锋利，兴众也不值得一挖……”徐子棋推了推金丝眼镜，微胖的脸上写满了疑惑。

白面书生徐子棋负责网站内容，偶尔也采写稿件，不算是IT业最爱被人当成嘲讽对象的技术宅男，不过他还真有宅男的显著特征，胖而且还是白胖，戴一副厚厚的眼镜，圆脸，小眼，一笑，眼睛就眯成了一条线。

何方远微微一笑，气定神闲地从办公桌上拿起一本书：“如果你们都像我一样博览群书，你们也会知道许多成功故事和商界内幕，可惜的是，你们作为走在时代最前沿的IT界精英，知识面却狭窄得和徐子棋的单眼皮、小眼睛一样……”

徐子棋刚喝了一口咖啡，差点儿没喷出来，连连叫屈：“何总监，何哥，话不能这么说，单眼皮、小眼睛，是我的显著特征，也是我之所以是我的与众不同之处，你不能拿来当反面教材。单眼皮怎么了？又不影响欣赏美女，而且单眼皮的优点也很多，比如特别聚光。”

平心而论，徐子棋的话也有几分道理，当年乔国界身家150亿的时候，小马哥马化龙、大马哥马匀以及李颜红，不过是互联网界的小字辈，和乔国界叱咤风云谈笑间决定几亿十几亿的大手笔不可同日而语，那时三人想要见乔国界一面，也不得其门而入，而当兴众游戏占据国内游戏市场百分之七十的份额时，现在国内最大网络游戏社区的企鹅游戏，连仰兴众鼻息的资格都没有。

只是今非昔比，曾经由乔国界缔造的互联网第一商业帝国——兴众帝国，从顶峰一路滑落，在三巨头迅速崛起、攻城略地之时，兴众旗下的各项业务连连败退，最终，兴众由国内首屈一指的互联网大公司沦落到偏安在下江一地的区域性公司。

何方远脸上挂着淡淡的笑，目光望向窗外，27岁的他，鼻直口方，一双大眼炯炯有神，浓眉，大耳，从长相上就可以看出，他不是土生土长的下江人。

宽大的落地窗干净明亮，一尘不染，窗外不远处，是黄浦江的滚滚波涛。坐落在黄浦江畔的兴众大厦是兴众网络公司的总部所在地，十楼的办公层，是兴众网络旗下兴众文学所属的立化中文网的办公场所，何方远，是立化中文网的副总监。

去年他刚刚坐上副总监的位子，由于他性格开朗，思维活跃，又是从底层提拔上来的，因此和大部分同事都能打成一片，很有人缘。

“谁说兴众旗下的业务都不值得一挖了？”何方远把手中的书在几人面前晃了一晃，“这本书不知道你们看过没有，是何常在的《问鼎》，书的内容先不说，只说书名，在国内互联网界，三巨头各领风骚，但三家争雄，谁都想问鼎，只当唯一的第一，但以三家现在的布局和业务范围，都欠缺一个关键的增长点，而这个增长点，目前只掌握在兴众手里。”

“何哥，你就别卖弄你的聪明了，我知道，你是老大，你玉树临风、智慧超群，我们都是笨鸟，但既然我们都跟你混了，你总得给我们指一条明路是不是……”范记安讥笑一声，笑容有三分嘲弄四分迫切，“快告诉我们，三巨头想挖兴众的墙脚，是不是说，财富神话也有可能在我们身上上演了？”

和徐子棋的白胖正好相反，范记安黑而瘦，大眼睛，大嘴，人长得倒是挺精神，就是说话办事没有年轻人的精气神，动不动就垂头丧气，说一些打击别人积极性的丧气话，何方远就为他起了一个外号——范贱。

梅荏苒、徐子棋以及范记安都是何方远的同事，也是他的手下，还是他在立化关系最密切的几个同盟。

“三巨头挖兴众的墙脚，和我们有什么关系？”梅荏苒白了范记安一眼，“范贱，你说话的时候能不能别用阴阳怪气的口气，正常点儿，好不好？”

“你管我？”范记安毫不客气地回敬了梅荏苒一个白眼儿，“小眼睛是徐子棋的特点，冷嘲热讽的腔调是我的风采，至于你，卖萌是你的个性。三巨头挖兴众的墙脚，和兴众游戏没关系，和兴众在线也没关系……”

“啊，你的意思是说，三巨头想挖兴众文学的墙脚？”梅荏苒惊叫出声，“立化是兴众文学的根基，就是说，三巨头想挖立化？哇，太好了，互联网第四次浪潮的机遇要降临到我们身上了，是不是说，我们是下一轮财富神话的主角了？”

/ 第二章 /

# 十年磨一剑

“美人靠，你要弄清两个事实。”范记安轻蔑地一笑，嘴角上翘，明显流露出轻视之意，“第一，三巨头就算想挖立化，也是挖三位老大，而不是你。第二，退一步讲，三巨头想挖立化的整个团队，到时候，老大们主事，我们还是小兵，互联网第四次浪潮的机遇，也是降临到老大们身上，也是老大们傲立潮头，何哥也许还能算得上是浪花一朵，我们不过是随波逐流的一个水滴罢了。换句话说，老大们是主角，何哥是主要配角，而我们，充其量就是露一个小脸的群众演员……”

“臭范贱，从来不说一句好听话，真烦你。”梅茌苒恼了，抬腿踢了范记安一脚，“我做做白日梦还不行呀？谁像你，既现实又势利，活得没有一点儿情趣。”

“女人就喜欢做白日梦，要么想着嫁入豪门，当一辈子米虫，要么想着天上掉金条，反正从来不想怎么去脚踏实地地干实事，唉，中华民族妇女的传统美德到现在，算是被你们这些浅薄、虚荣的女人丢尽了。”范记安深刻地摇了摇头，一脸的忧国忧民，“尤其是你们下江女人，宁肯嫁日本农民也不嫁中国帅哥，现在全国人民都知道下江女人难娶，就算好不容易娶进了家门，背后还有一个刁钻刻薄的下江丈母娘，现在下江丈母娘是一级凶猛动物……”

“屁！狗屁！臭狗屁！”梅茌苒气坏了，抓住何方远的书就砸向了范记安，“人嘴里吐不出狗牙，你一张嘴就招苍蝇，范贱，我要你和断交！”

范记安忙向旁边躲闪，一时没反应过来：“怎么是人嘴里吐不出狗牙？美人靠，你太笨了，真为你的智商着急，明明是狗嘴里吐不出象牙，还有，为什么说我一张嘴就招苍蝇？”

话一出口，范记安才意识到上了梅茌苒的当，被她绕了进去，结果自己骂了自己，不由得无奈地摇了摇头：“得，我栽了。”

徐子棋大笑："你栽了不是一个跟头，是两个，知道'招苍蝇'是什么意思不？臭呗！我有一个同学外号叫苍蝇，许多人不知道这个外号的来历，不过只要一听他的名字就都笑了，他叫史尚非。"

"噗……"何方远也差点儿笑喷，"屎上飞？真损，他父母起名字时，肯定没想到史姓的特殊性。好了，好了，扯远了，继续说正事，刚才的几个故事只是引子，我是想先给你们透个风，今天，恐怕要有大事发生，你们要做好心理准备，很有可能是轰动业界的大事，甚至可以说，是互联网第四次浪潮的标志性事件。"

中国互联网发展到今天，一共经历了三次浪潮。第一次浪潮是门户网站，代表网站是新浪、搜狐和网易，创造了第一次财富神话，成就了王志东、张朝阳和丁磊等人。

第二次浪潮是搜索引擎的兴起和网游的异军突起，代表网站是千方和兴众，成就了李颜红和乔国界等人，相比第一次浪潮的财富神话，第二次浪潮更有冲击力，也更让人热血沸腾，积累财富的速度更快，积累的财富也更让人眼热心跳。

第三次浪潮是对互联网内容的整合和拓展，代表网站是芝麻开门和当当、京东商城，成就了马匀等人。第三次浪潮的财富神话，表面上没有前两次的更博人眼球，实际上，对互联网内容的整合和拓展，为第四次互联网浪潮奠定了基础，业内人士的共识是，第四次互联网浪潮，相比前三次，不管是积累财富的速度和质量，还是造就亿万富翁的数量，都会是一个让人瞠目结舌的天文数字。

"到底要发生什么大事了？何哥，好哥哥，快点儿告诉我好不好吗？"梅花苒卖得一手好萌，用力摇动何方远的胳膊，"吊人胃口不是好哥哥，大不了今天的午饭我请，行不行？"

"美人靠，你小点儿声，别让马总听到了。"何方远伸出食指放在嘴前，小声嘘了一声，"今天马总会来，让他听到了会有麻烦。马总最近呀，好像到了更年期。"

马总是指兴众文学的CEO马大勉，他接管兴众文学之后，利用数年时间整合了兴众文学旗下的十几家网站，在整合的过程中，贡献了兴众文学一半以上利润的、立化的三位创始人，不但被逐渐剥夺了权力，而且还被马大勉边缘化，三人的权限被缩小到了只负责立化网站内容的地步。由此，埋下了巨大的隐患。

立化的发展方向和渠道拓展，以及版权等权限，都被马大勉以资源整合为由收回，三位创始人眼睁睁看着自己一手创立的网站落入别人手中，不能按照自己的设想做大做强，而只能成为资本力量借鸡生蛋的工具，在数次谈判未果之下，最终萌生了去意。

不过话又说回来，作为网站的创始人，在网站被收购之后还能得到善待的，没有几人。

“马大勉还不到四十岁好不好，更什么年期？不对，马总是男人，哪有更年期？先不管马总了，我想知道真相，你刚才讲的几个故事，涉及了三巨头，以你做事的风格，如果这件大事不是和三巨头有关，你才不会讲他们的故事呢。快告诉我，何哥哥，是不是三巨头看中了立化，想从兴众手中买走立化？如果真是的话，我们不就摇身一变，成了三巨头中某一家的旗下公司了？”梅茬苒继续耍赖，“你要不告诉我会有什么大事发生，我有的是办法让你难堪，你信不信？”

信，何方远当然信，以梅茬苒的刁钻古怪，她有一百种方法让他在众目睽睽之下出丑，他不是不想告诉梅茬苒要出什么大事，而是在事情没有确定之前，他也不好乱说。他也只是根据公司最近一系列的微妙变化分析得出的结论，三位老大对他虽然信任，出于种种原因，却还没有向他透露丝毫风声。

透露不透露是一回事儿，他能不能从风吹草动中推测出来，是另外一回事儿。在IT界，如果没有超人一等的嗅觉，想在互联网的大潮中劈波斩浪，成就财富神话，基本上没有可能。

事实证明，每一个财富神话的主人公，都有迅速抓住时机的眼光。

何方远站了起来，将梅茬苒按在座位上：“我也是胡乱猜测的，别急，等海老大和高老大来了后，差不多就可以知道真相了。”

三位创始人和马大勉不和的事情，早就不是什么秘密了。自从马大勉上任后，立化逐渐沦落成了兴众文学的利润奶牛。

“春江水暖鸭先知，何哥，你一向是消息灵通人士，快说说看，是不是要有什么巨变了？我听说，企鹅看中了立化的版权优势，要加大投资泛娱乐战略，而互联网版权产业是所有娱乐产业的最上游产业，现在是内容为王的年代，据说企鹅好像是最少要拿出三个亿收购立化。”徐子棋向前凑了凑，一脸谄笑，“到底是不是真的？小声点儿，就告诉我一个人。”

立化是国内首屈一指的互联网版权产业网站，拥有国内百分之七十以上的版权方，占据了百分之八十的互联网版权市场份额，是当之无愧的业界第一，具有无人可及的垄断优势。

“滚一边儿去，你才是鸭子。”何方远笑骂，他左右看了一眼，见周围的同事都在埋头工作，没人注意到他们的谈话，就放心了，有意压低了声音，“企鹅是有这个想法，千方也有，听说芝麻开门不甘示弱，也想抢占版权产业市场，反正不管是企鹅、千方还是芝麻开门，反正想挖立化的肯定是三巨头之一。”

“如果是和平演变就好了，不管是企鹅、千方还是芝麻开门，能直接全盘接走立化，是最好的结果。怕就怕，乔董要么不卖，想上市；要么卖，但会要一个高得离谱的价格。”范记安不无嘲讽地摇头一笑，“乔董耗费了十年心血布局互联网版权市场，终于做到了业界第一，而且又在面临第三次冲击纳斯达克的关口，我估计，乔董最少开价10亿。”

范记安虽然为人刻薄，说话刁钻，但他眼光独到，看事情往往能一眼看到本质。

何方远心中早有打算，如果机会真的如他预料中如期来临的话，他必须毫不犹豫地抓住机会，借势而起，如果他想在这场巨变中迎风破浪，一定要有自己的班底，范记安、梅荏苒和徐子棋，是他建立班底的三个最佳人选。

之前，兴众文学有过两次冲击纳斯达克的努力，但两次均以失败而告终，今年准备第三次向纳斯达克发起冲击。现在，正是提交报表的最后阶段。作为兴众文学的支柱，立化的任何动荡，都会直接影响到第三次冲击纳斯达克的成败。

何方远看了一眼大门紧闭的总经理办公室，心想江武真沉得住气，今天一早来了后，就闭门不出，没有露面，莫非是在等海山和高路？

江武、海山和高路三人一起缔造了立化中文网，就和企鹅五人组的创始团队类似，江武在三人中类似小马哥的角色，是主帅，海山和高路是大将。在网络文学圈子里，三人被称为三剑客。

“记安，你太低估乔董的胃口了。”何方远心中闪过一丝遗憾，如果乔董多退一步，或许就不会有即将到来的巨变了。不过也可以理解乔国界的狮子大开口，一来乔国界为人颇为自信，二来他确实耗费了十年心血布局互联网版权产业市场，不想贱卖；只不过他要价太高了，高过了小马哥的心理底线。“据说，只是据说，小马哥愿意出20亿全盘买走立化，结果乔董说，立化8亿，兴众文学也是8亿，一口价，不还价，结果小马哥不干了。对了，强调一下，乔董的要价，是美元。”

“8亿美元？疯了！”梅荏苒睁大了眼睛，“太狠了，乔董果然有狼性。不过这让马大勉的脸往哪儿搁？马大勉上任后，一直鼓吹兴众文学，淡化立化的影响力，没想到，整个兴众文学旗下十几家网站和公司，除了立化之外，在乔董的报价中，一文不值。”

梅荏苒的话也不全对，何方远可以理解乔国界的要价，是一种商业策略，故意刁难小马哥，本意并不想出售立化。

徐子棋一脸忧愁：“乔国界有狼性，不过小马哥也不好惹。一般情况下，只要小马哥看中了，他一定会得手，而且会在最恰当的时机出来搅局。”

“是呀，企鹅是一家全球罕见的互联网全业务公司，即时通信、门户、游戏、电子商务、搜索等无所不做，总是默默地布局并且悄无声息地出现在别人背后，让同行业所有人都心神不定。而一旦时机成熟，就会毫不留情地高举大刀切向蛋糕，以前有许多成功的例子证明了企鹅是一个行业终结者，最终意图就是霸占整个市场。”何方远忽然心神不定，心中闪过一个强烈的念头，企鹅想买走蛋糕的想法没有实现，以企鹅向来喜欢鲸吞市场的野心，怕是布局十年的互联网版权产业市场的搅局者，不是千方，也不是芝麻开门，而真的可能是企鹅。

如果真是企鹅出手的话，这一场大战，真的是要硝烟四起了。

“方远，你来一下。”正当何方远心惊肉跳的时候，一直紧闭的总经理办公室的门忽然打开了，江武露出了头，冲他招手。

何方远的心，瞬间提到了嗓子眼儿里，看来，不出他所料，巨变，就在今天。

不等何方远迈步走向总经理办公室，电梯一响，两个人并肩从电梯中走了出来，左侧个子不高、微胖、白面书生形象的正是立化创始人之一、现任立化常务副总经理的海山，而右侧个子高大、瘦瘦弱弱的是立化创始人之一、现任立化副总经理的高路。

海山和高路一出现，格子间所有人的目光都齐刷刷落到了二人的身上，显然，最近一段时间的紧张气氛让每一个人都意识到要出什么大事了。

海山和高路来到何方远身前，海山一拍他的肩膀：“走，方远，有件事情，要和你说一说。”

何方远再一次屏住了呼吸，不用想，十年磨一剑，现在剑要出鞘了。

总经理办公室，何方远来过不是一次两次了，以前每次进来，他都轻松自若，没有压力也不紧张，但今天，他不但手心出汗了，而且额头上也渗出了细细的汗珠。毕竟，他是第一次面临人生中如此重大的选择。

如果划分派系的话，他是江武的嫡系。几年前，他被江武亲自招进了立化，从那一刻起，他就被贴上了江武的标签，而当他一步步从普通员工做到小组组长，再到副总监，他身上的派系烙印就再也无法去除了，在马大勉眼中，他绝对是立化的创始系。

自从马大勉整合兴众文学之后，立化一直是马大勉最想拿下的地盘，可惜，一直没有成功。不过他毕竟是兴众文学的CEO，还是安插进了几个人手。从此立化就分成了两系，一系是由三名创始人一手培植的人马，称为创始系；一系是由马大勉一手提拔的亲信，称为兴众系。

创始系和兴众系在立化的一亩三分地里，一直是东风压倒西风——创始系始终力压兴众系一头。别看兴众系有马大勉撑腰，但这立化的地盘，还是三名创始人的天下。

立化的前身是论坛，2000年时由江武、海山和高路三剑客创立，2003年，资本力量开始介入，兴众出资整盘收购立化，三名创始人在雄厚的资本力量面前，为了实现互联网版权产业创造梦想，接受了兴众的收购，只保留了干股。而持有干股的人都不具有对公司的实际控制权，所以从出售立化的那一刻起，三人就失去对立化的掌控。

兴众收购立化之后，投入了巨资扶植立化的成长。十年来，兴众的资本投入对互联网版权产业的成长和发展功不可没，甚至可以说，如果没有兴众的投资，也许就没有现在互联网版权产业兴盛而庞大的市场规模；但话又说回来，何方远清楚得很，兴众投资立化，最初也是为了打造互动娱乐帝国，并不是出于培育互联网版权产业市场的目的。

只不过阴差阳错之下，在文化娱乐产业的市场呈几何级扩张的今天，互联网版权产业意外成了一个巨大的宝藏。只是互联网版权产业虽是宝藏，却开发周期过长，短期内变现的可能性不大，而兴众互动娱乐帝国的梦想濒临破灭，再加上兴众旗下的兴众游戏、兴众在线相继失利，几乎全线崩溃，兴众市值一再缩水，排名连年下降，在这样的情形下，培育了十年之久的互联网版权产业就成了兴众最后的救命稻草。

/ 第三章 /

# 轰动一时的集体辞职事件

眼见宝藏再有三五年就可以变现成巨额财富时，三巨头却跳了出来要分一杯羹，兴众自然不甘心。不，不是分而食之，而是要虎口夺食，乔国界提出8亿美元打包出售兴众文学，就是抛出一个天大的难题给企鹅，整个兴众文学最值钱的版权都在立化手中，其他的十几家网站，要么不盈利，要么没什么价值，企鹅想要，就得连包袱也买了去。

五年前，马大勉担任兴众文学的CEO，他的使命就是坚定地落实兴众创始人、董事长兼首席执行官乔国界的指示精神，一步步实现兴众文学版权产业变现的最终目标——上市，只是两次冲击纳斯达克未果之后，互联网版权产业的变现之路，充满了荆棘和坎坷。

眼下正是第三次冲击纳斯达克的关键时期，这一次，不但乔国界信心十足，马大勉也是背水一战。

真要在这个最敏感的时候摊牌？

何方远心中怦怦直跳，是不是玩得太大了？这么一来，就真的撕破脸皮了，说不定还会闹得不死不休，谁不知道乔国界手腕强硬，是一个从不吃亏的强人。这时候立化的任何风吹草动，都有可能影响兴众文学第三次冲击纳斯达克的成败。

乔国界想从纳斯达克融资8亿美元，如果因为立化的变故而影响了上市进程，乔国界不气死才怪。

“方远，等一下我和海山、高路会一起向马大勉提交辞呈。”江武手中拿着一份辞职报告，脸色沉重，“你做好心理准备，接下来，会有大事发生。”

何方远刚才在给梅荏苒几人讲故事时还侃侃而谈，谈笑间，指点江山，但当事情真的降临时，他大脑瞬间短路，愣了半天才不敢相信地问道：“江总，谈判失败了？真的要摊牌了？没有回旋的余地了？”

“基本上确定了，没有退路了。愿意跟我走的，我不会亏待；愿意留下来的，我也不会勉强。不过我希望你们全部跟我走，共创一个全新的未来。”江武不再多说，冲海山和高路一点头，“走，十年一梦，从头再来。”

目睹江武、海山和高路三人义无反顾的背影上楼而去，何方远迈动沉重的脚步回到座位上，他知道，变故来得比他想象中更快，而且更惊涛骇浪。

“怎么了，何哥？”徐子棋从何方远的隔壁探头探脑地问道，“真的出大事了？”

何方远摆了摆手：“别乱说，别乱问，老老实实做好自己的事情，该你知道的时候，就知道了。”不是他不告诉徐子棋，而是直到现在他还不敢完全相信，十年的合作，难道真的要以一种最惨烈的方式结束了？

虽然早就预料到了这个结局，而且他也期待一场巨变的发生，只有巨变才有小人物脱颖而出的机会，但当巨变真的如期而至时，他还是一时震惊，三位老大的魄力，比他想象中更惊人，他原本以为只是三位老大辞职，没想到，三位老大要带走整个团队！

如果整个团队被带走，等于是搬空了立化，十年布局、十年心血、十年培育的局面，会因为三位老大的辞职和整个团队的出走而毁于一旦，乔国界绝对会气得发狂。

从立化被乔国界收购到今天，整整十年的时间，十年来，立化从弱小到壮大，再到现在成为国内首屈一指的互联网版权网站，旗下有十几万版权方和几千万读者，从无到有，开创了一条前所未有的互联网版权产业之路，不但是国内首创，在全世界也是独一无二。

虽说当初收购时，兴众是百分之百的控股权，但也为创始人保留了干股和管理权，在马大勉没有加入兴众担任兴众文学CEO并且整合兴众文学之前，立化的发展方向完全掌控在三位创始人手中。应该说，在业内名声颇有狼性的乔国界，对立化三位创始人还算信任有加，比起他对待以前收购的其他项目的创始人，三剑客的待遇还算不错了。

当然，这也和乔国界完全不了解互联网版权产业有关，何方远也清楚，如果让乔国界亲自主抓立化，立化不会有今天的辉煌，说不定早死了。

不过五年前乔国界开始布局兴众文学并且推动兴众文学上市，以任命马大勉担任兴众文学的CEO作为分界线，乔国界关于互联网版权产业的发展思路和三剑客的理念渐行渐远，乔国界对三剑客的信任值降到了最低。

乔国界并不想放长线做大做强互联网版权产业市场，他是资本家，本质是追逐利润，他投资立化并且整合十几家网站成立兴众文学，最终是为了上市，为了套现。

而三剑客始终怀揣敢为天下先的梦想，想让互联网版权产业替代日薄西山的传统文学成为国内版权市场的主流，而且目前互联网版权产业的市场还不成熟，至少还需要十年的培育期，过早上市，会让互联网版权产业因市场过度商业化而失去其作为文化和娱乐源头的本质。

理念的冲突导致了矛盾的积累，乔国界等了十年，他没有耐心再等第二个十年了，而且兴众日渐衰落的现状也不允许他再有十年的缓冲期，所以，一方急于上市套现，另一方却想长远布局，矛盾日积月累，终于在马大勉入主兴众文学五年之后的今天，爆发了。

马大勉担任兴众文学CEO以后，虽说也在立化安插了一部分自己人，但由于三剑客在立化的威望太高，经营的时间太长，将整个立化掌控得密不透风，马大勉除了从正面收回了三人的权限之外，实际上并没有真正控制立化，而立化百分之八十的员工，是三人一手提拔、培养的嫡系。

虽说三剑客和马大勉的不和，在立化早已不是秘密，不过谁也不会公开讨论，只敢私下说说，心照不宣是职场中人应有的基本素养。但今天的事情，还是让不少人嗅到了山雨欲来风满楼的紧张，许多人都埋头干活儿，不敢多说一句，也不多看一眼，唯恐在接下来的风暴中，殃及自身。

何方远不让徐子棋多嘴，也是对他的爱护。在事情没有最终明朗化之前，保持沉默是最好的选择，也许接下来会有一场激烈的资本碰撞，谁过早表态、过早站出来，谁就有可能沦为第一个炮灰。

徐子棋不领情，推了推眼镜，嘟囔了一句：“至于吗，这不马上就要摊牌了，还捂得这么严实干什么？总得让我们知道一点儿风声才行，也好决定是走是留。”

“是走是留，你说了不算。”范记安冷冷一笑，一脸事不关己高高挂起的漠然，“你想走，老大们未必想要；你想留，马大勉未必收留。子棋，如我们一般的小人物、小角色，就算机遇摆到面前，也没有选择权，更没有决定权。”

“谁说没有？范贱，你别总说丧气话。”梅荏苒对范记安表达了强烈的不满，“你真烦人，在你眼里，什么事情都是悲观的论调和灰暗的色彩，你就不能乐观向上一次？”

“不能。”范记安放下手中的鼠标，揉了揉因过度使用鼠标而疼痛的右手，“也许何哥还有选择权，我们这些小兵，肯定没有。三位老大离开立化，到底是自主创业还是接受风投的招安，还不一定——自主创业，带着我们就是带着包袱；接受风投的招安，那么用谁不用谁，风投说了算。所以说，不管是哪一种结果，小兵永远是最先被抛弃的失败者。”

“别那么悲观，也许，这件事情还真是我们所有人的机遇。”何方远嘴角微微上翘，露出了他标志性的坏笑，“三位老大在互联网版权界是开山人物，又有十年的从业经验，会打没有把握之仗？等着吧，马上就有结果了，你们都做好心理准备。”

“何哥，如果老大让你跟着走，你走不走？”梅荏苒的办公桌位于何方远的前方，她嫌扭头说话不方便，索性拉过转椅坐到了何方远的对面，“再如果马大勉为了留你，给你薪水翻倍，再外加升职，你留不留？”

何方远没有说话，心里一时犹豫不定，目光无意中落在了梅荏苒修长洁白的脖颈上，心中蓦然闪过任何一个男人都会瞬间燃起的念头——这女孩，真有味道。

确实，梅荏苒皮肤白皙，长得漂亮如荷，既有江南女子的婉约温润，又有北方女子的直爽可爱，最主要的是，她身上没有市侩和虚荣，这让何方远固执地认为她很完美。

梅荏苒是下江人。

作为中国的经济中心和一线城市，下江是东海之畔最耀眼的一颗明珠，也是国内和北京齐名的最有影响力的直辖市。在来下江之前，何方远就听到过种种关于下江女孩虚荣、眼高过顶的传说，不过到了下江，认识了梅荏苒之后，梅荏苒的聪颖和大方改变了他固有的印象。

话又说回来，或许梅荏苒只是一个特例。

梅荏苒的问题，让对互联网各个大佬儿的发家史甚至是逸事都了如指掌的何方远陷入了沉思。很多时候，他可以为别人演说成功的故事，再从故事中总结出成功的要素，但理论毕竟不是实战，在实战面前，理论的高度并不代表实战的高度。

还有一点让何方远一时无法决定是走是留的是，或许梅荏苒还没有看清事情的严重性，但他却清楚得很。这一次即将发生的辞职事件，最终导致的结果恐怕不仅仅是兴众发展遇挫、乔国界几亿美元的融资鸡飞蛋打那么简单，还有可能会改变国内互联网三大巨头今后的长远战略布局！

“走，肯定走。”虽然何方远心中并没有真正决定是走是留，但还是说出了要跟随老大们出走的豪言壮语，“士为知己者死，在最关键的时刻，我肯定坚定地和老大们同舟共济。”

“我也一样。”徐子棋握了握拳头，做出了一个勇往直前的姿态，“誓死追随老大，看成败，人生豪迈，大不了从头再来。”

“哧……”范记安讥笑一声，“别，老大们都不在，表决心也要等人在的时候再表，现在表，纯属浪费感情。”

“要是你，肯定就留下了吧，范贱？”梅荏苒咬着牙问道，看样子，恨不得抬腿踢范记安一脚。

“不发表意见。”范记安双手抱头，身子向后一靠，“静观其变。”

“什么时候会出结果呢？”梅荏苒一手托腮，若有所思地摇了摇头，“我估计，马总不会批准老大们的辞呈，至少他会假装挽留一下，况且批准老大们辞职的权力在董事会，他一个人说了不算。”

马大勉在十五楼办公，何方远的目光落在紧闭的电梯门上，仿佛电梯门的一开一合，就是他的人生巨变一样。过了一会儿，他才淡淡地说道：“马大勉会第一时间批准老大们的辞呈，因为，他想直接全面接管立化，想了太久了。”

“怎么可能？马总再有气势、再深得乔董的信任，他也不敢绕过董事会批准辞呈，除非他……”范记安不无讥讽地笑道，“除非他得了失心疯。”

“马总不会得失心疯，但他却敢越过董事会批准辞呈，不信，等着瞧……”何方远的目光穿过窗户，望向远处的江水，蓦然想起去年立化十周年年会时的情景，心中坚定了他的想法，“三位创始人集体辞职，是马大勉全盘接管立化的最好时机，千载难逢，他等这一天等了五年，会放过这个机会？绝对不会。”

“我不信。”范记安大摇其头，“要不，打个赌？”

“赌什么赌？反正你肯定输。”梅荏苒白了范记安一眼，“信何哥，得永生。范贱，你就别自讨没趣了，反正我是想好了，何哥走，我走；何哥留，我留。”

何方远虽说对梅荏苒有好感，但一来公司不允许办公室恋情，二来他不是下江人，买不起下江的房子，更伺候不起下江的丈母娘，所以对梅荏苒空有好感却没有具体想法，更没有下手的意思，就乐了：“美人靠，你这么紧跟我的脚步，是认为我的选择一定正确，还是暗恋我，不想和我分开？”

“暗恋你？”梅荏苒歪着脑袋吃吃地笑了，“别逗了，我是暗恋别人的人吗？我喜欢谁，就会明确告诉他，才不会玩什么暗恋弄什么暧昧，还有，如果在下江没有住房，我是不会考虑的。”

“得了，下江女难娶，果然。”徐子棋调侃地摇了摇头，“不过如果这一次机遇来临，何哥也许能成为下一个马匀。到时候，下江的房子算得了什么，一买买三套，一套自己住，一套小三住，一套小四住……”

“叮咚……”一声轻响，是邮件到达的提醒，徐子棋漫不经心地点开邮件一看，顿时惊得目瞪口呆：“何……何哥，快……快……快看邮件。”

何方远电脑屏幕的右下角，也弹出了邮件的窗口，他忙打开一看，果不其然，是马大勉签发的内部邮件。

“各位同事：

近日，立化部分员工提出辞职，经董事会讨论业已批准了他们的请求。这段时间，我将直接负责立化的工作……”

什么？这就批准了？尽管早有预料、早有心理准备，但何方远还是震惊了：虽说马大勉为人处事一向沉稳有度，算是一个称职的职业经理人，但在这件事情上，他表现得也太迫不及待了，或者说，吃相实在是太难看了。

不对，以马大勉的级别，虽是兴众文学的首席执行官，但毕竟他只是兴众文学的董事，不是董事长，不可能越权批准三剑客的辞职。好吧，就算他有权决定兴众旗下立化总经理级别的海山和高路的去留，却无权批准江武的辞职，因为江武还是兴众文学的副总裁呢。江武的任免权归董事会，而且必须经董事长乔国界亲自批准之后才能生效。

难道说，乔国界早有预料，事先就授权了马大勉可以自主处理三剑客的辞职事宜？真要是这样的话，这一次的辞职事件，怕是要闹得轰轰烈烈了。想起业界盛传的关于乔国界心狠手辣的各种传闻，何方远心中蓦然闪过一丝寒意。

商场上的战争，不见硝烟，却也是刀刀直取要害。如果三位老大的辞职影响到了兴众文学上市的进程，让乔国界8亿美元的融资计划搁浅，有心拿一笔钱退下安享晚年的乔国界，在盛怒之下，会不会高举手中的武器，朝三位老大当头砍下？

以何方远对乔国界的了解，有人断了他的财路，有百分之八十的可能他会出狠手报复。

/ 第四章 /

# 突如其来的浪潮

邮件是以兴众文学CEO的名义抄送给整个兴众文学的员工，也就是说，在马大勉点下“发送”的一瞬间，不仅仅是立化所有员工，而是整个兴众文学的全体员工，都得知了三位老大辞职的消息。

立化的所有员工都在同一层办公，所有人收到邮件时，都是一脸惊愕的表情，不少人甚至站了起来，双手握拳，义愤填膺。

“跟老大们走！”

“我也走！”

“我也走！”

“还有谁走？报名？”

“我！”

“我！”

声音此起彼伏，格子间如沸腾的海水，群情激愤，酝酿成了一波即将波涛汹涌的大潮，三位老大的号召力，果然不同凡响，既符合何方远对事情发展的估计又超出了他的预期。

电梯门终于开了，江武、海山和高路三人，出现在了众人面前。

何方远站了起来，向三位老大行注目礼。

梅荏苒也站了起来，还有徐子棋和范记安，范记安也收起了平常冷嘲热讽的表情，一脸肃然。紧接着，所有人都站了起来，没有一人退缩，全部向三位老大投去了崇敬的目光。

沉寂了片刻之后，“啪啪啪”，何方远带头鼓掌，随后，响起了雷鸣般的掌声。如欢迎凯旋的英雄一般，所有人都为他们心目中的英雄鼓掌，没有一人因为三人的辞职而和三人保持距离，相反，三人的辞职给了他们更多的向心力，让四十多人的队伍团结如一人，齐心协力，这是多么难得的团结一心。

何方远心中喟叹一声，和他预料的一样，在员工心目中，三位老大不仅仅是上司，是领导，更是大家的老大！从每个人不称呼他们职务只喊他们老大就可以看出，这一声颇有江湖气息的称呼，是所有人对老大们发自内心的尊敬和崇拜，是对他们真诚的信服和追随。

互联网版权产业起源于论坛，兴盛于草根。从一开始，就有浓重的江湖气息和草根意识，也正是这种江湖气息和草根意识，让三位老大在员工心目中有不可替代的位置，三位老大不是领导，也不是上级，而是带领他们开拓全新事业的领路人，他们追随三位老大，不是追随高薪，也不是追随多么美好的前景和财富神话，而是追随一种精神、一个梦想。

马大勉用了五年时间都没有打破立化密不透风的局面，不是三位老大驭下有术经营有方，而是马大勉没有放下身段，始终以精英自居，和有着浓郁草根意识的立化员工不通电，用何方远的话来说，马大勉用了五年时间构建兴众文学，架子是搭好了，却是空中楼阁，不接地气。

而颇有文青气质的马大勉始终没有意识到这一点，一直努力让互联网版权产业向传统文学靠拢，试图提高互联网版权产业的地位。诚然，马大勉的努力在战略层面收到了一定的成效，但对于一直以草根自居的互联网版权产业的从业者来说，无人关心互联网版权产业是不是能获得传统文学的认可。

社会的发展，必然要淘汰一些不符合时代发展的事物，就让时间去证明一切好了，何必非要拿互联网版权产业的热脸去贴传统文学的冷屁股？对于基本上处于自娱自乐状态的传统文学来说，让他们在自己的圈子里自生自灭好了，实在没有必要让一个早就失去读者市场的群落来认可现在已经赢得了无数读者认可的互联网版权产业。

一切不以读者喜闻乐见为需要来讲述故事的文学，都是伪文学。

马大勉错估形势了，以为三位老大的辞职不会带走立化的员工，以为立化的根基不会动摇，何方远感受到现场热烈而火热的气氛，他就知道，今天的集体辞职事件，闹大了。

“大家应该已经看到邮件了，是，我们三人都辞职了，曾经有人想看我们的笑话，想个个击破，我想说的是，我们三人同进共退！”江武没有说话，海山慷慨激昂地发言了，“十年了，十年一觉下江梦，赢得网络薄幸名，踏破樊笼飞彩凤，顿开金锁走蛟龙。了却事，断因果，再出发！你们当中，有人跟了我十年，有人才三五年，但不管时间长短，在我的心中，你们都是我的好兄弟好姐妹。从零到十，用了十年；从十到一百，我想一年的时间就足够了。”

作为常务副总经理，海山平常话不多，不管走到哪里，手里总是拿一本电子书，坐车、乘电梯甚至是散步，都会看上几眼，书不离身，见人总是一副笑脸，没有副总的架子，也很少讲话，这一次的发言，算是罕见的长篇大论。

立化从成立到成为国内首屈一指的文学网站，用了整整十年的时间，而海山声称要用一年时间从十走到一百，显然是暗指要重新创业，并且一切已经准备就绪，只等扬帆启航。

他更是在向众人暗示，如果谁想追随，就放心大胆地过来，新的公司，起点更高，实力更雄厚，待遇也会更好。

和何方远预计的八九不离十，三位老大不会打无把握之仗，今非昔比，现在不比十年前刚创业时一无所有，如今的三位老大，不仅手中掌握了大量的版权方资源，手下还有一个从内容到技术再到市场策划一应俱全的、可以协同作战的团队。

也就是说，这是一个现成的宝藏，只要资金到位，不用一个月就可以重新搭建一个全新的互联网版权网站，不用两年就可以加盟无数版权方，不出三年，就会建立一个全新的互联网版权宝库。

互联网版权产业最主要的两大要素就是成熟的版权方和有经验的员工，两大要素三位老大都已掌握。五年间，马大勉没有掌握其中任何一个，在何方远看来，这是马大勉最大的失败之处。

“何哥，怎么办？”等三位老大进了办公室之后，徐子棋立刻凑了过来，“我的辞职报告也打完了，现在就递交上去？”

谁都知道，何方远是江武手下最得力的干将，如果问三位老大辞职的第一个跟随者，所有人都会毫不犹豫地指向何方远。

就连何方远自己也认为，他肯定会是江武的第一个追随者，但就在他脱口而出要辞职的一瞬间，脑中蓦然闪过一个强烈而执拗的念头，顿时让他收回了到嘴边的话。

“再等等，不急。”

“啊？”梅茬苒本来已经站了起来，一听这话，又一屁股坐回了座椅上，毫不客气地送了一个白眼儿给何方远，“何方远，老大对你那么好，你要不第一个站出来追随他们，你就是白眼儿狼！”

何方远笑了笑，并不在意梅茬苒的指责，抬头看了一眼总监室紧闭的大门。

从早上到现在，总监黄是道一直紧闭大门不出，三位老大的辞职事件，轰动了整个立化，他却跟没事儿人一样，一点儿动静也没有，绝对不正常。

黄是道是马大勉安插到立化的亲信之一，他和三位老大的关系一直若即若离，尽管他并没有刻意表露出和马大勉关系密切，但人人都知道，他就是马大勉的人。

何方远并不急着出头，倒不是以不变应万变，而是他想通了一个环节，马大勉的邮件上并没有标明是批准了谁的辞职，如果不出意料的话，应该只有海山和高路的辞职获批了，江武是兴众文学的副总裁，他的辞呈必须经董事会讨论通过，也就是说，现在江武还是兴众文学的副总裁兼立化的总经理。

江武在职，是题中应有之意，三位老大虽然书生意气，但经过十年的商业打磨，多少也懂了些商场之道。这一次集体辞职事件，说是策划已久难免夸张，但也不能说是临时起意。既然老大们另起炉灶，必然要带走一帮手下，手下的辞职，不必经马大勉同意，更不用报董事会，只要江武批准就行了。

何方远倒要看看，三位老大登高一呼，到底会有多少追随者，他更想知道，黄是道在这一场风波中，会怎样表演。

“何哥，到底怎么办，你倒是给个话呀，我可是唯你马首是瞻。”徐子棋拿着辞职报告，走也不是，留也不是。

“这还看不出来？徐子棋，你真是太笨了。”范记安又耻笑了，“你、我，还有梅茬苒，我们不管是跟着老大们走还是留下，肯定还是普通员工，原地踏步，但何哥就不一样了，他得观察一下风向，跟着老大们走，一是有风险，二是如果全班人马都跟过去的话，他还是副总监，想再进一步的可能性，也不大，只有走的人不多，他跟过去才会实现价值最大化。如果走的人太多，他就会选择留下，你想呀，管理层都空了，留下来，他别说一步当上总监了，说不定副总经理也是囊中之物。”

也别说，范记安虽然经常犯贱，但刚才的一番话，还真有一定的见解，至少有一部分说中了何方远的心思，但不是全部，何方远想的比他推测的还要深得多并且长远得多。

“又犯贱，记安，你的话有一定道理，但你忘了最根本的一点，我就算留下能当一个副总又能怎样？马大勉会信任我？”何方远大方地承认了范记安猜测中的一部分，又否定了大部分，他心里到底想的是什么，现在还不能让别人知道，“我是创始系的事实，永远改变不了，以马大勉对创始系的成见，他永远不会重用创始系的任何一个人。”

“说了半天，你给个准话儿，何副总监，我该怎么办？”梅茬苒双手抱肩，三月的下江，气候乍暖还寒，她穿了长袖蕾丝上衣和牛仔裤，简单而不失简约之美，她一双企盼的大眼睛直直地盯着何方远，“我跟定你了。”

“别，可别跟着我，我又不是你什么人，负不起这么重大的责任。”何方远开了一句玩笑，正要再说几句，一抬头，见几位小组长依次朝江武的办公室走去。

第一波辞职潮……来临了。

何方远没有第一个辞职以表决心，出乎所有人的意外，在所有人眼里，何方远都是三位老大精心培养的主力干将，因为整个立化，除了三位老大和黄是道之外，就属何方远职位最高了，而何方远作为创始系的嫡系，此时此刻应该是挺身而出的第一人。

不少人的目光都落在何方远的身上，有质疑，有探究，有不屑，也有鄙视。

何方远不理会众人的目光，坐回到座位上，冲梅荏苒几人摆了摆手：“你们想辞职，现在就去，该站队的时候，第一时间站队，会给老大们留下好印象，以后在新的公司，也好抢一个好位置，不用管我，我现在还不能做决定。”

“真气人，算我看错人了。”梅荏苒生气了，转身就走，“以后我不跟你了。”

“我也看错人了。”徐子棋对何方远关键时候无动于衷也是气愤难平，不满地瞪了何方远一眼，“何哥，你让我很失望。”

何方远摇摇头，无谓地笑了笑，既不分辩也不解释，每个人对机遇的看法不同，对成功的定义也不同，对背叛和跟随的理解也不同，一个月前，他就预料到了今天，现在，他只想冷静地旁观一下事态的发展，看看到底会引发多大的浪潮。

何方远毫不怀疑几位老大的号召力，相信立化的员工至少有一半会追随老大们的脚步，他是想知道马大勉对突发事件的应急能力。马大勉平常很喜欢高调示人，经常在微博上和名人互动以刷存在感，不知道微博粉丝数高达一百多万的马名人有没有高超的手腕处理这一场突如其来的巨变。

有时候，名气和能力并不成正比，作为职业经理人，对外显示高人一等的社交圈确实很有必要，但对内如果没有高明的驭下手段，也不过是银样镴枪头。

“我没看错人，现在的何老大，才是我心目中的何老大。”范记安平常说话要么阴阳怪气要么冷嘲热讽，这一句却说得很实诚，“什么江湖义气，什么草根意识，都是虚的，只有个人利益才是真正的实惠，立化成立十年来，经历过三次动荡，这一次是最大的一次，也是千载难逢的一次，说不定也是最后一次，这次机会再不好好抓住，财富神话也许永远是别人的传说了。我相信何老大的眼光，他是在等一个最佳的出手时机，我决定了，紧跟他的脚步，他走，我走；他留，我留。”

梅茬苒送了范记安一个白眼儿："原来你不只是犯贱，还是马屁精。"

徐子棋也很不满地瞪了范记安一眼，一扬手中的辞职报告："算了，我不奉陪了，现在就去递交辞职报告。我跟了海老大六年，准备再跟他十几年。"

看着徐子棋迈开大步朝江武的办公室走去，梅茬苒坐不住了，站了起来，东看看何方远，西看看范记安，见二人无动于衷，她犹豫了半天，又收回了辞职报告，坐回了座位上："真烦人，到底怎么办才好？"

不多时，陆续有三分之一的人进了江武的办公室递交了辞职报告，好一个声势浩大的集体辞职，三位老大振臂一呼，响应者云集，和立化历史上前两次动荡相比，这一次显然是伤筋动骨了。

不过……何方远见马大勉居然能沉得住气，到现在还不露面，心中对马大勉的评分又降低了十分。作为立化的顶头上司和兴众文学的首席执行官，在突发的集体辞职事件面前，他的表现太让人失望了，至少现在他应该出面安抚人心，而不是只发一个公事公办的邮件了事。如果马大勉真的认为三位老大辞职不会有多少人追随的话，他就大错特错了；再如果他认为跟随三位老大离开的创始系员工越多越好——越多，越能腾出位置让他的亲信接手——他就更是错上加错了。

立化的核心资源有二，一是庞大的版权方资源，二是从业多年的、经验丰富的员工队伍，版权方资源全部掌握在三位老大手中，发掘一个优秀的、成功的版权方，需要三至五年的时间，而培养一名经验丰富的员工，最少需要两年的时间。

两年？何方远心中一阵冷笑，以三位老大的能力和经验，如果他们真和三巨头其中一家合作另起炉灶对抗立化的话，以三巨头的实力和野心，绝对不会留出两年的时间让立化补充新鲜血液，怕是不等失血过多的立化恢复造血功能，就被新站打败了。

总监办公室的大门，依然紧闭不开，黄是道真有耐心，应该是在里面和马大勉通话商议对策吧？何方远也清楚，任谁辞职，黄是道也不会辞职，他必然会留下，不仅仅因为他是马大勉的人，更因为他被三位老大压制了多年，三位老大一走，让开了位置，他终于可以扬眉吐气，坐到副总以上的宝座了。

## / 第五章 /

# 致命一击

何方远估计，最终辞职的人数会超过二分之一，但不会到三分之二。其实他内心的真实想法是，如果辞职人数只有二分之一，他会挺身而出，跟随老大们一起去看成败人生豪迈，大不了从头再来重打天下，但如果辞职人数到了三分之二，那么他是不是跟随在老大们的身后，就无关紧要了，老大们的人手足够了，他就会按照他的想法，去实现心中一个谋划已久的梦想。

虽说机遇永远留给有准备的人，但当机遇真正来临时，即使是有准备的人，也会面临两难的选择。比如企鹅创始人之一的陈一丹，当年马化龙邀请他加盟企鹅公司时，如果他留恋安逸的工作，不想冒险，他的人生也许就会改写。再比如马克·扎克伯格，如果他早早接受了微软百万年薪的工作，现在的他也许也是千万富翁，但和创立Facebook、成为全球最年轻的亿万富翁相比，还是有天壤之别。人生在面临重大转折点时，有时一着不慎，就是两条截然不同的人生道路——一条，功成名就指点江山；一条，默默无闻无名小卒。

在面临自己的人生节点时，何方远必须审时度势，睁大眼睛看清摆在他面前的两条道路，哪一条通往光明大道，哪一条通往荆棘小路。

徐子棋还是递交了辞职报告，几分钟后，他从江武的办公室出来，回到座位上，冲何方远撇了撇嘴："何哥，我看出来了，江总对你很失望。"

"我也对你很失望。"梅荏苒回头冲何方远吐了吐舌头，又做了个鬼脸，"忘恩负义，自私自利，墙头草……"

也是何方远平常和众人打成一片，才让梅荏苒敢没大没小地说他，他只管笑，既不反驳也不多说，心想这一场辞职大戏，表面上看是三位创始人和马大勉之间矛盾累积到了一定程度的迸发，实际上是三位创始人和乔国界的理念不合导致了分道扬镳，如果再从深层次挖掘的话，三人的辞职，是互联网三巨头试图改变现在互联网格局的一次大胆出击。

三位老大找到的下家是谁，是三巨头其中之一，还是别的互联网巨头，别说何方远不清楚，恐怕现在立化的全体员工，甚至乔国界和马大勉，也都不知道。

在还不知道新的投资方是谁的前提下，无数员工前仆后继地追随三位老大，毅然放弃目前还算优渥的工作，敢于拿出全部身家性命去赌上一把，看重的就是三位老大的人品和人格魅力，相信马大勉无论如何也想不到三位老大只凭登高一呼就能带走这么多员工。

马大勉迟迟没有露面，其实他也是在赌，他在赌三位老大不敢公开带走员工，更不敢公布下家是谁，因为身为兴众的员工，在没有辞职之前就先谈好了下家，是不遵守职业道德的行为。而且还有一点，三位老大肯定都签署了《竞业禁止条例》，在两年内三人谁也不能公开从事互联网版权产业的相关工作，有了这个前提，立化的员工难道只凭义气就义无反顾地追随三人到底？

不可能，绝不可能！

自诩为精英的文青马大勉，永远理解不了有草根意识的一帮人是怎样地充满了江湖气息，这也是马大勉五年时间没能融入立化的原因所在，他太高看自己了，不肯放下身段接接地气，可以说，他在执行乔国界打造兴众文学上市的目标上，成绩喜人，但在掌控兴众文学最重要的支柱网站立化的事情上，几乎没有任何成就，虽说他收回了许多权限，却忽视了一家网站或说任何一家公司最本质的资源——员工。

一帮成熟并且经验丰富的员工，是立化最大的财富，如果上至三位老大下至全体员工，全部搬到另一家网站，再带走立化一半以上的版权方，不出三个月，就会再造一家立化出来。

辞职人数……过二分之一了！何方远心中一跳，辞职浪潮还在继续扩大中。

何方远见梅茬苒快要坐不住了，几次拿起辞职报告要去递交，几次又坐了回去，他心里莫名一阵感动，虽说比不上三位老大振臂一呼响应者云集，但至少现在他身边有梅茬苒和范记安在紧跟他的脚步，这是对他的绝对信任。

看了看时间，上午十点半，半个小时的时间里，超过一半的员工辞职，三位老大的号召力自不用说，马大勉的耐心，也让何方远佩服，都这个时候了，他还能稳坐钓鱼台——被搬空的立化就算让他全盘接手，他守着一个空架子，又有何用？

“叮咚……”又有了一封新邮件。

“各位立化的同事：

个别人的辞职，影响不了立化的大局，我希望各位同事擦亮眼睛、看清形势，不要判断错误而做出后悔终生的决定，我祝愿出走的员工能有更好的前景，但我更相信，留下的员工，才是真正的精英……”

看完邮件，马大勉在何方远心中的评分又降低了十分，都什么时候了，马大勉还用激将法，现在应该是温言软语劝人留下的时候，而不是直接将员工分门别类，用嘲讽的口气来激怒另一半犹豫不决中的员工。

果然和何方远猜想的一样，马大勉的第二封邮件就如一根导火索，一下点燃了许多犹豫中的员工的激情，哗啦啦一下站起了一多半人，潮水般涌向了江武的办公室。

相信不管在哪一家公司，也很少见到如眼前一样蜂拥而至的集体辞职的盛况，众人仿佛不是争先恐后地去辞职，而是去领取通往新生活的船票一样。

不管马大勉自诩为什么精英，也不管他是什么名牌大学的MBA，在他治下的子公司出现这样的集体辞职的重大事件，他难辞其咎。

终于，黄是道坐不住了，推门而出。

作为总监，黄是道在立化是仅次于三位老大的人物，但在立化他并没有树立权威，他主要负责外联事务，并不掌握版权方资源——三年来，他一直从事外围的版权推广——基本上可以说，他离网站的核心业务有十万八千里的距离。

黄是道一露面，不少人都停下了辞职的脚步，向他投去了质疑的目光。

“各位同事，请听我说一句。”黄是道很江湖地一抱拳，“十年前，从立化被兴众收购的那刻起，立化就不再是个人网站，而是兴众旗下的全资子公司，乔董和马总一心要做大做强立化，要让立化成为互动娱乐帝国的源头，这个目标，始终没变，希望各位同事清醒地认识到一点，立化现在是国内影响最大也是最有实力的互联网版权网站，将来也还永远会是业界第一。立化的位置，没有谁可以超越。”

陈词滥调，没有新意，何方远摇了摇头，黄是道应该是得到了马大勉的授意，出面表态挽留，可惜的是，他的话，没有抓住重点，也没有多少诚意。

众人的脚步只是在他面前稍作停留，然后又从他面前走过，再也不多看他一眼，短短几分钟后，辞职人数超过总人数的三分之二！

立化总员工四十余人，现在辞职人数超过了三十，大局已定，三位创始人振臂一呼，在不到一个小时的时间内，生生搬空了立化十年的家底！

而此时，马大勉居然还没有从楼上下来阻止事态的进一步恶化，在何方远的心目中，如果说在整合并推动兴众文学上市的事情上，马大勉可以打八十分；在对立化的掌控上，可以打到六十分；那么在他和三位老大最后一战的集体辞职事件上，他的表现让人大失所望，连四十分都不到。

马大勉担任兴众文学CEO以来，一直在削夺三位老大的权限，可以说，成功地压制了三位老大五年之久，在积攒了五年的矛盾终于被引爆之时，三位老大成功地上演了一次绝地反击，直接摔了马大勉一个仰面朝天！

尤其是在兴众文学即将第三次启动IPO进程（首次公开发行股票，即上市）之际，立化釜底抽薪的集体辞职事件，是对启动IPO进程的当头一击，基本上可以肯定，经此一事，兴众文学第三次冲击纳斯达克的努力，一败涂地。

一次大规模的集体辞职事件、一起涉及国内三大互联网巨头的惊天幕后交易、一场长达十年的股权斗争，在今天，在何方远眼前活生生上演时，他心中蓦然迸发了万丈豪情，终于，他人生的转折点出现了，只要他看清了方向站稳了脚步，紧紧抓住眼前的机会，或许他就会在第四次互联网浪潮来临之时，傲立潮头，再造互联网财富神话。

谁都向往财富神话，希望自己是财富神话中的主人公，何方远也是如此，他很清楚，如果这次的机会他没有抓住，或许一辈子也不会再有畅游互联网浪潮并成为互联网新贵的机会了。

只许成功，不许失败。

“何哥，看来，你是选择留下了。”何方远正沉浸在心潮澎湃之中，范记安冷不丁来到身后，拍了他一掌，“你的决定完全正确，走了三分之二，留下三分之一，以你现在副总监的身份，下一步最少也是副总，怪不得刚才你不第一时间辞职，原来在看风向，佩服，真是佩服。何哥，以后我就跟你混了。”

“何方远，你真行，枉费江总对你的栽培了，我看不起你！”梅茬苒生气了，就如发怒的小猫一样，冲何方远挥舞手中的辞职报告，“我要辞职，从现在起，我走我的阳关道，你走你的独木桥，我们以后互不相干。”

梅茬苒一直没有递交辞职报告，说来她还是想追随他，何方远说不感动那是骗人，在人生面临重大的抉择之时，有人拿前途下注在他的身上，他顿时感觉重任在肩，心头有一份沉甸甸的责任感。

至于范记安，他就没有太放在心上了，范记安本来就是投机取巧的性格，选择追随他，只是追求利益最大化罢了，而梅茬苒不同，她不会想那么多，她只是单纯地认为，他的选择一定正确，尽管她心中也很想在关键时刻对老大们表示一下支持。何方远明白，梅茬苒忍到现在还没有递交辞职报告，是对他莫大的信任，她恨铁不成钢的表情，与其说是对他的愤恨，不如说是对他的失望。

何方远一把拉住了梅荏苒：“美人靠，先不要辞职了，听我一句话，既然你错过了最佳的辞职时机，现在静观其变才是最好的选择。你现在辞职，比起前两波辞职的人，在老大心目中的分量轻了许多，还不如再等一等，看看为了挽留我们，马大勉会有多大的诚意。”

“我不！”梅荏苒虽是女孩子，在立化久了，骨子里也有了江湖义气，在她的内心深处，她没有第一时间追随老大们的步伐，她就已经失去了江湖道义，如果再不辞职，会更让她感觉无地自容，“我后悔刚才没有冲到前面第一个递交辞职报告。”

“别急，别急，现在马大勉肯定正在向乔董汇报，总部对于辞职事件的处理决定，还没有出台，你现在急着辞职，等于是把自己置身于不利的位置了。追随老大，有两个时间点最关键，第一，是最艰难的时期。”何方远笑眯眯地用力拉住梅荏苒，不慌不忙地摆事实讲道理，“最艰难的时期，就是第一时间。这个时期已经过去了，现在已经有三分之二的人辞职了，有你不多没你不少。你也别灰心，接下来还有一个关键的时间点，如果你抓住了，你也可以和第一时间辞职的人一样成为老大们心目中可堪大用的一个。”

“什么时候？”梅荏苒被何方远的话吸引了，老实地坐了下来。

“等马大勉出面的时候。”何方远胸有成竹地一笑，“除了最艰难的时期之外，还有一个最关键的时期，是什么时候呢？就是等马大勉出面挽留时，也许会有一部分人改变主意留下，这个时候如果你挺身而出再递交辞职报告的话，你就是老大们眼中最大的功臣。”

“呀，说得也是，何哥，你真有一套。”梅荏苒嘴中的何方远又变回了何哥，证明她被何方远说动了，想法动摇了，“好吧，我就再信你一回。”

“我，我，我……我是中间递交辞职报告的，是不是没赶对时机，白瞎了？”徐子棋刚才还对何方远义愤填膺，一听何方远的分析，顿时懊恼了，“何……何哥，我可怎么办才好？要不，我撤回辞职报告？对了，你给个准话儿，你到底是走是留？”

“我还没有决定。”何方远很无赖地撒谎了，他气定神闲地跷起了二郎腿，“马大勉还没有露面，我想看看马大勉有几分诚意留我。”

“如果马大勉一心留你，开出的价格很诱人，你就真的背叛老大们了？”徐子棋不相信地伸手在何方远眼前晃了一晃，“何哥，你财迷心窍了还是怎么了，你可不是见利忘义的人。”

“先不说这事儿了，你们猜猜看，马大勉多久会从他高高在上的办公室下来？”何方远不想深入这个话题，就岔开了话头儿，“我猜，不出五分钟，马总就会出现在我们面前，而且还会是一脸铁青加一头大汗。”

“不可能，马总多镇静的一个人，他来兴众五年了，我都没见过他发过火，他可是少见的喜怒不形于色的上司。”徐子棋连连摇头，“我觉得马总还得稳坐中军帐半个小时才会下来。”

何方远笑着摆了摆手：“五分钟，五分钟之内，马总必到，如果我猜中了，你跟着我——我走，你走；我留，你也留。怎么样，徐子棋？”

“行，一言为定。”徐子棋一拍桌子，“我豁出去了，就赌一把，谁怕谁。”

话音刚落，电梯门一响，马大勉一脸铁青一头大汗地出现在电梯门口。

啊……徐子棋震惊得目瞪口呆，不会吧，这也太巧合了。

梅住苒也吃惊地张大了嘴巴：“何……何哥，马大勉怎么这么听你的话，你让他下来，他立马儿就下来了？”

倒是范记安轻描淡写地讥笑一声：“跟何哥，绝对没错。何哥是谁？何哥是赛诸葛。”

何方远顾不上理会范记安没有诚意的马屁，而是站了起来，摆出了应有的恭敬姿态，恭候马大勉的到来。毕竟，马大勉是兴众文学的CEO，也是立化的直接上司。

在场所有的人——不管递没递交辞呈——都站了起来，无声地起立向马大勉行注目礼。

马大勉脚步不停，顾不上和众人打招呼，甚至连一个微笑的表情都欠奉，步伐匆匆地直奔江武的办公室而去，他没有敲门，直接推门而入，随后关紧了房门。

/ 第六章 /

# 风急浪高

又是一步臭棋，何方远深深地摇了摇头，此时马大勉最应该做的不是冲进江武的办公室和江武、海山、高路三人理论或谈判，而是应该搬一把椅子坐在立化员工们中间，以平等的姿态推心置腹地和众人谈一谈，从对未来的展望，到提高待遇，再到如何解决空中书城员工的收入是立化员工收入两到三倍的不公平待遇的现状等——开诚布公的态度，才是解决问题的根本之道。

空中书城是马大勉担任兴众文学CEO之后上马的一个渠道拓展项目，上马三年多来，每年都是巨额亏损，但空中书城的员工都是他的亲信，收入比立化的员工多出两三倍有余，而立化每年盈利占据兴众文学一半以上，此事，一直是立化员工对马大勉成见极深的原因之一。

空中书城作为马大勉的政绩项目，对外宣传时，一直被当成他职业生涯的亮点来吹嘘，只不过在兴众文学内部，除了空中书城的员工之外，人人都知道空中书城是专为马大勉一人脸上贴金的面子项目，私下里，都称空中书城为空中楼阁。

马大勉本来在立化员工的心目中就形象不佳，现在他又目中无人地直奔江武的办公室而去，可以说，他出现还不如不出现。何方远心中更坚定了他的想法，在人情世故方面，自诩高人一等的职业经理人马大勉，欠缺得太多了。

现在局势已经针锋相对了，马大勉还以为和江武三人面对面对话，会有什么效果，笑话，都是不死不休的局面了，他以为他出面，江武就会卖他面子？

不直接轰他出来就不错了。

果然，马大勉在江武的办公室待了不到三分钟，他脸色铁青而来，又气势汹汹而出，摔门出来时，脸色由铁青转为通红，显然是气得不轻。他快步穿过格子间，来到电梯门口，按下电梯按钮后，似乎才想起什么，回头冲众人说道：“我希望你们再慎重考虑一下辞职问题，辞职不是儿戏，也不是义气，是关系到自身前途的大事，另外，谁有什么想法，可以直接到办公室找我，我的大门随时为你们敞开。”

姿态还是不够低，何方远不等马大勉走进电梯，就坐回了座位，微微摇了摇头，他期待中马大勉盛情挽留辞职员工的场面是不会出现了，也就是说，梅荏苒想在最后的关键时刻给老大们留下好印象的机会，没有了。不过这样也好，梅荏苒就会留下来，成为和他同一个战壕的战友了。就算他对梅荏苒没有男女关系上的想法，但有一个美女同事，也正应了男女搭配干活儿不累的老话儿，也是好事。

何况梅荏苒确实是一个可靠的同伴，有她助他一臂之力，相信计划的成功性会增加一成。

“黄是道、何方远，你们来我办公室一趟。”在上电梯的一刻，马大勉的目光终于落到了黄是道和何方远身上，扔下一句话后，电梯门一关，他又将自己的精英气息隔绝在了电梯间里，再次错失和立化的草根气息对接的最佳时机。

何方远站了起来，看了黄是道一眼，二人都不说话，低头朝电梯间走去。

“喂，何方远，我怎么办？”梅荏苒不顾场合，朝何方远的背后大喊了一声。

“等我回来。”何方远头也不回地挥了挥手，“还有你，徐子棋，你输了，要说话算话。”

“何哥的想法已经很明确了。”范记安看了出来，何方远不但想留下，而且还想拉梅荏苒和徐子棋也留下，明显是在下一盘大棋，“他是想成立班底了，美人靠、胖棋，想不想和何哥一起打天下？”

“成立班底？何哥到底想做什么，我怎么越来越看不懂他了？”梅荏苒双手托住下巴，一脸的茫然和疑惑。

“我也想不明白，何哥明显是想留下了，他不怕马大勉给他小鞋穿？马大勉会提拔他这个创始系当副总？不可能吧。”徐子棋有气要生，“我都递交了辞职报告，说出去的话泼出去的水，怎么收回？可是我又输给了何哥，这可怎么是好？要是让别人知道我辞职了又收回了辞职报告，我还怎么做人？范贱，你评评理，美人靠，你也评评理。”

“评什么理？在人生的节点面前，需要的不是评理，而是一双可以拨云见日的慧眼。”范记安轻笑一声，笑声中有说不出来的轻蔑，“听我的，没错，跟着何哥走，功名利禄全都有，万一哪一天何哥成为第二个小马哥，我们就是跟随小马哥创业的班底，是用五万投入换来十几亿身家的创始人之一。”

“小马哥？哪个小马哥，马化龙还是马匀？”徐子棋的眼睛在镜片后面闪出惊喜的光芒。

“随便哪一个都行。”范记安无所谓地摆了摆手，目光落在紧闭的电梯门上，既像是说给徐子棋和美人靠，又像是自言自语，“今天早上何哥一反常态给我们讲的几个故事，其实就是在暗示我们，互联网第四次财富神话的浪潮，来临了。前三次，成就了乔国界、小马哥、大马哥和李颜红，第四次，就要成就何方远、范记安了，当然，说不定还会再加上两个人，比如梅茬苒和徐子棋。”

“真的假的？骗人吧？”梅茬苒笑逐颜开，又一脸的不相信，“范记安，你是在拍何哥的马屁，还是在做白日梦？”

“都不是。”范记安冷笑了，“你想多了，我是就事论事，何哥等这一天，等了很久了，你们也许没有注意到，去年十周年年会后，何哥就每天都在关注三大巨头的动向……”

如果何方远在场的话，他也会佩服范记安的洞察力，去年的年会，是立化成立十周年，意义重大，但与会者除了立化的员工和邀请的版权方之外，兴众文学没有一人参加，不但作为立化顶头上司的马大勉没有露面，就连兴众文学的副总裁冷家栋也没有出现，也就是说，作为兴众文学最有变现能力的支柱网站，立化十周年庆典，兴众文学居然没有一个重量级人物现身，等于是说，兴众文学和立化的矛盾，已经摆到了明面上。

当时何方远就看得清清楚楚，马大勉和三位创始人的不和已经到了剑拔弩张的地步，事态，濒临失控的边缘。

摊牌，只是早晚的问题，十年了，资本意志和创始人的管理理念的较量，持续了整整十年，距离去年年会还不到一年的今天，终于到了一分胜负的最后时刻。

“各位同事，中午一起吃个散伙饭，我请客，请各位务必赏光。”范记安话未说完，海山从办公室出来，拍了拍掌，“身离江湖远，心忘江湖愁，江湖不远，就在各位心间，几个月后，江湖再见。”

话一说完，海山的目光有意无意地落在了何方远的座位上，眼中闪过一丝耐人寻味的内容。

中午的散伙饭，参加了三十五人，而立化的核心员工才四十五人，等于是说，近百分之八十的核心员工参加了聚会。参加聚会的员工，都是铁了心要追随三位老大再打天下的。

所有人都注意到了一个怪现象，黄是道没有参加聚会也就算了，何方远却也没有露面，不但何方远没有露面，和何方远关系最为密切的三位核心员工——梅荏苒、徐子棋和范记安也没有到场，人人都注意到了江武、海山和高路的脸色有几分难堪，却都很聪明地谁也没有提及何方远。

不过，许多人心里对何方远多了不好的看法，做人不能忘本：何方远有今天的成就，全是江老大一手提拔。作为最受江老大器重的人，在江老大最需要他的时候，他不但临阵退缩，还留在了敌对的阵营中，以后注定会是江老大的对手，何方远怎么能这么恩将仇报？

聚会最后，一些人借着酒劲儿公开谩骂何方远见利忘义、忘恩负义，最后还是被江武劝住了。

“人各有志，不能强求，方远选择留下，我尊重他的选择。以前的事情，过去了。以后，江湖再见！”江武酒杯举过头顶，郑重地一饮而尽，“我的辞职报告还没有批准，而且我还有《竞业禁止协议》，不过所有事情都已经安排妥当，你们放心，凡是跟着我一路同行的兄弟姐妹，山高水长，我就一句话，我几年的积蓄全部拿出来，不多，几千万元是有的，当作保障金，如果创业失败，我保你们两年的工资。”

所有人都站了起来，不管会不会喝酒，都目光坚定地一饮而尽。江武的江湖义气和草根精神，他和所有员工同富贵共患难、破釜沉舟的勇气，是自诩精英阶层的马大勉永远体会不到的另一种精神境界，这也是马大勉可以在正面利用权力压制江武，却永远无法在侧面利用人心所向打败江武的最大不足之处。

三天后。

立化超过三十名核心员工集体辞职事件，震动了互联网业界，连日来，各大网站连篇累牍地报道立化的巨变，从或专业或外行的角度分析此次事件对兴众文学上市造成的重创，得出了一个相同的结论——立化釜底抽薪的集体辞职事件，对兴众文学的上市计划是致命一击，不但让兴众文学第三次冲击纳斯达克的愿望落空，也让乔国界雄心勃勃的互动娱乐帝国的计划接近彻底破产的边缘。

还让马大勉近乎完美的职业经理人生涯，蒙上了一层再也无法抹去的阴影。

此次事件，就如一枚重磅炸弹，在IT业内引发了轩然大波。

不少门户网站推测此次辞职事件的幕后推手到底是三巨头中的哪一家，是有意打造影视帝国的企鹅，还是试图打开多方渠道的千方，又或者是只做战略投资不做财务投资并且擅长布长线钓大鱼的芝麻开门？反正不管是哪一家，最后都得出了一个结论，肯定是三巨头之一，为了打破兴众在版权最上游的垄断优势，终于有巨头出手撬兴众的墙脚了。

这一撬，是惊天动地的一撬，不但直接搬空了立化的根基，还成功地狙击了兴众文学的上市，让乔国界十年布局的互联网版权产业在最后关头功亏一篑，同时，也让精心培育的互联网版权市场面临重新洗牌的重大改变。

现阶段仍然弱小的互联网版权产业，放到互联网大潮之下，不论产值还是利润，确实并不起眼，但如果从长远来看，作为影视、游戏和所有娱乐互动项目的版权源头，互联网版权可以成为众多庞大的文化产业的最上游产业。

所以，对于实力雄厚、现金流充足的三大巨头来说，拿出几个亿投资互联网版权，是十分合算的长远布局，最主要的是，还直接打破了竞争对手兴众的互动娱乐帝国梦，让乔国界布局长达十年之久的互联网版权战略一败涂地，眼见就要成熟时，被他人摘了桃子。

相信乔国界肯定会气得暴跳如雷。

想当年，三巨头刚进入IT业界时，小马哥青葱年少，在深圳四处碰壁，举步维艰；大马哥初入门径，还骑着大二八自行车在杭州的街头，渴望遇到高山流水一般的知音，和他畅谈芝麻开门的帝国梦；而李颜红正在北京用他留学国外的经历，夹杂半生不熟的英语单词来鼓动投资者相信他的千方搜索，会成为中国互联网财富神话的一个新的传奇。而其时的乔国界，已经是高高在上的首富了，正在享用互联网财富神话的成果，春风得意，放眼天下无敌手。

当时小马哥的企鹅帝国还是一棵经不起一点儿风吹雨打的幼苗，摇摇欲坠，差点儿倒闭，小马哥为了筹措资金四处求人，甚至还求到了乔国界的门下，希望乔国界注资企鹅。乔国界没看上弱不禁风的企鹅，对小马哥关上了大门，他也失去了以极低的代价入主企鹅的最宝贵时机。不久，在企鹅差点儿以60万的价格卖给某运营商未果之后，中国移动的“移动梦网”业务模式的推出，拯救了企鹅，让企鹅在风雨飘摇中度过了创业初期最艰难的危机，立马站稳了脚跟。从此一发不可收拾，一飞冲天。

此事，让乔国界追悔莫及，而小马哥是否也因当年乔国界的不屑一顾而耿耿于怀，就不得而知了。风水轮流转，眼下乔国界的兴众帝国和小马哥的企鹅帝国差距之大，就如一只狼和一头大象的差距，早已不是一个重量级的对手。如果真是小马哥撬了乔国界的墙脚，乔国界想起当年的事，会不会再次对当时没有出手收购了企鹅感到痛心疾首?

“如果不是小马哥，而是大马哥呢？”三月的下江，忽冷忽热，夜色下的黄浦江，景色迷人，坐在江畔的旋转餐厅中，手中摆弄一杯拿铁咖啡，梅茌苒睁大一双灵动而好奇的眼睛，大胆地直视何方远的双眼，“何哥，为什么老大们不直接说出是哪一家投资呢？幸亏我没辞职，否则心里还真没底：如果确实是小马哥出手，跟着老大们重新打天下，我也有底气；可如果投资方跟三巨头无关，那我觉得还真不如留在立化。”

“投资方肯定是三巨头之一，至于到底是谁，现在我也说不好，不过有一点是可以肯定的，跟着老大们走，不会吃亏。既然我们没有辞职，就不要胡乱猜测了，只能祝老大们高歌猛进、前景广阔了。”何方远坐在主位上，他的对面是梅茌苒，右侧是范记安，左侧是徐子棋，四人相约来到旋转餐厅共进晚餐——此时距离中午老大们的散伙饭已经过去四五个小时了。

何方远几人没有参加散伙饭，徐子棋也没有要回辞职报告，辞职报告江武虽然批了，但还需要上报兴众文学，所有的辞职报告到了马大勉手中后，马大勉迅速批准了其中的一部分，留下了大约二分之一的没批，同时放出话说，他要和个别核心员工一对一谈话，要竭力挽留重点员工。

马大勉此举，意在分化辞职员工的凝聚力，将辞职员工分成两类：一类是多了不多少了不少的一类，随便走，公司不会在意；另一类是公司的主力员工，公司会不惜一切代价挽留。如此一来，辞职员工必然会心生嫌隙，互相猜疑，最终让员工失去团结而丧失战斗力。

/ 第七章 /

# 底牌

马大勉太想当然了，他的计策并没有影响辞职员工的凝聚力，没有被批准的员工都是有四五年经验以上的老员工，其中也包括徐子棋。至于三剑客的辞职，海山和高路已经办妥了相关离职手续，江武的辞呈正在上报兴众董事会，在等乔国界从国外返回后召开董事会讨论。

到目前为止，关于新公司投资方是谁，众说纷纭，没有一个确切的说法，有人说是小马哥的手笔，有人说是大马哥横刀夺爱，也有人说是李颜红凭空杀出，千方想寻求多渠道发展战略，不再只以搜索为发展方向，而是要打造版权基地。

甚至还有传言说是新浪或网易。

为什么三人不公开谁是投资方？据何方远推测，原因有三，一是具体投资方是谁，还没有最后敲定，还在谈判之中。

从方方面面传来的消息汇总在一起，大致可以得出结论，创始团队为了避免重蹈在兴众旗下只有管理权没有经营权的覆辙，在寻求投资方时，必然要求管理权和经营权全部抓在自己手中，也就是说，必须控股。而以创始团队自有的资金实力，在几个亿的投资面前，想要控股，很难，不过创始团队的优势也很大，除了拥有一支业内最有经验的员工队伍之外，还掌握了业内顶尖的数百名版权方资源，可以说，创始团队是一支战斗力十分强悍的队伍，只要搭建好战场，创始团队马上就可以投入到激烈的战斗之中，正如海山所说，创始团队有能力用一年时间从十走到一百。

在这样的信心支撑下，创始团队既想要资方有雄厚的资金投入，又想自己一方控股，必须让资方让步，这需要一场艰苦卓绝并且漫长的谈判。

二是投资方已经敲定，但由于涉及《竞业禁止协议》，不便透露，同时，也出于保护投资方的需要。

当然，创始团队中除了三位老大之外，也不乏出类拔萃的管理者，随便由一个人出面担任网站的负责人，完全可以绕开《竞业禁止条例》，那么为什么三位老大不公开投资方是谁以稳定军心呢？原因在于担心乔国界不顾一切地报复，唯恐过早公布投资方的消息，会导致一个鸡飞蛋打的结局。

何方远不相信不公开投资方是因为投资方还没有敲定，以三位老大稳健的行事风格，在没有谈妥投资之前，不会冒险辞职，就算会，也不会拉上全部员工作陪。三位老大是性情中人，多年来宁肯亏待自己不肯亏待属下，那么说来说去就只能是第三个也是最后一个原因了——资方已经敲定，谈判已经谈成，但为提防乔国界盛怒之下报复的后手，所以守口如瓶。

“我知道了，老大们肯定早就找好了下家，之所以不对外公布，还是担心乔董的报复。”范记安切开一块比萨放到了嘴里，又吃了一口沙拉，“乔董这个人，心狠手辣，老大们这么做，等于是断了他的后路，他不恼羞成怒才怪。有一句话你们不是没有听过：乔董一怒，天下缟素。”

也别说，几人中，范记安虽然为人刻薄刁钻，还经常犯贱，但他的眼光最犀利，看问题往往能看到本质，何方远点头附和：“乔董的为人……呵呵，有一个故事不知道你们听说过没有？”

“快讲，快讲。”梅荏苒兴奋了，“最爱听何哥讲故事了。”

刚刚加入立化时，怀揣成功梦想的何方远就系统地研究过乔国界的为人。既然投身到IT行业，并且在乔国界一手缔造的兴众帝国工作，不了解IT界传奇人物乔国界的生平，怎么能站在巨人的肩膀上登高望远，成就一番事业？

乔国界是何方远生平最佩服的IT界精英之一。

如果非要让何方远为乔国界的为人下一个定论的话，他会用八个字概括——敢于冒险、大刀阔斧；如果再为乔国界的性格做一个总结的话，也是八个字——独断专行、喜怒无常。

当年乔国界靠一款游戏起家，在所有人都不敢涉足网游时，他以超前的眼光和非凡的勇气开始了网游之路，结果大获成功。而在攻城略地的扩张之中，他提出了许多在当时看来匪夷所思、不可能实现的创意，不久之后，他的创意或说设想，却陆续得以实现。尽管实现创意的并非他的兴众公司，而是别的公司，但至少说明了他的超前眼光和创意的正确。

不过，乔国界最让何方远佩服的不是他的创业史，而是他还没有大学毕业之前的一次壮举。

“乔董还在上大学的时候，有一天突发奇想，要从下江骑自行车到苏州去玩，下江距离苏州一百多公里，换了一般人，可没有这份胆识，也没有这份毅力。”何方远向后靠在沙发背上，用力仰了仰脖子，“在乔董的带领下，三四个同学就从下江一路骑到了苏州，花了整整半天时间。到了苏州后，同学们都兴高采烈地游玩去了，乔董却蹲在路边看人下棋，最后他还撸胳膊上阵，和人厮杀起来，一下就是几个小时。”

“骑了半天的自行车到苏州，却和一帮陌生人下棋，乔董真让人捉摸不透。”徐子棋啧啧几声，摇了摇头，又一撇嘴说道，“何哥，你说这件事情说明了乔董什么样的性格？”

何方远淡淡一笑：“说明乔董为人干脆利落，想到做到，只问结果，不管过程。既然说到了骑自行车，我再说另外一个骑自行车的故事，这个故事的主人公是大马哥——马匀。大马哥在创业初期，经常骑一辆大二八自行车在杭州的街头流窜。有一天晚上他回来晚了，路过一个昏黄的路段时，发现有几个人在偷井盖，他见几个人人高马大，没敢管，就骑了过去。可又觉得不甘心，便又绕了回来，本想喊住对方，一想对方人多势众，他一个人打不过，就算好了一个安全的距离，一只脚支在地上，一只脚踩住车镫子，做好了随时跑路的准备，才大声冲偷井盖的人喊了一声住手……”

“结果呢？”梅茬苒、徐子棋和范记安都被故事吸引了，异口同声地问道。

“结果就是……”何方远卖了一个关子，故意停顿了片刻，见梅茬苒情急之下要伸手打他，才摇头一笑，“结果从旁边呼啦啦出来了一帮人，把大马哥围在了中间，吓得大马哥魂飞魄散，没想到敌人太狡猾，还有伏兵，这下惨了，跑都跑不掉了。谁知一帮人出现后，围着大马哥就要采访他，原来，这是杭州电视台拍摄的一个测试路人反应的节目，路过的路人有几十人，大马哥是唯一一个出面制止的。”

“我明白了，我明白了。”范记安连连点头，心领神会地笑了，“乔董骑自行车去苏州的故事说明乔董为人有狼性，想到什么就会去做什么，很少考虑后果。一旦达到目的后，他又不会去享受成果，兴趣又转移了，乔董是一个做事情三分钟热度而耐心有限的人。而大马哥做事情，不会脑子一热就拍板决定，而是会先留好后路。何哥，你留在立化，想在立化脱颖而出，迈过黄是道的阻拦，冲破马大勉的围堵，最终直接和乔董面对面，让乔董对你委以重任，困难很大，虽然你在下一盘大棋，但我要说，你走的是一步险棋。”

“什么什么？范贱，你说何哥想做什么？我怎么没听明白？”梅茬苒还沉浸在乔国界和马匀骑自行车的故事中，一下没有想明白范记安话里的转折，“你的意思是说，何哥不跟随老大们一起征战天下，留在立化，是想取代马大勉当上兴众文学的CEO？”

“彼可取而代之，大丈夫生当如是。”徐子棋嘿嘿一笑，“我支持何哥脚踢黄是道拳打马大勉，在立化一手遮天，不，在兴众文学一手遮天，报三位老大被马大勉压制的一箭之仇。”

范记安气定神闲地吃完了盘中的比萨：“何哥可不是只为报仇这么狭隘的目标，何哥目标远大，深谋远虑，等着瞧好了，抓住了这个机遇，何哥绝对可以一飞冲天，秒杀对手，并且再创互联网财富神话。”

“行了，吹牛时间结束，下面该说正事了。”何方远放下手中的刀叉，擦了擦嘴，“我留下来，也拉你们留下来，不是不想和老大们一起重新创业，而是想给自己、也给你们，创造一个放手一搏的机会。跟随老大们的脚步，省事省心，一切有老大们冲锋在前，我们只管跟在背后服从指挥就行了，但仔细一想，跟随老大们的人足够多了，不缺我们三四个，实际上，老大们在创业初期遇到的最大阻力不是人手不够，而是来自兴众的围堵和阻击。”

徐子棋连连点头：“没错，何哥分析得对，一开始我还为何哥留下愤愤不平，现在一想，当时是我太冲动了。”

“乔董这个人，铁腕、独断、恩怨分明，老大们这一次辞职，等于是触动了他的底线，他必定报复，而且还很有可能是猛烈的报复。”何方远自认他对乔国界的了解，不但比在座几人详细，甚至比三位老大更有独到的见解，“也许有人认为，创始团队如果留在兴众文学，并跟着兴众文学一起上市，其收获的名利未必比他们现在重新创业差，其实不然，说这些话的人显然对乔董缺乏足够的了解。乔董的为人，从骑自行车上就能看出大概，还有一件事情，足以看出他对创始人的态度了。

“一年前，乔董看中了一个项目，先让创业者自己投钱来启动，口头约定兴众只占20%股份。而等项目的业务到达一定规模之后，又要求创业者签署一个投资协议，要求按照注册资本金的现金投入来分配股份，并要求兴众占股80%……”何方远说起了他早就关注过的一个真实案件，“后来，兴众看到该项目发展良好，还想要以低于市场价值的价格收购最后10%的股份。创业者当然无法接受这样的方案，于是兴众把创业者的门卡注销掉，让他无法进入办公室，然后宣布他因为无故旷工而被解聘，其股份也被兴众以低于创业者实际出资额的对价收购。”

“怎么能这样？这不是欺负人吗？”梅荏苒气恼了，“乔董怎么这么无耻？”

何方远叹息一声，微微摇头：“也不能说是无耻，在商言商，商人逐利，有时候会使用一些并不光明但却合法的陷阱来损人利己。遇到这种事情，创业者只有一条路可走——打官司，而愿意打官司的创业者毕竟还是少数，最后大多数创业者往往选择鱼死网破，通过转移核心员工和资产的方式让原企业运营不下去，再去另起炉灶重新创业。说到底，三位老大的出走，和乔董这种始终没有改变的经营理念不无关系，乔董这种投资理念，不仅让很多创业者损失惨重，兴众也为此付出惨痛的代价。近年来，兴众在创新业务上停滞不前，基金投资的项目倒闭的超过了60家，直接经济损失超过2亿人民币，间接的损失，就不可估量了，从兴众市值连年下跌就可以看出来了。以前的兴众是执互联网牛耳的角色，登高一呼，群雄变色，现在的兴众，已经由在国内呼风唤雨的互联网龙头企业，落魄成了偏安在下江之地的区域企业了。”

“何哥，你和黄是道被马大勉叫到办公室，谈了些什么？”范记安嘿嘿一笑，眼神中闪过一丝狡黠的光芒，“我和子棋、荏苒现在可是你的班底，你想大干一场，让我们追随你，你就得给我们吃一颗定心丸。”

三人中，范记安心眼儿最多，想法也最灵活，何方远也没隐瞒：“想都不用想就知道马大勉和我谈了些什么，无非是劝我留下，并且许诺只要我留下，最少是副总待遇。”

“你怎么回答？”梅荏苒接过话头。

“我说考虑一下。”何方远一口喝完杯中的咖啡，“底牌，不能早早就亮出来，否则，就没牌可打了。”

“何哥，照你这么说，辞职事件最后会怎么收场？”徐子棋想不通了，“会不会董事会一直压着江武的辞职不批？还有，乔董会怎么报复三位老大呢？”

“我又不是神仙，怎么知道那么多？”何方远站了起来，“行了，今天就到此为止了，回家。明天，又是一次艰难的抉择。”

儿人出了餐厅，并没有直接回家，而是先沿外滩步行，享受一下难得的休闲时光。才走不远，忽见不远处一前一后两个人快速地冲了过来，前面是一个妙龄少女，边跑边哭，后面一个二十多岁的小年轻，边追边喊：“蓝妹，等等我，你别跑呀。”

“顾南，你滚开，你别跟着我，我讨厌你。”蓝妹回头将手中的包扔向了顾南。

被称作蓝妹的妙龄少女，瓜子脸，凤眼，眉如黛，面如月，漂亮是漂亮，只是眉宇间多了几分冷傲，又哭得泪雨纷飞，平添了几分楚楚可怜之意。

不过她再漂亮、再楚楚可怜，和何方远也没有关系，何方远喜欢一切美好的事物，包括美女，只不过他现在心思不在这上面，不但没有留意到蓝妹的丽质，也没有注意到蓝妹扔来的包，女人扔东西的准头儿一向很差，蓝妹也不例外——不偏不倚，她明明朝顾南扔包，包却一偏，飞到了何方远身上。

仅仅是飞到何方远身上也没什么，一个女士包，也没多重，只是很不巧，偏偏打在了何方远的头上，而且包里明显还有手机，“咚”的一声，梅荏苒在一旁只听声音就知道一定很疼。

何方远确实被砸得生疼，他伸手接过包，心中生气，不等他抱怨，顾南赶到了，伸手就要从他手中拽过包，嘴里还不干不净地骂人：“哪来的乡巴佬儿？走路不看路，滚一边去！”

平常在公司，何方远淡定从容，很少和人争论，更不会和人打架，在梅荏苒等人眼中，他即使不是好好先生，也是五好青年，但接下来发生的一幕，让梅荏苒几人都目瞪口呆！

何方远一伸手将包藏到了身后，一错身，抬腿就是一脚，踢得还挺准，正中顾南的膝盖，顾南正在急速奔跑之中，收势不住，一下就摔倒在地。

摔倒也就算了，偏偏被踢中的是膝盖，他就很不情愿却控制不住地膝盖一弯，“扑通”一声就跪了下来，正好跪在何方远的正前。

何方远哈哈一笑：“怎么这么热情，一见面就磕头，我可承受不起。”

“哇，何哥太威风了。”梅荏苒花痴一样惊叹，“以前我总以为他是面条，没想到是威猛先生，只听说过百变女郎，没想到还有百变男人。”

## / 第八章 /

# 权宜之计

“你懂什么？”范记安习惯性轻笑了，“有些男人是小溪，一眼就可以看到底；有些男人是大海，表面上风平浪静，其实深不可测。何哥是不是大海还不好说，但肯定不是小溪，至少也是黄浦江。”

“你干什么你？”正说话时，蓝妹去而复返，气势汹汹地抬腿就踢，“你是谁？你凭什么打他？你浑蛋！”

蓝妹踢的不是让她痛哭大骂的顾南，而是何方远，不但踢，还推搡何方远：“你滚开，你是浑蛋。”

梅茌苒怒了，向前一步，一把拉住蓝妹的胳膊：“喂，你傻了还是呆了，他是在帮你，你还打他，你有没有长脑子？”

“狗拿耗子多管闲事，我们的事情，要他来管？我又不认识他，他算什么东西？”蓝妹用力甩开梅茌苒的胳膊，“你也一样，离我远点儿，小心我对你不客气。”

有些人生来就觉得高人一等，对别人的帮助不但不知道感恩，还会觉得多余，梅茌苒气坏了，伸手从何方远手中抢过蓝妹的包，一扬手扔到了地上：“不管就不管，你以为你们哭哭闹闹的狗血感情闹剧，谁愿意欣赏一样？如果不是你的破包砸到我们，我们还不如欣赏旁边的两只狗打架。”

范记安乐了：“美人靠，服了，今天算是见识了你的伶牙俐齿，以后我不惹你了，太损了。”

“你才是狗！”蓝妹听出来了梅茌苒话里话外的讽刺，怒了，“破包？我的包是LV，你一年的工资都买不起一个，乡巴佬儿，穷鬼！马上给我捡起来，否则，你赔我一个新包。”

“赔你新包？凭什么？”何方远懒散地抱起双肩，一脸无所谓的表情，“明明是你乱扔东西，如果不是砸到了我的头上，你的包早就掉在地上了，现在扔到地上，是我的权利，我没跟你要精神损失费就不错了。”

“蓝妹，别理这群穷光蛋，我们走。”本以为被何方远踢了一脚跪在地上的顾南，会很有血性地跳起来和何方远没完没了，不料他站起来后，拍了拍膝盖上的土，若无其事地一拉蓝妹，“和他们吵，有失身份，穷人永远理解不了有钱人的生活，他们眼界太低，没见识，没教养，没素质。”

“说谁没素质，有种你再说一遍？”范记安平常喜欢冷嘲热讽，关键时刻却不掉链子，挺身而出，气势凌人，“如果说有钱就有素质，那么满大街开豪车横冲直撞的王八蛋都是什么素质？还有，我告诉你一件事情，老子现在是没钱，但有朝一日一定会比你更有钱，你现在有钱，不代表你永远有钱。总有一天，我会用钱砸死你。”

“就凭你？”顾南讥笑地摇了摇头，“你这辈子想和我一样有钱是没希望了，我生下来就是千万富翁，现在是亿万富翁，看你的样子，肯定生下来就是穷鬼，一个贫二代，拿什么和高富帅比？认命吧，这个社会，一穷穷三代。”

何方远向前一步，昂首挺胸，足足比顾南高出半个头，他居高临下地讥笑一声：“富二代只是有一个有本事的爹而已，爹有本事，不代表自己有本事。别动不动都拼爹，你还年轻，你爹年纪大了，总有辞别人间的时候，难道到时候你要抱着骨灰盒壮胆？”

“你，你，你……”顾南气得满脸通红，情急之下，似乎要动手一样，不过看到何方远人高马大以及对方人多势众，就又软了。

“高富帅是吧？”何方远又向前逼近一步，顾南被他的气势所逼，不由自主后退一步，“高，比我矮了半头，还高什么高？富，也许吧；帅，就你这形象如果还叫帅，葛大爷的光头就是天下第一了。你也不拿个镜子照照自己的尊容，你有没有我一半帅？”

顾南被打击得体无完肤，他确实既没有何方远高，也没有何方远帅，唯一的自信就是他自认比何方远有钱，高富帅只剩下了富，也算是丢人到家了。

“比我高怎么了？浓缩的才是精华。比我帅又怎么了？男人又不靠脸皮吃饭，除非想当小白脸吃软饭。”顾南觉得在蓝妹面前丢了面子，想扳回一局，就向前迈了一步，和何方远顶在一起，“告诉你，穷光蛋，就凭我比你有钱这一条，你就永远被我踩在脚下。一个男人，不高不要紧，不帅也不要紧，如果没钱，长得再高再帅，也是软蛋。”

高富帅就永远是高富帅？草根就永远是草根？何方远冷笑了，不甘示弱也向前迈出一步，一下就将顾南顶退了两步：“告诉你顾南，富二代不会永远是富二代，贫二代也总有逆袭的一天，也许有一天我们再见面时，你会发现，原来我比你有钱多了。”

“哈哈哈哈。”顾南好像听到了世界上最好笑的笑话一样，也顾不上和何方远较劲了，拉过蓝妹扬长而去，“好，我记住你了，你不用告诉我你的名字，我记住了你的长相，下江虽然大，但富人的圈子也不大，希望有一天能在哪个酒会上见到你，也好让我惊讶一下。”

“顾南，记住了，我叫何方远。”何方远豪情万丈冲顾南的背影喊道，“后会有期。”

“怎么就让他们走了？”梅茬苒犹不解气，“我还想见识一下蓝妹的驴包到底有多好，说实话，我还真没有见过真的驴包。”

“是LV包好不好？你不要仇富。”范记安凝视顾南和蓝妹的背影，若有所思，“LV包本身没有错，错在拿LV包炫耀的人，如果有一天你的收入足够买得起LV的时候，你就会喜欢上LV。”

“才不会，我怎么会喜欢这么虚荣的包？”梅茬苒嗤之以鼻。

徐子棋半天一直没说话，刚才的一幕也刺激了他宅男的心，他忽然就悠悠地说了一句：“我算是明白了，何哥，你肯定是想借这次事件的东风，搭上互联网的第四次浪潮，成为互联网新一轮财富神话的新贵。行了，我决定了，既然我的辞职报告被马大勉压下没批，我也不辞职了，以后跟定何哥了。”

何方远没有说话，抬头望向阴沉沉的夜空，突然，一道闪电划破天际，照亮了夜空，随后，轰隆隆的雷声由天边传来，由远及近，猛然在头顶炸响。

以农历二月二龙抬头为分界线，之后的雷是春雷，之前的雷是惊雷，今天才是二月初一，雷，肯定就是惊雷了。据说龙抬头之前打雷，预示着会有大事发生，难道说，明天还会有什么大事发生？

次日一上班，何方远就被马大勉叫进了办公室。

立化的办公区，空空荡荡，有一半已经被批准了辞职的编辑不再上班了，另一半还没有被批准辞职的编辑，也是人心惶惶，无心工作。平常每天都会准时出现的海山和高路，自从递交了辞职报告后，再没有踏进立化一步。

奇怪的是，江武的辞职报告没批，他也没有再来上班，而是请了病假。

乔国界还在国外参加一个互联网会议，说是马上赶回来，不过最快也要三天以后，相信江武是在等乔国界回来最后摊牌。

马大勉的办公室，何方远是第一次来，以他立化副总监的级别，还不够资格直接向马大勉汇报工作。不过形势比人强，现在的他，已然是立化仅次于黄是道的第一人，马大勉现在无人可用，只能重用他。

“方远，想好留下来了吗？”马大勉微微欠了欠身子，语气平和，态度亲切。

果然，人都是适应能力极强的生物，以前马大勉对待立化的员工，态度虽说不上傲然，却是漠然而冷淡。就算对他这个副总监，也从来没有放下姿态平等地对话过一次，现在的马大勉和以前相比，真是有天壤之别。

何方远心里明白，马大勉表现得越谦和，证明乔国界的怒火就越大。自从兴众成立以来，乔国界炒掉的CEO不下十人，虽说在立化的集体辞职事件上，到目前为止乔国界还没有公开发表评论，但猜也能猜到，经此一事，马大勉在乔国界的心中会大大失分。

马大勉不过是乔国界的兴众帝国十几名CEO的其中之一，去年由于兴众游戏业绩下滑，乔国界曾一口气炒掉三名CEO，此事也曾在兴众引发了不小的轰动。

乔国界为人直观强势，如果和他谈得来，又有他认可的能力，他会只凭两次见面和几次电话交往就任命CEO，当年马大勉也只和乔国界见过一面，通过三个电话，乔国界就拍板任命了马大勉为兴众文学的CEO，年薪高达300万元人民币。

而和乔国界只凭个人好恶任命CEO的做法不同的是，小马哥如果任命一个CEO，最少会和其人会面三五次，每次交谈一个小时以上，等他做到对此人完全了如指掌时，才会召开董事会讨论任命。正是由于乔国界和小马哥截然相反的办事风格，业内人士把乔国界和小马哥放在一起对比，各有一个评价——乔国界是疾如风侵略如火，小马哥是徐如林不动如山。

“还没想好。”何方远也不等马大勉开口请他坐下，就径直坐在了沙发上，“马总，我很喜欢诸葛亮《出师表》中的一句话——受任于败军之际，奉命于危难之间……”

马大勉脸色微微一变，他是中文系出身，自然清楚何方远的弦外之音，现在立化内忧外患，正是坐地起价的大好时机，何方远是嫌副总的位子太低了？他心中闪过一丝愠怒，一个本来毫不起眼的小角色，现在也敢冲他叫板了？

“立化现在只有一半人辞职……”马大勉不想遂了何方远之意，况且就他的本意，他压根儿连副总的位子都不想给他，只是事发突然，一时空缺了这么多岗位，就算马上招聘，也来不及，只能先暂时重用何方远一段时间。而且他认为，副总对身为创始系的何方远来说，已经是足够恩赐了。

就算任命何方远担任副总，也是权宜之计。马大勉早就打定了主意，等危机度过之后，一旦他找到合适的人选，就会替换掉何方远。何方远背叛创始三人留在立化，其人之品行让他不齿。

何方远听出了马大勉话里话外的意思，这是在告诫他，别太自以为是了，他不是非用他不可，立化还有一半人可用。看来，马大勉还没有看清形势，没有认识到事情的严重性，剩下一半已经递交了辞职报告的员工，虽然还没有被批准辞职，难道会因为他的许诺而留下？

作为一个脱离了基层太久的CEO，他的目光看远不看近，太让人失望了，何方远不得不点醒马大勉："马总，如果现在就赶快招聘编辑，也许在乔董回来之前，还能让立化的办公区好看一些。"

"什么意思？"马大勉居高临下地看着何方远，"你认为剩下的一半员工，都不会留下来？"

"只要是递交了辞职报告的员工，最后能改变主意留下的，不会超过五个人。也就是说，总辞职人数会占员工总数的三分之二以上。"何方远十分笃定地说道，"最终留下来的，不会超过十个人。"

十个人中，除了黄是道之外，还有四人是何方远以及他的同盟，剩下的五个人，是平常老实巴交不善于和人交往的员工，属于中立派，不属于任何一方，之所以不跟随老大们一起征战天下，是安于现状，不想冒险。

何方远早就算好了，留下的立化的老员工中，除了黄是道之外，他资格最老，并且他的力量最强，身后有三个坚定的同盟。

"既然你这么说，我就明确地告诉你，何方远，你的位子最多是副总，总经理的位子，需要董事会和乔董决定，常务副总的位子，乔董肯定已经有人选了，我的权限只能许诺你一个副总。"马大勉一脸疲惫，用力揉了揉僵硬的脸，"话就明说了吧，如果你想当常务副总，我不会拦着，肯定批准，前提是，乔董点头。"

"谢谢马总，我决定了，留下来。"何方远站了起来，笑眯眯地说道，"既然决定留在立化，我一定会在马总的领导下，为立化的发展，鞠躬尽瘁。"

等何方远走出办公室，马大勉才对空气说道："出来吧。"

马大勉的办公室是套间，外面是办公室，里面是休息室，休息室的门一响，一个人从里间推门出来，赫然是黄是道。

如果说马大勉长得方脸大眼，颇有几分威武之相，那么黄是道长得瘦小而小眼，乍一看，形象很是不佳，和何方远的相貌堂堂不可相提并论。不过也有人说他长得像马匀，以何方远的观点，除了瘦小和马匀类似之外，黄是道不管是气质还是五官的组合排列，都和马匀有天壤之别。

“何方远还想当常务副总？这小子野心不小，吃相够难看。”黄是道嘿嘿一笑，笑容中有说不出来的嘲讽，“一个副总监就想一步当上常务副总，也太敢想了。马总，我早就说过，何方远留下来，就是想坐地起价，他根本就是一个投机取巧的小人。”

“小人不小人，先不说了，这个时候，谁都想捞点儿好处，反正他再怎么折腾，也跳不出我的手掌心。”马大勉一副稳坐钓鱼台的镇定，“先稳住他再说，稳住了他，也许留下来的人会多几个，等这段时期过去了，大局稳定了，他以为他还能坐稳副总的位子？”

“不过何方远这小子有点儿本事，在创始系的老员工中，有点儿威望。”黄是道不无担忧地说道，“马总，乔董什么时候回来？得尽快稳定军心，下一步，就是版权方资源争夺战了。一旦让创始系既带走了团队，又签走了版权方，等于是一个集团军就成立了，不管是三巨头之中的哪一家投资，资金一到位，就是一场大战。”

“大战？你以为乔董会坐等海山和高路搭起台子？做梦！以乔董的为人，江武、海山和高路釜底抽薪毁了乔董十年的心血，乔董绝对会让他们付出惨痛的代价。”马大勉目光中闪过一丝寒意，“乔董说了，从现在起，就彻查江武几人在职期间的账目，不放过任何一个漏洞。一旦发现问题，一查到底，我就不信十年的账目会没有丁点儿问题。还有，以前凡是被江武三人辞退的员工，都可以随时返回立化，立化敞开大门，欢迎他们回来。”

“不过，我担心……”黄是道站在落地窗前仰视窗外阴沉的天空，“如果乔董反应过激，事情闹大了，背后的出资方替江武几人出头，不管是三巨头中的哪一家，兴众都惹不起呀。”

“你又错了，江武、海山和高路都签了《竞业禁止协议》，一年之内，谁也不能从事和互联网版权产业相关的工作，否则就违反了协议，所以，只要查出三人中谁身上有问题，谁就跑不了，没人会替他们出头。”

商界反目成仇并且闹上法庭的事情，屡见不鲜，更残酷的事例，也很常见，在利益面前，商业手段的本质有时就是不择手段。

/ 第九章 /

# 业内声音

下午，经过马大勉的亲自挽留，一个一个地私下面谈，最终只成功挽留了三个人，大部分人依然坚持辞职，最终的结果和何方远预料的一样，包括何方远以及梅荏苒、范记安、徐子棋在内，连同黄是道，整个立化四十多名员工，一共留下来九个人！

这一个结果就如一记重重的耳光狠狠地打在了马大勉的脸上，让他无地自容。他以为他亲自出面挽留，纡尊降贵，给足了员工面子，而且还许诺人人工资翻倍，待遇提高，最少可以留下一半精英，然而结果却几乎没有一个人把他当一回事儿，不管他怎么劝说，都铁了心要辞职走人。

想他现在是乔国界在兴众帝国最器重的大将，乔董对他寄予厚望，如果这一次上市成功的话，不但他会升至兴众的副总裁，而且他持有的兴众文学的原始股变现的话，说不定瞬间身家上亿！但在江武三人递交辞呈的那刻起，兴众文学的上市梦破灭了，他的亿万身家也成了泡影，而在他没能成功阻止三分之二多数的员工辞职的那刻起，心中就如一声惊雷响过——恐怕因为阻止集体辞职事件的失败，他在乔国界心中的地位，即使不是一落千丈，也会远不如从前了。

乔国界为人，只看结果，不问理由。

想起何方远气定神闲地告诉他，留下来的人不会超过十个时，马大勉心中蓦然大惊，以前怎么没注意到何方远还有这份眼力，能分毫不差地看清形势，难道说，何方远还真是一个难得的人才？

马大勉一个人坐在办公室里，再也没有时间和心情发微博和名人玩互动了，心乱如麻，想了半天，才轻轻地拿起电话，向乔国界汇报最新的进展。

人去楼空的立化办公区，只剩下了九个人。九个人中，有三个是何方远的同盟；还有三人是中立派；另外两个人，一个是黄是道，另一个是陈开旭，二人都是马大勉的嫡系：也就是说，如果按力量对比，现在的立化，是何方远的天下。

“服了，何哥。”范记安见大局已定，终于看清了何方远的深谋远虑，“山中无老虎，猴子称大王，要是辞职了，现在跟着三位老大，和以前也没有什么区别，副总监还是副总监，小组长还是小组长，普通员工还是普通员工，都是原班人马，不过换了一个战壕罢了。而留下来却是海阔天空，何哥，你当上了副总，我和梅荏苒、徐子棋，最少也能混个小组长当当吧？”

“范贱，不会说话就闭嘴，没人当你是哑巴，什么山中无老虎、猴子称大王，你敢骂何哥是猴子？这叫时势造英雄，懂不懂？”梅荏苒立刻跳了出来维护何方远。

何方远没理会范记安的口误，他处理完了手头的工作，正在浏览网页：“现在说什么都还早，在乔董回来之前，在江武的辞职报告被批准之前，集体辞职事件，就不算告一段落。”

“乔董怎么还不回来？”徐子棋想不通，“现在对乔董来说，应该没有比立化伤筋动骨更重要的事情了，在未来几年，兴众旗下有上市潜力的公司，就兴众文学一家了。”

“乔董在国外的会议很重要，脱不开身，这都看不出来？徐子棋你真是白混了，老大们选择的辞职时间是精心计算好的，要的就是在乔董出国期间突然发难，算好了乔董参加国外的会议，一时半会儿回不来。这个时间点选得很高明，十年恩怨，一朝解决，如果不能给对方造成重创，就是对自己的残忍。时间节点，一是兴众文学冲击纳斯达克前夕，一是趁乔董不在国内，双管齐下，就是想打乔董一个措手不及。”

“可是我还是想不明白，老大们背后的资方到底是三巨头中的哪一家？”梅荏苒更关心下家的问题，没有下家就贸然辞职，绝对是人生大冒险。

“我更希望是千方。”徐子棋道。

“有新闻了，有新闻了。”徐子棋话刚说完，何方远用手一指电脑屏幕，“企鹅的科技频道刚刚发布了一条新闻，说是互联网版权产业的变局到来，传闻千方是立化集体辞职事件的幕后推手……”

“真的？我看看。”徐子棋见终于有了第一个官方消息，顿时惊喜交加，忙挤到何方远电脑前面看了起来。

梅荏苒和范记安也按捺不住好奇，回到自己座位上，看起了新闻。

“难道真是千方？”范记安最先看完新闻，又凑到何方远身边，“其实我觉得千方投资反倒不可怕，千方虽然可以屏蔽盗版，但千方的渠道不行，最可怕的还是企鹅。如果真是千方投资，我倒更看好立化了，立化虽然出走了整个团队，伤筋动骨，但架子还在，十年的人气，还能支撑三五年。三五年内，如果创始团队没有打开市场，就再也没有机会打败立化了。”

“我倒觉得，芝麻开门投资才最可怕。”徐子棋表达了不同的意见，“芝麻开门的商业帝国中，虽然没有互联网版权产业的布局，但不要忘了马匀是一个很有战略眼光的天才，他最喜欢战略投资而不是财务投资，互联网版权产业恰恰正是战略投资，而且芝麻开门的商业模式，有一个庞大的消费群……”

“何哥，你怎么看？”梅茬苒推了推愣神的何方远，“你希望是哪一家？”

何方远想了想，没有隐瞒他的想法：“不管是哪一家投资，对兴众的互联网版权产业布局都是重大的打击，芝麻开门善于全盘布局，马匀是打围剿战的高手；千方的优点在于技术力量强大，搜索引擎的优势有利于精准地找到消费者，李颜红信奉的是技术改变世界；而企鹅的厉害之处在于模仿能力强，一旦模仿成功，就会蚕食被模仿者的市场。如果非要在三巨头中分出一个高低上下，我更希望是企鹅投资，企鹅的侵略性更强，市场的独占意识更霸道，企鹅接手创始团队的话，不出三年，就能彻底打垮立化……”

“不对呀何哥，你现在是立化的人，应该站在立化的立场上说话，怎么希望企鹅来终结互联网版权产业市场呢？我不明白了，你到底屁股坐哪边？”梅茬苒想到说到，颇有质问何方远之意。

何方远意味深长地笑了：“你以为我留在立化，只是为了一个副总或常务副总那么小的目标？”

“啊，何哥，你到底打的是什么如意算盘？快告诉我，要不我一时半会儿想不通，说不定会半夜三更打电话骚扰你。”梅茬苒心里藏不住事儿，何方远一暗示，她就兴奋莫名了。

“别闹了，美人靠，何哥如果全交了底儿，就没有神秘感了，你也不想想，哪个上司会告诉你他的真正想法？”范记安不遗余力地打击梅茬苒，“你别卖萌了，卖萌没用，除非你有机会在何哥身边吹枕边风。我明确告诉你，少问多做，跟紧何哥，等有一天何哥成了IT新贵，我们也会跟着水涨船高。”

梅茬苒冲范记安做了个鬼脸：“范贱，你别逼我，逼急了，我真跟了何哥，天天在他身边吹枕边风，到时有你好果子吃。”

何方远一伸手抱住了梅茬苒：“怎么，真喜欢上何哥了？”

梅茬苒脸红过耳，一下挣脱了何方远的怀抱：“也就是嘴上说说，你可千万别当真，要不单相思了，别找我要解药。”

闹过之后，何方远又说到了正事："企鹅都发表声明否认是投资方了，你们谁还会相信企鹅是搅局者？"

"这种文章也就是掩耳盗铃，故意混淆视听，我还是相信背后推手就是企鹅。"经过分析和推论，徐子棋也有了自己的判断力，"互联网版权产业市场，也只有企鹅杀入，才能做大做强，我乐观企鹅来搅局。"

听几人分析谁是投资方的问题，何方远的思路却飘远了，他望向窗外，外面不知何时下起了雨，大雨如注，天地一片苍茫。

苍茫……就如眼下让人看不清的局势一样，在强大的资本力量面前，在波涛汹涌的互联浪潮的冲击之下，如他一般的小人物，除了随波逐流之外，想要出人头地，想要赢，必须紧紧抓住身边的每一块浮木，甚至是一根稻草！

每个人都想赢，但怎么赢得精彩，赢在明处，就需要智慧了。聪明的人知道自己的短板，会努力弥补短板并且发扬长处，愚笨的人从来不知道怎样避免短板，所以总会失败。还有一点，聪明的人目标很明确，知道自己想要什么并且怎么做才能得到。从决定留下来的一刻起，何方远就清楚地知道他的终极目标是什么，他要怎么做才能一步步实现，他要打败多少个对手，才能坐上他理想中的宝座。

除了何方远自己之外，没有人知道何方远最终选择留下，到底是想做什么。在梅茌苒三人眼中，何方远是想当上副总或常务副总；在马大勉眼中，何方远投机取巧，是想在立化称王称霸；在黄是道眼中，何方远背叛三剑客，想坐地起价，是为了个人利益不择手段的小人。

其实以上都不是，何方远想要的，比所有人所能想到的，还要多许多。

企鹅关于千方是立化集体辞职事件幕后推手的报道，一石激起千层浪，引发了业界大范围的报道和讨论。千方首先回应企鹅的报道是无稽之谈，千方根本没有涉足互联网版权产业市场的意向，企鹅的报道，是无中生有的捏造。

随后，各大门户网站也纷纷转载了企鹅的报道和千方的回应，并且加了点评，声称企鹅和千方互相指责对方，明显是此地无银三百两，企鹅和千方，两家之中必有一家是幕后推手。

更有甚者，一家媒体直接以"谁动了兴众的奶酪"为题，综合了企鹅的报道和千方的回应，再根据江湖传闻东拼西凑了一篇文章，指出企鹅和千方垂涎互动娱乐最上游的互联网版权产业，准备斥巨资抢占互联网版权产业市场，只不过重新开拓市场的代价太高，而且时间又太长，不如直接挖人墙脚来得快，风险也小。所以，幕后推手不是企鹅就是千方，甚至说不定是两家联手！

一时之间，各大媒体众说纷纭，大有混战之意，出人意料的是，本来一直没有人提及的芝麻开门突然高调宣布，芝麻开门将探索一条全新的互联网版权产业之路，用现有的在线销售模式拍卖版权，并愿意为成功的版权作品免费宣传。

芝麻开门的举动是试探还是真正试水，外界不得而知，但引发的轰动效应却十分惊人，就如一块巨冰丢入了滚开的油锅之中，顿时引发了新一轮的热议。

不少媒体惊呼，原来说来说去，遗漏了躲在背后伺机而噬的芝麻开门，业内谁不知道马匀绵里藏针的手腕不但高明而且无孔不入，在文化产业即将兴起之时，马匀的帝国梦中会少了互联网版权这个娱乐影视的最上游产业？

不少媒体才恍然大悟，原以为立化辞职事件是企鹅、千方和兴众的三方会战，不想螳螂捕蝉，黄雀在后，还有芝麻开门这一头巨鲸躲在背后，随时准备张开大口一口吞下整个互联网版权产业市场，这一下有的看了，四方混战，滚滚硝烟，在四家之中处在最下风的兴众，实力最弱受伤最重，能否在混战之后还能保住互联网版权产业的霸主地位，许多人都对兴众的前景持悲观的态度。

就在三巨头纷纷出声时，身为当事方的兴众却颇有耐心地保持了沉默，既不对外回应，也不接受任何媒体的采访要求，就连一向喜欢在微博上和名人互动刷存在感的马大勉，近期的微博也是和辞职事件风马牛不相及的风花雪月。

知情人士也大概猜到了什么，在乔国界没有回国执掌大局之前，兴众方面不会有重大举措出台。不过人人都明白的是，以乔国界的狼性，辞职事件没那么容易过去，不管创始团队的背后是三巨头中的哪一家，乔国界都不会轻易放过创始团队。

乔国界纵横业界多年，失败的投资虽然不少，但还从来没有遇到过这样致命的一刀。联想到当年乔国界起家时，为了和一家公司争夺一个游戏的版权，软硬兼施最终逼迫对方就范的手段，熟悉乔国界的人都想知道，乔国界回国后，会怎样收拾残局、会怎样面对他人生最大的一次败局。

下班后，徐子棋和范记安先走一步，何方远加班半个小时，最近人手严重不足，许多工作积压如山，他一个人得干十个人的活儿，好在他皮实能干，虽然累得头昏眼花，但还能扛得住。

正准备出去吃饭时，一抬头才发现梅荏苒的座位上也亮着灯，梅荏苒也在加班？站起来一看，不由哑然失笑，梅荏苒伏在桌上，睡得正香。

睡着了倒也没什么，只是她的样子实在太好笑了，也不知道做了什么美梦，不但咧嘴在笑，嘴角还流了一丝口水，大眼镜也歪到了一边，样子要多萌就有多萌。

如果仅仅是萌也就算了，由于梅荏苒伏案，从何方远站的角度正好看到，她挤压的胸部涌现出了深沟和洁白，他不由得大加感慨，都说女人的胸挤一挤就会有，此话果然不假，以前不记得梅荏苒是波涛汹涌的类型，现在这么一看，她似乎本钱也不小。

不过话又说回来，梅荏苒本也不是飞机场，她身材匀称，发育良好，各个部位虽然不是特别突出，至少也算是傲人。

"喂喂喂，往哪儿看呢？"何方远正愣神的工夫，梅荏苒却醒了，她见何方远一双眼睛直勾勾地盯着她的女性特有部位，顿时又气又羞，"何方远，你，你，我不理你了。"

何方远嘻嘻一笑："夏天一到，大街上的女人争先恐后地挤沟露腿，为的是什么？还不是想让男人欣赏？女人就是一种喜欢裸露并且渴望赞美的生物，有时候却又口是心非地对欣赏的目光质疑，真是无语了。"

"你……你这是色狼逻辑。"梅荏苒整理了一下衣服，一推何方远，"行了，看也看了，请我吃饭补偿一下总行了吧？"

这个逻辑似乎也不对，他并没有看到什么不该看到的地方，请美女吃饭没有问题，但如果担了一个偷看美女身体的罪名，就不太好了。

/ 第十章 /

# 人人都有资格

“请你吃饭没问题，问题是，我请你吃饭，没有理由，只是一起吃饭而已，不是补偿。”何方远嘿嘿一笑，“刚才真的没有偷看你，再说，什么也没有看到。”

“你还想看到什么？”梅茬苒抬腿踢了何方远一脚，“走了，我都饿死了。”

沿平南路走了不多时，就来到了一家名为孔府花园的餐厅，孔府花园以下江本地菜为主，何方远吃不惯淡而无味的下江菜，梅茬苒却要吃，他只好勉为其难。

要了小汤包和几样家常菜，何方远和梅茬苒相对而坐，埋头吃饭，二人都饿了，风卷残云一般消灭了各自的食物，然后抬头来，相视一笑。

“一对吃货。”

“一对活宝。”

二人哈哈一笑，起身结账，吃完了就走人，绝不在饭桌上耽误一分钟，是IT界从业人士的特征。

何方远和梅茬苒一前一后走到门口，正要推门出去的时候，门开了，从外面走进一人，五十岁左右，脸色白净，神情傲然，一看就是平常养尊处优的人物。

何方远并不认识他是谁，出于礼貌，他让对方先行，右手就下意识地放到了梅茬苒的后背上，轻轻向右边一带，是想为对方让路。

“你是谁？松手。”让何方远大吃一惊的是，对方不但不领情，却脸色大变，对他横眉冷对，“拿开你的手，茬苒也是你能随便勾肩搭背的女孩？”

何方远愣住了，这是怎么回事儿？

梅茬苒脸色一变，本来她还和何方远保持了同事的距离，却突然伸手挽住了何方远的胳膊，还斜斜地靠在何方远的肩膀上：“方远，别理他，我们走。”

“茬苒，你站住，他是谁？”中年男人怒气冲冲地伸手拉住了梅茬苒的胳膊。

“不用你管。”梅荏苒挣脱了他的胳膊，“我的事情你以后少管。”

“我是你爸！”白净中年男挡住梅荏苒的去路，“我不允许你找一个外乡人，在下江没房没车的一个外地穷小子就想娶我梅长河的女儿，想得美！”

原来是梅荏苒的爸爸，何方远被他盛气凌人的态度激怒了，本来梅荏苒的家事他不该管，不过脾气上来，他也顾不了那么多了，向前一步，将梅荏苒护在了身后：“梅伯伯，别说我不是荏苒的男朋友，就算是，我想娶她想嫁，我们就可以结婚。没房没车怎么了，谁也不是生下来就有房有车，我想问一句，梅伯伯，你当年和我一样大时，有房有车了吗？”

“你……”梅长河被何方远的话逼到了墙角，恼羞成怒，“荏苒，这个没礼貌的家伙是谁？你马上远离他，不要辱没了你的身份。”

“就是，跟这种一没下江户口二没下江房子三没下江车牌的三无人员在一起，确实是梅大小姐的耻辱。”一个熟悉的声音从梅长河身后响起，人影一闪，一个让何方远意想不到的人出现在眼前，“何方远，没想到吧，我们这么快就见面了。上次你说再见面的时候，你会让我刮目相看，现在见面了，你还是一个屌丝，怎么，什么时候逆袭高富帅呢？”

竟是顾南。

顾南嘲讽完何方远，又朝梅荏苒彬彬有礼地致意：“荏苒，不好意思，上次见面我不知道是你，现在我郑重向你道歉，上次的事情，是我失礼了。”

前倨后恭，顾南有一套，何方远算是看出了门道，他悄然一拉梅荏苒：“美人靠，你到底是什么来历，没听说你有一个有身份的爸爸。”

“回头再说。”梅荏苒一拉何方远，“不理他们，我们走。”

“荏苒！”梅长河暴怒了，一把拉住梅荏苒的胳膊，“你不许走，正好，我准备介绍顾南和你认识，你和他好好交往……”

“我不，你放手。”梅荏苒像一头发怒的小猫，用力挣脱梅长河的手，躲在了何方远的背后。

“你让开。”梅长河不肯善罢甘休，见何方远护着梅荏苒，他伸手就要推开何方远，“你没资格挡在我的面前。”

何方远昂首挺胸，任凭梅长河的手落在他的肩膀上，他纹丝不动：“梅伯伯，荏苒是成年人了，她有权决定她的生活。还有，请你自重，也请你给自己留点儿尊严！”

梅长河脸涨得通红，想说什么，张了半天嘴硬是没有说出口，何方远态度不卑不亢，话说得有理有据，他无从反驳，最终拂袖而去：“你叫何方远是吧？好，我记住你了。”

“不劳梅伯伯惦记。”何方远冲梅长河的背影笑了笑，又冲还在愣神的顾南摆了摆手，“顾南，你的女朋友不是蓝妹吗？怎么，又喜欢上荏苒了？不好意思，荏苒是我的女人，你永远没有机会了。”

顾南讥笑一声：“说大话吹牛皮容易，不过具体到实事上，就得看真本事了。何方远，我们不是冤家不碰头，等着，说不定有一天你会在我的脚下痛哭流涕跪地求饶。”

“祝你好梦。”何方远一伸手揽住了梅荏苒的腰，当着顾南的面，和梅荏苒相依相偎走出了饭店。

“我不是你的女人。”一出饭店，梅荏苒就挣脱了何方远的搂抱，和何方远又保持了友谊的距离，“你嘴上说说行，心里可别胡思乱想，记住没有？”

“我说过就忘了，你怎么还记着？”何方远打趣梅荏苒，“是不是心虚了？”

“懒得理你。”梅荏苒不笑，闷闷不乐，“方远，我好烦，怎么办？”

“你和你爸到底怎么一回事儿？怎么从来没有听你说过？”何方远知道背后肯定有故事。

“很小的时候，爸爸在外面有了女人，和妈妈离婚了，我一直和妈妈一起生活，他后来没娶那个女人，一直单身，还后悔离婚了，又想和妈妈复婚，妈妈不同意。爸爸又不甘心，还总想干涉我的生活，不但想让我去继承他的事业，还想安排我的人生……”

“你爸爸很有钱？”

“应该是吧，我也不太清楚，他的事情我不关心。他离家十几年了，现在好像是一家大型上市公司的董事，据说年薪比马大勉还高。”梅荏苒无所谓地摇摇头，“他是他，我是我，他的钱再多，也和我无关，我不会要他一分钱，我和妈妈虽然过得清贫，却很开心。”

马大勉年薪300万元，比他的年薪还高，就是说，梅长河每天的收入都在一万块以上了？这个收入即使是在号称中国经济中心的下江市，也是绝对的高薪，何方远现在月收入还不足一万块，即使提了副总或常务副总，年薪满打满算三五十万元，也不过才是梅长河的几十分之一。若单纯以收入相比，他和梅长河确实差了十万八千里。

让何方远感慨不已的是，他和梅荏苒同事三年，不想梅荏苒还有这样凄惨的身世，虽说梅荏苒身上也多少有一般女孩爱慕虚荣的习气，表现得却并不明显，而且她虽然有一个十分有钱的爸爸，却能固守清贫，不听从爸爸的人生安排，也是难能可贵的。

何方远对梅荏苒又多了几分赞赏。

“荏苒，你放心，跟了我，以后我一定会让你买得起LV。”何方远目光坚定，颇有领导风范地拍了拍梅荏苒的肩膀。

梅荏苒却误解了何方远的意思：“什么呀，我不是依附男人的女人，而且我也说过了，我不是你的女人，我不会跟你。”

“我也不是你的男朋友。”何方远哈哈一笑，“我是你的领导，明白我的意思没有？”

“啊，何总监，你的意思是说，你要是成了IT新贵，肯定会拉我一把了？”梅荏苒明白过来了，喜笑颜开。

“那要看你跟不跟我了？”何方远故意拿捏。

“跟，当然跟，信何哥，得幸福快乐，我坚决跟在何哥身边。不过……”梅荏苒露出了疑惑的神情，“何哥，你到底打的是什么主意？万一你最后失败了，我不是白浪费感情了？”

“天机不可泄露，等乔董回来，你就知道了。”

“切，装腔作势，不理你了。”梅荏苒冲何方远挥动白如美玉的小手，告别了何方远，坐车回家了。

乔国界也该回来了。回家的路上，伴随着地铁“哐当哐当”的摇晃声，何方远又将整个事件理了一遍。事情到底会以什么结局收场，现在主动权不在幕后资方手中，也不在江武等人手中，更不在马大勉手中，而是掌握在乔国界手中。

而在他的计划中，乔国界也是他逾越不过的人生的第一座高山，他想要赢得人生的第一个成功，想要打开通往第四次互联网浪潮的大门，就必须借助乔国界的力量。

每个人的成功之路上，总会有一两个贵人相助，何方远在研究了互联网三巨头的逸事之后得出了结论，如果他跟随三位老大离开兴众，不管投身到三巨头中哪一家的旗下，他都很难入得了三巨头之眼，甚至可以说，他和三巨头面对面的可能性，无限接近零。

想要得到三巨头的赏识，必须和三巨头面对面，只有面对面，才能让三巨头见识到他的才能。但他设想了种种可能，以他一个副总监的身份，远远不够资格和三巨头其中任何一人直接对话，怕是就连江武想和三巨头对话，也需要提前预约，而且还不一定能预约成功。

相比之下，和同样是在互联网业界呼风唤雨的乔国界直接对话就容易多了。

当然，如果换作以前，何方远不过是兴众帝国众多分公司旗下网站的一个小小的副总监，距离高高在上的帝国的创始人还有十万八千里，毫无疑问，乔国界连他是谁都不会知道，而且说实话，他在立化五六年了，除了开会时远距离见过乔国界之外，还从来没有走近到乔国界身前三米以内，更没有和乔国界说过一句话。

何方远相信，集体辞职事件之后，他的名字就会深深地印在乔国界的脑海中，如果他运作得当，他和乔国界面对面的机会，将会有百分之八十的可能。

只要他能和乔国界面对面，就是他展翅高飞的开始。

一阵电话铃声打断了何方远的思路，何方远拿出手机一看，是海山来电。

几天来，何方远一直想主动打个电话向三位老大解释一番，几次拿出电话又放了回去，有些事情做了就是做了，多说无益；解释过多，既没必要又有许多话无法说出口，也许越抹越黑，他只好选择了沉默。

不想海山竟主动打来了电话。

“海老大。”何方远努力让声音平静如水，“找我有事？”

“方远，我尊重你的选择，你留在立化，对你本人来说，更有发展前景，虽然我本来打算新站上线之后，让你担任总经理。”海山的声音很平稳，没多少起伏，和他平常的腔调一样，似乎真的能平静面对何方远留在立化一样。

不过他透露的消息，却让何方远心中蓦然刮过一阵狂风，他也清楚三位老大都签署了《竞业禁止协议》，不能公开出面担任新公司和新网站的任何职务，必须要有代言人出面，他也曾经设想过谁最适合担任新站的总经理，从三位老大最信任的副总监胡书扬到几个小组长，最后也想到了自己，不过，他并不认为他是最佳人选，因为他清楚，他最受江武器重，却并不是很受海山和高路的赏识，要想担任代言人的重任，必须三位老大一起点头才行。

海山打电话告诉他，他错过了担任新站总经理的机会，何方远心中不知是遗憾还是庆幸。新站总经理一职，年薪最少50万元起，当然，收入只是一方面，当一个人位置高了，眼界开了，境界提升了，机会也会多很多。

机会，是一个人上升最关键的梯子，没有机会，身为草根，也许永远挣扎在社会的底层，永远是被人踩在脚下的屌丝，永远是被高富帅嘲笑和贬低的对象。

何方远很清醒地认识到，他上升的途径只有两条：一是职业经理人，从经理、总经理再到CEO，从年薪30万元到300万元，一步步实现人生的最大价值；一是借互联网财富神话的东风，成为互联网财富神话的新贵。

一个草根，无权无势，无根无底，在什么行业最能迅速积累财富并且功成名就？唯互联网也。传统行业需要根基、需要资本，更需要人脉，三者缺一不可，而何方远既非下江人也非富二代，以上三者全部欠缺。

纵观互联网巨头的功成名就之路，无一人是凭借庞大的资金和深厚的人脉得以成功，无不是审时度势，顺势而起，抓住了机遇，认清了方向，然后一鸣惊人。

人生有得必有失，既然他决定了要借乔国界之势，那么新站的总经理之位，失去了也没什么好惋惜的，何方远深呼吸几下，平静了心情："谢谢海老大的抬举，我留下来，也是考虑到求稳，不想再冒险了，毕竟不清楚投资方是谁。"

"投资方现在真的不便透露，不过可以明确地告诉你，是互联网三巨头之一。"海山的语气流露出一丝遗憾，"以后我们就是竞争对手了，我打电话给你，是想告诉你，从现在起，公事就通过办公电话联系，私事……就尽量少联系吧，等你当上了立化的副总后，我们就各为其主各行其是了。"

"祝海老大再创新高。"何方远表达了真诚的祝福，"互联网版权产业市场很大，我希望以后立化和新站之间不是零和零的对抗，而是共同携手，开拓市场，只有市场做大做好，才是互联网版权产业的春天，也是互联网版权产业成为互联网第四次浪潮的前提。"

"我和江武、高路也是这么想的，只不过，乔董恐怕不这么想……"海山的语气很坚定，"等乔董回来后，他的态度将决定立化的命运。"

海山的电话断了。手握电话，何方远心中微有感慨。海山说得对，以乔国界的为人，海山等人闪了他一道，直接导致他的上市计划落空，让他十年的心血付诸东流，他若肯和挖他墙脚的人携手开拓市场，他就不是乔国界了。

而海山最后一句话也不无威胁之意，言外之意就是，如果乔国界非要玩有你没我的零和游戏，新站也会奉陪到底。何方远相信，新站不管是凭借投资方雄厚的实力还是凭借自身强大的造血功能和战斗力，绝对有和立化一战之能力。

立化成立十年间，经受过无数次挑战，但无一例外，不管对手的资方是不是比兴众更强大更有实力，最终都失败了，原因无他，只因立化有一支精良的团队，整个团队就如一台精密的机器，分工合作，高速运转，从来不出现一丝差错，拥有无与伦比的造血功能和强大而持久的战斗力，基于此，立化一直是业内的领军，一直被模仿，从未被超越。

但现在，这支战斗力强悍造血功能强大的团队全部撤离，立化成了空架子，只剩下了几个有限的生力军，还能有几分战斗力？

/ 第十一章 /

# 一个人的帝国

两天后，传来了乔国界即将回来的消息。同时，立化辞职员工的手续基本上办理完毕，最终确定辞职的人数占四分之三多。成立了十年的立化，经历了成立以来最大的一次动荡！

马大勉站在电梯口，望着立化办公区空空荡荡的座位，脸上乌云密布，眼神阴冷如冰，他五年的努力和布局、五年的心血和汗水，不敌三人登高一呼，在三人率领立化多数员工转身离去的瞬间，他职业经理人生涯的不败战绩，一败涂地，他想借兴众文学上市一跃成为亿万富翁的梦想，支离破碎、一地鸡毛。

为什么会这样？马大勉胸中怒火冲天，为什么江武他们非要把事情做绝？为什么就不能放下成见，一同开创兴众文学美好的明天？为什么？！

没人回答马大勉为什么，马大勉也永远理解不了江武三人骨子里的草根意识和创业情怀，创始人和职业经理人的不同之处在于，创始人爱护公司就如爱护自己的孩子，希望孩子健康、完美地长大，而不是把孩子打扮得花枝招展早早地卖掉赚钱。职业经理人只想将公司上市套现，公司不是他的孩子，只是他的赚钱工具，他对公司没有感情，只有利益。

不是自己的孩子不心疼，马大勉不接地气，又一向自诩为精英，从来不肯弯腰平等地和立化对话，只将立化当成兴众文学的现金奶牛，却不给奶牛应有的尊重，还拿着奶牛的奶去喂养他的亲信。一个管理者，做不到公平、公正和公开，不管他遭遇什么样的失败，都在情理之中。

如果让何方远和马大勉开诚布公地谈一谈，何方远会指出马大勉到底失败在了什么地方，但以马大勉无时无刻不流露在外的精英气息和傲然姿态，别说他不会和何方远坐在一起深谈，就算有，他也接受不了何方远对他的指指点点。

不过话又说回来，何方远也不会对马大勉实言相告。有些人永远局限在自己的井口中，无法破土而出，何方远就算再真诚再坦诚，马大勉不会听信一个和他差了很多级的下属的劝告。这不符合他的风格，也有损他的精英身份。

事实上，就算马大勉真的意识到了自己的短板，愿意改进，愿意倾听别人的意见，何方远也不会说，帮马大勉改正错误就等于为自己的成功设置障碍，他才不会做搬石头砸自己脚的笨人。

不求神一样的队友，只求猪一样的对手，尽管留在了立化，尽管马大勉是他的顶头上司，但何方远还是没有将马大勉当成队友，还是当他是对手。在他的计划中，马大勉是他必须翻越的高山之一。

“方远，马总让我负责招聘，这事儿，我们一起负责吧。”黄是道从总监室出来，来到何方远面前，扔给他一份资料，“这是投递的简历，你先筛选一下。”

总监级别才有单独的办公室，副总监没有，一正一副，待遇的差距就是这么大。而比表面上差距更大的是，马大勉把黄是道当作心腹深信不疑，对他是半信半疑。何方远接过资料，若无其事地说道：“都开始招聘了我才知道，我就没有必要再参与了吧？招聘员工是大事，谁招聘，谁就有向心力，这事儿，还是你负责比较好。”

黄是道没想到何方远话说得这么直接，脸色一变：“立化的招聘一向由三位老大负责，这不，三位老大都不在了，就暂时由上头接手了。马总安排了兴众文学的一个副总负责这件事情，资料也是副总转到了我的手里。”

还不错，黄是道的态度还算真诚，比马大勉会来事多了，不过也可以看出，现在黄是道有求于他，何方远见好就收：“好吧，既然黄总监吩咐了，我就照办。”

黄是道见何方远态度好转，就势坐在了何方远旁边，压低声音：“方远，不知道你听说没有，有消息说，总部会来人担任兴众文学的副总裁兼立化的总经理，据说人选已经定了，是总裁办主任。”

兴众总裁办主任肯定是乔国界的嫡系了，这么说，乔国界直接空降嫡系接手立化，是对马大勉的不信任了？何方远就问：“不是说马总提名吴连担任兴众文学的副总裁兼立化的总经理吗？”

吴连是马大勉的嫡系。

马大勉上任后，兼并收购了许多家互联网版权网站，吴连所在的高山上就是其中一家。高山上经营状况不善，年亏损数百万元，但在收购时，马大勉却开出了溢价百分之三百的价格。

最终在马大勉的坚持下，这笔收购以让业内震惊的一个数字全权收购，此事，曾经引发了广泛的讨论，都认为兴众文学对高山上的收购溢价太高，作为一个连年亏损几乎丧失了发展方向的网站，即便兴众文学出于壮大声势的需求进行收购，也不用溢价，因为高山上不被业界看好，无人收购，没有竞争还溢价收购，是不是有什么猫腻？

有没有猫腻，何方远就不得而知了，但此事让他对马大勉的看法大变，如果说以前他还认为作为一名职业经理人，马大勉为人虽然小有文青，但至少还有商业道德底线，坚持职业操守，那么高山上的收购案让他明白了一个道理，在利益面前能坚持底线的人，真的不多。

吴连原本在高山上担任副总，高山上被收购后，他就被马大勉调到了身边担任了兴众文学的副总裁，此事，也曾在兴众文学引发了不少反对的声音。一家失败的网站的副总，摇身一变成了兴众文学的副总裁，和立化的总经理江武平起平坐，凭什么？立化可是贡献了整个兴众文学一半的利润，高山上还要靠立化输血才能生存，这样的不公平怎么能让人服气？

也正是马大勉的用人不公和刻意打压立化系的人马，才导致今天三位老大振臂一呼响应者云集的局面，不得不说，马大勉有今日之败，罪不在别人，而在自身。

三位老大一辞职，何方远就意识到马大勉全盘接管立化的机会来临了，早就听说马大勉有意让吴连替代江武，不想，乔国界横插一手，要安插自己人了。

江山易改，本性难移，乔国界还是那个强势、霸道、唯我独尊的乔国界。放眼兴众，不管是违逆他意志的江武还是事事顺从的马大勉，在他眼中，都是棋子，或者说，从开始到现在，兴众始终只是他一个人的帝国。

“马总的提名，乔董没同意，乔董直接提名总办陈果，马总没反对。”黄是道又向前凑了几分，“方远，你善于分析问题，说说看，等乔董回来了，兴众文学会是一个什么局面？”

何方远意味深长地笑了，黄是道真有意思，原来还想见风使舵，一见马大勉有失势的可能，莫非就想向陈果靠拢？不过一想也是，黄是道虽然是马大勉一手提拔的嫡系，但和马大勉只有利益没有情谊，职场之上，利益从来只是合则有不合则无，不像情谊可以长久。

“这个我可说不好。”何方远对兴众文学接下来的局面当然有他的分析，但他不会告诉黄是道，开玩笑，他怎么可能让黄是道知道他的思路，“关键还要看乔董怎么想，在兴众帝国，只有乔董是棋手，别人只能是棋子。”

这话等于没说，黄是道笑了笑，岔开了话题：“听说乔董一回来就会宣布立化新的管理层，你最少也是总监了，恭喜。”

总监？难道说马大勉不但不给他常务副总，连副总也不给？何方远观察了一下黄是道的表情，见他眼神闪烁，心里明白了几分，黄是道八成是在为马大勉探路来了，想试探他的底线，他就无所谓地摇了摇头：“什么总监，我还当我的副总监就挺好，操心少，责任少，风险也小，现在空了这么多人，要是当上总监，得多忙？我看还是算了，我对目前的职务，很满足。”

“现在正是需要你的时候，你可不能退后呀，方远，留下来的人中，我和你之外，也就是荏苒、记安和子棋最能干了，剩下的几个人，都是打酱油的，就算招进了新人，一时半会儿也不顶事儿，估计在相当长的一段时间内，就得我们几个扛大梁了。”

“黄总监扛大梁，我跟上。”何方远还是不动声色，他倒要看看，黄是道到底是什么打算。

现在的立化，比三位老大们在的时候混乱多了，以前只分创始系和兴众系，现在创始系不复存在，以他为首的四人组如果非要再命名一个新系的话，叫何系更贴切一些。而由马大勉一手提拔的黄是道和陈开旭，再叫兴众系也不合适，如果陈果空降的消息属实的话，马大勉现在不能再代表兴众文学了，那么黄是道和陈开旭就得改称为马系了。

陈果空降后，也会培植自己的势力，姑且先称之为陈系，那么重组后立化至少会出现三股势力，何系、马系和陈系，新招聘的员工，除了分别加入三方的势力范围外，也有可能会抱团成立一个新系，那么就是四系了——新系。

一个公司或一个团队，派系越多，战斗力越弱，三系或四系的立化肯定远不如以前创始系一家独大时抱团，再如果黄是道怀有二心，又想要倒向陈果，那么马系就会在立化消亡。而何方远如果加大攻势，将新员工这一生力军拉拢到旗下，那么最终立化形成何系和陈系分庭抗礼的局面，也不是不可能。

两系较量，总比三系或四系混战强。

“方远，你就别跟我谦虚了，我觉得你就得挑大梁，回头我向马总推荐一下，让你顶上副总。”黄是道一拍何方远的肩膀，“现在正是我们摒弃成见共渡难关的时候，希望以后我们通力合作。”

等黄是道一走，梅荏苒、范记安和徐子棋立刻围了上来，七嘴八舌地说道：“何哥，黄是道套你话来了，听他的意思，马大勉想用一个总监就打发了你？去他的，我第一个反对。”

“何哥，干脆我们反了吧。如果马大勉真敢只用一个总监应付你，我们集体辞职！”

“对……对，撂挑子，不干了，太欺负人了。”

何方远摆了摆手：“一个人在没有成功之前，世界不会在意他的尊严。意气用事要不得，马大勉现在只是试探我，立化管理层的人选，最后的拍板权在乔董手中，他说了不算，不过，他有提名权和建议权。说白了，马大勉一直当我们是创始系，对我们不够信任。”

“那到底要怎么办？”梅茬苒替何方远着急，“何哥，要是你当不上副总，可太亏了。”

“办法有很多，最关键的一个就是……”现在可是加强凝聚力和向心力的好时机，何方远环视了几人一眼，“就看你们是不是和我一条心了。”

“何哥，你不相信我们？”徐子棋急了，一挽袖子，“你说怎么办，我光膀子就上。”

徐子棋是南方人，从小却在北京长大，脾气也变得和北方人一样直爽了。

何方远见效果达到，哈哈一笑，将手中的员工招聘资料一分三份，分别递与三人：“你们三人每人从里面筛选一部分员工，从简历入手，分析他们的性格和能力，做到心中有数，等他们一进公司，在他们没有看清形势没有站队之前，拉拢他们加入我们的团队。”

“好主意。”范记安右拳一击左掌，“用实力说话，现在何系才有四个人，力量太弱，如果何系有二十个人，就是一股不容忽视的强大力量了。何哥，我第一个支持你。”

“我也支持。”徐子棋也表态了。

“这样似乎不大好吧？”梅茬苒却一反常态，有几分犹豫，“以前三位老大在的时候，创始系是用了十年的时间才形成了战斗力，现在出了这档子事情，马大勉肯定会想方设法阻止拉帮结派的情况再次发生，再说乔董也不会允许一个新派系的坐大。”

“我没说要坐大，也没想过要和创始系一样形成战斗力。”何方远微微一笑，“我只想让乔董和马大勉看到我的存在。”

“明白了，明白了。”范记安最先领悟何方远的思路，嘿嘿一笑，“不求坐大，也不求战斗力，只求当成上升的阶梯。何哥，我现在无比期待你秒杀黄是道的一刻。”

梅茬苒和徐子棋也明白过来了，二人一起点头，心领神会地笑了。

由于人手不足，立化一大摊子事情全压在了何方远几人的身上，一上班就忙得不可开交，直到下班的时候，才总算有了空闲，不过等何方远刚伸了伸懒腰想要舒展一下筋骨时，电话就响了。

“何方远？我是总办陈果，麻烦你来我办公室一趟。”

陈果？何方远心中一惊，陈果的动作够快，才有传闻出来，还没有正式宣布任命，他就想开始着手立化的工作了？

想了想，何方远没有先上楼，而是敲开了黄是道的办公室。

“黄总监，刚接到总办陈果主任电话，说让我去他的办公室一趟，这事儿，你知道吗？”何方远可不是出于好心才向黄是道通报一声，而是想借黄是道的口将事情传到马大勉的耳中。他完全可以肯定，陈果单独约他见面的事情，马大勉并不知情。

陈果是总办主任，如果如传闻一样走马上任兴众文学副总裁兼立化总经理，也是位于马大勉之下，归马大勉领导，不管陈果找他何事，在马大勉彻底失去乔国界的信任之前，只要马大勉还是兴众文学的CEO，他就绕不过马大勉这座高山。

绕不过就要勇于攀登，何方远不是知难而退的人。

“不知道哇。”黄是道先是一惊，随即又觉得太失态了，忙镇静了几分，“陈果找你，应该是想了解一下立化的现状，你去了，小心说话。”

“嗯。”目的达到，何方远不再多说，转身上楼而去。

不出所料，他一出门，黄是道就忙拿起电话，打给了马大勉：“马总，陈果出手了，开始接触何方远了。”

“知道了。”马大勉淡淡地应了一声，放下电话，他起身来到窗前，俯视窗外的景色。

总部在十八层办公，他在十五层，立化在十层。何方远从立化去见陈果，必须经过十五层，不知何故，他瞬间有一个不安的念头闪过：何方远以前一直在十层办公，很少到十层以上的楼层，这一次却直接越过十五层上升到了十八层，这似乎是一个不好的开端，莫非预示着何方远在立化默默无闻了四五年，终于有机会进入了总部管理层的视线？

/ 第十二章 /

# 提前进入状态

陈果约见何方远，如果仅仅是为了了解立化的现状，也没什么，只要是陈果自己的主意就行，怕只怕，如果陈果是得自乔国界的授意，就麻烦了。

马大勉心里清楚，立化集体辞职事件，意味着中国互联网版权产业的市场格局和版图即将迎来过去十年中最大的变局，人人都在关注事件对整个互联网业界带来的冲击，却很少有人关注事件本身对他个人前途造成的困扰。尽管乔国界并没有明确表露出对他的不满，他也明白，这件事情，让他和乔国界的关系蒙上了阴影。

乔国界为人，性格强硬，铁面无情：他用人时，只要聊得投机，三言两语就能拍板；炒人时，一言不合就能让人滚蛋。如果将互联网比作江湖，他就是江湖中快意恩仇的大侠：高兴时，大块吃肉大碗喝酒；不高兴时，翻脸无情，手起刀落。

诚然，值此立化生死存亡之际，乔国界就算对他再不满，也不会现在就直接让他卷铺盖走人，况且他整合兴众文学五年，是推动兴众文学上市的不二人选，短时间内，乔国界即使因立化集体辞职事件迁怒于他，也只能没有选择余地地再留任他一年半载。

现在陈果提前进入状态，最先接触的人不是黄是道，也不是别人，而是何方远，已经有十分强烈的想要全面掌控立化的意图了，而且还绕过了他，这让他心里很不舒服。想都不用想，陈果肯定已经得到了乔国界的授意，也就是说，陈果担任兴众文学副总裁兼立化总经理一事，已成定局。

而且陈果显然有拉拢何方远之意。

何方远作为创始系的遗留势力，和他必然不和，有天然的敌意，陈果是想让何方远为他所用，以便迅速而果断地全面接管立化。之前，他一直努力对外宣传弱化立化，强调兴众文学，现在倒好，陈果接管立化之后，第一件要做的事情就是在立化立威，弱化他的影响力，去马大勉化。

难道说，他在兴众的日子，屈指可数了？马大勉心中闪过一丝沉重，当然，更多的是愤怒，既愤怒于江武等人的突然发难，也愤怒于乔国界的翻脸无情，尽管此时乔国界还没有明显流露出对他的厌恶。

该怎么办才能扭转现在不利的局面？马大勉思来想去，忽然发现了一个闪光点，对了，就是何方远，何方远现在是支点人物，既然陈果可以拉拢，他为什么不可以拉拢？如果何方远为他所用，让何方远在立化担任要职，他再借何方远之手牢牢掌控立化，手中岂不就多了一张底牌？

马大勉不是担心被乔国界炒掉，而是现在离开兴众，太狼狈了，也不利于他以更高的身价找到下家，如果等他妥善处理了立化集体辞职事件之后再跳槽，会为他加分不少，说不定还会因为出色的应变能力而得到更多的赞赏，从而前进一步，年薪大涨。

好，就这么定了，既然意识到了何方远的重要性，马大勉当即拿起电话打给了乔国界："乔董，我想好了，立化的副总人选，我推荐何方远……"

如果让何方远知道陈果的一次召见让马大勉改变了主意，准备向乔国界推荐他担任立化的副总，他也不知是该庆幸终于迈出了关键的第一步，还是该无奈有时候命运也会捉弄人，因为本来他一直想借马大勉之手先上第一个台阶，没想到，有人抢先马大勉一步向他伸出了拉拢之手。

"方远，你能留在立化，我很高兴。"四十余岁的陈果长相显年轻，乍一看，比小他几岁的马大勉还精神几分，他说话的时候和颜悦色，不愧为担任了多年兴众总管的人物，八面玲珑，"我代表乔董，感谢你对兴众的信任。"

这一句话分量就重了，何方远忙站了起来，恭恭敬敬地说道："陈主任言重了，我对立化有感情，也看好兴众的发展，更佩服乔董的为人，所以选择留下。"

"坐下，不要客气，不要拘束。"陈果呵呵一笑，拿起一根雪茄，"抽不？"

何方远连忙摆手："不用，谢谢。"

陈果熟练地剪掉雪茄的一头，又在火上稍微烤了烤，点燃之后，悠长地吸了一口："我不好酒，就好雪茄，多年的习惯，改不了了。"

何方远附和地笑了笑，没有说话，和马大勉以及陈果相比，他在生活的品位和追求上，还差了不少，毕竟层次上有太大的差距，相比之下，他倒更欣赏马大勉的文青做派和忧郁气质，而不是很喜欢陈果微显做作的小资情调。

虽说下江是一个崇尚小资情调的城市，但和传统权贵追求奢华生活不同的是，互联网新贵们崇尚简单、简约和随心所欲的生活，就如小马哥去北京开会，一个人拎一个大箱子下飞机，在人来人往的首都机场毫不起眼，比起前呼后拥的明星和国企领导，他普通得就如一滴水。只是谁也不知道的是，放眼国内，不论身家还是影响力，能和小马哥相提并论的，没有几人。

一个小马哥的身家可以抵几十个上百个大牌明星，甚至相当于一个中等规模城市的生产总值，可他身上却没有丝毫的骄纵和不可一世，互联网财富神话造就的亿万富翁，低调务实，比传统的权贵更符合何方远的价值观。

“找你来，是想和你聊聊立化的现状，同时，也想听听你对立化下一步的看法。”陈果切入了正题，“立化新的管理层，近期就会出台，我已经向乔董推荐你担任立化的副总了。”

“啊？副总……这个太突然了，太意外了，我怕我不能胜任。”何方远惊喜交加，虽说一个立化的副总并不是他的最终目标，但副总是起点，只有到了副总级别，才能进入乔国界的视线，他本想借马大勉提名他担任副总而引起乔国界的注意，没想到，最终提名他的人竟是陈果。

如果何方远知道就在刚才，马大勉也亲自打电话向乔国界推荐他担任立化的副总，他肯定会为他决定留在立化而欢呼，陈果和马大勉先后提名他担任立化副总，表面上迫于形势，其实何尝不是何方远目光长远，早就算出了集体辞职之后的立化正是他脱颖而出的最佳时机？

他在立化四五年了，从来都没有进入过乔国界的视线，现在终于成功地引起了乔国界的注意，万里长征迈出了最为关键的第一步，好事，绝对的大好事。

“你担任副总监的时间虽然不长，但你的能力强、悟性高，而且人缘好，我认为，你担任立化的副总，肯定可以胜任。”陈果鼓励了何方远几句，话题一转，“说说你对立化下一步的想法。”

如果说提名他担任副总是激励，那么这个问题就是考试了，提名是一回事儿，最后能不能获得任命，就是另外一回事儿了。所以，考试必须通过。

“下一步最首要的任务就是补充新鲜血液，招聘编辑，同时淡化辞职事件对兴众文学的负面影响。现在各大媒体都在大幅报道辞职事件，到目前为止兴众还没有发表任何通告，这不正常，也让兴众很被动，我觉得，现在应该以兴众文学的名义接受媒体采访，向媒体发出兴众强硬的声音。”何方远说出了本来想向马大勉提交的建议，既然陈果最先向他示好，并且提名他担任立化副总，他就得投桃报李。

“你和我的想法一致，可惜的是，马大勉觉得现在接受媒体采访，不是时候。”陈果的倾向越来越明显了，话也直接了许多，“方远，如果我让你代我拟一份新闻通稿，你什么时候能交稿？”

“新闻通稿？关于立化的辞职事件？”何方远惊问，心想稿子一写一交，他就等于站队了，一入陈系深似海，从此大勉是路人，虽说马大勉有可能失势，但现在马大勉毕竟还是兴众文学的CEO，高了陈果一级。

陈果看上去文质彬彬，戴眼镜抽雪茄，小资得很，吃相却也不雅观，在还没有正式走马上任之前，就想和马大勉夺权了。不过既然他是乔国界的嫡系，肯定深得乔国界信任，他的所作所为，即使没有得到乔国界的直接授意，也肯定得到了乔国界的默许。

怎么办？何方远一时拿不定主意，虽说陈果上任立化总经理一职已成定局，但马大勉余威还在，以乔国界反复无常的个性，如果马大勉这一次从容过关，也许乔国界会重新加深对他的信任，乔国界虽然独断专行，这些年被他炒掉的CEO数不胜数，但马大勉似乎是他最满意的一个。

在形势还没有明朗化之前，他现在就贴上陈系的标签，会不会是一步错棋？何方远一时犹豫。

“我怕我写不好，不能充分领会上面的意思。”何方远以谦虚当借口，后退了一步。

“不要紧，我这里有一个纲要，你在纲要的大前提下，随意发挥就行了。”陈果递给何方远一份资料，不等何方远再推托，直接说道，“明天交给我，没问题吧？”

“没……问题。”既然逼到这个份儿上，何方远也不好再推让了，只好接过了烫手山芋。

“还有一件事情，有必要让你先做好心理准备。”陈果白净的脸上浮现一丝若有若无的笑意，“总监和副总监，可能会从外面招进一个，到时你替我把把关。”

“陈主任，这事儿，要不要跟马总打个招呼？”何方远试探地问了一句，他想知道陈果做这些事情，是不是有意避开马大勉。

“这个你就不用操心了，做好自己的事情就行了。”陈果脸色微微一变，随即又恢复了正常。

何方远看出了陈果脸色变化之下的心理变化，明白了一个事实，陈果确实是有意瞒着马大勉，是想在还没有正式掌管立化之前，先摸清状况，占领山头，等任命一下达，就能第一时间进入状态并且全盘掌控立化。

现在的立化是个空壳子，谁先入为主，谁就能掌握先机，陈果虽然是后来者，但现在他和马大勉站在了同一个起跑线上，显然，他想后来居上。

下楼，回到自己的座位上，何方远先看了一遍纲要，大概明白了总部对立化辞职事件的立场，在他脑中新闻稿就有了眉目。

刚要动笔，黄是道悄然出现在了身后。

“方远，我刚从马总办公室回来，刚才马总已经亲自向乔董推荐由你担任立化副总了，恭喜你方远。”黄是道亲切地一拍何方远的肩膀，就势坐在了何方远身边，“马总很欣赏你的才干，他希望你在立化能挑起大梁，还希望你以后能为兴众文学的发展尽心尽力。”

马大勉也出手了？不但推荐了他担任立化的副总，还暗示他以后会有更大的发展空间，说不定连兴众文学也会有他的一席之地？何方远开心归开心，却没有被初战告捷的胜利冲昏头脑，他很清楚他现在的处境，时势造英雄，时势一过，或许他的支点作用就没有那么明显了。

不过话又说回来，什么是时势？时势就是人生际遇，就是千载难逢的良机。

“我要是副总，你最少也是常务副总了，也要恭喜你，黄总监。”何方远知道黄是道一是向他透露消息，替马大勉向他示好，二是肯定还有别的话要说。

“陈主任找你，有事？”黄是道也不绕弯，直接就问到了正题，“陈主任可能会接管立化，不过在没有正式任命之前，立化还是由马总掌管。”

话不用说得这么直白，何方远心里大大地鄙视了黄是道一番，他还不清楚现在的形势？问题是，陈果直接逼他就范，他又能怎样？他能接受马大勉的拉拢，也得接受陈果的拉拢，两边谁也不能得罪。

“也没什么事儿，就是问了问我立化的现状，是不是人心安定，对未来的前景有没有信心，等等。”何方远没有和盘托出实情。

“就这些？”黄是道不太相信，“没说他要接手立化这些事情？”

“没说。”何方远见黄是道过于迫切，心中暗笑，就有意逗一逗他，“我和他又不熟，第一次见面，他怎么可能说太多？”

“也是。”黄是道差不多相信了，他一脸诚恳，“方远，现在我们同舟共济，以前的事情就都过去了，一切重新开始，不管过去谁对不起谁，都不要再计较了，希望我们同心协力，为了立化的明天，团结一心。”

“好，现在正是需要拧成一股绳的时候。”何方远明白黄是道的意思，是想告诫他别听信陈果的许诺，要坚定地团结在马大勉的身边。

“恭喜何哥……副总，哇，真的可以。”黄是道一走，梅荏苒就屁颠屁颠凑了过来，“何副总，以后要多多关照小妹呀。”

“一边去。”何方远没好气地一推梅荏苒，“烦着呢，一堆事情，挠头，事情不是你想象中那么好，这个副总的位子，不好坐。”

“别得了便宜又卖乖，要当副总了还说风凉话，何哥，风骚才是你的风格，闷骚不是你的本色，怎么着，中午请客？”徐子棋嬉皮笑脸地把他肥胖的身子挤了过来，“当了副总后，我们几个，是不是也有什么奖赏呢？”

“有，一人一根冰棍。”何方远眼睛没有离开电脑，正在思索对外通稿怎么写才能让各方满意，或者说，怎么才能让乔国界满意，本来对外宣传是宣传部门的事情，陈果却非要交给他做，明显是一道关系到他能不能顺利坐上副总宝座的试题。

何方远是很渴望副总的宝座，但副总的宝座并非他留在立化的最终目标，可以说，一个副总宝座还远远满足不了他的胃口，所以，这道试题他不只是当成问鼎副总宝座的试题，还当成他能不能引起乔国界关注的试题。

必须认真对待，务求一鸣惊人，一举进入乔国界的视线。

“别烦何哥了，他有重要的事情要忙，子棋、荏苒，先工作了。”范记安有眼色，招呼徐子棋和梅荏苒不要捣乱，“这样，中午我请客，行了吧？”

“哎哟，太阳从南边出来了，第一次见范贱主动请客，真不容易。”梅荏苒乐开了花，“行呀，不管谁请客，只要有免费的午餐就是好事。”

天下还真没有免费的午餐，何方远不理会几人的吵闹，心思沉了下来，开始狂敲键盘。一个小时后，一篇一千多字的新闻通稿就出来了。

从头到尾检查了一遍，发现没有什么纰漏，再对照了一下纲要，主题思想没有偏差，就点下了“发送”。不过何方远留了个心眼儿，没有只发送给陈果一人，而是暗中抄送给了马大勉。

中午下班时，范记安张罗着出去吃饭，何方远高升副总在望，他心情大好，想出去庆祝庆祝，不想几人正要上电梯时，电梯门打开，从里面走出一人，正是马大勉。

/ 第十三章 /

# 起硝烟

平常马大勉见到立化的员工，顶多是点头示意，很少笑脸相迎，现在的马大勉笑容满面，如同换了一个人一样，让何方远几人一时惊讶。

更让人吃惊的事情还在后头——马大勉一见何方远几人，伸手按住了电梯按钮："方远，这么巧，我正要找你们，是道呢？叫上他，我们一起出去吃个饭。"

什么时候高高在上的马总这么平易近人了？何方远一脸吃惊，范记安和徐子棋更是睁大了眼睛，不敢相信刚才听到的话，梅茬苒更是夸张，"啊"地惊叫一声："不是吧，马总要亲自请客呀？"

"怎么了，不想去？"马大勉开了一句玩笑，甚至还眨眨眼睛笑了笑，"不去可不行，没有美女的饭局会缺少许多情趣。"

"去，为什么不去，马总请客可是破天荒头一次，不去就是傻子。"梅茬苒不是口无遮拦，而是仰仗她身为美女的优势，在马大勉面前半真半假地嬉笑。

等黄是道出来后，一行六人下楼，出了兴众大厦，来到了一家名为笑嘻嘻的私家菜餐厅。

何方远来兴众的年头和马大勉差不多，五年间，别说和马大勉一起吃饭，就是坐在一起谈话的次数，也是屈指可数。正如梅茬苒所说，马大勉请他以及众人吃饭，确实是破天荒头一次。

私家菜餐厅人不多，需要预约才有位子，而且只对会员开放，普通客人恕不招待。如果不是马大勉带领，何方远还真进不来。

在私家菜餐厅吃饭，何方远是第一次，从梅茬苒几人的神情中可以看出，他们也是第一次。

选择了一个僻静的雅间——私家菜餐厅本来人就不多，即使大厅也十分安静——

几人依次落座，点好菜后，马大勉又要了一瓶红酒。

“今天是第一次聚会，本来中午不应该喝酒，破例一次，我带头犯规，你们都不要向乔董告发我哦。否则，我要是被乔董批评了，就扣你们的奖金当补偿。”马大勉似乎心情不错，又开了一个玩笑。

几人都笑了起来。

“以前我和立化的同事接触不多，工作忙事情多只是一个原因，归根结底还是怪我对立化的重视程度不够，错了就是错了，没有借口，我自罚一杯，向各位立化的同事道歉。”马大勉双手举杯，冲几人示意之后，一饮而尽。

行，只伸不屈是条虫，能伸能屈是条龙，何方远对马大勉刮目相看，没想到文青气息十足精英意识高涨的马大勉，能在关键时刻低头让步，放低了身段放下了姿态，真不简单。

“不敢，不敢。”黄是道忙端起了酒杯，“马总过谦了，兴众文学十几家网站，每家都有百十号人，哪里能都照顾得过来？”

“是，是。”何方远也及时附和，“来，我提议，我们一起敬马总。”

众人举杯，欢声笑语，其乐融融，第一步的感情交流，达到了预期。

随后，马大勉姿态依然很低，依次和在座每一个人碰杯，还叫出了每一个人的名字，并且对每个人的优点如数家珍，显然，背后做了不少功课。不过话又说回来，立化只留下了九个人，何方远系又是最优秀的四人组合，马大勉再不下功夫了解几个人的情况，他就太没有头脑了。

敬酒完毕，何方远带头，又回敬马大勉，身为北方人的马大勉酒量不错，来者不拒，一连喝了七八杯，幸好是红酒，否则马大勉非得醉倒不可。

感情有没有，全在杯中酒，男人之间的交情，有时在酒桌上还真能迅速升温。黄是道喝得有了几分醉意，开始拉着徐子棋和范记安东扯西扯，梅荏苒没喝多少，她不说话，一边埋头吃菜，一边偷眼观察何方远和马大勉。

在座的几人中，何方远和马大勉都喝了不少，却又最清醒，而徐子棋和范记安明显舌头大了，梅荏苒就更佩服何方远了，能时刻保持头脑清醒的男人才是优秀的男人，也是最有可能成功的男人。在酒桌上控制酒量，在职场和商场上控制情绪，是接近成功的必备素质。

“方远，你抄送的新闻通稿我看到了，写得很不错，把握住了重点，又显露了你的才华，节奏感很强，力度很大。”马大勉终于提到了稿件的事情，正是何方远抄送稿件的举动让他意识到何方远是一个人才，不但事情办得滴水不漏，而且稿件写得非常符合乔国界的价值观，如果让乔国界看到，肯定会对何方远大感兴趣。

何方远被陈果拉拢也就算了，如果他再进入了乔国界的视线，万一出现了不可预料的变数，乔国界非要重用何方远不可，事情就不受控制了。

乔国界的为人，马大勉再清楚不过了，在用人方面，乔国界求才若渴，有时一时兴起，会只凭一次见面就拍板决定一个重大任命，任命提交到董事会讨论，即使董事会有反对意见也不行，乔国界认准的事情，肯定会强行让董事会通过。

说到底，兴众还是乔国界一个人的帝国。马大勉不能允许何方远越级进入乔国界视线的事情发生，他必须将何方远牢牢地掌控在自己手中。他很清楚，何方远一旦一飞冲天，不但会对他的现在不利，还有可能给他的未来带来不小的冲击。

“马总过奖了，总感觉还有一些地方需要完善，不过自己能力有限，提升不了了，如果马总能斧正一下，就最好不过了。”何方远态度谦逊，心里多少也明白了马大勉今天请客的出发点。

“我正有这个意思。”马大勉也不隐瞒他的真正意图了，“这篇新闻通稿，我再加一些内容进去，索性也不按新闻通稿的模式发布，以采访稿的模式发布好了。正好有几个门户网站一直想采访我，我就拿着你的稿子背书了，怎么样？我得先征求一下你这个原创版权方的意见。作为版权网站，尊重知识产权、尊重原创是基本的道德准则。”

这一手真是高明，何方远下意识多看了马大勉一眼，见马大勉淡定自若，似乎出发点真是大公无私一样。

马大勉是想截和，不想让他进入乔国界的视线，怕他一飞冲天，何方远只思忖了片刻，就很坚定地点了头：“我当然没有意见了，反正纲要也是陈果主任给我的，我不是原创，只不过是依葫芦画瓢罢了。”

“好，就这么说定了，陈果那里，我来说。”马大勉举起酒杯，“来，同举杯中酒，干了，下午都不许耽误工作，否则，我一样会扣你们奖金。”

“何哥，马大勉不地道呀，摆明了是欺负人，这么好的机会就让他一挥手抹掉了，真不甘心。”回到办公室，范记安愤愤不平，“原来是鸿门宴，早知道不去了。”

“没关系，要往好的方面想。”何方远倒不以为意，无所谓地摆了摆手，“我不过是少了一个在乔董面前露脸的机会，马大勉却多了一个对手。这件事情你要这么想，我是受陈果之托，但最终功劳被马大勉抢走，我多了一个和陈果同仇敌忾的机会。”

“不对，何哥，马大勉怎么知道你受陈果之托在写新闻通稿？”梅茬苒想到了问题的症结。

“我发邮件的时候，抄送给了马总。”何方远笑眯眯的表情，像是一个阴谋得逞的坏人。

“啊？你故意拉马大勉下水？太坏了你。”梅茬苒嘻嘻一笑，扬手打了何方远一下，“没看出来，你心眼儿挺多。”

“什么叫拉马总下水？梅茬苒，请注意你的语言文明。”何方远得意地笑了，“我什么不正当的想法都没有，只是走了一下正常的程序，至于马总会怎么做，就不在我善良的考虑之内了。而且马总是上司，他不管做出什么决定，我只有服从的份儿，是不是？”

“不对呀何哥，马大勉肯定会把你抄送他新闻通稿的事情告诉陈果，这样，陈果就会对你有看法了。”范记安提醒何方远，“这事儿，得圆过去。”

“好圆，直接推到黄是道身上就行了。”徐子棋嘿嘿地一阵坏笑，“就说是黄是道发现了你在写通稿，他非要你抄送一份给马大勉，怎么样，这个办法不错吧，一箭双雕。”

“去你的，我有那么坏？”何方远才不承认徐子棋正说中了他的心思，他哈哈一笑，“不说了，不闹了，干活儿了，乔董快回来了，新同事也快来了，立化新的管理层也差不多要敲定了，各位，新时期就要来临了。”

“我更期待三位老大的新站早日上线，拉开互联网第四次浪潮的序幕。”范记安信心十足，“谁不想建功立业跃马江山？男人，都有一颗不安分的心呀。”

谁也没有想到的是，马大勉的动作还真快，中午刚说了采访的事情，到了晚上，采访他的报道就铺天盖地地出现在了各大门户网站，一时之间，刚刚沉寂了两天的互联网版权产业格局之战，再起硝烟。

何方远在家中浏览了一个小时的网页，综合了各大网站的报道，从中梳理了马大勉的思路，再根据马大勉和乔国界密切的关系推断，大致也得出了乔国界对辞职事件的立场——坦然面对，奋起直追，绝不手软，追究到底！

一场大战，在所难免了，何方远默然无语，资本的无情，比他想象中还要残酷。

马大勉的访谈，主要从三个方面陈述了兴众的应对之策。

先是声明集体辞职事件对立化的影响很小，出走的员工只是少数，立化现在一切正常，立化不会被打垮打倒。随后语气一转，马大勉剑指企鹅，列举企鹅近年来扩张的步伐经常受阻，企鹅曾经拥有数百个项目，但成功的极少，大部分都以失败告终。

两年前企鹅也进军过互联网版权产业，当时大肆炒作，高调宣传，仿佛成功就在眼前一样，结果投入了大量人力、物力之后，企鹅的互联网版权产业之路走得无比艰难，最终还是败走麦城。

马大勉暗示说，希望企鹅认清自身的优势所在，不要以为可以全行业通吃，在互联网版权产业之路打过败仗的企鹅，如果以为现在是一个打胜仗的机会，就大错特错了，说不定会输得更惨。

剑指企鹅之后，马大勉又直指千方和芝麻开门。

比起针对企鹅的言论充满了挑衅意味不同的是，马大勉对千方和芝麻开门的忠告，就含蓄了许多，他认为千方的主要优势在于搜索引擎，在搜索引擎之外，千方的优势并不明显，千方既没有拓展渠道，也没有一个有效的用户消费机制，如果下注互联网版权产业，将是一笔风险极大的投资。

而马大勉对芝麻开门的建议，则更小心翼翼了几分。芝麻开门拥有庞大的消费用户群，不过消费用户群的目标不一样，也未必能转化成功，况且芝麻开门没有互动娱乐的发展思路，互联网版权产业的巨大价值最终还是会体现在互动娱乐上，没有互动娱乐的布局，投资互联网版权产业，意义不大。

如果说以上的话，一半是官方公事公办的套话，一半是马大勉对三巨头的告诫和提醒，那么文章最后，马大勉的语气一转，以十分严厉的口吻对出走的员工进行了毫不留情的警告，几乎是以威胁的语气指出，兴众将会追究违约员工的责任。

本来好好的一篇访谈，如果没有最后几句，有可能就是一次成功的公关，但最后几句不但露怯，还让兴众小家子气的嘴脸暴露无遗，顿时引发了轩然大波。

何方远关上电脑，一个人坐在黑暗中，久久无语。马大勉的立场在他的意料之中，马大勉的威胁却大大出乎他的意料之外。如果马大勉的公开威胁是出自乔国界的授意，那么这场战争，怕是会持续不断地升级。

果然，第二天各大媒体开始大幅报道马大勉的访谈，不少媒体还加了点评，对马大勉的威胁言论或讽刺或调侃，指责兴众的做法有失公允，难道一进兴众门就不能辞职走人了？哪家公司有不允许员工辞职的规定？

一时之间，各大媒体群情汹涌，兴众被推到了风口浪尖之上，成为媒体口诛笔伐的对象。基本上可以说，在集体辞职事件上，兴众的宣传部门就和不存在一样，从一开始到现在，舆论几乎全部一面倒地指责兴众，而兴众方面一直处在道德和道义的至低点，几乎被批驳得体无完肤。

兴众险些成了过街老鼠。

两天后，乔国界回国，一落地就急匆匆来到了兴众总部，召开了紧急会议。

近年来，乔国界定居国外，一年之中有三分之二时间不回国，按照正常安排，乔国界近期没有回国的打算，集体辞职事件，完全打乱了他的部署，让他不得不回国了。

会，整整开了一天。

下午，陆续有应聘的员工开始报到了，新进的员工到底是由马大勉挑选还是由陈果定夺，何方远就不得而知了，不过可以想象的是，马大勉和陈果的幕后较量，肯定还在继续。

不过让人失望的是，招聘的员工人数远远不够，而且新人的能力参差不齐，大概只补充了二十名，还差二十人左右。最主要的是，新员工对互联网版权产业了解不够深入，个别人几乎就是门外汉，这样的新员工至少要经过两年时间才能创造价值。

下午下班时，马大勉来到立化，又临时布置了一项工作。上司有吩咐，没办法就只好全部留下加班了。何方远刚要处理手头的工作，桌子上的电话就响了。

“方远，来我办公室一趟。”

是陈果。

陈果也该找他了，上次马大勉的访谈引发了轩然大波之后，兴众的电话几乎被打爆，相信陈果也品尝到了焦头烂额的苦果，也许他正有火没处发。

何方远到了十八层，敲开了陈果的房门。

“陈主任。”见陈果面色不善，何方远心中笃定了他的想法。

“方远，你让我很失望！”陈果掩饰不住一脸的怒气，“你看看现在闹到了什么地步，群情激奋，兴众明明是受害者，却在舆论中成了千夫所指，乔董很生气，不但拍了桌子，还摔了杯子。”

乔国界的暴躁脾气，何方远虽未亲见，却也早有耳闻，栽了这么大一个跟头，一向顺水顺风的乔国界暴怒是正常，不暴怒才不正常。

“陈主任，这件事情是我的失职，我愿意承担一切后果。”何方远不辩解不解释，直接就扛下了责任。上司在气头上，此时任何强词夺理的分辩都无济于事，甚至会收到相反的效果。

“你承担一切后果？你承担得起吗？”陈果余怒未消，“如果你不把新闻通稿抄送给马大勉，就不会出现这样的事情了。”

看来陈果确实是气急了，直呼马大勉其名。不过何方远心里却明白一点，就算他没有抄送新闻通稿给马大勉，最终他的新闻通稿对外公布的话，也许兴众不会如现在一样受到各大媒体的口诛笔伐，但却不会称乔国界之心。

乔国界为人，从来都是一个孤独的行走者，他不会在意各大媒体的攻击言论，以他的狼性和凶猛好斗，马大勉在访谈最后对辞职员工提出的威胁，才最符合他的性格。乔国界的怒火，不是针对媒体对兴众的群起攻之而发，而是集体辞职事件之后，马大勉在挽留辞职员工的问题上，力度不够，处置不力而发。

/ 第十四章 /

# 策略

“我也不是非要抄送给马总，而是正好被黄是道发现了我在写稿，他就让我无论如何必须抄送马总一份，他是我的顶头上司，他的话，我不能不听。”何方远见时机成熟，就很善良大度地出卖了黄是道。

“黄是道……”陈果似乎才想起黄是道这个人一样，“黄是道最近是不是很活跃？”

“活跃”从领导的嘴中说出来，就不是什么好词了。黄是道是马大勉的嫡系，陈果肯定清楚，他对黄是道肯定没有好印象，何方远也就不吝再给黄是道在陈果面前上上眼药，反正以前黄是道没少在马大勉面前上三位老大和他的眼药。

“听说黄总监要升到常务副总了，他肯定活跃了。现阶段他又是除了马总之外立化最高的管理层，活跃也是为了管理好立化。”忍了忍，何方远还是没好意思太黑黄是道，到底还是年轻，脸皮薄，关键时候不够坚决果断，缺少落井下石的勇气和不择手段的厚颜无耻。

不过，何方远的话也足够黄是道喝一壶了，陈果听了之后，眉头皱了皱，想说什么又没有说出口，只是摆了摆手，结束了谈话。

回到座位上，办公区灯火通明，新老员工都在加班，何方远见黄是道的办公室开着门，黄是道端坐在座位上，正和新员工一对一地谈话。

“进展怎么样？”何方远问范记安。

范记安靠在何方远的办公桌上，目光斜了黄是道的办公室一眼：“黄是道在很卖力地加紧拉拢新人，和新人谈话时，已经以常务副总的身份自居了。不过黄是道虽然卖力，口才和我相比，差距不是一般地大，所以到目前为止，明确表示向我们靠拢的新人有四分之二，另外有四分之一想等等再说，还有四分之一估计要倒向黄是道了。”

“四分之二，就是二分之一了？好，成绩喜人。”

“不过，我怎么觉得形势对我们越来越不利了，何哥，黄是道是不是当定常务副总了？”范记安忧心忡忡，“如果最后你只当了一个副总，上面有黄是道和陈果，再上面还是马大勉，和以前三位老大在的时候，换汤不换药，还是没有出头之日，何哥，甘居人后不是你的风格呀。”

“别急，在管理层没有敲定之前，一切皆有可能。而且就算管理层定了，谁敢说以后不会有变数？现在才到哪儿，现在是内斗阶段。等三位老大的投资方公布之后，才是大战的开始，到新站上线之时，才是各方混战的开始。战争波及面越大，冲锋陷阵的牺牲品就越多。”何方远十分淡定，不但淡定，还一副胜券在握的笃定表情，“这是一场持久战，不会一战定胜负。”

加班一直加到晚上九点多，下班回家时，何方远正好和黄是道同路。路上，黄是道征求何方远的意见：“方远，马总很希望辞职的员工能回来一部分，哪怕回来四分之一也行，新招的人，手太生了，你有没有什么办法让一部分人回心转意？”

“我能有什么办法？”何方远大摇其头，随即又故作神秘地说道，“不过，范记安一向鬼点子多，不妨问问他，他也许有办法。”

坏人就让范记安来当吧，反正他经常犯贱，不在乎再多犯一次。何方远心里对范记安表示了诚挚的歉意，不好意思了范记安，就让你犯贱的思维来大刀阔斧地再黑黄是道一次吧，最好一次黑到底，不让黄是道再有翻身的机会。

何方远自己租了一个一居室，下江的房子贵得让人痛心疾首，以他现在的收入，一辈子也买不起一套安身立命的住处。

一居室虽然不大，功能却齐全，洗澡之后，何方远先给范记安打了一个电话。

“范贱，刚刚我把你卖了，明天黄是道说不定会找你，你要做好心理准备。马大勉想召回部分离职员工，让黄是道问我有什么办法，我说要论鬼点子多，你当属第一。”

“何哥，你这是夸我呢还是损我呢？”范记安叫屈，“鬼点子用在对手身上，那叫足智多谋。用在自己人身上，才叫鬼点子。你说吧，想让我怎么黑黄是道？”

“黑？你想什么呢，怎么能叫黑？智商是硬伤呀，犯贱，这能叫黑吗？这叫商业策略。”何方远嘿嘿一笑，“不出意外的话，黄是道会被提为常务副总，他若当了常务副总，我想提你们几个当小组长，说话也不很管用呀。”

“行了，我知道，灭了他，让他一脚踩空，摔一个大跟头。”范记安嘿嘿地一阵冷笑。

“我没给你打过电话。”何方远笑了。

“我也没有接过你的电话。”范记安是何许人也，闻弦歌而知雅意，哈哈一笑。

随后，何方远又照常打开电脑，上网工作了一个小时，正要关电脑睡觉时，弹了出来一个聊天窗口。

居然是梅荏苒。

通常情况下，梅荏苒公私分明，下班后很少和他联系，也正是梅荏苒的分寸感把握得恰到好处，才让他对梅荏苒只有好感而没有喜欢。也是常听人说娶一个下江媳妇免费送一个上管天下管地中间管空气的丈母娘吓着了他，让他不敢对梅荏苒有超出同事友谊的想法。

事实上，梅荏苒既可人又可爱，而且一直没有男友，倒是一个不错的目标人选。而且说实话，他和她之间也多少有一丝朦胧加暧昧的情感，只是谁也没有捅破最后的一层窗户纸罢了。

“何哥，我知道你还没睡，我很苦恼，你能不能帮帮我？”梅荏苒发过来一段话。

助人为乐为快乐之本，何况对方又是美女，何方远十指如飞：“怎么了，美人靠，你成天没心没肺地傻乐，还能有什么苦恼的心事？”

“去你的，谁没心没肺了？打你。”梅荏苒发了一个敲头的表情，“正烦着呢，你也不安慰安慰我，尽说风凉话。”

“到底怎么了？”

“还不是我爸？非要为我安排相亲，就是那个顾南，你不是不知道我最讨厌油头粉面的男人。可恨的是，妈妈居然也同意爸爸的安排，她以前可是最恨他的，也不知道她吃错了什么药，也认为顾南事业有成，天天让我去和他约会，烦都烦死了。我想骗她有男朋友了，可是还没有找到合适的男主演……”

何方远明白了，梅荏苒是想让他配合她演戏，这事儿不太好办呀：“配合你演戏倒没有什么，我有两点要求，一是你得付我青春损失费，你想呀，我大好青春风华正茂的一个超级正太，正是万花丛中过的大好年华，却背了一个是你男朋友的恶名，我得损失多少美女的青睐，是不是？二是万一你假戏真做了，真的爱上我了，我是不会负责的……”

“……”梅荏苒惊诧了，过了半天才怒道，“你还是男人吗？你的意思是我配不上你了？呸，自恋狂，自大狂，自高自大狂。”

话不能这么说，何方远回想起和梅长河见面时的情形，清醒地认识到如果他配合梅茌苒演戏，会遭遇到怎样的蔑视和打击。梅长河还好，毕竟是男人，梅茌苒的妈妈可是地道的下江人，会不会和传说中将女儿当成等身金人一样出售的下江丈母娘一样凶悍？

“约会一次，三百；和你妈见面一次，一千；和你爸见面一次，一千；每陪你演戏一次吓退一个相亲对象，一千五……”

“你掉钱眼儿里了，鄙视你！”梅茌苒发了一把带血的菜刀，“我警告你何方远，你要是不帮我，我和你没完。”

“你不答应我的两个条件，我就是不帮你。”何方远才不怕梅茌苒的虚张声势，“你和我没完？你怎么和我没完？”

“我……我去向马总告状，说你非礼我。”

“……”女人疯起来也挺吓人，何方远吓着了，“不许耍赖，我什么时候非礼你了？”

“这种事情，我说有就有，随便就能泼你脏水，反正你有口难辩。我就问你一句话，你答应不答应吧？”

“要不，价格上，我再让让？”

“要钱没有，要耍赖，多得是。”

“成交！”

关了电脑，何方远微微地笑了，这个梅茌苒真让人拿她没办法。

想起即将要迎来的巨变，他又想，生活先是打开了一扇门，接着又打开了一扇窗，这么说，还真是要迎来了新时代？

也不知道范记安会出一个什么好主意让黄是道栽一个大跟头……不对，怎么能是让人栽一个大跟头呢？这话说得太阴险了，何方远连忙自责，应该是让黄是道自己跳坑才对。

对，就是自己跳坑。一个人走路摔倒，多半是因为自己走路不小心，而不是被人推了一下。

早晨一上班，刚到公司，何方远正在等电脑开机，黄是道就笑容满面地走了过来：“方远，刚才我和记安交流了一下看法，记安的主意非常好，我请示了一下马总，马总也同意了。”

“好呀，这是好事。”何方远才不会追问到底是什么主意，这事儿，他离得越远越好，最好是毫不知情。

“想不想知道是什么主意？”黄是道没看出何方远的躲闪，还想示好一样透露消息。

“何哥，何哥……”正好梅荏苒有事叫何方远，替何方远解了围。

何方远回到座位上，冲梅荏苒和徐子棋说道：“一会儿机灵点儿，我感觉今天可能要出事。”

“什么事儿？好事坏事，大事小事？”梅荏苒一脸八卦的表情，嬉皮笑脸地凑了过来。

想起昨天晚上的事情，何方远就有气，他伸手一推梅荏苒：“一边儿去，忙着呢，没空理你。”

以前何方远经常推梅荏苒，推呀推呀推习惯了，也没出过事情，这一次不知道怎么就出事了。他的手一推，正好推在一座，不，两座山峰上，入手之处，柔软、弹性而宜人……怎么，难道推错地方了，以前总是推到梅荏苒的肩膀上，记得她的肩膀十分瘦弱，每次一推都有一种想抱她入怀的冲动，这一次的感觉就不仅仅是想抱她入怀，而是……

抬头一看，何方远惊呆了，他的一只魔爪正落在梅荏苒作为一个女人最傲然的双胸上，而且手掌还弯成了爪形，明显是用力一抓的架势……他怎么能这么丢人，当众袭胸，这完全不是他的风格呀！他分明是闷骚的正太，不是明骚的大叔。

梅荏苒脸涨得通红，嘴巴张得大大的，一个响亮的“啊”字卡在了喉咙里，马上就要嘹亮地响起之时，何方远手疾眼快，一伸右手捂住了她的嘴巴，及时避免了一桩惨案的发生。

“嘘，别出声，姑奶奶，你一叫，我的名声就毁了。”何方远压低了声音，做贼一样东张西望，“我免费配合你演戏，保证演得入木三分，还自己出钱请你吃饭，当你是真女朋友一样哄着、供着，成不成？”

“哎哟，你怎么咬人呀？”何方远右手忽然传来一阵钻心的疼痛，他忙松开了手，“真狠，你是属狗的？”

“兔子急了还咬人呢，谁让你摸我？”梅荏苒红了眼睛，凶狠地盯着何方远，“何方远，我恨你。”

“何哥……”徐子棋也不知道有什么事情要找何方远，一抬头就发现了状况，忙咳嗽一声，“我没看见，我什么都没看见，我隐身，我没戴隐形眼镜，我……”

徐子棋此地无银三百两，梅荏苒脸红得要滴血一样，推开何方远坐回到了座位上，低头生闷气去了。

“你乱说什么？”何方远懊恼地打了徐子棋脑袋一下，“不长眼。”

“何、何哥，我确实真有事找你，不是诚心看你要流氓，再说我也不知道你色胆包天，居然在办公室就动手动脚了……”徐子棋憋着笑，坏得直流水。

“滚蛋。”何方远见范记安从黄是道房间中走了出来，知道事情有进展了，就冲徐子棋使了个眼色，徐子棋会意，忙去安慰梅荏苒了。

“嘿嘿，嘿嘿，嘿嘿……”范记安人未到，贱笑先到，来到何方远身边，小声说了一句，“先不说了，等效果出来再说。”

何方远微微点头，还不到时候，还是假装什么都不知道最好，他就安心地坐回座位，认真地投入到工作之中了。

中午时分，何方远请梅荏苒吃了一顿饭，还许诺以后任她指挥，一定全天候全方位配合演戏。听了这些，梅荏苒才又开心了，一连吃了四五个冰淇淋球才罢休。不过她盯着何方远左手时森然的目光让何方远不寒而栗，感觉他的左手要和他的胳膊分家一样。不是吧，男人摸一下女人，手就要分家，那全世界不全是残疾男士了?

回公司的路上，梅荏苒不再如以前一样大大咧咧有什么说什么了，言谈举止多了几分欲言又止的顾虑。坏了，男人女人之间还是不捅破窗户纸为好，不捅破，可以随意说说笑笑。现在倒好，将要捅破还没有捅破的阶段最让人难受，说暧昧不暧昧，说朦胧不朦胧，让一向性格果断的何方远也不知道是该进一步还是后退一步了。

下午，何方远正忙着耐心地回答几个新员工一些幼稚的问题时，电梯门打开，兴众副总裁黄浩、兴众文学CEO马大勉以及总办主任陈果三人同时现身在立化!

所有人都停下了手头的工作，向三人投去了注目礼，都知道，决定立化新时期的一刻终于来临了。

“各位同事，经董事会批准，陈果担任兴众文学副总裁兼立化总经理。”兴众副总裁黄浩开门见山，直接宣布了任命决定。

“陈果是一位认真负责的好同事……”马大勉也说了几句套话，无非是对陈果的上任表示欢迎，对总部的决定表示服从，最后又带头鼓掌，简短的任命仪式就算结束了。

黄浩和马大勉转身上楼，陈果留了下来，从现在起，他就要正式在立化上班了，正式代替江武全权行使管理立化的行政大权。

不对，何方远心里疑惑不解，江武的辞职报告还没有被正式批准，按理说，江武现在还是立化的总经理，虽说人没有来上班，却还在职，怎么陈果就走马上任了？也许是董事会已经批准了江武的辞职，还没有对外公布吧？

“黄是道，来办公室一下。”陈果直接就用了江武的办公室，他正式上任之后的第一件事情就是和黄是道谈话。

黄是道以为是好事，乐呵呵地迈步走进了陈果的办公室，他不太了解陈果的为人，就没有关门，不料陈果脸色一沉：“关门。”

黄是道心里一跳，怎么了这是，好像不太对劲，他不记得哪里得罪了陈果，陈果新官上任的三把火，难道要烧到他的身上？不知道他是马大勉的嫡系？

关了门，黄是道不说话，等陈果吩咐。陈果也不说话，目光直直地盯着黄是道，盯了足足有两分钟，直盯得黄是道心里锣鼓直响。

## /第十五章/

# 秒杀

“是道，打电话威胁离职员工家人的事情，是你的决定？”陈果猛然一拍桌子，怒不可遏，“太过分了！谁同意你这么做的？”

黄是道吓了一跳，心里一慌就脱口而出：“马总同意了……”话一出口就知道说错话了，在上司面前抬出更高的上司绝对是身为下属的重大失误，更何况陈果和马大勉又不太对付，而且陈果还是乔国界的亲信，在乔国界的心目中，他的分量也许比马大勉还重。

“你知不知道你都干了些什么？”陈果再次重重地一拍桌子，“打电话威胁离职员工家人，要求离职员工必须回来上班，否则就如何如何，这是一家大公司应有的风范？这是黑社会，这是下三滥！有一个员工家属把电话录了音，报了警！报警了还好说，家属还把录音交给了门户网站，要不是发现得及时，公司出面做通了工作，门户网站一公布录音，兴众的形象就全毁了。黄是道，你负得起毁了兴众形象的责任吗？”

汗水瞬间顺着黄是道的额头流了下来，怎么会这样？范记安不是口口声声说事情一定可以顺利解决吗，他不是还说就连何方远也说这个主意不错，而且他也确实征求了马大勉的意见，马大勉没有反对就相当于默许了，现在出了事情，怎么成他一个人的过错了？

黑社会？黑社会怎么了，乔董的发家之路，早先有一次和一家公司过招，不就是黑白一起上，最终才让对方屈服了，现在怎么就不能小小地黑一次了？黄是道心里有一千个不服气。

“我，陈总，我……”黄是道语无伦次了，不服气归不服气，有些话却不能说出口，电话是他打的，具体事情是他一手操作的，他既不可能将责任推到马大勉身上，也不可能说是范记安的主意。

难道说，他被范记安坑了？黄是道脑中一瞬间闪过一个不敢相信的念头。

“乔董很生气，责令我一定严惩。是道，我刚上任，现在立化的管理层还没有全部到位，你是总监，出了这样的问题，传了出来，不能服众。”陈果一根手指不停地敲击桌面，一下接一下的有节奏的敲击声，就如一记记重锤敲击在了黄是道的心上。

黄是道终于明白了陈果是要拿他开刀立威，而且还是狠手，他不干了：“陈总，主意是范记安替我出的，也经过了马总的批准，我是有错，但不能所有问题只让我一个人扛。”

“好，既然你这么说了，我也不能让你受屈。”陈果拿起电话，“范记安，你来一下。”

范记安进来后，脸上挂着若有若无的浅笑，似乎是讥笑，又似乎是冷笑，反正他的笑总能让一些人看了舒坦，让另外一些人看了心烦意乱。

“记安，打电话威胁离职员工家人的事情，是道说是你出的主意？”陈果上来就单刀直入，直接问到了本质问题。

“是呀，是我的主意。”出乎黄是道意料的是，范记方丝毫没有狡辩，大方地承认了。

“现在出了问题，黄是道说你也要共同承担相应的责任，你有没有意见？”陈果又问。

“当然有意见了。”范记安还能笑得出来，笑容有三分讥讽四分嘲弄，“为什么要我承担责任？我又没打电话，又不是负责人，我没责任。”

“范记安，你……”黄是道被范记安理直气壮的无耻气得跳脚了，“你出的馊主意出了问题，你没有责任？你也太厚颜无耻了。”

“这就是你的不对了，黄总监，你巴巴地跑来问我有没有什么办法让离职员工回来，我随口说了一个，你就去做了，是你没有深思熟虑想到会有什么严重的后果，怎么能怪我？就比如你问我怎么自杀最快，我说是跳楼，难道你就真的从十八楼跳下去，然后死了还要去阎王爷面前告我一状，说是我害死了你？你还讲不讲道理？你有问题问我，我尊是你总监，当然要回答，可是你身为总监却没有一个基本的判断力，一出事情就推卸责任，黄总监，我真的很看轻你的为人。”

“你……”黄是道差点儿没气昏过去，范记安这脸打得也太用力了，不但当着陈果的面打，还左右开弓，打得他无地自容，打得他无言以对。

“好了，范记安，你少说几句。”陈果挥了挥手，“你先出去吧。”

范记安一出门，黄是道就咬牙切齿地说道：“陈总，你也看到了，是范记安故意陷害我……”

“范记安故意陷害你？”陈果轻蔑地笑了一声，“刚才范记安说你没有头脑，我还不信，你这么一说，我还真觉得你做事情太欠考虑了。好了，你也出去吧。”

“陈总，我还有话要说……”

黄是道见事情不妙，就想再解释几句，陈果却不给他机会了，站了起来，一边向外走一边说：“我还要向乔董汇报工作。”

黄是道失魂落魄地回到办公室，越想越生气，越想越觉得他被人坑了，到底背后有没有何方远的阴谋，他还不敢妄下结论，不过他严重怀疑，他在这件事情上确实是上当受骗了。

不行，得找马总说理去！不能让陈果一上任就拿他开刀，黄是道起身上楼，敲开了马大勉的办公室。

马大勉正在打电话，他见黄是道进来，示意黄是道坐下。

马大勉一直打了足足有十分钟电话，在马大勉的电话声中，黄是道的心一点点沉到了谷底。

放下电话，马大勉不满地瞪了黄是道一眼：“你干的好事！乔董发火了，你的常务副总别想了，我替你争取了一个副总的位子。”

黄是道汗水直流：“常务副总……是谁？”

“陈果推荐了何方远，乔董……批了。”

“啊？何方远坐我头上了？”黄是道最担心的噩梦成真了，千算万算，千提防万提防，最终还是在最后关头被何方远秒杀了，他太亏了，“我不服呀，马总，何方远他凭什么？他，他，他……”

马大勉摆了摆手：“本来留下的老员工中，你和他是资历最老的两个，你是常务副总，他是副总，都报上去了，差不多就要定了，结果出了威胁离职员工家人的一桩子事，这事儿要是办得天衣无缝也没什么，偏偏你就让人录了音。也不知道谁把录音发给了乔董，还嘲笑乔董做事下作，乔董是什么性格？当时就火了，要不是我保你，你连副总都坐不上。”

“我被人暗算了，妈的，我咽不下这口恶气，一定得还回来。肯定是何方远背后捣鬼，这小子，贼得很，早晚有一天，我得还回来。”黄是道愤愤不平，双手握拳，青筋暴起。

也是，任谁在最后一秒被对手翻盘，都是无法接受的失败和奇耻大辱！

“何方远当上了常务副总，也没什么，总监和副总监不就地提拔，要从外面招进，人选已经定了。到时我提前为你引荐一下，你和总监、副总监处好关系，他一个常务副总，下不接地气，上不通我这里，吊在半空，也不会好过。”马大勉现在确定了一个事实，何方远不会和他齐心了，他必须联手黄是道，再拉拢新任的总监和副总监，才能化解何方远和陈果的联手。

立化是兴众文学的命门，不牢牢掌控立化，他这个兴众文学的CEO就当得名不副实，早晚避免不了被炒掉的命运。而且很明显，陈果担任立化的总经理，是乔国界的一招长远布局。如果在陈果领导下的立化迅速稳定了局面并且消除了辞职事件的消极影响，并且在以后恢复了立化鼎盛时期的气象，那么一年半载之后，陈果替代他的位置从而进一步全盘接管兴众文学，也不过是顺理成章的事情。

马大勉知道，乔国界给他的时间不多了，这一次的集体辞职事件，让兴众文学至少损失一亿美元，乔国界表面上没有对他表示不满，其实对他已经有了意见，在他的管辖范围之内发生了这么大的事情，不管江武三人针对的是乔国界还是他，他都难辞其咎。

下午快下班时，两则消息传出，在兴众文学内部引发了不小的反响，同时，也在业界引起了广泛的讨论。

第一则消息是乔国界终于发声了，他在内部会议上力挺马大勉：“最近几年来，兴众文学发展跃上了新台阶，无论是品牌、收入规模，还是产业链布局，成绩大家有目共睹，这表明马大勉作为一名职业经理人，作为CEO，很称职……”

乔国界的公开力挺，让马大勉在兴众备受质疑的威望，恢复了几分。人人都看了出来，辞职事件之后，马大勉整个人都憔悴了许多，甚至头发都花白了，眼神中除了文青的忧郁之外，又多了忧国忧民的沧桑。

兴众文学上下议论纷纷，乔国界的话虽然透露出来的内容不多，但挺马大勉的力度不小，再次表明了他对马大勉的信任，不少认为马大勉经辞职事件之后就会走人的猜测，也在乔国界的表态之后，烟消云散了。

马大勉的地位，得到了巩固。

如果说第一则消息对马大勉而言是好消息，那么第二消息就让他哭笑不得了——之前他在访谈中，先后告诫了企鹅、千方和芝麻开门三巨头，访谈发布后，虽然在业界引发了不小的轰动，但三巨头却没有一家出面反驳，仿佛马大勉的话不存在一样。

实际上不出声比出声更可怕，以三巨头目前的实力，远非兴众所能比，但兴众在互联网版权产业上的布局长达十年，拥有了完善的生态系统以及庞大的版权作品库，十年的建设和积累，再雄厚的资本力量也不能一朝一夕超越，一天时间盖不起一座罗马城。

只是谁都没有想到的是，企鹅没出声，千方没露面，而业内都认为最不可能说话的人却说话了——大马哥。

大马哥的话并没有指名道姓，也没有提及兴众文学和立化，但明眼人都看了出来，大马哥剑光森然，所指之处，赫然是立化闹得沸沸扬扬的辞职事件。

而且大马哥的话，还是赤裸裸地打脸——员工的离职原因林林总总，只有两点最真实：第一，钱，没给到位；第二，心，委屈了。这些归根到底就一条：干得不爽。员工临走还费尽心思找靠谱的理由，就是为给你留面子，不想说穿你的管理有多烂，他对你已失望透顶。仔细想想，真是人性本善。作为管理者，一定要乐于反省。

这话如果在辞职事件之前说出来，没有人会多想；偏偏现在说出来，又是在马大勉公开叫板芝麻开门之后，再联想到大马哥的为人和善于长远布局的手腕，一时之间众说纷纭，纷纷猜测莫非创始团队的幕后推手，真是大马哥？

据说马大勉在看到大马哥的言论后，脸色极差，当场摔了鼠标。

下班后，何方远又被陈果叫去了办公室，回来后，一脸欢喜，主动提出请梅荏苒几人吃饭，范记安感慨万千："牺牲我一个，幸福所有人。何哥，你得到了常务副总的宝座，我可是做出了巨大的牺牲。"

"你的牺牲有多巨大？"徐子棋对范记安的邀功很是不满，"不就是牺牲了一下厚脸皮？反正你的脸皮坚不可摧，也没什么。"

"切，说得轻巧，厚脸皮也是一种人生态度，不是谁都有脸皮可以牺牲。如果牺牲脸皮可以换来何哥当上立化的总经理，我宁愿再牺牲一次。"范记安笑了笑，嘲讽徐子棋，"很多时候，说来容易做到难，不信你牺牲一次让何哥再秒杀了马大勉？"

"我……"论辩论，徐子棋哪里是范记安的对手，被范记安呛得无言以对。

"走了，吃饭去，不闹了。"何方远人逢喜事精神爽，招呼几人跟他一起去庆祝升迁。

"等等我。"梅荏苒电话响了，她到一边接听了电话，又急急跑了过来，一脸难色，"明天再庆祝行不行？徐子棋、范记安，我向你们告个罪，想借何哥一用。"

"啊，怎么个借法？"徐子棋曾经亲眼见过何方远和梅荏苒之间的暧昧举动，瞪大了眼睛，"是不是何哥今晚就不回来了？"

"想什么呢你？下流。"梅荏苒踢了徐子棋一脚，"我让他陪我去一趟我家，让他当我的盾牌。"

“这么快？”何方远以为他配合梅荏苒演戏是以后的事情，没想到说来就来，“我，我还没有做好心理准备。”

“这事儿，男人不需要心理准备，女人才需要。”范记安会意地笑了，“没事，去吧何哥，饭局先记上，下次请也没问题，还是见丈母娘重要。”

“你再说？”

梅荏苒急了，又要打人，范记安和徐子棋哈哈一笑，转身就跑。

“是见咱爸还是见咱妈？”下楼后，何方远见梅荏苒闷闷不乐，就有意逗她开心。

“什么咱爸咱妈？是我爸我妈，你别得寸进尺，我们是在演戏，知道不？”梅荏苒眼睛一瞪，眉毛一扬，还真有几分飒爽英姿。

“知道，知道，人生如戏，全靠演技。演技高明，人生成功。演技糟糕，活得草包。”

“去你的，什么乱七八糟的。”梅荏苒“扑哧”乐了，一笑，如雪后初晴的第一道阳光，亮丽而妩媚，“说真的，何哥，我真的很烦，不知道该怎么办。从小我因为爸爸对妈妈的背叛，心里对爱情婚姻就有了阴影，从高中到大学，拒绝了许多人的追求，到现在，我都害怕爱情，妈妈一个人孤苦伶仃了十几年，女人为什么要被男人伤害得这么深？”

何方远无言以对，幸福是相似的，不幸却各有各的不同，他无意去评价梅荏苒的家事，也不想去指责梅长河的自私，但梅荏苒因此而关闭了心门，也不应该。

“爸爸非要介绍顾南和我认识，说他各方面条件都很优秀。我不喜欢他，油头粉面，没一点儿男人样儿，太娘了，我最讨厌娘炮的男人，感觉和娘炮男人在一起，跟同性恋似的。我以为妈妈会反对爸爸的决定，这么多年了，基本上爸爸说什么她都会说不，谁知道这一次她不但不反对，还非常赞同，还说爸爸十几年来做的最有眼光的事情，就是介绍顾南和我认识。

“你也知道，我从小就听妈妈的话，妈妈一个人带大我不容易，我不想让她伤心，可是感情上的事情，真的勉强不来，何哥，你帮帮我好不好？帮我打败顾南，我以后绝对当你最坚定的追随者。”梅荏苒扬了扬拳头，一脸义无反顾的神情。

“帮你没问题，谁让你是我的人？”何方远沉思片刻，“怕就怕，万一咱妈，不，你妈，真的丈母娘看女婿越看越欢喜相中了我，我怎么办？我可是地道的纯情单身正太，不能被你这个冒牌女朋友毁了名声。”

## /第十六章/

# 刁难

“想得美，你就放一百个心，我妈绝对不会相中你，她给我定下的三有标准是：有下江户口，有下江房子，有下江牌照的汽车。你一条也不符合，她会坚决反对我和你来往。”

何方远转身就走：“那我不去了，当挡箭牌也不够资格。”

“你回来。”梅荏苒气笑了，“你秒杀黄是道的勇气和本事哪里去了？你敢单挑黄是道，还敢脚踩马大勉和陈果两条船，怎么连面对我妈刁难的勇气都没有？”

“撼山易，撼下江丈母娘难。我宁愿相信有朝一日我可以坐到马大勉的位子，也不敢想象会有打败下江丈母娘的一天。”何方远摇了摇头，一脸深刻的表情，“不瞒你说，美人靠，我这辈子宁愿打光棍，也不当下江丈母娘的女婿。”

“你……你真没出息。”梅荏苒拉住何方远的胳膊，“不行，不能临阵退缩，必须跟我回家，否则，你非礼我的事情，马上全公司就都知道了。”

“太丢人了，这点儿小事竟然成了人生污点，美人靠，我恨你。”

梅荏苒得意地笑了。

梅荏苒家的房子还不错，地点不算偏僻，一百平方米出头，粗略算下来要300多万元。300多万元，何方远不吃不喝也要十年。

好吧，就算十年后他拥有了一套下江住房，他也没有一个千金难买的下江户口，就算他有了下江户口，想有一辆下江牌照的汽车，也要花七八万元去拍，还不一定拍得上。

难，太难了。

梅荏苒的妈妈刘薇薇打扮得很新潮，五十多岁的年纪，脸上不见多少皱纹，一看就知道平常非常注重保养。

“妈，我来介绍一下，这是我的……男朋友何方远。”梅荏苒拉着何方远的手，热情地将他推到了刘薇薇面前，“方远，这是我妈。”

“伯母好。”何方远礼貌地问好。

“伯母？”刘薇薇眯着眼睛，轻蔑的眼神上下打量何方远几眼，“我有那么老吗？还伯母，难道我比你妈妈大？”

“伯母比我妈妈小，而且看上去年轻了不止十岁，不过如果依照我们那里的风俗得叫伯母婶子，我觉得婶子的称呼不如伯母更显得尊敬，所以就叫了伯母……”虽说何方远对下江丈母娘有先入为主的负面印象，但既然来了，就得正面面对，他从来不是知难而退的性格。

“哼……”刘薇薇从鼻孔中哼了一声，“你是荏苒的男朋友？怎么以前从来没有听她说过你？”

“刚确定关系。”何方远偷眼看了梅荏苒一眼，见梅荏苒冲他挤眉弄眼做鬼脸，差点儿失笑，忙又收敛了几分，唯恐被刘薇薇看出猫腻。

“不对吧，我怎么觉得你是配合荏苒演戏骗我？方远，你说实话，是不是荏苒拉你当挡箭牌？”刘薇薇目光如刀，像是一眼就看穿了何方远。

“怎么会？伯母，我这么诚实的人，怎么会演戏？”何方远伸手一拉梅荏苒，将梅荏苒揽在了怀中，“伯母，我们不但是真恋爱，而且还生米煮成了熟饭……”

“啊？什么，你说什么？”刘薇薇大惊失色，“你，你，你和荏苒都发生了……荏苒，你告诉妈妈，这不是真的？快说呀。”

怎么反应这么激烈？何方远也吓了一跳，现在婚前同居都很常见了，生米煮成熟饭，也不算什么吧？刘薇薇打扮挺新潮，难道思想还很传统？

梅荏苒狠狠地瞪了何方远一眼，拉住刘薇薇的胳膊摇晃：“妈，方远说话比较夸张，拉拉手他也会说是生米煮成熟饭。”

“对，对，伯母您误会了，我和荏苒的关系才发展到接吻，还差最后一步。”何方远也不知是故意捣乱，还是诚心气刘薇薇，句句说不到刘薇薇的心里。

梅荏苒气得不轻，连瞪了何方远好几眼，何方远假装没有看见，坐在沙发上，若无其事地跷起了二郎腿，嘴里还轻轻哼起了小曲。

也不知梅荏苒在一旁和刘薇薇说了什么，过了一会儿，刘薇薇恢复了平静，还亲自倒了一杯水递到何方远手中：“方远，晚上就留下吃饭吧。”

这么容易就过关了？何方远还没有弄清状况，刘薇薇又微微一笑：“等一下还有两个客人来，正好一起热闹热闹。”

“怎么个情况？”刘薇薇去了厨房，何方远忙拉过梅荏苒，“吃饭就吃饭，怎么还有客人？你妈摆的是鸿门宴还是唱的十面埋伏？”

“我也不知道，她就是不说，看样子，你被识破了。”梅荏苒施展拧人大法，在何方远的胳膊上用力一拧，“何方远，在公司你是上司，但私下我不怕你，我警告你，演砸了不要紧，不要毁我名声，如果让我妈知道我婚前跟人上床，非杀了我不可。你再敢乱说，我和你绝交。”

“绝交就绝交，我早就后悔交友不慎了。”何方远一分无赖九分无谓，“要不，我现在就走？”

“你敢！”梅荏苒拿何方远没办法了，“何哥，就帮我一次，好不好？求求你了。”一边说，她一边推动她大大的眼镜，再配合楚楚可怜的表情，萌得让人无法拒绝。

何方远嘿嘿一笑：“记住了，你欠我一个人情。”

“好，我以后一定会加倍偿还。”梅荏苒立刻喜笑颜开，却没有深思，她被何方远三言两语绕了进去，本来何方远袭胸是被她抓住了把柄，现在倒好，何方远反手一推，却成了她被动了。

十分钟后，门铃响了，梅荏苒开门一看，顿时惊呆了：“怎么是你……你们？”

谁们？何方远站了起来，也愣住了，门口站着两个人，一男一女，男的他认识，是顾南，女的……他也认识，竟然是蓝妹。

怎么会是他们？何方远迷惑了，如果说顾南登门是刘薇薇故意安排想要达到狭路相逢的效果的话，那么顾南来就来吧，怎么连蓝妹也带来了，这到底唱的是哪一出？哪有上门拜见未来丈母娘还带着前女友的？

“怎么就不能是我……们？”顾南笑容灿烂，手中大包小包一大堆礼品，比起何方远来时只拎了一个小包的寒酸，他可谓财大气粗多了，“荏苒，怎么不欢迎吗？”

“欢迎。”梅荏苒有气无力地让到一边，“请进。”

“欢迎。”何方远热情洋溢地迎了上来，主动地握住了顾南的手，“顾南，欢迎来家里做客，不过你也太客气了，来就来吧，非要买这么多东西干什么？”

何方远反客为主，以主人身份迎接，顾南先是吃了一惊，随后又轻蔑地笑了：“我以为荏苒看上的人是谁，原来是你，你是三无人员，怎么也来凑热闹了？”

“你不是有女朋友了，带着前女友上门，怎么着，是想让她和荏苒对比一下？是不是想货比三家再决定要哪一家？你当荏苒是什么人？你也太高抬自己了吧？”何方远先下手为强，要的就是置顾南于不利之地。

何方远行事，一向谨慎，只要出手就从来没有失手过，这一次，却出现了意外，顾南轻描淡写地摆了摆手，伸手拉过蓝妹：“来，介绍一下，蓝妹，我表妹。”

表妹？不是女朋友？何方远和梅茌苒当时就惊呆了，不是女朋友，上次在外滩怎么上演了那么狗血的一幕，是哪门子表哥表妹，情深深雨蒙蒙呀？

“你好，何副总监。”蓝妹大大方方地伸出纤纤素手，“自我介绍一下，蓝妹，立化新任总监，以后，我们就是同事了。”

新任总监？何方远再度震惊，不是吧，新任总监怎么会是她？简直太让人震惊太让人无语了。

不对，一定是哪里不对，何方远仔细一想，想通了其中的一个环节，蓝妹好歹也是拎LV包的白富美，以她买得起几万元手包的财力，一个年薪三十万元的总监职务，怕是养不起她的消费和虚荣。

“同事？蓝妹你太谦虚了，你是总监，他是副总监，应该说你是他的顶头上司才对。”顾南不无讥讽地笑了笑，“怎么着，何副总监，是不是有一种人生无处不相逢的滑稽？我是你的情敌，我表妹是你的顶头上司，这个局，你怎么破？”

“早就听说立化会外聘一个高级总监，没想到居然是你。欢迎，欢迎，我代表立化欢迎蓝妹小姐的加盟。”何方远接住蓝妹的小手，她的小手温润宜人，比梅茌苒的手略小一号，不过肉感似乎反倒更好一些，“立化正需要蓝妹小姐这样时尚、新潮、标新立异的潮流人物。”

上次的偶遇，事发突然，而且仓促之中匆匆一瞥，何方远只依稀记得蓝妹清新脱俗，颇有几分高雅的气质，却并未细看。现在离得近了，才注意到蓝妹身高和梅茌苒不相上下，曲线却比梅茌苒更曼妙几分，不过话又说回来，现在各种女式塑体内衣数不胜数，如果说女人整容是表面上的骗人，那么穿塑体内衣就是暗地里的作弊。天知道蓝妹是不是穿了什么高级塑体内衣，才显得她前凸后翘的S型身材魅力无敌。

蓝妹的脸型瘦长，尖下巴，大眼睛，妆化得很淡很精致，不仔细看，以为是素颜，如果单纯地以姿色对比，她和梅茌苒谁更漂亮一些，还真不好下结论。不过平心而论，她比梅茌苒更精致更有女人味；当然，话又说回来，梅茌苒的随性和率真，还有她的萌，也是蓝妹远不能相比地可爱。

如果说梅茌苒犹如邻家小妹一样纯真，那么蓝妹则更有职场女性的干练，现在的她就穿了一身职业女装，当前一站，也别说，还真有几分高级总监的味道。

“蓝妹可是乔董亲自点将的人才，她到立化，第一步是总监，相信不用多久，就会坐到副总甚至常务副总的位子，何方远，你以后在蓝妹的领导下工作，可不要出什么差错，小心她铁面无私，得理不饶人。”顾南嘿嘿一笑，语气中极尽冷嘲热讽之能事。

“是，是，以后一定及时领会蓝总监的意图，圆满完成蓝总监交代的各项工作。”何方远似乎真的认输了，连连点头。

蓝妹是不是乔国界亲自点名要的人，何方远不得而知，但他猜也能猜到，以蓝妹的年龄，刚到立化就能居总监之位，肯定大有来历。不过显然蓝妹和顾南并不十分清楚立化内部的人事变动，还以为他会是副总监的级别不变，由此可见，二人在立化内部没有根基和人脉，没有人向他们透露最新动向。

不过由此也大概可以推测出来，蓝妹担任立化的总监，很有可能是总部直接干涉的结果，甚至绕过了兴众文学和马大勉。

见何方远受气，梅荏苒不干了，张口就说：“何哥现在是……”

何方远伸手一拉梅荏苒，制止了她，悄然向她使了一个眼色，然后请顾南和蓝妹二人入座。

刘薇薇迎了出来，脸上的笑容和塑料假花一样，灿烂得都失真了：“顾南来了？快坐，快坐，这位是？蓝妹？原来她就是你表妹蓝妹，马上就要和荏苒是同事了，提前认识一下也好，小南你考虑得真周到。欢迎，当然欢迎，我高兴还来不及呢。”

何方远被冷落到了一边，他也不以为意，自顾自拿起一份报纸翻看了几眼，正好报纸上有一条关于兴众文学上市受阻的新闻，他就有意试探一下蓝妹，将报纸递到蓝妹面前：“蓝总监，立化动荡的大事，影响了兴众文学上市的进程，你觉得兴众文学还有上市的可能吗？”

蓝妹没接报纸，只是飞快地扫了几眼，傲慢地抬头看了何方远一眼：“你觉得呢？”

“我眼界不够，想不明白，所以才请教蓝总监嘛。”何方远姿态很低，不着痕迹地拍了蓝妹一记马屁。

蓝妹轻轻“哼”了一声：“眼界决定高度，立化的一帮老人走了也好，都是什么人呀，一群草莽之辈，完全没有战略眼光，只知道什么江湖义气草根意识，不过也别说，草根就是草根，出身低，眼光也就高不到哪里去。”

何方远不说话，脸上挂着浅笑，似乎是赞同蓝妹的话，心里却很不屑，说一大通没用的废话，除了显示出她高人一等的傲慢之外，一无是处，不过也可以理解，白富美总喜欢在草根面前彰显一下出身上的优越感，就让她满足一下内心的虚荣又何妨，反正不花一分钱。

其实蓝妹还真是说错了，立化一帮老人虽然大多出身于草根，但却将互联网版权产业从无到有，一直发展到今天令互联网三巨头侧目并且眼红的地步，历史，将会永远铭记他们的丰功伟绩。

“虽然说创始团队的出走，对兴众文学的上市进程是不小的冲击，不过我认为，兴众文学上市的步伐不会停止，顶多就是缓上一缓，少则三个月，多则一年，兴众文学就会从动荡中走出来，重新恢复以前的霸主地位。”蓝妹轻启朱唇，缓缓说出了她的见解，“我之所以愿意到立化，就是想亲身经历立化从动荡到建立新秩序的过程，有了基层经历，才好进入董事会。”

好大的口气，才当上立化的总监，就想进入董事会，不管蓝妹所说的董事会是指兴众文学的董事会还是兴众集团的董事会，反正她的话既暴露了她的嚣张又暴露了她的身份——她绝对不是一般的白富美，极有可能是顶级白富美，而且她来立化，只是作为跳板，剑锋所指之处，是更高的目标。

只有董事才有资格进入董事会，身为兴众文学CEO的马大勉是兴众文学的董事之一，蓝妹刚坐上立化的总监位置，还没有坐稳，就已经预定董事会的席位了，白富美的人生果然不是草根所能仰望的高度。

“蓝妹，跟他讲那么多干什么，他又不懂，浪费口舌更浪费感情。”顾南插话说道，“何方远就是立化一个小小的副总监，年薪充其量二十万元，除去开销，一年下来连五万块都存不下。五万块，可以买一平方米的房子，或者再加两万块可以买一个下江车牌，对他来说，还处在挣扎着生存的边缘，什么上市，什么董事会席位，太遥远了，和天上的银河差不多……”

“顾南，你不讽刺方远就显示不出你的富二代身份是不是？告诉你，我也是草根，我配不上你的高贵，你可以走了。”何方远没恼，梅荏苒却火了，她站了起来，用手指着顾南的鼻子，气得浑身发抖，“我请你马上离开！”

“荏苒！”刘薇薇端菜上桌，呵斥梅荏苒，“顾南是客人，你太没礼貌了，快向顾南道歉。还有你也是，何方远，你和顾南比什么？”

“伯母，都怪我，您别说荏苒。”何方远出面打圆场，“我也没和顾南比，就是随便说说话。”

“随便说说话？顾南喜欢讨论高深的话题，你听不懂，也接触不到，就不要插话了。”刘薇薇明显偏向顾南，对何方远连敲带打。

/ 第十七章 /

# 交锋

“妈，方远是我的客人，顾南是你的客人；我尊重你的客人，也请你尊重我的客人。”梅荏苒不甘示弱，“如果你再这样，我马上离开。”

“伯母，不怪荏苒，怪我，怪我。”顾南向前一步，拉刘薇薇坐下，“我不该和何方远说什么上市、董事会的话题，他一个小小的副总监，理解不了什么叫资本运作什么叫高层较量，对牛弹琴不是牛的错，是弹琴的人的错。”

“小南，你可真会说话，也真有胸怀。”刘薇薇被顾南逗乐了，她笑了一笑，又冲梅荏苒脸色一寒，“荏苒，你看顾南多懂事，多有风度，出身是不能决定一个人的命运，但出身可以决定一个人的思想高度。”

估计刘薇薇也是有学问的人，谈吐不凡，何方远虽然对她的为人不齿，但就事论事，也很欣赏她的眼界。

随后几人坐在一起吃饭。

刘薇薇坐在主位，何方远和梅荏苒坐在一起，顾南和蓝妹坐在一起，席间，刘薇薇不时地问顾南一些问题，对蓝妹也是格外热情，而将何方远完全冷落到了一边，当他不存在一样。

何方远不以为意，没当自己是外人，埋头吃饭，在几人说话的工夫，他填饱了肚子，然后放下筷子，静静地听顾南和刘薇薇的对话。

从二人的对话中，对顾南和蓝妹的来历，何方远多少有所了解。

顾南确实出身名门，父亲是一家大型集团公司的董事兼CEO，在下江商界颇有名望，至于年薪估计要以千万元计了。顾南现在在一家投资公司当投资顾问，年薪也在百万以元上，也算是少年成名，春风得意了。

顾南和梅荏苒的爸爸在同一家公司，梅长河正好是顾南的顶头上司，同时，梅长河和顾南的父亲顾北也是故交，正是看中了顾南的潜力以及想和顾北加深关系，梅长河才竭力促成顾南和梅荏苒的婚事。

至于蓝妹是什么来历，顾南没怎么说，何方远只从只言片语中大概猜到了和顾南标准的富二代相比，蓝妹更是顶级的白富美，不仅仅是因为蓝妹的父亲是一家跨国集团公司的副总裁，而且她的妈妈还是一家大型集团公司的董事长，身世显赫，连顾南也有所不如。

“哎，你怎么这么低调，不是你一贯的风格呀？”趁人不注意，梅荏苒悄悄拉了拉何方远的手，“不好意思，领导，让你受委屈了，我欠你一个大大的人情。”

“受点儿委屈没什么，在没有功成名就之前，世界不会在意一个无名小卒的尊严。”何方远笑得很坦然，“其实有时候被人打击也是一件好事，可以修炼心性，人生有时候不知道走到哪一步会突然遭受当头一棒，就如马大勉，辞职事件对他来说绝对是致命一击，你没见他最近几天白头发多了不少……”

“呀，没看出来你活得还挺哲理，我一直以为你是一个为达目的不择手段的俗人。”

“夸我还是损我呢？”何方远呵呵一笑，“有时世俗有时哲理，人生，就得是文武之道一张一弛。”

“荏苒，客人在呢，你别冷落了顾南和蓝妹。”刘薇薇见梅荏苒和何方远小声说话，脸色一变，“荏苒，今天我就把话说明了，我不同意你和何方远的事情，我希望你和顾南……”

“妈，我是成年人了，我的感情我做主。”梅荏苒放下筷子，态度斩钉截铁，“感情不是等价交换，我想喜欢谁就喜欢谁，你和爸爸谁也不能决定我的幸福。”

“好，妈妈也不强迫你非要选择谁，不过我的标准不会变，谁想娶你，一个下江户口、一套下江房子、一辆下江牌照价值30万元以上的汽车，满足了以上三个条件，才有资格成为梅家的女婿。”刘薇薇微微仰起了脸，下巴朝向何方远，“小何，你在立化当副总监，一年能赚多少钱？什么时候才能当上副总？就算当上了副总，一年也赚不了50万元吧？”

刘微微话一说完，顾南和蓝妹的目光同时射向了何方远，目光中充满了嘲弄，摆明是想看何方远的笑话。也是，何方远在副总监的位子上，一年才赚20万元。

“伯母，您的三个条件，我大概算了算，折算成人民币，差不多合500万元。”何方远不慌不忙，脸上还挂着一丝淡笑，“按年薪50万元计算，差不多需要10年。年薪100万元，5年。年薪300万元，不到两年就可以达到。我今年27岁，只有达到年薪

300万元的层次，才能在30岁之前满足以上三个条件并且成为梅家女婿。”

“我的年薪是30万元，你只是副总监，年薪最多25万元，恭喜你，何方远，在你退休之前，你能达到伯母的三个条件，不过到那个时候，梅茬苒都当奶奶了。”蓝妹咯咯地笑了，三分开心四分嘲笑。

“不好意思，蓝总监。”时机成熟了，何方远脸上终于浮现出了他标志性的坏笑，“就在几个小时前，我不再是副总监了。”

“啊，你是被开除了还是辞职了？”蓝妹一时惊讶，“重新再找一份工作的话，又要从头开始了，每月工资3000元起……刚够在下江租一套一居室，可是，吃饭怎么办？”

“原来蓝总监还不知道？”梅茬苒这才知道何方远有多坏，低调了半天，又故意一步步引蓝妹入坑，就是为了挖坑埋了蓝妹，她就说嘛，何方远什么时候是吃亏的人？时机成熟了，该她上阵了，她就迫不及待地抛出了重磅炸弹，“几个小时前，经陈总提议，乔董亲自批准，何方远由副总监连升两级，升任为立化常务副总，不好意思蓝总监，他正好是你的顶头上司。”

何方远呵呵一笑，连连摆手：“什么顶头上司，都是同事。”

“而且，何副总还是兴众最年轻的常务副总，前途不可限量。”梅茬苒憋了半天，终于找到了扬眉吐气的快感，“常务副总的年薪差不多是50万元，以他现在的年龄和资历，说不定两年后就是兴众文学的副总裁了。到那时，年薪100万元也不在话下。”

蓝妹张大了嘴巴，不敢相信地盯着何方远，愣了半天才冒出一句：“你、你，你真的要当常务副总了？”

“应该不会错了吧？陈总亲口对我说，乔董已经拍板了。”何方远假装一副不是很确定的表情，“我想，陈总不会和我开玩笑吧？”

顾南也愣住了，不敢相信地盯着何方远看了半天，也是，他虽然嚣张狂妄，但也明白一个事实，以何方远现在的年纪就当上了业内第一的立化的常务副总，以后前途绝对不可限量。早晚，何方远可以成就一番事业！

如果是在立化集体辞职事件之前，顾南还不会认为一个立化的常务副总会有不可限量的前景，但现在形势大变，创始团队成了三巨头争抢的香饽饽，证明互联网版权产业市场已经成熟，各大巨头对互联网版权产业虎视眈眈，由此说明一点，互联网版权产业的春天，来临了。

顾南虽然不是IT从业人士，但他从事的投资顾问工作，和不少互联网业界的巨头都有交集，对于互联网三次浪潮创造的财富神话，也了如指掌。而且他既然从事的是投资行业，比任何人都清楚如果说在未来有哪个行业可能批量制造千万富翁或是造就指点江山的商业帝国，那只有互联网行业。

正是敏锐地嗅到了互联网第四次浪潮即将来临，而互联网版权产业格局的大变或许就是一个引子，说不定互联网的第四次浪潮，正是立化为起点，所以，他才竭力劝说蓝妹进入立化，从总监起步，一步步走向兴众文学的高层，从而占领制高点，以便在互联网第四次浪潮到来时，站立潮头。

没想到，名不见经传的无名小卒何方远，一没出身二没资本，也借机连升两级，不，应该算是三级，直接坐到了常务副总的宝座，距离立化总经理的位子仅仅一步之遥！

先不说立化常务副总的年薪是多少，只说何方远的城府，就让顾南刮目相看。被他和蓝妹冷嘲热讽了半天，何方远一直隐而不发，直到现在才抛出他已经升任常务副总的真相，这份隐忍和耐心，就足以让人佩服。

顾南不由多打量了何方远几眼，何方远还和刚才一样，云淡风轻，一脸浅笑，不管是刚才被他和蓝妹轮番鄙夷，还是现在透露出身居常务副总高位的真相，他都是一样的坦然，年纪轻轻就有这份心性，着实难得。

这么一想，顾南忽然间还真有几分高看何方远了。

“方远，你真的是常务副总了？”刘薇薇也吃惊地张大了嘴巴，“你才27岁，这么说，你以后前途无量了？”

“可不敢这么说，人呀，都是走一步看一步，谁敢说以后一定怎么样？当年乔董是首富时，小马哥、大马哥还是无名小卒，现在呢？小马哥和大马哥是首富，乔董排在几十名之后，身家差了几十倍。所以说，没有永远的首富，也没有永远的高富帅。出身好是好事，但自身不努力，富二代的光环只能管一时，不能管一世。”何方远有意无意地看了蓝妹一眼，见蓝妹低头不语，显然是受到了触动，心中微微一笑。

“常务副总……年薪有没有50万元？”刘薇薇果然不能免俗，最关心的还是钱途。

“妈，年薪是个人隐私，你怎么能随便乱问？”梅荏苒立刻出面维护何方远，“对方远来说，常务副总只是人生的第一个台阶，总有一天，对他来说钱不再是问题，他更在意的是事业的成功。”

“事业的成功用什么衡量？还不是财富的多少？”刘薇薇对何方远的态度有了微妙的变化，不再冷嘲热讽，而是心平气和地对话了，“方远，你大概说一下，你对未来的规划是什么？”

“伯母……”顾南见刘薇薇又有偏向何方远的意思，忙跳了出来，“相信我，不管何方远对未来的规划是什么，我敢说，十年之内，他和我的差距不会改变，茌苒的青春，等不了十年。我在下江有两套房子，有一辆保时捷，还有一辆宝马，两辆车全是下江牌照，完全符合伯母的择婿标准……”

“茌苒多一个选择，也好，女人嫁人，是一辈子的事情，嫁错了人，金山银山，没有幸福也是没用……”刘薇薇想起了自身的遭遇，忽然又对女儿多了一份爱怜。

“何方远，原来你现在是我的顶头上司了，刚才多有得罪，请多包涵。”蓝妹忽然站了起来，郑重其事地向何方远伸出了右手，“重新认识一下，蓝妹，立化总监，请何副总多多关照。”

可以呀，能伸能屈，能进能退，蓝妹比顾南还有胸襟，倒让何方远高看一眼了，他也站了起来，接过了蓝妹的小手：“何方远，立化常务副总经理，欢迎蓝总监来立化工作。”

重新落座之后，何方远心中感慨，不能怪别人太势利，只能怪自己没底气，副总监虽说大小也是管理层，但只能算是初级管理层，而常务副总就一步迈入了立化的最高管理层，相信他现在不但入了乔国界之眼，也许也进入了三巨头的视线。

从副总监到常务副总，看似只是简单的三级跨越，但在现在暗流涌动，各方势力都在紧盯互联网版权产业的大蛋糕时，任何一个从事互联网版权产业数年的、有分量的人物，都有可能成为各方巨头挖墙角的对象。

何方远心里无比清楚，他每在立化前进一步，他在三巨头心目中的分量就会加重三分。三巨头，只有一家能和创始团队合作，而在互联网版权产业的浪潮中，其余两家也不会甘心落于人后，以他推测，在不久的将来，互联网版权产业的布局，将会点燃各大巨头之间最直接的短兵相接。

饭后，梅茌苒送何方远下楼，顾南和蓝妹也同时告辞。梅茌苒将何方远拉到一边，悄声说道：“你今天的表现可以打八十五分。要是再多少嚣张那么一点点，就可以打九十五分了。”

“谦受益，满招损，还不到嚣张的时候，必须时刻保持谦虚谨慎的作风。”何方远拍了拍梅茌苒的后背，“不管怎样，总算帮你挡了一挡，记住了，你可是欠我一份大人情。”

“一个大男人，斤斤计较，真不够爷们儿。”梅茌苒白了何方远一眼，欢快地回去了。

“何副总，要不要我送你一程？”走出小区门口，蓝妹从一辆保时捷中探出头来，“正好顺路。”

顺路不顺路不好说，何方远知道，蓝妹是有话要说，他也就没有客气，拉开车门就坐在了副驾驶：“恭敬不如从命……顾南呢？”

“他开车先走了。”蓝妹发动了汽车，熟练地驶入了主路，油门轰鸣，车速迅速攀升。

“超速了。”夜晚的下江，车流依然川流不息，何方远见蓝妹开车在车流里不停地穿梭，有意提醒她安全第一，“遵守交通规则，不是为了别人的安全，而是为了自己的安全。”

“我不怕，有时候在拥挤的车流中见缝插针，可以让自己的精神时刻处在高度紧张的状态，有助于提高大脑的思索能力和身体的反应速度，让自己始终保持旺盛的战斗力。”蓝妹扭头看了何方远一眼，目光中有一丝鄙视之意，“我不喜欢四平八稳的生活，也不欣赏没有拼搏精神的男人。”

蓝妹是想试探他的管理理念？何方远意味深长地笑了：“拼搏有很多种，一种是埋头苦干，等做出成绩的时候，才一鸣惊人，这是做的比说的多；一种是初战告捷先庆功，才做出一点儿成绩就恨不得人人知道，这是说的比做的多……你喜欢哪一种？”

“我喜欢后一种。人生，就应该高调，有时候埋头苦干了一辈子，也许也做不出成绩来，一辈子也就耽误了。而做出一点儿成绩就人人知道了，名声有了，社会地位和财富也就有了，不成功也成功了。比如马总，原先在新浪负责微博业务，借微博业务的成功才被乔董赏识担任了兴众文学的CEO，但外界谁会知道微博到现在为止还没有盈利，每年都在巨亏，不过不要紧，亏的是别人的钱，马总转身走人，在兴众照样风生水起，职业经理人之路，就得一边做事，一边在微博上和名人互动刷存在感，这样才能抬高身价。”

何方远不太明白蓝妹为什么要和他谈论这些，不过他并不赞同蓝妹的想法：“你说的例子也有一定的说服力，但我们的着眼点不同。”

“哦？你也举例说明一下。”蓝妹兴趣挺浓，和上次她在外滩又哭又闹的形象判若两人。

/ 第十八章 /

# 登堂入室

“乔国界奉行的价值观是大赌、大输、大赢，事实也确实如此，他的创业经历就是一场大赌，而且很幸运地赢了赌局，从此之后他一直都是大赢，但从五年前开始，他的好运气就没有了，开始了不断的小输。先是输掉了网游，接着又输掉了手机游戏和主题旅游，到现在，刚刚输掉了布局十年的互联网版权产业龙头老大的位置，如果说以上只算是小输的话，那么在未来是不是会大输，输掉整个互联网版权产业，还是未知数。大赌的结果，不是大赢就是大输，但既然是赌博，必然有赢有输。大赢十年，也许会输在一次大输之上。所以，人生还是脚踏实地步步为营好。”

“何副总，你的立场倾向有问题，你是兴众的人，怎么说乔董的坏话？”蓝妹没有再和何方远争辩，而是质疑他站在哪一边。

“呵呵，我不是说乔董的坏话，我只是就事论事，忠言逆耳，乔董这一次想度过危机并且更上一层楼，就必须正视以前他大赌大输大赢的思路，盛极必衰是最朴素的道理，许多人懂，却只愿意相信自己可以永久兴盛，而盛极必衰只是别人的事情。”

“可惜的是，你的话很深刻，却传不到乔董的耳中。”蓝妹嫣然一笑，靠边停了车，“好了，到了，从明天起，我们就是同事了，希望我们合作愉快。”

“合作愉快。谢谢蓝总监的盛情相送。”何方远下车，正要关门时，蓝妹却又伸手拿出一个东西递了过来。

“初次见面，送何副总一支钢笔吧。不是什么好牌子，不过，也是我的一番心意了。”

“这怎么好意思？”何方远本不想接，他和蓝妹不熟，不明白蓝妹送笔的意图，不敢贸然接下。

“何副总是嫌弃我的笔不好，还是嫌弃我的人不好？”蓝妹执意要送。

话说到这个份儿上，何方远不收也不好，只好接了过来："谢谢。美人赠我金错刀，何以报之英琼瑶？"

蓝妹浅浅一笑："只是一支钢笔而已，可算不上是金错刀。小小心意，何副总别放在心上。"话一说完，她潇洒地开车离去。

回到家中，何方远打开精美的外包装，露出里面宛如艺术品一般的万宝龙钢笔，上网查了一查，吓了他一跳，蓝妹送他的钢笔价值上万元。

初次见面——也不能算是初次见面了，算上外滩的一次，应该是第二次了——就出手阔绰，送他一份这么贵重的礼物，何方远心中难免多想，难道蓝妹对他另有所图？

当然，何方远虽然自认长得还算帅气，但蓝妹肯定不是花痴，他也没有天真到认为蓝妹对他有什么男女上的想法，那么毫无疑问，是他在车上的一番话触动了蓝妹。而且他也可以猜到，蓝妹到立化，以她开保时捷背LV包的富贵、一出手就是上万元钢笔的阔绰，她所图的肯定不是几十万元的年薪，开玩笑，当几年总监才能买得起她价值百万的保时捷？

莫非蓝妹也看中了互联网版权产业会是互联网第四次浪潮的起点？也想抢先占领制高点，好在第四次互联网浪潮的财富神话中，成为主角？

次日，天气放晴，阳光大好，何方远到了公司，刚和徐子棋、范记安打了招呼，就见陈果从总经理办公室推门出来，和他一起的还有马大勉、蓝妹和一个年约30岁的陌生面孔——他瘦脸小眼，个子不高，穿一身休闲装，站在蓝妹的身后，似乎比穿了高跟鞋的蓝妹还矮了一分。

"方远、是道，你们也来一下。"陈果叫过了何方远和黄是道。

不少还不知道何方远和黄是道位置互换的员工，现在才意识到了什么，很明显，陈果将何方远的名字排在了黄是道的前面，难道说，立化新任的管理层，在副总的任命上，出现了什么变数不成？

确实是出现变数了，而且变数还很大。

"各位同事，现在宣布一下立化新的管理层成员。"马大勉向前一步，站在了几人前面，"兴众文学副总裁、立化总经理陈果，大家应该已经认识了，下面介绍一下立化新任管理层人选，立化常务副总经理何方远……"

马大勉宣布何方远的任命时，目光特意在何方远身上停留了几秒钟。

梅荏苒带头鼓掌，徐子棋和范记安也卖力地鼓掌，再加上立化留下的几个老员工以及倒向何方远的部分新员工，都欢欣鼓舞，齐声喝彩，掌声雷动。

何方远向前一步，双腿并直，深鞠一躬。

黄是道直直盯着何方远的后背，紧咬牙关，恨不得向前一步一脚踹在何方远的腰上，最好让他半身不遂，下半生生活不能自理才能解他心头之气。

蓝妹却神情淡淡，淡然的目光扫过鼓掌的人群，见大约有三分之二多的员工乐见何方远高升，她微不可察地点了点头，心中更坚定了她对何方远的看法。

“立化新任副总经理，黄是道。”马大勉宣布了第二个任命。

黄是道来到前面，也和何方远一样，深鞠一躬，不过和何方远没有讲话不同的是，他说了几句话：“各位同事，感谢董事会的信任，感谢各位同事的支持，我从总监到副总，级别提升了，责任更大了，不过，我还是全心全意为大家服务的黄是道，请大家监督我的工作，谢谢。”

掌声响了起来，尽管黄是道的发言很诚恳，不过比起何方远的掌声，还是明显稀落了几分。黄是道脸色不太好看，差不多算是灰溜溜退了回去。

“立化新任总监蓝妹。”马大勉宣布了第三个任命。

蓝妹向前一步，微微鞠躬致意：“初来立化，请各位同事多多指教，多多关照。”

掌声稀落，比黄是道还不如。蓝妹不以为意，退回之后，悄然向何方远投去一瞥。

“立化新任副总监史尚飞。”马大勉宣布了第四个任命。

“噗……”正在喝水的徐子棋听到新任副总监的名字时，一下没忍住，一口水全喷了出来，而且很不幸，全喷到了范记安身上。

“你……”范记安正听得入神，忽然背后湿了一大片，他差点儿没翻脸，目光不善地瞪了徐子棋一眼，又冲他挥了挥拳头。

徐子棋的举动引来了不少人疑问的目光，徐子棋连连抱拳，表示歉意，心里却还是忍不住笑，这也太巧了，怎么新来的副总监还真叫史尚飞？

蓝妹也注意到了徐子棋的异常，她悄悄一拉何方远的衣袖：“他笑什么？莫名其妙。”

“等下告诉你。”何方远忍住笑，“史尚飞是什么来历，你知道不？”

“不知道，不认识。”蓝妹摇了摇头。

简短的任命仪式结束后，陈果召集何方远、黄是道以及蓝妹和史尚飞四人开了一个会，传达了一下指示精神，又提出了几点要求，最后要求几人精诚合作，齐心协力渡过眼下的难关。

说完了大面上的事情，陈果话题一转，提到了何方远最关心的立化内部分工问题：“原来立化分为四个小组，每组一个组长，现在四个小组已经不能满足立化在新形势下的发展了，我决定，内容部分为六个小组，这样，就需要六名组长，现在，都提名一下小组长人选吧。”

陈果话一说完，所有人的目光都落在了何方远身上。在场众人之中，陈果最大，其次何方远。六名组长——如果陈果没有指定人选的话，两名副总、两名总监，副总一人提名两个，总监每人提名一个，正好六个。

何方远才不会客气，当即说道：“我提名范记安和徐子棋。”

“徐子棋倒是可以，范记安人品不行，我不赞成。”黄是道立刻出声反对范记安的提名，他对范记安恨之入骨，怎会让范记安上位？

“怎么扯到人品上了？黄副总，你不要人身攻击。”何方远嘴上反驳黄是道，脸上却挂着云淡风轻的笑容，“范记安这个人吧，有时说话是刻薄了点儿，不过他的能力有目共睹，担任小组长，也是众望所归。”

“反正我反对。”黄是道有太多话想说，偏偏又不能说出口，一则陈果和何方远一心，二则何方远比他级别高，他不敢当面指责何方远任人唯亲，“我提名陈开旭和李小乐。”

陈开旭本来就是马系的人，黄是道提名他，在意料之中。李小乐是新招聘的员工，之前有过相关从业经历，也算是资历IT人士，提名他，证明他归到了黄是道门下。

这也说明，黄是道还是拉拢了一些新进的员工。

“我提名梅荏苒。”蓝妹是管理层中唯一的女性，她轻轻一拢飘到额前的一缕头发，“梅荏苒工作能力和工作积极性都不错，小组长中，也需要一名女组长。”

“我提名雷姜涛。”史尚飞最后一个发言，他表情平静，说话时目光落在陈果身上，似乎在他眼中除了陈果之外，其他人都不存在一样。

雷姜涛是一个中立的老员工。

原来史尚飞是陈果的人，何方远明白了几分，这么说，蓝妹还真是上面直接安插在立化的异类？她似乎既不属于马系又不属于陈系，难道她和乔国界有直接的关系？

想想上次在车上对她所说的一番话，何方远心中隐隐有几分后悔，当时是不是和她交浅言深了？

“六个组长，大家一共提名了六个人，虽然是道有不同的意见，不过我倒觉得以上六个人很合适，那就这么定了？”陈果明是疑问的口气，其实是不容置疑地拍板了。

何方远系一共四人，何方远升任了常务副总，梅荏苒三人当上了小组长，皆大欢喜，没有一人落空，辞职事件引发的第一波动荡之中，何方远成了最大的赢家。

会后，走出陈果办公室，何方远来到他的专属办公室——总监以上级别就有单独办公室，何况常务副总了——坐在原本属于海山的办公椅上，他并没有踌躇满志的喜悦，相反，却有一丝隐隐的担忧，重组后的立化，比他想象中更复杂，马大勉并没有如愿全盘接管立化，反而让陈果乘虚而入。

如果再分析一下这个从天而降、不知来历的总监，似乎可以说明乔国界既不完全信任马大勉，也不彻底放心陈果，而是直接空投了蓝妹来担任总监，难道说，此举是想阻止陈果对员工的一手掌控？

别看总监似乎没有副总位高权重，其实不然，总监是一个承上启下的位置，上承总经理，下接员工，是一个很关键的位置，相当于大内总管。如果蓝妹在总监的位子上干得风生水起的话，她就能完全掌握陈果的动向，甚至还可以了解员工们的所思所想。

六个小组长，都由总监直接负责。

不过从陈果也安排了一个史尚飞担任副总监来看，陈果也有他的布局。当然，话又说回来，兴众一直就是乔国界一个人的帝国，不管马大勉和陈果怎么暗中过招，兴众还是乔国界一人说了算，只要在兴众工作，都不过是乔国界的棋子罢了。

棋子和棋子却是同子不同命，比如小卒可以随意舍弃，而车马炮虽不能随便丢掉，却可以在必要时牺牲，相比之下，士和象则是不可或缺的最重要的棋子。在乔国界眼中，他只需要三种人——好人、明白人和能人。所谓好人，就是无条件忠诚于他的士和象，所谓明白人就是能力出众、执行到位的马和炮，所谓能人就是既可以冲锋陷阵又可以一往无前的车。

不过这么多年下来，很多明白人和能人都离开了，留下来最多的还是乔国界眼中所谓的好人。何方远清楚，马大勉应该算是乔国界手中的车，车虽然能征善战，但在需要丢车保帅的时候，乔国界一样会毫不犹豫地牺牲车而保全自己。

而陈果却是乔国界最为倚重的士和象，士和象虽然也可以牺牲，不过到了牺牲士和象的时候，就证明兴众帝国到了土崩瓦解的边缘，所以通常情况下，士和象才是陪乔国界到最后的棋子。

如果按棋子的重要性在乔国界心目中排序的话，何方远现在还只是一枚只许前进不能后退的卒子。如果过河之后他还没有变成炮灰的话，或许会升级成为马或炮，再如果他冲锋陷阵、攻城略地、所向披靡，终于引起了乔国界的兴趣，乔国界要重用他的话，他就能最终升级为车。

只不过……在何方远的规划中，他既不想成为乔国界眼中的明白人和能人，也不想成为他身边的好人，他想要的是什么，或者说他想要达到什么远大的目标，谁也想不到。

咚咚……有人敲门。

“请进。”何方远倒要看看，第一个来他办公室的人是谁，不出意料，应该是梅茬苒三人之一。不料来人进来之后，他一下愣住了。

竟是蓝妹。

“蓝总监。”何方远心中一跳，不知何故，他总觉得蓝妹送他钢笔，有很深的用意，“来，坐，喝水不？”

“不用，我没什么事情，就是过来问你一个问题。”蓝妹笑意盈盈，一手托腮，做沉思状，“为什么要笑史尚飞？”

原来是为了这个小事，何方远不太相信蓝妹初来立化，不关心工作上的交接不努力尽快进入工作状态，却关心一件无关紧要的小事，不过既然她开口问了，他就回答道：“这里面，有一个典故。徐子棋有一个同学外号叫苍蝇，所有人都不明白这个外号的来历，因为他长得相貌堂堂、人高马大，和苍蝇风马牛不相及，后来一看他的身份证，才恍然大悟，原来叫他苍蝇，还真没有冤枉他……”

“可是，到底为什么叫他苍蝇？”蓝妹还是没有听明白，她歪着头想不通的样子，还真有几分可爱，虽说不如梅茬苒萌，却也有独特的韵味。

何方远笑而不语，并不点明，也是，他怎么好意思告诉蓝妹史尚飞的名字谐音“屎上飞”呢？这么粗俗的话可不能在一个顶级白富美面前说。

蓝妹想了足足有一分钟之久，终于想通了其中的环节，脸颊微微一红，不好意思地笑了：“真不该问你这个问题，太丢人了。”

“蓝总监在工作上有什么不明白的地方，尽管来问我。”何方远不想让蓝妹难堪，及时转移了话题，“另外，谢谢你的钢笔，不过我觉得还是太贵重了……”

“钢笔的事情不要再提了，再提，我真不高兴了，你不想要，扔了就是。”蓝妹眼中闪过一丝愠怒，好在一闪而逝，“一直觉得何副总是一个拿得起放得下的男人，怎么一点儿小事情这么婆婆妈妈？”

何方远呵呵一笑：“好，不提了，再也不提了。”

蓝妹本来一直站着，似乎是说几句话就走，现在却又坐了下来，看样子是又改变了主意。

## /第十九章/

# 伏笔

“何副总，我一直想不通一个问题，你能不能解答我的疑惑？你是三剑客最信任也是最得力的干将，为什么留在了立化？许多人说，如果你跟三剑客一起走，顶多前进一小步当上总监，因为前面有三剑客挡道，你永远不可能上位，现在你当上了常务副总，似乎就更坐实了这些人的猜测……”蓝妹的问题，很犀利，直指人心，虽然她的声音很好听，甜而不腻的普通话如轻风拂面，不过话里话外的意思却剑光直闪。

蓝妹的问题，更让何方远坚定了他的猜测，蓝妹来立化，所图的不是一个总监的位子，而是另有深远的谋算。他并没有直接回答蓝妹的问题，而是将球踢回到了蓝妹的脚下：“蓝总监怎么想？”

“我呀？我觉得如果何副总真和这些人所说的一样浅薄的话，现在的他就不会坐在办公室里心事重重，而会是一副踌躇满志的姿态。”蓝妹坐在沙发上，身子斜斜地靠在沙发扶手上，身材更显得曲线玲珑，她的笑容意味深长，仿佛看穿了何方远的心思一般，“以何副总的志向，肯定不会仅仅满足于一个常务副总，我想，也许立化也只是你的化龙池。”

之前何方远还觉得他在车上和蓝妹交浅言深，现在听了蓝妹更直接更强势的话，他才发现他还是低估了蓝妹的含蓄，或者说高估了蓝妹的城府。也是，蓝妹再怎么出身高贵，她只是一个25岁的女孩，没有多少职场经验，再加上平常养尊处优惯了，说话才不会讲究起承转合，也不会考虑交浅言深，想说什么就说什么。

“人人都想往高处走，但想是一回事儿，现实是另外一回事儿。”何方远既没否认也没承认，“不过我也有同样的疑问，蓝总监来立化，肯定也不是只为了一个总监的位子。”

“你猜对了。”蓝妹仰起小脸，一脸自得，“一个立化总监的位子，年薪才多少？你看我像是缺这点儿小钱的人吗？”

“以蓝总监的身份，兴众文学的CEO，怕是也不会放在眼里。”兴众文学的CEO年薪300万元左右，持有一定比例的股权，现在兴众文学还没有上市，上市后，或许身价会水涨船高，千万富翁或亿万富翁也不在话下。

何方远话虽这么说，其实也知道，蓝妹再有来历和身份，她想当上兴众文学的CEO，也不是一朝一夕的事情。

甚至说，一年半载都没有可能。

“你又说对了，我来立化，既不是为了总监的位子，也不想当什么兴众文学的CEO，我的眼光很高，目标很远大。”蓝妹笑了笑，笑容中有三分神秘四分得意，“不过抱歉，不能告诉你。”

至此，何方远算是差不多了解了蓝妹的为人——富家女的傲然、小女孩的简单、虚荣女的肤浅，等等，全部在她身上体现，她就是一个矛盾的综合体。她来找他说话，或许有几分对他感兴趣的因素在内，更多的却是因为她在立化并不认识别人，又想找人说说话，所以他就成了她的倾诉对象。

也是好事，蓝妹或许会是一个窗口，一个可以让他仰望更高目标了解更多内情的瞭望口。阶梯可让他拾阶而上，顶峰达到；窗口却可以让他及时发现先机，从而拥有到先人一步的优势。

有时候，也许对手比你实力更强、机遇更好，但最终却输给了你，只因为你比对手抢跑了一步。

“中午，一起吃个便餐？”何方远发出了邀请，现在他有强烈的要和蓝妹进一步交往的欲望。

“不好意思，我约了人。”蓝妹或许是误解了何方远的意图，她委婉拒绝时的姿态，明显是拒绝一名追求者的神情。

“没关系，来日方长。”何方远淡淡一笑，不以为意。

午饭时，何方远和梅荏苒、范记安、徐子棋几人坐在一起，在食堂的单间里用餐。

“谢谢何哥。”范记安喜笑颜开，“跟对人，走对一步，人生就是一番全新的广阔天地。我也当小组长了，多亏了何哥提携，来，我以茶代酒，敬何哥一杯。”

徐子棋也乐开了怀，也以茶代酒郑重其事地感谢了何方远。

梅荏苒低着头不说话，用筷子扒拉了几下米饭，一扔筷子：“不吃了，饱了。”

“美人靠不开心了，谁惹她了？赶紧的，赔礼道歉。”范记安朝何方远挤眉弄眼，又朝徐子棋使了一个眼色。

徐子棋会意，端起盘子走人：“对了，我还有一封邮件没有回复。”

“你不说我也忘了，我还有几个签约申请没有答复。”范记安也站了起来，“何哥，你慢慢吃，别急，心急吃不了热豆腐。”

“要滚赶紧滚，废话这么多。”何方远没好气地骂了一句。

“干什么鬼鬼祟祟的，好像我们真有什么事情一样，真没劲。”梅茬苒端起盘子也要走，“你自己慢慢吃吧，小心好吃难消化。”

“不就是我没有提名你吗？至于这么小心眼儿？”何方远知道梅茬苒为什么生气，“我只能提名两个人，范记安和徐子棋都比你有资历。”

“我不是为这个，我没那么小气。”梅茬苒又坐了回来，用手一推大大的眼镜框，“蓝妹一上任就到你办公室关门说了半天，你们进展挺快呀？”

原来是吃醋了？何方远坏坏一笑：“刚才你吃糖醋里脊了？”

“没有呀？”要论坏，梅茬苒不及何方远十分之一，她哪里知道何方远在引她上钩。

“怎么这么大的醋味儿？好像还是山西老陈醋，味道还真不错。这醋呀，和酒一样，越陈越香。”

“你说什么呢，是不是吃错药了？”梅茬苒还没有醒过味儿来，不知道何方远怎么扯到山西老陈醋了，正要再讥讽他几句，猛然想通了什么，气笑了，“一边儿去，谁吃醋了？自恋狂，你有本事就逆袭白富美，真能让蓝妹死心塌地地爱上你，那么我恭喜你，你是天下第一帅哥。”

“这话说的，好像我真的没有一点儿机会逆袭白富美一样，既然我有过秒杀黄是道的成功，逆袭白富美，也不是不可能的任务。”何方远嘿嘿直笑，“不过说实话，美人靠，蓝妹找我，谈的是一个总监和一个常务副总之间的工作对接，是正常的工作上的接触。”

“谁管你，你用不着向我解释。”梅茬苒虽然还是嘴硬，态度却明显软化了，说到了另外的事情，“对了，刚才我看到楚一亭了，她直接上了十五楼。”

楚一亭回来了？何方远心头一沉，在立化新的管理层刚刚尘埃落定之时，原先被江武劝退的版权部的楚一亭突然重回立化，不是一个好兆头。

当年楚一亭负责版权部，主要工作是对外洽谈互联网版权项目的合作，她也曾一手促成了几件轰动一时的版权合作，几部当红的连续剧的版权出售，她在其中牵线搭桥的努力功不可没。

不过楚一亭为人喜欢大权独揽、独断专行，她是海山培养的嫡系。当时海山身为常务副总兼版权部经理，她是副经理，基本上海山放权，整个版权部的事情她一言而定。后来她因为工作失误接连出了几件大事，有一件事情甚至还惊动了乔董，即使如此，海山出于爱护她的想法，还是力保她没有被开除。

只是当时事情闹得太大，她虽然被海山保下，但背后议论的声音太多，她没有颜面再待下去，就主动辞职了。不过也有传闻说她是被江武劝退了，江武希望她主动辞职以保存颜面。

至于辞职之后去了哪里，就无人知道了。

在何方远刚刚当上副总监时，楚一亭担任版权部副经理已经有两年了，论资历，她比他还深了不少。

“你没看错？真是楚一亭？”

“屁话，楚一亭走路跟得了多动症一样，谁还认不出来她？不用看正面，只看背影，我敢说立化的老人，八百米外就能认出她。”

敢情美人靠也挺会讽刺人，何方远差点儿笑喷：“人家走路那叫风摆杨柳好不好，怎么能叫多动症？不要羡慕嫉妒恨。”

“男人都喜欢那样儿的，是不是？”梅茬苒三分笑四分气。

“也不是，我就喜欢良家妇女。”何方远见梅茬苒今天气不顺，忍住笑，也不气她了，“我总觉得，楚一亭回来不是什么好事。”

果然，下午一上班，何方远和黄是道就被叫进了陈果的办公室，从陈果办公室出来，回到座位上，何方远脸色不太好。

“怎么了何哥？”范记安凑了过来，“是不是楚一亭重回立化了？”

范记安猜对了，楚一亭不但回来了，还官复原职，何方远不太理解马大勉的安排是什么用意：“楚一亭担任了版权部经理，我不再兼任版权部经理的职务。”

“她一回来就没好事，削了何哥的权，凭什么？”梅茬苒和何方远生气归生气，在大事上，她还是会坚定不移地站在何方远一方，“范记安、徐子棋，以后在工作上，记得好好关照关照楚经理。”

“楚一亭管的是版权部，和你们的工作没多少交集。”何方远挥了挥手，“我在意的不是她当上了版权部经理，说实话，我还真对版权部的烂摊子不感兴趣，我担心的是，她突然被召回，事先没有任何风声，说不定会是一个坑。”

“什么坑？要坑谁？”梅茬苒最喜欢思索问题时的何方远，何方远深思的时候，一脸沉静，目光深沉，最有男人味儿了。

“说不好，猜不到，不过大概也可以确定，肯定和三位老大有关。”

“事情不是已经过去了？”梅荏苒心思还是简单了一些，她不理解何方远的推测，“听说江武的辞职也批准了，只是还没有公布，现在立化新的管理层都上任了，危机解除了，谁还会揪住过去的事情不放？天会下雪，姑娘会嫁人，谁和谁也不能过一辈子，马总和乔董还想怎么样？”

“还想怎么样？”范记安又冷笑加讥笑了，“美人靠，你可真纯真，我服了。如果仅仅是三位老大辞职也就算了，但辞职的是整个团队，是内容、技术和运营三军齐备的、一个马上可以直接投入战斗的生力军，而且又赶在兴众文学即将上市的节骨眼儿上，不但搬空了立化十年的班底，还狙击了兴众文学的上市，你说这样的奇耻大辱，乔董和马总会就这么算了？”

徐子棋也阴阳怪气地说道：“要是马总，或许在微博上文青几句，表现他的大度和风度，然后真的就这么算了，因为马总心肠软，又没有什么手腕。可乔董就不一样了，如果用PDP性格测试乔董的人格特质，他是一个典型的控制型（老虎型）人格——性格强硬，善打硬仗，喜欢操控，铁面无情，不能容忍任何人挑战和质疑他的权威……”

“记安和子棋说得对，这件事情，还远远没有结束，不但没有结束，实际上，才刚刚开始。既然辞职事件狙击了兴众文学的上市，让乔国界十年的布局落空，乔国界也必然会动用一切手段狙击创始团队重新开辟战场。等着吧，大战马上就要开始了。”何方远忽然豪情万丈，“乱世出英雄，越是动荡的局势，越能体现一个人的价值。这场战争，一开始是狙击战，现在是反击战，以后就是持久战了。”

“说得跟真事一样，真有这么玄乎？”梅荏苒还是不信。

“等着看吧，楚一亭回来，肯定会出事，说不定还不是小事。”何方远猜到了开头，却猜不到结尾，毕竟他不是乔国界，而且到现在为止，他还没有和乔国界有过面对面的交谈，对于乔国界的为人，他的判断全是来自媒体的报道和周围人的口耳相传。

由于没有主观上的认识，他无从判断乔国界到底会对出走的三剑客怎样痛下杀手。

不过从以前乔国界对待离职团队的手法大致可以得出判断，乔国界怕是要对三剑客，高高举起手中的屠刀了。

何方远之所以十分担忧乔国界的手段，是之前发生过离职团队被乔国界心狠手辣清洗之事。早先著名的视频网站闪7被兴众收购时，曾经轰动一时，乔国界承诺，原团队留任，并且全权负责闪7的整合和重组，表现出了他大度和用人不疑的风范。

仅仅几个月之后，闪7网创始人代慈朋就突然离职，离职原因不明，引发了业界哗然。外人也许不知道发生了什么，何方远却听到了一些风声。据说在离职前，代慈朋和乔国界有过激烈的争吵。随后乔国界派人彻查代慈朋，找到了一些财务上的漏洞，代慈朋被迫辞职，并且签订了保密协议，从此对外不管好坏，不再提及兴众半个字。

代慈朋辞职之后不到两个月，闪7网原高管团队因收入不佳、费用过高遭到了暴风骤雨般的清洗，大部分原团队员工被裁，数名负责销售的高级副总裁离职，甚至引发了劳动仲裁事件。两个月后，剩余员工也随后离去，代慈朋团队被清洗殆尽，一个不留。

或许也正是此事留给兴众员工心理上的阴影久久消除不去，在三位老大辞职时，登高一呼，才会响应者云集。归根结底，如果不是乔国界做事情太绝，立化的集体辞职，也不会演变成一次轰轰烈烈的业界大事。

乔国界如果能意识到是他的独断专行才造成了现在的局面，他就不是乔国界了，他不会反思他性格上的缺陷，他只是高举屠刀，朝所有背叛他的人的头上砍去。

一周后，天气一天比一天暖和了，闹得沸沸扬扬的立化集体辞职事件，热度锐减，似乎真的雷声大雨点小。创始团队到底花落谁家，也没有了下文，不少人又开始猜测，难道说，创始团队的辞职，只是一时兴起，辞职之前，还没有找好下家，现在还在谈判之中？

真是如此的话，创始团队的价值，之前似乎被业界高估了。业内人士分析，辞职之后再谈判，筹码就少了，回旋的余地没有了，不管创始团队和三巨头之中的哪一家达成合作意向，待遇怕是也好不到哪里去，说不定还不如在兴众时有发言权。

“何副总，据你推测，创始团队是辞职之前还是之后才开始和三巨头接触并且谈判的？最后到底会花落谁家？”蓝妹熟练地刀叉配合，切下一块牛排，放入口中，又轻抿一口红酒，意态慵懒而闲散。

坐落在外滩的威斯汀大酒店是下江高档奢华酒店之一，之前，何方远还真没有来过，今天蓝妹盛情邀请他共进晚餐，盛情难却，他只好推了和梅在苒、范记安、徐子棋几人的定期聚餐。

/ 第二十章 /

# 初步建立合作同盟

梅茬苒听说他是接受了蓝妹的邀请才推迟了定期聚餐，不但没有反对，反倒轻松自若地笑了：“巧了，今天顾南一直约我，我推了，说有聚餐。既然何副总闪了我们，我也就可以心安理得地接受顾南的邀请了。走了，和高富帅的约会，一定可以收获让人怦然心动的礼物。”

结果梅茬苒一走，范记安和徐子棋挤眉弄眼，非要问何方远是不是为了追求白富美蓝妹而抛弃了邻家小妹梅茬苒，何方远没好气地拳打范记安脚踢徐子棋，不客气地打发了二人。

不过二人走后，他一个人愣在当场，想了半天，还是想不明白梅茬苒故意当面提到顾南，是想暗示他什么，还是她改变了主意，真想和顾南谈恋爱了？

接受蓝妹的邀请，何方远可不是为了追求她，他和蓝妹不是一路人，再者说了，别说他不喜欢蓝妹，就算喜欢，他也未必能追上心高气傲的“下江第一千金”。

当然，以蓝妹的身份和相貌，是不是称得上“下江第一千金”暂且不论，“下江第一千金”的外号，也不是他起的，是范记安一时犯贱，随口一叫，没想到就在立化形成了共识。外号传到蓝妹的耳中，蓝妹也不生气，只是一笑置之。

“我猜不到，这是最高商业机密，估计除了三剑客，谁也不知道，就算是跟随他们辞职的几个关系最近的小组长，应该也不知道。不到时候，这个谜底是不会揭开的。”何方远也切了一块牛排，没怎么吃就放到了一边，尽管他并不太喜欢西餐，不过为了称了佳人心意，还是要做足场面上的事情。

何方远心里有数，蓝妹请他吃饭，可不是为了巴结他这个常务副总，更不是对他有意思，而有另有所图，听蓝妹的问题，难道她想从他这里打听到三位老大的最新动向不成？

近来，何方远和三位老大确实是断了联系，现在各为其主，虽说个人交情还在，但在眼下一触即发的大战即将来临之际，还是保持距离为好。相信三位老大也不想再和他有什么私下联系，毕竟，有些话不方便再说，一说，就是商业机密。

蓝妹到底是谁的人？何方远心中的疑问挥之不去，弄清蓝妹是谁的人，就容易摸清她的立场了，立场决定方向。

“我只是让你分析一下，知道你也不可能从三剑客嘴里问出真相。”蓝妹举起酒杯，和何方远碰杯，“你的分析，对我的决定有重要的参考价值。”

“蓝总监高抬我了，我哪有那么高瞻远瞩的眼光？不过我一直有一个疑问，蓝总监来立化，是身在曹营心在汉，还是有意在兴众长远发展？”何方远必须要弄清蓝妹的真正意图，不管蓝妹是只想当立化和兴众是跳板，还是想一步步谋求兴众文学甚至是兴众总部的高位，他只有做到了心中有数才能决定是和蓝妹有限合作，还是各走各路。

还有一点，如果蓝妹的目标和他的目标冲突，也就是说，如果蓝妹和他是竞争对手，那么对不起，他肯定会想方设法阻止蓝妹在兴众一步步壮大。

“其实，我请你共进晚餐，就已经含蓄地表达了我愿意和你合作的意愿。何副总，说实话，我很欣赏你在辞职事件之中的表现，从决定留下，到周旋在马大勉和陈果之间，再到最后关头秒杀黄是道，成功当上常务副总，而且你身边还有几个忠心耿耿追随你的手下，我很佩服你的手段和为人。”蓝妹放下刀叉，轻轻擦了一下嘴唇，娇艳红唇在灯光的映衬下，更显惊心动魄之美。

“不妨对你说，立化只是我的一个跳板，我的最终目标是兴众的董事会。不过，如果事情进展超出预期顺利的话，我也许会中途退出。所以有一点你尽管放心，我不会在立化和你争权，更进一步说，在兴众文学，我也不会是你的竞争对手，相反，我还有可能会成为你的同盟，就看你对我是不是有用了。”

不得不说，蓝妹不太会说话，语气不够委婉，表述不够清晰，不过没关系，何方远是听明白了，蓝妹来立化，和他当初留在立化的出发点是一样的，就是想借立化动荡的东风，实现自身价值最大化。当然，蓝妹的野心肯定比他还要大，毕竟蓝妹是富二代，起点比他高，资本比他雄厚。

“光我对你有用也不行，还要你对我也有用才行，这样，我们才有双赢的基础。”既然蓝妹说话直接，何方远也不含蓄了，“蓝总监想知道创始团队到底花落谁家，是不是你很关心三巨头在互联网版权产业上的布局？这说明你的目光超越了兴众，已经放眼到整个互联网版权产业了。”

“你算是说对了，不提我爸爸拥有的财富，就是我妈妈名下的产业由我继承，也比我来兴众甘居人下强，这么说吧，就算我当上了兴众文学的CEO又能怎样？年薪也不过几百万元，我妈妈的产业，是几个亿的规模。不过我对传统行业不感兴趣，不想接手妈妈的产业，想在互联网行业开拓一片新天地……”蓝妹又举起了酒杯，“何副总，我对互联网行业兴趣很大，却研究不多，希望你能帮我一帮，我这个人，虽然傲了一点儿，但也有优点，就是不会亏待朋友。”

何方远和蓝妹再次碰杯，他大概明白了蓝妹的心思，蓝妹算是富二代中有想法有抱负的少数，不想继承家传的传统行业，想跻身到互联网大潮之中，凭借雄厚的资金优势，一举占领制高点。

想了一想，何方远觉得和蓝妹合作也不失为一条捷径：“就怕我能力有限，帮不了蓝总监太多，说不定蓝总监需要的东西，我却没有。”

蓝妹笑着摇了摇头：“你有，如果你没有，我们今天就不会坐在这儿浪费时间了。互联网和传统行业不一样，传统行业必须要有雄厚的资金作为后盾，否则很难打开局面，而互联网创业，最关键的是创意、是资源、是人气，也是技术和独到的思路，一旦找准了市场，互联网积累财富的速度，比传统行业快十几倍甚至上百倍。何副总，你有资源、有人气，而且我相信你也有思路，你我合作，是强强联合，可以事半功倍。我想，你的志向也肯定不会满足于一个兴众文学的CEO，你也想成为第四次互联网浪潮的潮头人物，想成为财富神话的主人公。几百万元的年薪，比起拥有一家市值几十个亿的互联网公司，差得太远了。”

不简单，不管蓝妹是随口一说胡乱猜测，还是她真的细心观察了他，反正蓝妹的话，算是说中了何方远的心思，何方远索性也打开天窗说亮话了：“我敢说，每一个IT从业人士，都有想成为财富神话主人公的梦想，只不过梦想和现实的差距，没有几人可以迈过去。”

“你一个人孤军作战，也许迈不过去，如果和我联手，说不定就一下迈过去了。”蓝妹嫣然一笑，再次举杯，“以前有刘备三顾茅庐，今天有蓝妹三次举杯相邀，何副总，说一句准话儿，是不是愿意和我合作？”

蓝妹诚意十足，而且为了今天的晚餐，也做了精心准备，不仅一张美丽动人的面孔化了精致的淡妆，并且她的穿着得体而正式，何方远从她刻意营造的氛围也可以得出结论，她对这一次会面，非常看重。

“三巨头中，小马哥和大马哥都擅长布局，但相比之下，小马哥的企鹅更需要互联网版权产业作为企鹅未来十年互动娱乐的源头，大马哥的芝麻开门，对互联网版权产业的需求也有，却没有企鹅那么强烈。”何方远没有正面回答蓝妹的问题，而是说出了他的分析，他既然将他的分析和盘托出，就是间接地表明他同意和蓝妹合作了，“千方虽然以搜索引擎为主，但从早先千方收购音频软件千千静听开始，再到收购视频网站爱奇艺，再到现在又传出千方有意收购网络电视软件PPS，很明显，千方在互动娱乐上的布局和野心，丝毫不亚于企鹅。”

蓝妹会心地笑了，她知道，何方远接过了她抛出的橄榄枝，那么接下来的事情就好办了，有了何方远作为她在立化的同盟，她在立化的跳板之路，应该可以走得很轻松了。

“从对互联网版权产业的迫切需求和产业布局来看，三巨头中，企鹅和千方是创始团队的最佳选择。不过最终花落谁家，还要看双方的诚意和条件了。”何方远刚才说他猜不到创始团队会花落谁家，其实他一直在密切关注创始团队的动向，并且早就经过细致的分析得出了结论，芝麻开门可以被排除在外，企鹅和千方，二选一，具体落在哪家，要看企鹅和千方谁做出的让步大了。

“我觉得，还是落户千方更有利于创始团队的发展。”蓝妹说出了她的看法，“千方的搜索引擎太强大了，强大到国内无人可比。”

“也不一定，千方的搜索引擎是优势，不足之处是没有忠诚的用户群，远不如企鹅有几亿用户的庞大市场。”何方远继续分析，“事实上，不论是千方还是企鹅，不管是培育市场还是资金，都不是问题，问题在于资方和创始团队合作的股权构成。有过和兴众十年合作的失败教训，创始团队在选择合作方时，一定会要求控股。”

“控股？可能性不大吧，据说投资额至少三个亿，创始团队以资源入股，就想占百分之五十一的股份，谁都不会答应。”蓝妹连连摇头，“资方不是慈善机构，不会这么大方。”

“如果有一天我以资源入股，你以资金入股，我要求控股，你答不答应？”何方远冷不丁抛出一个天大的难题。

“不答应。”蓝妹几乎没有迟疑，斩钉截铁地否决了，“不管和谁合作，我的底线是，必须控股。”

“创始团队不管和三巨头之中的哪一家合作，也肯定要求控股。”何方远坚持他的看法，“当然，会有一个对赌协议，如果几年内市场份额达不到预期，资方会收回股权。那么我再问一句，假设我是创始团队，你是企鹅或千方之中的一家，我们合作，我要求控股，并且同意签署对赌协议，你同意不同意？”

“有对赌协议的话，我可以考虑一下。”蓝妹温婉地一笑，“对赌协议的条款很重要，如果你输了，不但一无所有，而且还要为我打工一辈子——这样的话，我也许会让你控股。”

好嘛，蓝妹还真是一个不肯吃亏的主儿。何方远举起酒杯敬蓝妹：“预祝合作愉快。”

四月的下江，春风习习，沁人心脾，微有几分酒意的蓝妹没有直接回家，让何方远陪她到外滩散步，说是醒醒酒，以免被查酒后驾车。

走到第一次相遇的地方，蓝妹站住了，想起了什么，笑得很开心：“不好意思，上次让你见笑了。一开始顾南不想让我去立化，他是互联网的门外汉，总认为互联网行业是泡沫产业，一吹就破，几十亿上百亿的市值，也许一夜之间就会蒸发得无影无踪。我就和他争论，结果谁也没有说服谁，反倒变成了吵架，最后我被他气哭了，不理他了，他就在后面追，然后就……”

何方远和蓝妹并肩而行，鼻间传来蓝妹身上淡而迷人的清香，又不时碰到蓝妹的胳膊，此情此景，确实是一个春风沉醉的夜晚。

走了十几分钟，二人都不说话了，就是默默地散步，享受天地间的清风和沉静的时光，忽然，蓝妹身子一歪，险些摔倒，还好何方远眼疾手快，一下抱住了蓝妹。

温香软玉扑满怀，何方远感受到蓝妹身体的温热，扶她站稳：“回去吧，酒后吹风，会头疼。”

“我可能真喝多了，头疼得厉害。”蓝妹脸微微一红，远离了何方远少许，“要不，麻烦你开车送我回家？”

何方远开过不少车，偏偏没有开过保时捷，坐在保时捷微硬的座椅上，发动价值百万的跑车，他一脚油门踩下，猛然一股强大的推背感传来，汽车发出一声嘶鸣，箭一般冲了出去。

男人平生两大最爱，豪车美女，现在何方远驾驶豪车，身边又有美女做伴，一时激情澎湃，不知不觉就超速了。还好夜色已深，没有交警，他一路畅通送蓝妹到四季雅园，这是一处每平方米均价在6万元以上的高档住宅区，有别墅和高层。

将车还给蓝妹，何方远凝望了一眼夜色中金碧辉煌的小区，心中蓦然迸发出一股豪情：总有一天，他也会拥有下江最好的房子。

一周后，沉寂了一段时间的创始团队，重新出现在各大门户网站之上。

和上一次猜测创始团队到底花落谁家的新闻不同的是，这一次，是兴众和创始团队完全割裂的新闻，兴众正式批准了江武的辞职，标志着创始团队正式脱离了兴众，十年的合作，最终还是以惨烈的分手而告终。天下大势，分久必合，合久必分 不由不让人感叹世事变化，果然不以人的意志为转移。

马大勉在媒体宣称，祝愿出走的团队有更好的前景，同时希望离职员工遵守职业精神和商业伦理，话虽委婉，告诫之意一目了然。

同时，有媒体深度剖析了事件背后的内幕，指出江武创始团队的期权已经被剥夺，和以前陆续从兴众离职的几十名高管的待遇完全相同的是，江武等人被兴众无情地扫地出门。

据内幕人士透露，早年兴众收购立化时，虽说交易额高达2000万元，却只支付了几百万元现金，其余部分以期权代替，而江武身为兴众文学的副总裁，薪水只有马大勉的五分之一不到，有人算了一笔账，江武等人辛辛苦苦打造了十年的立化，等分手时才赫然发现，基本上等于净身出户了。

乔国界的为人，由此可见一斑。

更有媒体列举了兴众从成立以来到今天离职的高管名单，长长的一串名单的背后，是一个孤傲而且从来不肯低头认输也不会退让一步的帝王乔国界。只是伴随着兴众高管离职潮的，是兴众集团业绩的止步不前和萎缩。

兴众靠网游起家，曾经是中国网游的领导者，但目前排名跌到了第三名，而且第三的位置也岌岌可危，朝不保夕。兴众曾经和企鹅、芝麻开门和千方三巨头平分秋色，如今，整个兴众集团的市值只有这三巨头的几十分之一，在三巨头的高山之下，兴众就如一座土丘，黯然失色。

兴众是一个人的帝国，作为帝王的乔国界，他的个人文化就是兴众的文化，他的性格就是兴众的风格，那么兴众衰落最重要的原因就是他个人的性格缺陷……

坐在办公室里，何方远一边浏览网上铺天盖地的报道，一边深度分析文章中透露出来的值得思索的信息，如果他想借乔国界之手实现他的终极梦想，那么，吃透乔国界的性格是当务之急。

/ 第二十一章 /

# 三花拍案惊奇

乔国界为人最大的缺点就是独赢，不能和别人共享财富，和他合作过的人，基本上没人赚到钱，即使是对自己的员工也是如此。一个有意思的事实是，兴众游戏上市已经5年多了，当初承诺的期权兑现和股权分红，全部没有兑现，内部员工都笑称兴众的期权不过是废纸一张。

在强调开放、分享、共赢的互联网时代，兴众在乔国界一个人的传奇模式下的独赢理念，还能走多远？

何方远现在最关心的事情有三个：一是创始团队到底花落谁家，创始团队的归属，事关他下一步采取什么策略以达到他的终极目标；二是怎样逐步接近乔国界，不管乔国界为人如何霸道又如何独赢，他是他登天的梯子，必须借助；三是他怎样利用和蓝妹的同盟关系，加快前进的步伐。

下午一上班，有快递上门，巧的是，两个快递小伙子同时出现在电梯门口，不巧的是，两个小伙子各捧了一束鲜艳欲滴的鲜花，两束鲜花，犹如两个美女并排而立，争相绽放绝世芳华。

“谁送的花？”

“送谁的花？”

“哇，好漂亮的花儿，要是有人送我这么一大束花，我还是赶紧嫁了吧。”

“花痴，没见过花儿呀。”

“请问，谁是梅茌苒？”快递一问道。

“请问，谁是楚一亭？”快递二问道。

范记安瞪大了眼睛：“何哥，有人送美人靠花，不是你吧？”

何方远正好在向范记安交代几项工作，如果他在办公室，也许就看不到眼前的一出戏了，他微一摇头："怎么会是我？我要送她花，才不会托快递送，自己就当面送了。"

"完了，何哥，你的囊中之物要被人抢走了，怎么办？不能袖手旁观，要大胆出击呀。"徐子棋痛心疾首痛不欲生，"不行，一想到美人靠落到别人手中而不是落入何哥的魔爪，我就想跳江。"

"滚远点儿，别掺和，还是关心一下你的体重吧，就你这体形，恐怕只能找一个一千度近视而且还忘了戴眼镜的眼镜妹。"何方远虽然当了常务副总，但和徐子棋几人的关系还是一如既往地随意，他大概能猜到是顾南送花给梅荏苒，却猜不透有谁会送花给楚一亭。

虽说楚一亭长相不如梅荏苒和蓝妹，但平心而论，也算是中上之姿，走在美女如云的下江大街上，她算是回头率高达百分之五十以上的七十五分美女。楚一亭重回立化不久，就上演了当众送花的一出好戏，如果说只是一个巧合，别人相信，何方远不信。

"楚一亭是谁？"

"好像是新来的版权部经理。"

"以前怎么没听说过她？"

"版权部和我们工作交叉的地方不多，没听说过也正常，不过据说她现在是马总身边的红人。"

"不是说立化有两朵花吗？一朵向阳花梅荏苒，一朵蓝莲花蓝妹蓝总监，现在又多出一朵花，你们说，楚一亭是什么花？"

"这一下立化就有三朵花了，楚一亭是大丽花。"

效果达到了，一束鲜花，让楚一亭的大名瞬间传遍了立化，果然是好手段，何方远一开始也相信两束鲜花同时送达是巧合，不过等梅荏苒接过鲜花后，看到上面的卡片没有标明送花者何人，只是含糊地写了一句知名不具，他就会意地笑了。

"美人靠，谁送你花？是旧爱顾南还是新欢？"何方远唯恐他的判断失误，见梅荏苒手捧鲜花不是一脸喜欢，而是一脸疑惑，就想问个清楚。

"什么旧爱新欢？何副总，你管得也太宽了。这是我的私事，和你无关。"梅荏苒赌气似的将花随手扔到桌子上，"谁知道谁送的花，反正不是熟悉的人，熟悉的人都知道我不喜欢玫瑰。"

这就对了，何方远顾不上理会梅荏苒语气中对他的不满，心中更加确定了一个事实，有人在自导自演一出闹剧，要的就是让她借梅荏苒出名，梅荏苒是立化有名的向阳花，无人不知无人不晓，而她虽是版权部经理，但在来到立化后，很少抛头露面，知道她的员工，寥寥无几。

出名是一方面，另一方面，借机打击蓝妹的风头。立化三朵花，两朵有人送花，剩下的一朵就很没面子了，女人的心思，就是这么敏感和脆弱。

楚一亭，真不简单，既有心机又有城府，何方远顿时心生一计，招手叫过快递："小伙子，你还有没有花？"

"有，车上还有不少，不过都有主儿了。您想订花，得打电话预定。"身穿佳缘花店服装的小伙子腼腆地说道。

"来不及了，这样，我给你出双倍价钱，你现在就替我送一束花，怎么样？"

"这个……这不太好呀。"小伙子十分为难。

"三倍。"何方远加大了筹码。

"好，君子有成人之美，我就帮你一次，送到哪里？送给谁？"小伙子还挺会说话，明明是想赚钱，却还说得光明正大。

何方远拿过卡片，飞快地写了一行字交给小伙子："我就一个要求，要快，能不能做到？"

"能，没问题。"小伙子看了一眼卡片，伸手接过何方远的钱，"五分钟。"

"何哥，你要送花给谁？"范记安眼中闪过八卦的光芒，一脸跃跃欲试的表情，"是不是送给蓝总监？"

"答对了。"何方远伸手一招，范记安和徐子棋都凑了过来，他小声说道，"你们去拖住楚一亭，别让她回办公室，等蓝总监的花一到，蓝总监接过花之后，再让她走。"

"什么意思何副总？你追求蓝总监，还想让楚一亭亲眼看到，让她羡慕嫉妒恨，是不是？"梅荏苒听到了何方远的话，一脸不屑，"自从蓝总监上任后，你就变得俗不可耐了。"

"知我者谓我心忧，不知者谓我何求。美人靠，事情和你想象的不一样，等下你就明白了。"何方远理解梅荏苒对他态度的变化，只不过他和蓝妹达成合作意向的秘密不能透露，梅荏苒对他误解也没办法，只能让时间去证明一切了。

"请问，谁是楚一亭楚小姐？"快递员一下楼而去，快递员二等了片刻，不见有人来接花，就又喊了一声。

版权部经理室在办公区的最里面，听不到外面的声音也正常，不过刚才的嘈杂声音不小，楚一亭除非在办公室戴了耳机听音乐，否则肯定可以听见。之所以迟迟不见出来，想必还是为了故意吊足众人胃口。

之前，何方远和楚一亭有过几次接触，对她印象一般，感觉她做事喜欢夸大其词，一分成绩会夸大成三分，他也曾经委婉地向江武提过，不明白海山为什么要留她在身边，江武当时不置可否，他就清楚他不该过问，以后就再也没有问起。

后来楚一亭接二连三地犯事，海山还竭力保她。从江湖义气出发，海山保她赢得了人心；但从长远看，保她，也留下了隐患。后来她离开立化，不知所终，人们差不多都忘记了她的存在，现在她却在创始团队离职后，突然杀回立化，而且还高升为版权部经理，背后到底发生了什么，何方远猜不透，不过也能看出个大概。

早晚，楚一亭是一枚刺向三剑客的匕首。

这样一个朝三暮四的人物，重回立化，还想要心眼儿想出名博上位，有何方远在，她别想得逞。

“去请楚经理。”何方远朝范记安使了个眼色。

范记安会意，大步流星来到楚一亭的办公室，敲响了她的门：“楚经理，有人送花给你。”

“谁会送花给我？记安，别开玩笑了。”打开门，亭亭玉立的楚一亭一脸灿烂笑容，“立化一枝花是梅茬苒，只有她才会有人送花。”

装，还在装，范记安心里无比鄙夷楚一亭的虚伪，脸上却笑得真诚：“谁说立化只有一枝花，楚经理你OUT了，现在立化是两枝花了，一枝梅茬苒向阳花，一枝楚经理大丽花。而且大家都说，楚经理是最娇艳的一朵。”

楚一亭瓜子脸，体态轻盈，风姿艳丽，最惹人的是她一双丹凤眼，细长而妩媚，看人的时候，眯着眼睛一撩，颇有风情万种的味道。她身高接近一米七，身材曲线玲珑，虽说不如梅茬苒端庄不如蓝妹精致，但在成熟和女人味儿上，梅茬苒和蓝妹无法与之相比。

不过话又说回来，男人的成熟和沧桑是经历了女人才历练出来，女人的成熟和女人味儿，也是周旋在男人之间久了，才会沉淀出来。

“记安，你可真会说话，我算是服了你了。”楚一亭眉眼带笑，跟随范记安穿过办公区来到快递员面前，接过花，深深地一吸，似乎是沉醉在了花香之中。

无数人的目光向楚一亭投来，有羡慕，有嫉妒，有欣赏，有贪婪，也有莫名的情绪，总之，楚一亭在重回立化一个月后，第一次成为瞩目的中心，一举成名。

“怪事，怎么有美人靠的花，有楚一亭的花，却没有蓝总监的花？”

“我觉得蓝总监比美人靠和楚一亭都漂亮，她才是立化首屈一指的立化一枝花。”

“谁故意来这么一出，送花给楚一亭和美人靠，却不给蓝总监，摆明了是想落蓝总监的面子。”

“不过我倒觉得，应该是立化三枝花才对，蓝总监、楚经理和梅组长，三枝花才有意思，群芳争艳。”

一时不少人将目光投向了紧闭的总监办公室，自始至终，蓝妹就没有露面，或许真是不好意思出面，毕竟不管是总监还是经理，她首先是一个女人，是女人都不想被别人比下去。立化三枝花，梅茬苒和楚一亭都收到了花，只有她没有，她心里肯定会有几分不舒服。

“蓝妹蓝小姐在吗？你的花！”正当众人纷纷猜测并且小声议论之时，正当楚一亭抱着一大束玫瑰享受在众人目光注视之下的心满意足时，一个突如其来的声音打破了众人的议论和楚一亭的美梦。

刚刚送给梅茬苒鲜花的快递员去而复返，手中抱着一大束芳香四溢的百合，比起楚一亭手中的玫瑰，足足多了一倍有余。

众人都惊呆了，这到底是怎么一回事？

一直紧闭的总监办公室的门，一下就打开了，蓝妹从里面一阵风一样冲了出来，一脸自信，眼中迸发出异样的光彩，来到快递员前面，签收了鲜花，捧在胸前，陶醉一般深深地吸了一口花香，冲快递员说了一声谢谢，然后在一转身的瞬间，朝何方远展颜一笑，笑容如花，瞬间照亮了整个办公区。

直到蓝妹的身影消失在办公区，楚一亭才清醒过来，脸上的笑容已经消失不见，眼神中闪过一丝幽怨和不满，她转身就走，脚步飞快，“噔噔”的高跟鞋的敲击声清脆而响亮，就如一出提前落幕的闹剧的片尾曲。

“高，真高。服了，真服了。”范记安对何方远佩服得五体投地，“何哥，从此以后，你就是我偶像排行榜中排名第二的偶像，希望你早日登上榜首。不过我相信，你排名上升到第一只是时间问题。”

“谁是你排名第一的偶像？”梅茬苒总算明白了何方远为什么要突发奇想送花给蓝妹了，她又开心了，“你别告诉我是蓝总监。”

“当然不是，我的偶像怎么会是女人？”范记安大摇其头，“我排名第一的偶像就是——乔董。”

“马屁精！”梅茬苒对范记安嗤之以鼻，“如果你在企鹅工作，肯定会说你的第一偶像是小马哥了。”

“这就是你的不对了，美人靠，我既然在兴众工作，就说明我是兴众人，作为兴众人，以兴众创始人乔董为自己的偶像，这是价值取向完全正确的人生观，是我对乔董真诚的拥护和爱戴，你怎么能说是拍马屁呢？乔董离我有十万八千里远，我连马尾巴都够不着，拍哪门子马屁？”

何方远笑着摇了摇头，没有理会范记安和梅荏苒的斗嘴，转身回到了办公室，刚坐下，电话就响了，是陈果来电，让他上去一趟。

出门，上电梯，何方远正等电梯门关闭时，一只手伸了进来，挡住电梯关了一半的门：“等一下。”一个人影闪了进来，出人意料的是，竟是黄是道。

“方远，去汇报工作？不对，陈总的办公室不在十八层了。”黄是道明知故问，陈果虽然在担任了立化总经理后，常在立化办公，但他在十八层保留了办公室，有时他午睡过后，就不再下来办公了。

“你不说我倒忘了，习惯性一接到陈总的电话就上楼。”何方远不置可否地笑了笑，并没有正面回应黄是道的话，“你是去向马总汇报工作？”

“我有一个想法要向马总汇报一下。”黄是道眼中流露出一丝自得之色，“立化现在员工人数补充得差不多了，为了避免拉帮结派的事情再次发生，有必要出台一项新的管理条例……”

何方远笑了笑，没有说话，三位老大登高一呼响应者云集的辞职事件，是个例，以后不会再出现了，创始团队之间的团结一心，是用时间和同甘共苦炼成的，不是简单的利益共同体，黄是道提议什么新的管理条例，不过是形式主义的无用功。

不过，也可以理解黄是道立功心切，他急于在马大勉面前表现自己，也是为了能够争取打好以后前进一步的基础，立化管理层初定，随时有调整的可能，而且三剑客的新站还引而未发，等三剑客推出新站之时，立化将会面临一场恶战，到时，谁冲锋在前谁再立新功，谁就说不定可以再升一级。

若是新站的冲击力过大，对立化造成了生死存亡的威胁，此时谁挺身而出，力挽狂澜，别说再升一级，连升三级也不是不可能。

至于陈果为什么要让他到十八层会面，何方远并没有多想，等他推开陈果办公室的门时，顿时愣住了——房间内不是陈果一个人，还有另外一人，而且此人他也认识。

“方远，来，我来为你介绍一下，梅长河，信光集团董事兼副总裁。”陈果起身为二人引荐，“长河，这位是立化常务副总经理何方远。”

信光集团？何方远心中大跳，信光集团又名信光国际，是国内知名的投资集团，旗下投资的行业包括医疗、保险、房地产、矿业和传媒，是一家大型国际风投公司，在业内知名度之高，绝对是风投界的巨头，管理资产超1500亿元，主要控参股企业共有员工超过10万人。

之前听梅荏苒随口一提梅长河的身份，何方远当时还和梅长河起了冲突，也没多想他到底是何方神圣，现在才知道，梅长河的身份还真是惊人地高高在上。

问题是，陈果让梅长河和他会面，有什么用意？以他的身份，还不够级别和梅长河面对面。

“梅总好。”何方远恭敬地问好。

## /第二十二章/

# 成功者各有各的成功

"何方远，常务副总，不错，年轻有为。"梅长河眼中闪过一丝讶然，他好像是第一次见到何方远一样，和何方远热情地握手，"我就喜欢有眼光有魄力的年轻人，年轻人有朝气有创意，我最愿意和年轻人聊互联网，在IT业，资历不重要，资本也不重要，重要的是创意和技术。方远，你说说看，对一个从事IT的年轻人来说，是创意重要，还是技术重要？"

梅长河是要考他，还是随口一问？何方远不知梅长河是何用意，他不敢乱说，况且陈果在场，他和梅长河又有过冲突。

陈果呵呵一笑，点了一点："方远不要拘束，梅总就是想了解一下IT业的一些情况，想找一个从业时间长又对这个行业有心得体会的人随便聊一聊，我就推荐了你。"

恐怕不是随便聊聊，以梅长河的身份，事务缠身，会有闲工夫和他扯闲篇？莫非是……兴众文学的资金链出现了问题，而信光有意向兴众注资？

何方远的心猛烈地跳动几下，兴众集团自从成立以来，乔国界一直奉行的是家族式经营，从来不和外人分享财富，也不让外部资金入股兴众。正因如此，他才将兴众经营得水泄不通，让兴众集团成为他一个人的帝国，他才能成为说一不二的帝王。如果有资本注入兴众，势必会分权，乔国界大权独揽惯了，卧榻之侧岂容他人酣睡？

可是，如果不是想募集资金，又何必和信光接触？作为一家控股风投公司，信光不是慈善机构，信光投资是为了利润，是为了控制。

难道说三剑客的辞职对兴众的打击这么大？难道说兴众文学急不可待地上市，是兴众总部的资金出现了问题？估计是了，近年来兴众市值逐年下滑，兴众文学是兴众最后的金矿，而兴众文学的根基是立化，立化是兴众文学的现金奶牛。

何方远想通了其中的关节，心里就有了计较，点头说道："创意重要还是技术重要，这个问题不好回答，在互联网财富神话的故事里，有技术起家的千方，李颜红信奉的就是技术改变世界。也有以创意起家的芝麻开门，大马哥总是有高人一等超前一步的点子，他不靠技术不靠模仿，却总能站在食物链的最顶端。所以，各有各的成功。”

梅长河微微点头，也不知是赞成何方远的说法，还是只是他的习惯性动作，他微一思忖：“不过好像我听到的例子中，似乎以技术取胜的多一些，比如说张小龙，比如戴志康……”

张小龙是Foxmail的版权方，当年金山软件想出15万元买下Foxmail，结果雷军派去研发人员和张小龙谈判，认为张小龙的软件不值15万元，金山用几个月的时间就可以再写出一个，事情就不了了之了。仅仅两年后，另一家互联网公司以1200万元收购Foxmail，两年时间，Foxmail的价值从15万元跃升到1200万，升值80倍！

戴志康是国内最流行的网络社区软件Discuz!的创始人，Discuz！由戴志康在2001年开发并推出，2005年全部免费。到今天，Discuz！社区软件占据国内社区论坛总量的一半以上的份额，而他目前的身家已经过亿，成为国内年轻一代的互联网新贵。

不错，张小龙和戴志康都算是依靠技术起家的成功者，如果再算上facebook的创始人马克·扎克伯格的话，在互联网财富神话故事中的主人公，确实有不少人本身就是技术出身。何方远本身不懂技术，他连程序都不会写，不过他却坚定地认为，在第四次互联网浪潮之中，最后傲立潮头的胜利者，未必就只是技术宅，最大的成功者，一定是一个有着奇思妙想的创意者。

“立化的成功，靠的不是技术，而是创意。兴众的成功，也不是靠技术，而是靠先人一步的眼光。”何方远越来越感觉梅长河和他谈话，极有可能是代表信光来考察立化，换句话说，信光对投资兴众文学兴趣很浓。

当然，值此立化动荡之际，信光对立化表现出极大的兴趣，是想乘机压价，以最小的代价换取兴众尽可能多的股份。相信乔国界不会再坚持兴众文学估值8亿美元的要价了。

“我比较赞成‘技术改变世界’这句话，技术比创意可靠，创意有时候是天马行空，有时候是胡思乱想，可靠度太低，成功率也太低。”梅长河坐在何方远的对面，气定神闲，流露出一切尽在掌握的自信，“方远，如果让立化成为一个技术型网站，你有什么想法？”

何方远差点儿失笑出声，梅长河的话太外行了，技术改变世界的成功案例多半实现在搜索引擎上，比如千方比如谷歌，而众多门户网站的成功，要么是提供新闻和咨询，要么是提供社交，要么是提供阅读，哪里有提供技术的成功网站？

“梅总，这个，我还真没有什么想法，我觉得，立化作为互联网版权产业的最大基地，以后的发展方向就是拓展版权渠道，一统国内互联网版权产业的市场，再向影视等泛娱乐的行业发展，走别的路，等于舍本逐末。”何方远直截了当地说出了心中所想，没留什么余地。

“你真觉得以后互联网的泛娱乐会有广阔的空间？”梅长河对何方远的结论不置可否。

“以后各大门户网站、视频网站，都会陆续制作微电影、影视剧等，版权从哪里来？立化有十年的版权积累，不管互联网三巨头有多雄厚的资金，有多广阔的市场，都比不过立化十年的版权积累。版权的数量和品种，资金买不到，只能靠时间积累。如果说世界上只有一种东西在资金面前无敌，那就是时间。”何方远一口气说完，长舒了一口气，眼前的梅长河不但是信光国际的董事和副总裁，以后还有可能是兴众文学的股东，他必须慎重应对。

“方远，谢谢你。”梅长河站了起来，再次伸手和何方远握手，意味着本次谈话到此为止了，“上次见你，你还是副总监，这次见你，你就是常务副总了，年轻人，步子迈得够大，冲劲儿十足，祝你再接再厉。”

“谢谢梅总。”何方远微微弯腰，和梅长河握手，见陈果没再说话，他就知道是该告辞了。

何方远离开之后，陈果微微惊讶：“梅总和何方远见过面？”

“见过一次。”梅长河不愿过多提及上次和何方远见面的不愉快经历，转移了话题，“陈总，这次不管是不是能合作成功，我个人对兴众文学兴趣很大。”

“乔董对和信光的合作，也很期待，希望我们合作成功。”陈果微微一笑，只是目光中露出了一丝微不可察的不安，他心中闪过的念头和刚才何方远想的一样，难道说，兴众真到了不引进融资就山穷水尽的地步了？多少年了，乔董的理念一直就是独自经营兴众帝国，当年兴众的几个联合创始人——其中包括乔国界的弟弟，一一相继离开兴众后，乔董更是对外关闭了兴众的大门，将兴众经营成一个人的帝国，如果某个子公司出现资金问题，就由总部输血。

兴众文学的经营状况一向不错，报表很好看，怎么会有资金链断裂的危机？好吧，就算是马大勉太会花钱导致兴众文学资金供血不足，也应该由总部输血才对，为什么要和信光国际会谈？

信光国际是业内有名的大手笔大魄力的投资公司，不过信光国际的胃口也很大，基本上只要信光投资哪家公司，就会慢慢渗透并且最终达到控股的目的，以乔国界卧榻之侧不容他人酣睡的性格，他会将兴众文学的控股权拱手相让?

绝无可能。

早先江武等人在辞职前就提出过管理者收购的提议，想以管理层的身份对立化进行收购，取得控股权，当时开出的价格是四到五亿美元，乔国界的开价立化是八亿美元，兴众文学也是八亿美元，最后双方心理价格相差太多，最终导致收购失败，从而发生了创始团队整体出走的大事件。

现在乔国界到底是怎样想的，陈果也不清楚，引进信光国际的资金，短期内可以起到稳定兴众文学市场地位的作用，也有利于兴众文学重新冲击纳斯达克，但从长远来看，未必是好事。

“马总，何方远又到十八楼向陈果汇报工作去了，怪了，陈总不在立化和何方远谈工作，为什么非要到总部的办公室？”黄是道一到马大勉的办公室，就向马大勉说出了何方远的动向，“最近何方远和陈总走得很近，走动也很频繁。”

“何方远需要一个靠山，陈果需要一个支点，各取所需，没什么好奇怪的。”马大勉又憔悴了几分，头上的白发明显增多，短短一个多月，他心力交瘁，如同衰老了五岁一样，职业经理人的生涯看似风光，压力之大，外人难以想象。

“立化下一步要制定一系列改进措施，留住资源、留住客户，准备打一场持久的攻坚战。”黄是道递上一份资料，“马总，我有几个不成熟的想法，请你过目一下。”

马大勉接过之后，看也没看，随手放到了一边，他疲惫地揉了揉额头：“上次我有一个想法刚和陈果沟通了一下，一转身陈果就向乔董汇报了，乔董立刻指示我，以后凡是立化的改进措施，都要由他亲自拍板决定……你明白了吗？”

“明白了。”黄是道点了点头，随后又摇了摇头，乔董收权了，以后马总别想再随意调整立化的政策了，陈果担任了立化的总经理，就是要阻止马大勉对立化的全盘掌控，以后立化的任何风吹草动，乔董都会第一时间得知。

“楚一亭……怎么办？”楚一亭是立化版权部经理，从管辖权上归立化管理层制约，不过她有事情从来都是越级向马大勉汇报，黄是道就想知道，楚一亭回来，到底是谁的意思。

“她在调查海山担任版权部经理期间的账目问题，如果她有需要，你全力配合。”

“这也是乔董的意思？”黄是道得问清楚楚一亭的所作所为有没有得到乔国界的认可，如果只是马大勉的意思，万一事情进行到一半被乔国界一句话叫停了，他不是又做了无用功？不但前功尽弃，而且还有可能出现和上次打恐吓电话一样的严重后果。

“立化现在还有什么事情能瞒过乔董？”马大勉不耐烦地回答了一句，似乎是肯定地回答了黄是道的疑问，但仔细一想，却又答非所问。

黄是道也没多想，以为马大勉默认了楚一亭的调查是得自乔董的授意，他放心了，又说到了何方远：“何方远上次黑了我一次，马总，我咽不下这口恶气，一定得还回来。”

马大勉摆了摆手：“现在何方远风头正盛，不要没事找事，等过段时间创始团队的新站上线后，才是真正的大战的开始，到时立化的管理层也许还会调整，你急什么？你最近太毛躁，还不如何方远沉得住气，要有耐心，没有耐心，往往会自乱阵脚。”

“是，是。”嘴上答应着，黄是道心里却还是愤愤不平，最近何方远和蓝妹越走越近，让他心中恼火，蓝妹是什么来历，他不太清楚，却也能猜到蓝妹来历不凡，为什么何方远总能交上狗屎运？

“蓝妹是什么人？”黄是道一直想弄清蓝妹的背景，总是没有机会开口也不好多问，怕不该问，现在他顾不上那么多了，问了出来。

“蓝妹的志向不在立化，你不用管她。不过，也别和她有冲突，就当她不存在好了。”马大勉不愿意过多地提到蓝妹的事情，立化现在已经够乱了，蓝妹还跳进立化的池子，她到底想做什么？

蓝妹的来历和背景，马大勉略知一二，但蓝妹到立化到底意欲何为，他不清楚。从蓝妹的身世也可以得出结论，蓝妹不会看上立化一个总监的位子，那么毫无疑问，她来立化是另有所图。

现在的立化，陈果另立山头，是乔国界的嫡系，表面上归他管，实际上事事向乔国界汇报，是乔国界直接掌管立化的支点。何方远又是陈果全盘接管立化的棋子，有何方远当助力，在立化没有根基的陈果也迅速站稳了脚跟。

马大勉想起他当初发出的邮件——他将直接接管立化——现在想起，才发现他虽然在职场打拼多年，一直在业界著名的大公司担任职业经理人，却还是不够成熟，不够有城府，或者准确地说，他还是不够了解乔国界。

乔国界信任一个人容易，两次见面三次谈话就让他一见如故，同样，他对一个人失信也容易，一件事情办得不如他意，就会让他弃之如敝屣。当然，马大勉也清楚现在他在乔国界的心目中依然拥有不可替代的地位，但这是建立在他是兴众文学的掌舵人之上，也就是说，在乔国界没有找到掌舵兴众文学这艘大船的更好的舵手之前，他的地位依然稳固。

尽管乔国界对他的信任度大不如前，但他的不可替代性让乔国界不可能如以前开除别的子公司CEO一样，一句话就把他扫地出门。

不过话又说回来，马大勉现在也有深深的危机意识，不提陈果极有可能就是乔国界内定的接替他的人选之一，就是立化现在涌现出来的几个新兴人物，比如何方远、比如蓝妹，都有可能进入乔国界的视线，成为乔国界心目中执掌兴众文学的候选人，更有可能成为这场互联网版权产业持久战中的获益者，或是第四次互联网浪潮的潮头人物。

想着想着，马大勉的文青病又犯了，打开微博，写了一段话——少年的时光不再，如今的我，孤独前行，不知道何处是终点，也不知道脚下的路还有多长。人生是一段不需要回望的旅程，既然选择了风雨兼程，留给世界的，只能是一个模糊的背影。

“快来看，马总又发微博了。”梅茬苒叫过徐子棋，“怪不得马总总是以精英人士自居，看不起互联网版权产业，也难怪，他的文笔还真不错，很有功底。”

“这样的话，我一天能写十条出来。什么文笔？不过是装腔作势的无病呻吟罢了。人生的感悟，不是体现在不接地气的文字上，而是落在感人肺腑的真情实感上。”范记安大加贬斥马大勉的微博，“知道马总为什么总在微博上强调他信佛吗？因为乔董也信佛。”

“你这就唯心了，范贱，不要以己之心度人之心。”何方远正好路过，听到了范记安的话，对范记安一顿批评，“马总微博上有这样一句话——我是一个真正的佛教徒，相信无常，相信轮回，相信空性——从这句话明显可以看出，马总对佛经有一定研究，否则，一个佛教的门外汉也许可以说出无常和轮回，却说不出空性。马总为人，有高高在上的一面，也有他积极向上的一面，不能一概否定。只看别人的缺点不看别人的优点，就和只看自己的优点不能正视自己的缺点一样，永远无法进步。”

## /第二十三章/

# 冲突

平常何方远轻易不喊范记安外号，一旦叫他范贱，就是对他不满意要批评他的时候。

范记安嘿嘿一笑，不好意思地挠了挠头："何哥，其实我也不是故意黑马总，就是正好看到了马总的微博，有感而发，也是马总太文青了，文青是种病，得治。"

"文笔好是好事，怎么让你一说，却成了不好了？"何方远继续反驳范记安，"许多道理都是相通的，骂别人不就是有几个臭钱的，肯定是穷人。见别人长得漂亮就说别人是狐狸精的，多半是丑八怪。说文笔好没什么用的，肯定是自己文笔臭。范贱，记住一点，攻击别人的优点恰恰暴露了自己的缺点，而且对你没有半点儿好处，相反，还会阻碍你进步。当你沾沾自喜嘲笑别人以为得了多大便宜的时候，别人正在用事实和实力让你和他的差距更加遥不可及。"

徐子棋惊呆了，张大了嘴巴："何哥，你，你，你太了不起了，刚才这番话，完全就是我的人生指南。"

"何哥，说得对，说得太好了，你是我的偶像。"梅茬苒一下跳了起来，"为了庆祝你成为我的偶像，晚上请我吃饭，好不好？"

范记安沉默了一会儿，重重地点了点头："何哥，受教了，我知道错了。这些年我一直想不明白，我能力不比别人差，反应也不比别人迟钝，为什么总是进步不了？现在想通了，原来我还是总觉得处处比别人强，没看到别人的优点。看不到别人的优点，就发现不了自己的缺点，一个人只有发现了自己的缺点并且正视、改进后，才能进步。天天只知道嘲笑别人的人，永远只能生活在别人的阴影里。"

"不错，知错能改，善莫大焉，为了表示一下你的诚意，晚上的聚餐，你请了。"何方远哈哈一笑，伸手一拍范记安的肩膀，又对梅茬苒和徐子棋说，"晚上定期聚餐，都不许请假，我有重大新闻要宣布。”

梅茬苒不太高兴：“说好你要单独请我吃饭，怎么又改聚餐了？到底什么重大新闻，现在说不行吗？非要吊人胃口，没公德。”

“到时候你们就知道了。”何方远不理会梅茬苒的不满，回去工作了。

下午一下班，何方远一行四人下楼，到了楼下正要坐车离开的时候，一辆保时捷停在了何方远身旁，车窗打开，露出了蓝妹如花似玉的容颜。

“何副总，这是要吃饭去？”

梅茬苒哼了一声：“出现得真是时候。”

“定期聚餐。”何方远出于礼貌，随口邀请了一句，“要不蓝总监一起去？”

“好呀，反正我正好没事。”蓝妹随口就答应了。

“……”何方远无语了，蓝妹也太不客气了，怎么一邀请就同意了？没办法，话都说出口了，他又不能收回，“我们几个人要坐地铁过去。”

“我不开车了，我也坐地铁。”蓝妹童心大起，将车停了回去，加入了何方远的队伍。

“怎么她这么爱凑热闹？讨厌。”地铁上，蓝妹和何方远坐在一起，梅茬苒被范记安和徐子棋保护在中间，她盯着对面小声说笑的何方远和蓝妹，愤愤不平，“范记安、徐子棋，你们说，蓝总监是不是看上何方远了？”

“应该不是，工作需要，工作需要嘛。”范记安一脸贱笑，挤眉弄眼。

“其实，我很希望蓝妹喜欢上何哥，然后何哥对她若即若离，她却对何哥狂追不舍，上演一出惊天动地的白富美倒追贫二代的狗血剧，你们说说，最后的结局是何哥毅然决然转身离去，只留给蓝妹一个痛不欲生的背影，还是何哥被她的真情打动，和她幸福地生活在了一起？”徐子棋推了推眼镜，充分发挥了他的八卦想象力，小眼不大却放出精光，脸上露出意淫的笑容。

“徐子棋你有够无聊，都胡思乱想些什么呢？何哥为什么就非要去喜欢白富美？你不会拿何哥当成你自己，意淫你也有一个白富美女友吧？”梅茬苒撇了撇嘴，“有本事你也追求一个白富美去？”

徐子棋被梅茬苒激怒了：“美人靠，蓝总监抢了你的何哥，你冲我发什么火？你要是真喜欢何哥，过去和蓝妹公平竞争，别躲在这里发牢骚，不管用，没人听得到。”

“我喜欢他？别逗了，我有男朋友了好不好？”梅茬苒嘴硬，“我的男友是高富帅，还是蓝总监的表哥。”

范记安讥笑一声：“你有没有男朋友暂且不论，不过就算你有了男朋友，也不妨碍你喜欢何哥。喜欢一个人就大胆说出来，你不说出来，也许他永远不会知道，等许多年后再重逢，他为人夫，你为人妻，你再告诉他你曾经喜欢过他，他也告诉你，其实他也一直喜欢着你，你想想，这是多么遗憾的人间悲剧……”

“切，范贱，没想到你还有这么诗意的时候。”梅荏苒被逗乐了，“我喜欢一个人，就不告诉他，如果他连我的喜欢都感觉不到，他就是一个无心人。无心人，不值得我去爱。”

徐子棋想起了什么，还未开口就先乐了：“美人靠，其实你嫁给顾南然后何哥娶了蓝妹，是皆大欢喜的好事，你想呀，你嫁了高富帅而何哥娶了白富美，做到了社会资源的公平再分配，而顾南既然是蓝妹的表哥，何哥得随着蓝妹的辈分叫顾南表哥，叫你表嫂……”

“扑哧……”梅荏苒笑喷了，“表嫂？亏你想得出来，这么遥远的称呼，让我感觉一下回到了旧社会。”

和梅荏苒三人漫无目的聊天相同的是，蓝妹和何方远坐在一起，谈论的也不是工作上的话题。

“好久没有坐过地铁了，偶尔坐坐，也挺有意思。”蓝妹紧挨着何方远坐下，她的旁边是扶手，让她心里好受了许多，“不瞒你说，我有洁癖，特别不愿意在公共场合出现，实在没办法要坐电梯的话，我也尽量不扶任何地方，连按钮也让别人帮我按。”

有洁癖的人是痛苦的人，何方远很同情洁癖者的自我强迫，怪不得蓝妹一上地铁，就非要拉他陪她坐在一起，而且她还专门找了一个旁边不能坐人的靠边位置。

“如果电梯里就你一个人，你怎么办？”何方远没法想象洁癖到了强迫症的程度是怎样一种生活状态。

“一般情况下不会啦，我好像还没有遇到过一个人的时候。万一真的出现了那种情况，我包里也有手套，戴上手套再按。”蓝妹俏皮地一笑，比起在公司时的总监形象，多了几分俏丽。

何方远笑了笑：“也幸亏你是富家女，要是穷人家的孩子有洁癖，怎么坐公车坐地铁？怎么和人挤在弄堂住在一起？你是不是从来都没有坐过公车和地铁？”

蓝妹一吐舌头：“要是我是穷人家的孩子，也许就没有洁癖了。实话告诉你，今天是我第一次坐地铁，以前，还真没有坐过。”

何方远深深地摇了摇头：“连地铁都没有坐过？你的生活该有多无趣。你不知道，地铁上有许多奇葩事情，出现过女僵尸，还有穿超短裙的男人，马面人，等等，太多了。”

蓝妹皱起了眉头：“还是算了吧，想想就觉得恶心，不看才好。对了，一会儿吃饭的时候，你记得坐我旁边，我不习惯和陌生人距离过近。”

简直就是一个玻璃人，一瞬间何方远忽然觉得蓝妹的白富美生活也没有那么让人向往了。当然，蓝妹也是特例，太多纸醉金迷的白富美流连夜店，夜夜笙歌，烂醉不知归路，和她们相比，有洁癖的蓝妹纯洁得跟蓝莲花一样。

聚餐地点是老地方——洋溢着小资情调的柿安国际美食，几人找好座位，梅荏苒故意磨蹭着不肯入座，等何方远坐下时，她才迅速坐到了何方远的身边。

何方远左边是扶手，只有右边是空位，梅荏苒一坐，蓝妹被抢了先，她也不坐下，站在梅荏苒身边不走：“荏苒，能不能请你坐到别处，我想坐这里。”

“不能，在公司你是上司，现在吃饭，人人平等，都是吃货。”梅荏苒耍赖，仰起小脸，一副你奈我何的得意神气，“先到先得，为什么让我让你？你要是有一个合理的理由，我才会考虑。”

范记安和徐子棋对视一眼，一脸贼笑，对何方远投去了同情加羡慕的目光，羡慕的是何方远身边两位美女争芳吐艳，同情的是何方远现在是在意旧爱还是新欢。旧爱新欢同时出现，果然不是好事，最是考验男人的智慧了。

情场如商场，现在的何方远就是两美争抢的优质原始股，到底他要花落谁家？是旧爱靠边，新欢上前，还是旧爱上前，新欢靠边？

都以为蓝妹会说出什么新奇的理由，不料蓝妹神色傲然：“只要你让开，今天的饭局，算我的。”

平常四人聚餐都是AA制，人均消费300元左右，现在五人，大概会花费1500元。对于梅荏苒的收入来说，一顿饭吃掉1500元，不算少了。

“我宁愿我请客，也不会让位。”蓝妹的傲然激怒了梅荏苒，“有钱了不起呀？有钱别和我们穷人坐在一起。”

这句话就说得过火了，范记安和徐子棋脸色都变了，不过何方远却还是保持沉默，不但没有出面劝说，相反，却一脸浅笑，坐山观虎斗。

蓝妹听了梅荏苒极富攻击性的话，反倒微微地笑了：“有钱没什么了不起，但没钱也没什么了不起，我想坐在何副总身边，是因为我就他一个有共同语言的朋友，和别人坐在一起，很不舒服。我不像你，你和谁都谈得来，比我适应能力强。”

梅荏苒马上站了起来：“让你好了，早说呀，我也不是不通情达理的人。”她又瞥了何方远一眼，“何哥，你说要告诉我一个重大新闻，到底是什么，现在可以透露了吧？”

见事情顺利解决，范记安和徐子棋也放松了，二人张罗着点菜。

“重大新闻就是，下午我在总部见到了梅长河。”

“啊，我爸？他来兴众做什么？”梅茌苒吃惊不小，睁大了眼睛，“他是不是又找你麻烦了？”

“没有，他和我谈论了一些问题。”见梅茌苒吃惊的样子，何方远猜到了什么，“怎么，你爸没有告诉你？”

“没有，他工作上的事情从来不和我说，再说，我也不关心他在做什么。”梅茌苒摇了摇头，忽然想到了什么，一下站了起来，“他在信光国际工作，难道说，兴众文学要融资？”

“你是梅长河的女儿？”蓝妹无比惊讶，“我怎么没听说过梅长河有一个女儿？”

“你有没有听过并不重要，重要的是，我就是梅长河的独女。”梅茌苒抿了一口咖啡，笑意盈盈，“怎么了蓝总监，是觉得很惊讶，还是很失望？”

“失望？”蓝妹轻轻摇了摇头，“你是谁的女儿和我没什么关系，我只是惊讶梅长河为什么要来兴众，何副总，信光国际是想向兴众文学注资？”

“不清楚。梅长河只是向我了解了一下立化的现状，又探讨了几个关于互联网财富神话的实例……”何方远如实相告，主要也是梅长河的动向没什么好隐瞒的，而且他也相信，梅长河来兴众的事情，很快就会传开。

“信光国际对兴众文学感兴趣，何副总，你是什么看法？”蓝妹托腮深思，她微微皱眉的样子，让她比平常多了几分俏皮。

“暂时没什么看法，现在只是试探阶段，估计也就是有一个初步意向，离坐下来谈的程度还差得很远。而且现在创始团队花落谁家还没有确定，乔董不会在他连真正的对手是谁还不知道的情况下就和风投谈判。”何方远说是没什么看法，其实他的看法还真不少，“如果我是乔董，我会等创始团队资方的谜底解开之后，再看创始团队搭多大的台子，并且等对方的台子搭起来之后，才会慎重考虑和风投接触。”

“这番话你如果当着乔国界的面说出，他肯定会对你刮目相看。”蓝妹大加赞赏何方远的分析，“何副总，你比黄是道有眼光多了。”

人生际遇就是如此，何方远再有才华、再有见地，他的思路和想法不能传到乔国界耳中，他就没有机会得到乔国界重用。

何方远敏锐地捕捉到了蓝妹话里话外透露的内容，意味深长地笑了：“听蓝总监的意思，你对乔董很了解了，或者说，和乔董很熟了？”

“我要一杯果汁。”蓝妹避而不答何方远的问题，招手叫过服务员，要了一杯橙汁。

“这么巧？真是人生无处不相逢。”谁也没有想到，顾南突然意外地出现在了几人面前，“蓝妹，你怎么也在？怪事，你不是最不喜欢和陌生人坐在一起吃饭，还坐得离何方远这么近，不嫌他脏？”

“什么素质！”范记安腾地站了起来，“顾南，你不说话没人知道你的嘴脏。”

顾南不是一个人，身边还有一个妖艳、高傲的女子，她身材高挑，腿长腰细，显然是模特出身，脸型微圆，眉宇之间流露出高高在上的神情。

“顾南，我都说了不要来这种地方，很容易碰到乡巴佬儿，你非要来，看看，还真碰到了，真败兴。”圆脸女子轻蔑地扫了众人一眼，“都是些什么人呀，杂七杂八，身上的衣服全是地摊货，和他们坐在一起，真有失身份。”

蓝妹平常爱穿什么品牌何方远不知道，不过自从到立化上班后，穿着上，她没走高高在上的脱离群众的高端路线，着装很有品位、很雅致，这也是蓝妹的聪明之处。虽说她开保时捷，不过汽车不能随身带，衣服却可以随时彰显一个人的品位和层次，蓝妹在穿衣打扮上的平实让她在立化的人缘还算不错。

“南南，你怎么也来了？”梅荏苒悄然朝范记安使了个眼色，她站了起来，一把挽住了顾南的胳膊，“你说过要送我一辆宝马，让我随便选款式，我选好了，我要M3……”

顾南没想到一向对他不冷不热的梅荏苒会当众示爱，始料未及之下，他一脸尴尬：“M3，好，好，我明天就送到你的公司，怎么样？”

“顾南，她是谁？”圆脸妹怒了，一推顾南，“你不是说你没有女朋友？”

“我是他的正牌女朋友，你问我是谁，我还没问你是谁呢？”梅荏苒用手指着圆脸妹的鼻子，盛气凌人，“当什么不好，非当小三，最可悲的是，当了小三还以为自己是正牌，智商真让人着急。”

“你才小三！”圆脸妹被气得面目扭曲，上来就要扑打梅荏苒。

“再向前一步试试？”梅荏苒一伸手抓过一把餐刀，比画了一下，“你的脸上要是画一个大大的叉号，以后别说当小三了，当小四都没人要。”

## /第二十四章/

# 确定的事实

圆脸妹吓着了，愣了片刻，忽然扬起手包打了顾南一下，转身就跑："顾南，你个大骗子，大浑蛋，乡巴佬儿。"

"冒冒，你听我解释……"顾南想追，却被梅茌苒死死拉住，动弹不得，只好眼睁睁看着圆脸妹一路奔跑一路泪地消失了。

帽帽？这是什么名字，难道是傻帽儿的帽？几人都忍不住笑了。

顾南索性也不追了，伸手要抱梅茌苒："茌苒，明天M3就送到楼下。"

"一边儿凉快去。"梅茌苒一把推开顾南，用力过猛，顾南一个踉跄险些摔倒，她坐回座位上，不耐烦地挥了挥手，"你可以走了，别影响我们吃饭的心情。"

"你……"顾南这才知道被梅茌苒捉弄了，气急败坏，"梅茌苒，你玩我？"

"让你长个教训，记住了，以后别在我面前装大尾巴狼。还说什么只爱我一个，顾南，以后骗人想一个有创意的说法，别秀你的智商下限。"梅茌苒头也没抬，一串话连珠炮一样，直打得顾南体无完肤，"如果你还不走，你的糗事就会是网上的段子，传得到处都是，你信不信？"

"我信，我信还不行吗？你是姑奶奶。"顾南算是领教了梅茌苒的厉害，转身就走，刚走一步，又回身看了蓝妹一眼，"蓝妹，跟我走？"

"才不跟你走，你是自作自受。"蓝妹一副置身事外的超然，冲顾南挥了挥小手，"赶紧走你的，这里不欢迎你。"

顾南一跺脚，恨恨地走了。

"美人靠，你现在排在我的人生偶像排行榜第三位了。"范记安举杯敬梅茌苒，"敬你一杯。"

"我也敬你。"徐子棋也服了梅茌苒，没想到梅茌苒还有这么厉害的"毁"人不倦的手段，他算是长了见识了。

梅茬苒高兴地和范记安、徐子棋碰杯，目光却斜向了蓝妹：“这算什么，小菜一碟。我的人生原则是，我不抢别人的东西，但我的东西，别人也别想抢走。”

范记安和徐子棋悄悄一笑，梅茬苒明显有向蓝妹挑衅之意，就看蓝妹怎么接招了。

蓝妹不看梅茬苒，似乎没有听到一样，她端起酒杯敬何方远：“何副总，谢谢你的花，虽然我从小到大收到过无数次花，不过你送的，是让我最开心也是最有意义的一次。”

饭后，一个天大的难题摆在了何方远面前——梅茬苒和蓝妹都让他护送回家，偏偏二人还不在同一个方向，范记安和徐子棋很不够朋友地赶紧溜之大吉了，丝毫没有要替何方远两肋插刀的觉悟。

不过何方远也没有责怪二人，关键时候朋友为你两肋插刀，既然他舍得插自己两刀，那么总有一天他也会插你两刀。

怎么办？站在繁华的下江街头，左有蓝妹右有梅茬苒，何方远从来没有如现在一样面临这么两难的选择，即使是三位老大辞职的时候，他做出留下的决定也没有现在这般为难。

也怪了，蓝妹和梅茬苒互不相让，谁也不肯退后一步，大方地说她可以自己回家，也是，女人都希望有人呵护，都不想输，何方远思来想去，只有最后一条路可走了，他大手一挥：“先坐地铁送梅茬苒，然后再送你，好不好蓝总监？”

梅茬苒家离公司不远，何方远的如意算盘是送完梅茬苒，可以到公司取了蓝妹的车，再开车送蓝妹回家，如此一来就不用总坐地铁了。

还好，梅茬苒没再捣乱，同意了。

到了梅家，梅茬苒也没邀请何方远上去坐坐，只是附在何方远耳边小声说道：“何哥，帮人帮到底，什么时候再来家里做客，替我应付相亲？”

何方远无语了，梅茬苒是赖上他了。

“离公司不远了，走过去吧。”蓝妹抬手看了看手上的卡地亚手表，“时间还早，正好，我还有几句话想和你说。”

微风习习，暮春的夜晚，花香弥漫，春意盎然，何方远感到身上的夹克厚了不少。季节变化，人该换薄衣服了，人事变迁，一些事情该揭开谜底了。

“创始团队的资方，是企鹅。”蓝妹穿了一袭长裙，头发轻轻一束系在背后，她在夜色中如夜来香一般芳香而迷人，一开口，就是以何方远的级别还接触不到的顶级商业机密。

“确定了？”何方远也一直推测是企鹅，但推测是一回事儿，事实是另外一回事儿，“你从哪里知道的？”

“别管我的消息渠道，我只能告诉你的是，资方百分之百是企鹅，早在创始团队辞职之前就已经敲定了，后来放出的各种漫天飞的消息，只是混淆视听的烟幕弹。记住要保密，这事儿，连乔董都不确定，企鹅和创始团队方面，现在还守口如瓶，因为其中涉及了商业机密和《竞业禁止协议》。”蓝妹看了何方远一眼，会心地一笑，“现在你比别人提前了好几步，可以提前谋划你的下一步了。说吧，要怎么谢我？”

确实，蓝妹的消息，是千金不换的顶级商业机密，让何方远心中大定，更让他对下一步的规划，可以提前许多进入实质阶段。

“你想我怎么谢你？”和梅荏苒在一起，感觉是云淡风轻般从容，和蓝妹在一起，却有知音难觅的惊喜，人生，确实是不能两全的难题，何方远驱散心中的杂念，笑道，“说是大恩无以为报愿以身相许，太俗了，说是愿为蓝总监做牛做马，太三观不正了，想来想去只有一个感谢的方法了……”

蓝妹已经被何方远逗得笑容如花，她掩嘴而笑：“千万别告诉我，我走不动了，你可以背我一段路。”

“不是吧，怎么一猜就中？”何方远弯下身子，“俯首甘为孺子牛——蓝总监，请了。”

蓝妹一把推开何方远：“明知道我有洁癖，还想让我上你的背，摆明了是故意欺负人。”

说笑间，二人到了公司。取了车，何方远送蓝妹回家，然后他又坐地铁回家，等回到家中时，差不多十二点了。

还好明天是周六，不用上班，可以美美地睡上一觉。

何方远相信蓝妹没有骗他，不管蓝妹是从哪里得到的消息，创始团队的投资方是企鹅无疑了，对创始团队来说，企鹅是最好的选择，也是最有实力的合作方，而对兴众来说，企鹅是最令人胆战心惊的对手！

事情，快到转折点了。

创始团队的最后归属，事关何方远下一步的策略，蓝妹的消息很及时，先不管蓝妹想要借助他达到什么目的，至少现阶段蓝妹的出现对他有利，何方远躺在床上，睁大眼睛，丝毫没有睡意，心潮起伏。

作为一个事业型的男人——至少何方远自认为事业心重，或者说，至少现阶段他没有心思去谈一场轰轰烈烈的恋爱——对于今天蓝妹和梅荏苒的二女争风，他并没有往心里去，只当女孩之间的明争暗斗，他不过是在合适的时间合适的地点充当了合适的支点而已。

支点，对，就是支点，支点的作用很关键，如果他可以成为两大巨头较量的支点，那么他平步青云一飞冲天的时机就指日可待了。

两大巨头是谁？当然是兴众和企鹅了。

兴众虽说已经没落，但在国内的互联网巨头中，也排名在前十之内，兴众的整体实力，也是许多互联网公司仰望的存在，单是兴众旗下的兴众文学就有八亿美元的估值，可见兴众依然是行业内的龙头之一。

何方远不是技术型人才，走技术改变世界的自主型创业，一没能力，二没机遇，实际上一个软件吃遍天下的成功例子毕竟还是少数，大多数软件如昙花一现，连一朵浪花也激不起，就消失了。

当然，也不是说靠创意取胜就比技术取胜容易，一个人要想成功，一分运气，三分胆识，剩下的六分全靠运作。现在运气已经来了，创始团队的辞职和另起炉灶打破了互联网版权产业的格局，也为何方远打开了运气之门。

当初何方远决定留下，凭借的就是看准了时机并且准备放手一搏的胆识，他秒杀黄是道、接受蓝妹的合作请求，就是三分胆识运用到了极致，现在时机的大门已然打开，放手一搏的准备已经就绪，接下来能否成功，就在六分运作之间了。

六分运作要有一个大前提，就是创始团队究竟花落谁家，企鹅、千方和芝麻开门虽说实力相当，资金充实，市场广阔，资源众多，但由于目前互联网公司的公司文化各不相同，都有鲜明的创始人文化特色，也就是说，创始人的性格决定了公司的性格，所以，到底花落在哪一家，对何方远采取哪一种运作手法来迈出下一步，至关重要。

他原以为最少还要两个月后才能知道创始团队的最后归属。根据时间推算，新站最快也要两个月后上线，上线前夕才是揭开谜底之时，没想到，蓝妹提前了整整两个月告诉了他明确的答案。

好事，天大的好事，等于是为他争取到了两个月的时间，同时，也为他增加了一枚分量不轻的筹码，让他可以在面对乔国界时，更加从容不迫。

三巨头的成功之路不尽相同，千方喜欢用数据说话，认为一切都可以在技术的范围内解决，这是千方的优势也是千方的局限。技术出身的人，有时过于依赖技术反而忽视了人性，数据可以用技术解决，人的需求和喜好，怎么用技术解决？所以何方远认为，千方不是创始团队的最佳选择，互联网版权产业需要的是激情和创新，而不是冷冰冰的数据和没有生命的编程。

人的性格很难改变，技术出身的李颜红主导下的千方，扩张之路一直谨慎而缓慢，远不如企鹅和芝麻开门的布局宏大而长远，这确实也是受制于他凡事喜欢用技术的眼光看待问题的局限。

相比之下，常有天马行空创意的马匀，就和李颜红是截然相反的性格。马匀热情似火，慧眼如炬，他以超前的眼光和高人一等的前瞻性，始终站在时代的最前沿。就如得到了奇遇一样，只要他喊一声“芝麻开门”，命运就会为他打开一扇财富之门。

在国内缺乏电子商务土壤的基础上，马匀率先打造了芝麻开门电子商务王国。又在互联网缺少诚信的基础上，开创性地创造了网络信用体系。

而现在，他又在中国物流低效、拖沓、人浮于事并且重复建设的时候，试图以一己之力，利用经济杠杆而不是政治手段实现物流业的整合，如此壮举，也只他如外星人一般的头脑可以想得出来。马匀与芝麻开门对整个时代有不可估量的价值，未来中国的电商发展如果能够领先于世界，他居功至伟！

只是向来喜欢大开大合布局的马匀，如果他投资互联网版权产业，恐怕发展思路会很另类，和三剑客的理念很难合拍。以三剑客对互联网版权产业的设想，未来的互联网版权产业的发展，应该是开放性、共存性的，而大马哥一向的思路是整合所有资源，他站在最高端，让所有人对他俯首称臣。

三巨头中既没有独创的技术又没有天马行空的创意，却能做到行业第一的企鹅，才是何方远预料的三剑客的最佳合作方。

小马哥以企鹅软件起家，走的却不是技术改变世界的道路，而是复制、占领、扩张、吞并之路，复制别人的成功，占领别人的市场，扩张自己的地盘最后吞并别人的市场，从而完成一个行业终结者的闭环。如果说千方是半封闭半开放的心态，芝麻开门是始终占据食物链最顶端统领天下的思路，那么企鹅就是完全开放的心态，当然，不是天下为公的开放，而是天下为我的开放。

企鹅和芝麻开门一样擅长布局，不过和芝麻开门专注电子商务几十年的发展思路不同的是，企鹅的布局更宏大更开阔，只要是互联网可以赚钱的行业，都要插上一手。而且小马哥的性格也很宽容，只要前期条件谈妥，后期的事情基本上不会插手，给创始团队充足的发展空间。

如果是千方或芝麻开门接手就不一定了，千方信奉技术至上，偏偏互联网版权产业不是一个技术行业，而大马哥控制欲太强，难免和创始团队再起争执。

综合对比之下，企鹅接手创始团队，对企鹅和创始团队来说，是各得其所。不过对兴众来说，企鹅和创始团队的强强联合，让兴众文学面临着前所未有的严峻挑战，甚至是生死之战！

那么接下来的战役，将会是一场旷日持久的资源争夺战和消耗战。互联网版权产业发展到今天，虽然初具规模，但市场远不如想象中庞大，资源十分有限并且相对集中，如果创始团队想要打开市场，必然要从立化十年积累的市场中抢夺有限的资源。

资源争夺战开始之时，就是何方远出人头地之日。

迷迷糊糊中，何方远睡着了。他这一晚上翻来覆去睡不踏实，不停地做梦，一会儿梦到创始团队的新站上线，如风卷残云一般席卷了互联网版权产业市场，将立化十年积累的资源抢夺一空，一会儿又梦到梅荏苒和蓝妹一人拉住他的一条胳膊用力拉扯，拉得他生疼，而他不知道到底该跟谁走……

第二天天一亮，雨就一直下，何方远左右无事，就到公司加班。手中积累的工作总也做不完，虽说员工人数已经凑齐，但新手就是新手，有些连基本的工作都不会，梅荏苒等六个小组长现在变身培训师，天天培训新手尽快上手。

忙了一上午，处理了十几件事情，何方远累得脖子酸疼，又想起企鹅接手创始团队的消息，再对比现在立化一团乱麻的现状，心中对立化的前景更加担忧。立化现阶段最大的优势就是资源还没有流失以及积累了十年的版权作品。版权作品不会被拿走，有合同限制，这也是立化最大的财富了；而资源是可以流动的，只要锄头挥得好，没有墙脚挖不倒。况且立化的资源，都是创始团队一手创造的，版权是死的，但版权方是活的。

一旦版权方被创始团队抢走，立化的大厦就倒塌了一半，版权作品和版权方是立化的两条腿，两条腿健全，还可以继续前行；断了版权方一条腿，只靠版权作品的老本支撑，立化最多支撑三年。

中午随便吃了一点儿饭，雨还很大，没有要停的迹象，何方远从外面回公司的时候，目光一扫，发现一辆熟悉的奥迪A8缓缓驶入了公司的停车场……乔国界！何方远顿时心跳加快，因为立化的事情，常年在国外的乔国界，最近不但回国居住，还经常来公司办公，如此，才让何方远有了和乔国界面对面的可能。

机不可失时不再来，何方远忙上楼去，深呼吸几口，到了办公室的时候，他基本上恢复了镇静，然后他朝楼下望了一眼，发现乔国界在秘书的陪同下，缓步走进了大楼。

/ 第二十五章 /

# 人生赌注

办公大楼有数部电梯，一般情况下，乔国界乘坐的是高层专用电梯，不在立化所在的楼层停留，不过有时高层也会偶尔乘坐普通电梯，何方远就想赌一赌，今天是周六，乘坐高层专用电梯要多走几步，乔国界也许会走普通电梯……

果然……赌对了，何方远看到电梯下行的指示灯亮起，他的心顿时提到了嗓子里，快步如飞地来到电梯门口，算好电梯到一层的时间，然后重重地按下了上行的按钮。

一、二、三，见电梯一层层逼近十层，何方远的心跳加快，甚至手都微微颤抖了，他拿出手机，没有拨号直接放到了耳边，就在电梯门打开的一瞬间，他开始和电话一端的虚拟人物通话。

“是我，何方远，我在公司加班呢……”何方远一边低头说话，一边一步迈入电梯之内，似乎他过于专注通话，并没有抬头也没有注意到电梯里面的两个人究竟是谁。

只不过掩饰在通话之中的何方远，还是微不可察地用眼角的余光扫了一眼，赌对了，电梯里面的两个人，正是乔国界和他的秘书陈海峰。

从十层到十八层，只有八层，短短十几秒，如何让乔国界记住他的名字并且引起乔国界的注意，需要高超的谈话技巧，何方远心思电闪，在自报了家门并且以加班向乔国界示好后，第二句话是投其所好，切入了乔国界的喜好：“我建议你买奥迪好，奥迪A8挺符合你的身份，稳重、大气、传统，宝马过于张扬，奔驰又似乎有暴发户的味道……”

何方远再清楚不过乔国界对汽车的偏好了，他的座驾就是一辆奥迪A8，正好区别于其他互联网新贵的宝马、保时捷或是沃尔沃，乔国界喜欢外界将他解读为互联网的传统新锐，有家室、不开车并且追求低调的奢华。

不过，何方远这句话并没有引起乔国界的注意，乔国界不动声色，甚至没有多看何方远一眼。

何方远并不气馁，如果一句话就能打动乔国界，乔国界也太没城府了。他站在电梯的角落里，继续假装打电话："立化现在的情况不太乐观，前天信光国际的人还找我了解了一下情况，似乎信光也有意向兴众文学注资了，不过乔董一向不喜欢卧榻之侧有他人酣睡，引进融资的事情，我估计暂时没戏，最少也要等创始团队的资方确定了后，融资才会真正进入乔董考虑的范畴之内。"

这番话终于初见威力，何方远的余光一扫，终于发现乔国界动容——他眉毛一挑，露出了倾听的神情。

圆脸浓眉的乔国界虽说是南方人，却长了一副北方人的面相，古语云，南人北相者，贵，不管相术是不是迷信之语，许多说法也不是无稽之谈。

乔国界最著称的特征是一双大耳，厚厚的耳垂颇有福相，外界盛传耳朵是乔国界对自己长相最满意的地方。

何方远敏锐地捕捉到了乔国界情绪的微妙变化，他心中一阵狂喜，他的偶遇策略终于初见了一丝成效，好，有了开局就是好事，强压内心的冲动，他继续用语言的力量吸引乔国界的目光："乔董喜欢户外运动，有一次他开车横穿沙漠，两个月的时间，他一刻也没有让出驾驶座没有让出方向盘，这说明什么？说明乔董是一个时刻保持清醒时刻掌控大局的人，方向盘意味着什么？意味位置和责任。"

尽管乔国界刻意保持了严肃，不过脸上流露出的一丝若有若无的笑意，还是被眼尖的何方远尽收眼底，何方远心中长舒了一口气，好险，总算初步过关了，相信到现在为止，乔国界已经记住了他的名字和长相。

但让乔国界只记他的名字和长相还远远不够，还必须让乔国界听到他的想法，名字和长相只是一个人的外在，想法才是一个人的灵魂和价值体现。

十八楼快到了，留给何方远的时间只有几秒钟了！能否在几秒钟的时间内将他的想法准确无误地传送给乔国界，有可能事关他的一生，而他和乔国界同乘一个电梯的机会，也许仅有一次。

一个人一生之中所能面临的改变一生命运的机遇，也往往只有一次。

"你说创始团队最终花落谁家？千方？不可能，我打赌是企鹅。赌什么？赌我一年的工资怎么样？我敢肯定，百分之百是企鹅！"何方远知道目前乔国界最关心的是什么，创始团队的归属始终是高悬在乔国界心头的一把巨剑，高悬的时间越长，越让乔国界寝食难安，无法做出最准确的判断。所以，他要借机向乔国界传递信息，让乔国界看到他的价值。

“三巨头之中，只有企鹅的互动娱乐布局最合理并且最有前景，所以，企鹅对互联网版权产业的需求也最迫切，最最主要的一点是，小马哥的为人最宽容，会放权，而创始团队现在最缺的不是资金，而是相对的控股权！”

“叮……”电梯到了十八楼，门一开，乔国界和秘书一前一后迈出了电梯门，何方远感觉后背湿湿的一片。短短十几秒，感觉长过了他27年的人生时光，他正要再擦一把额头上的汗时，忽然即将关闭的电梯门被一只手挡住了。

乔国界的面孔重新出现在何方远的面前，他用手一指何方远：“你刚才说错了一件事情，花两个月的时间横穿沙漠的不是乔国界，而是另有其人，他是京东商城的刘强东。”

话一说完，乔国界转身离去，留给何方远一个意味深长的背影，直到电梯门再次关上，上行的声音嗡嗡响起，何方远才如梦方醒，擦了一把额头才发现，不只是额头，连手心也全是汗。

再一看手机，也被汗湿透了，说不定都进水了。他虚脱一样靠在电梯壁上，心中却是无比地轻松和喜悦，最后乔国界指出他的错误的一幕，很有戏剧性。

尽管乔国界并没有当面承认他是乔国界，但乔国界去而复返纠正他的错误，就说明了一件事情——他的话，乔国界句句都听在了耳中。

何方远百分之百确信，他的名字、长相和想法，如一道闪电般烙印在了乔国界的脑海里。因为他刚才十几秒的自言自语，从自我介绍到投其所好，再到用一个张冠李戴的传闻引起乔国界的注意，以及最后以创始团队花落企鹅的消息完美收官，堪称一次偶遇的经典案例，绝对可以写进职场教科书。

将刘强东的事例错当成乔国界的轶事，是何方远故意为之，以他对无数互联网巨头的轶事了如指掌的水平，会出现这样的低级错误？绝无可能。但在大老板面前，身为下属不能表露出没有一丝纰漏的才华，否则大老板没有了指正你的错误的机会，怎能显出大老板的英明？

短短十几秒，是何方远十几年的人生积累迸发而出的智慧火花，他大口大口地喘着粗气，等电梯到了最顶层，又按下了一层的按钮，下午不加班了，大功告成，出去放松一下。

何方远不知道的是，乔国界和秘书走出电梯，走进办公室之后，乔国界对秘书陈海峰说道：“这个何方远有意思，这么年轻，不但有想法，而且有敏锐的判断力，如果再有一定的执行力，他就真是一个难得的人才了。”

27岁的何方远在互联网业界，年纪不算大，但也绝对不算年轻有为，许多草根创业的创始人，在25岁时就已经是公司的CEO了。当然，在第三次互联网浪潮退去而第四次互联网浪潮尚未来临之际，这段空当内，还没有涌现什么出类拔萃的人物。

时势造英雄，英雄也只能顺时顺势而动，而不会凭空出现。

陈海峰跟随乔国界多年，一听乔国界的话就知道乔董又起了惜才之心："何方远是立化的常务副总，辞职事件前，他是副总监，他原本是江武几个人的嫡系。"

"江武嫡系，连升三级，有从业经验，又有对互联网版权产业的前景展望……海峰，调他的资料出来。"乔国界若有所思地想了想，"你说，真会是企鹅接手了创始团队？"

陈海峰虽然不是兴众的高管，却和兴众所有的高管一样知道乔国界的软肋——一件事情如果要得到乔国界的认可，一定要想办法让他觉得下属的想法是他早就已经想到了的——也就是说，必须让乔国界感觉所有下属的智商都在他的智商之下，或者更准确地说，乔国界是兴众的天花板，是所有兴众人都无法企及的最高高度。

"乔董上次分析了三巨头的优势和不足，最后综合比较之下，还是企鹅最适合创始团队。何方远估计也是从内部新闻简报上看到了乔董的讲话受到了启发……"

乔国界对陈海峰的回答很满意，点了点头，没有说话，目光落在了电脑屏幕上何方远的履历上。

"何副总，这么巧？"一出电梯，何方远只顾低头走路，没留神迎面走来一人，他一头就撞在了来人身上。

是挺巧，正好撞在了来人的胸上，柔软而宜人的触感不用想就知道是一个女人，而且清香怡人的体香入鼻，不用看就知道不但是一个女人，还是一个美女。

"哎呀……"刚说了这么巧，就被那么巧地袭了胸，蓝妹后退一步，怫然变色，"何副总，你怎么能这样？"

"啊？"何方远也一下惊醒了，抬起头来，见蓝妹三分羞色四分愤怒，连忙道歉，"不好意思蓝总监，我正在想事情，没注意到你，我真心不是故意的，而且，哪里有在公司耍流氓的笨蛋……"

蓝妹有洁癖，爱惜身体就如爱惜生命一般，被人唐突，心里难受得要死，再加上生性高傲，虽说和何方远也算有交情，但有些事情不能原谅，她想斥责何方远几句，以解心头之恨，不过一见何方远一脸惶恐满头大汗的样子，心一下软了。

他真的不是有意的，何苦再为难他？蓝妹哪里知道何方远满头大汗是刚才和乔国界初次会面的战果，不是为她而流，她呆了一呆，转身就走，避免进一步的尴尬。

何方远追了上去："蓝总监，刚才的事情就忘了吧，男人对女人耍流氓的行为是建立在意淫的前提之下，没有意淫作为主导思想，不管是袭胸还是拉手，其实就是一次无意识的接触行为。身体接触不肮脏，心理不健康才肮脏。"

"我不听你胡说八道，你走。"蓝妹受过良好的家教，不会骂人，她紧跑几步，试图甩开何方远，"我现在不想见到你，你离我远点儿。"

远点儿就远点儿，何方远站在雨中，见蓝妹拉开车门就要上车，他喊了一句："蓝总监，刚才我和乔董在电梯偶遇了……"

坐在保时捷内，享受着舒缓的小提琴曲，何方远不客气地抽出几张纸巾擦脸，脸上又是汗水又是雨水，湿得难受。

擦了几把后，他很不讲公德地将纸扔出了窗外。

"喂，注意公德。"蓝妹嗔怪了何方远一句，又看了他一眼，忽然"扑哧"笑了，"你脸花了，真丑，像个小丑。"

何方远拉下遮阳板一看，果然脸上沾了不少纸屑，他也笑了，胡乱在脸上抹了一把："一会儿下去淋淋雨就洗干净了，没事。"

"真恶心。"蓝妹吐了吐舌头，"雨水那么脏，你用来洗脸？万一流嘴里怎么办？"

"雨水流进黄浦江，再经过净化，最终成为家家户户都饮用的自来水，怎么脏了？"

"不好意思，我从来不喝自来水，家里的水，都是进口的。"蓝妹的话没有一丝炫耀的语气，还好何方远对贫富生活的巨大差距没那么敏感，所以也没什么感觉，换了自尊心特别强的人，或许会感觉心里不舒服。

过度的自尊，其实是过度自卑的另一种表现。

"好了，不讨论你家喝水的问题了，你说乔董在听到我的想法后，会不会采取什么行动？"刚才何方远一提他和乔国界见面的事情，蓝妹立刻不生气了，马上让何方远上车细说。

一上车，何方远就先说了他和乔国界偶遇的前后经过。不过，他只告诉了蓝妹一个大概，并没有说这次偶遇是人为制造的偶遇，并非百分之百的偶遇。

"你说乔董采取动作，是对企鹅，还是对你？"一谈到正事，蓝妹就将刚才的不快抛到了九霄云外，一个懂得调节自己情绪的女孩是上品女孩，比起无休止纠缠一件错事的女孩更容易得到幸福。

“两者都算呢？”何方远有意考一考蓝妹，既然蓝妹和乔国界有某种隐蔽的联系，乔国界的一举一动，她应该能够第一时间得知。

“就我所了解的乔董，他最后特意向你纠正横穿沙漠的主人公不是他，就说明你的话他都听进去了，你在他的心目中，留下了痕迹，不过要说因为你几句话乔董就对你提拔重用，也不可能。至于企鹅……”蓝妹歪头想了一想，又摇了摇头，“我猜不到乔董到底会不会采取行动狙击企鹅和创始团队的联合，说实话，我虽然认识乔董，和他也算有过接触，但对他的性格，还不够了解。”

蓝妹说不够了解乔国界，何方远半信半疑，不过她关于乔国界不会提拔重用他的说法，他完全赞成。他也没有天真到认为只凭一次偶遇就可以让乔国界对他器重，乔国界用人虽然率性，但不随性。他当然有识人之明，否则也不会缔造一个庞大的兴众帝国。

“晚上请你吃饭，不知蓝总监肯否赏光？”谈完正事，何方远想和蓝妹进一步加深了解，就提出请她吃饭。

“今晚就算了，我还有事情，就顺道送你回家吧。”蓝妹拒绝了何方远的提议。

何方远也没勉强，想了想：“送我到前面的地铁站就好了，我去找梅花苒。”

“找她做什么？”蓝妹本来一脸慵懒的表情，忽然就警惕了几分，“和她共度周末？”

“算是吧。”何方远嘿嘿一笑，“我得努力拆散她和顾南，任务繁重，毕竟我一个草根和一个富二代比武，先天底气不足，不过为了梅花苒的幸福，我只能勉为其难地帮她了。”

“你心理变态。”蓝妹忽然就恼了，“顾南和梅花苒的事情，关你什么事，要你掺和？你这是扭曲的仇富心理。”

怎么说变脸就变脸？何方远反倒愣住了：“梅花苒是我哥们儿，她有难了，我不帮她谁帮她？我帮她，好像也不关你什么事，是不是？”

“是没我什么事情，我自作多情了。”蓝妹一脚刹停汽车，“请你下车。”

下车就下车，男子汉大丈夫，买不起车就不坐，有什么了不起。何方远下了车，还不忘礼貌地冲蓝妹笑了一笑：“谢谢蓝总监。”

“无聊！”蓝妹回敬了何方远一个白眼儿，一脚油门跑了。

/ 第二十六章 /

# 寸步不让

何方远摇摇头，女人心海底针，蓝妹到底是怎么了，他还是不要大海捞针地去胡思乱想了，还是见梅茌苒要紧。

打了梅茌苒电话，听到梅茌苒懒洋洋的声音就知道她午睡刚醒。这丫头，真没心没肺，现在是多好的时机，也不知道抓住，等创始团队和立化的战争尘埃落定之后，就再没有机会顺势而起了，她居然还在家中睡美容觉，真有她的。

白捡了一个小组长，也不知道珍惜，赶紧趁机表现一番，也好在下次机会来临时，再前进一步当上副总监。谁都看得出来，蓝妹的总监干不长，蓝妹一走，副总监史尚飞就会接任总监，副总监的空缺肯定会从几个小组长中提拔，梅茌苒有很大的机会脱颖而出。

到了梅家，开门的是梅茌苒，她穿着睡衣，头发乱成一团糟，眼睛都没有睁开，不满地嘟囔："讨厌你，下雨天，睡觉天，不让人好好睡觉，干吗来烦我？"

"早上让你跟我去公司加班，你非不去，你知道发生了什么事情吗？"何方远拿梅茌苒没办法，伸手揉了揉她的头，又揪了揪她的耳朵，"醒醒，笨丫头，我遇到了乔董，而且我还成功地让乔董记住了我。"

"真的呀？"梅茌苒一下清醒了，惊喜地跳了起来，"那乔董提拔你当兴众文学的副总裁没有？"

"……"何方远一屁股坐到沙发上，怎么和蓝妹很容易沟通的事情，在梅茌苒面前，就很难达成共识，他深深地摇了摇头，"来杯茶，我渴了。"

过了一会儿，梅茌苒梳了头扎了一个小辫子出来了，一屁股坐在何方远身边，头靠在何方远的肩膀上："我还是困，怎么办？要不你哄我睡觉算了。"

何方远站了起来："算了，我自己接点儿水喝吧，好歹我也是客人，你连一杯水也不给客人倒……”忽然想起了什么，“不对，伯母没在家？”

“没在，她出去了，好像是和顾南妈妈见面去了。”

“啊？顾南都花心成那样儿了，你妈还想你嫁给他？你也是，你妈就要决定你的终身大事了，你还能睡得着，我算是白操心了。”何方远生气了，梅茬苒工作上不上心也就算了，感情上的事情，也一副无所谓的态度，他还何必配合她演戏替她打掩护？

说话间，何方远起身就走。他和梅茬苒同事三年，确实跟哥们儿一样，有时他甚至觉得她就是他的妹妹，他愿意爱护她保护她，不想她不开心更不想她受到伤害，只是他可以帮助自强自立的梅茬苒，但不想帮助一切都无所谓的梅茬苒。

刚走到门口，身后一个滚烫的身子哭喊着扑了过来，一下从后面抱住了他：“不许走，我不让你走！”

梅茬苒只穿了一件薄薄的睡衣，感受到她成熟女孩躯体的温热，何方远迈不动脚步了，他倔强地站着，不回头：“美人靠，如果你觉得一切都无所谓，愿意让别人安排你的人生，我无话可说，也尊重你的选择。可是你既然想让我帮你，你自己却不争气，我怎么帮你？我对你很失望。”

何方远从小自强不息，所以一向看不起自暴自弃的人。

“你对我失望？连我都对自己失望！”梅茬苒紧紧抱住何方远的后背，哭了，“妈妈有心脏病，不能生气。爸爸有高血压，不能动怒。在嫁给顾南的事情上，一向对爸爸说什么都反对的妈妈，这次和爸爸的态度出奇般一致，他们都赞同我嫁给顾南，还说如果我不同意，就是不孝，就是想气死他们，我还能怎么办？妈妈一个人含辛茹苦把我拉扯大，我能不顺了她的心？妈妈说，什么爱情，都是镜花水月，顾南是不是爱我一辈子不重要，重要的是，他能给我富足的生活，能让我一辈子衣食无忧。妈妈还说，女人如果追求爱情，最傻了，最后双手空空，什么都得不到，还不如追求实际的物质……”

梅茬苒的泪打湿了何方远的后背，也打湿了他的心。

是呀，有这样的父母，又有这样离异的家庭，梅茬苒拿什么去抗争？她又是一个孝顺的女儿，体谅妈妈多年来一个人生活的不易，只是何方远心中终究意难平，凭什么刘薇薇自己没有幸福的婚姻，就断定天下女人都没有幸福的婚姻？

梅长河也是，好歹他也算是上层社会的成功人士，怎么思想这么传统古板，还要逼梅茬苒嫁给顾南。顾南除了是富二代除了有钱之外，既不高又不帅而且还花心，梅长河瞎了眼，难道他看不出来顾南不能给梅茬苒幸福？好吧，如果说刘薇薇让梅茬苒嫁顾南是为了钱为了富足的生活，那么梅长河为什么也非要梅茬苒嫁给顾南，难道以梅长河的收入还不足以让梅荏苒过上富足的生活？

顾南再有钱，就算比梅长河多许多倍，又能怎样？财富到了一定程度，满足了需要后，再多的部分只是数字了。难道说，梅长河想借助联姻达到什么目的不成？

“何哥，你告诉我，我该怎么办？我又能怎么办？如果我能找一个有一定经济基础又真正爱我的男朋友，我也有足够的理由说服妈妈，可是我没有。我除了用睡觉麻醉自己之外，我又不想喝酒，你告诉我，我还能怎么做？呜呜……”

热情开朗的梅荏苒，原来也深藏着不为人知的伤心事。何方远想劝慰她几句，却又觉得语言苍白无力。在残酷的现实面前，理想就和杨花一样，风一吹，就飘散了。人们常用水性杨花形容女人的轻浮，其实不怪杨花不坚定，只怪春风太匆匆。

他年少但不多金，不符合刘薇薇的择婿标准，想必上次冒充梅荏苒男朋友的一出戏，被现实的刘薇薇一眼看穿，所以刘薇薇才完全不管他的存在，继续推动梅荏苒的婚姻大事。

情场如商场，这件事情如果想解决，症结在顾南身上。对，摆平了顾南，刘薇薇和梅长河失去了目标，也就不会再逼梅荏苒了。

“美人靠，你听我说……”何方远正要开口劝梅荏苒几句，告诉她，他一定会想办法帮她渡过人生的难关，突然，门被人打开了。

“你们……你是怎么回事儿？”刘薇薇开门进来，被眼前的情景震惊了，尤其是当她看到梅荏苒身穿睡衣、头发散乱并且哭得梨花带雨还死死抱住何方远的委屈模样，以为何方远怎么了梅荏苒，顿时大怒，“何方远，你欺负荏苒了？”

“我……”何方远想辩解，这个罪名太大了，假冒梅荏苒的男朋友还行，但发生男女关系的罪名，他可担当不起，梅荏苒可是正经八百的处女。

“是我主动的，不怪他。”何方远一句话没说出口，被梅荏苒抢了先，梅荏苒赌气似的，“反正我决定了，以后非他不嫁，早给晚给都一样。”

“你！”刘薇薇气得面红耳赤，扬手一个巴掌打在何方远脸上，“何方远，你浑蛋！”

何方远本来还想澄清自己的清白，不想刘薇薇竟然打他，一个耳光不但把他打清醒了，还让他一下挺直了腰板，丫的，没浑蛋被骂成浑蛋，不浑蛋一次，还真对不起这一巴掌，他转身将梅荏苒抱在怀里：“这事儿如果是我主动，骂我浑蛋我认了，可是这次是荏苒主动，我再无动于衷，一是对荏苒女人魅力的无视，二是对我男人功能的蔑视，所以我就和荏苒……既然她是第一次，我也是一个传统的男人，我会负责一辈子。”

梅荏苒没想到何方远这么男人，一下感动得泪雨纷飞，抱得他更紧了，不过心中还是羞涩无比，有一个问题一直想不明白，何方远怎么就看出她还是处女？难道他在女人的问题上特别有经验？

“你负责一辈子？你负责得起吗？你拿什么负责？你有房有车有下江户口吗？别以为你一个副总就了不起了，一年收入几十万元，在下江算是贫下中农！你就是一个没见过世面的穷小子，一个狗屁不是的乡巴佬儿！”刘薇薇恨得咬牙切齿，看样子恨不得掐死何方远。

何方远索性无赖到底了，他昂首挺胸，态度不卑不亢：“好，既然伯母口口声声骂我是乡巴佬儿，言外之意就是说，伯母一定很高贵了？是名门大户了？”

“反正比你强上百倍。”

“比我强不强，不是嘴上说强就强。我想请问伯母一句，你嫁女儿，总想要房要车，那么你为女儿准备了多少丰厚的嫁妆？”何方远不信他斗不过一个下江丈母娘，尽管刘薇微不是他的丈母娘，但他要为天下所有被下江丈母娘欺负过的男人讨一个公道。

“嫁妆？我辛辛苦苦养大的女儿嫁过去，等于是我几十年的心血全送给了你，你还要嫁妆，你还有没有良心？”刘薇薇快被何方远气疯了。

“如果伯母转变一下思路，换位思索一下，你的女婿是要照顾你女儿一辈子的人，你应该感谢他才对。”何方远脸上火辣辣地疼，心里却有熊熊烈火在燃烧，“而且你自诩为名门大户，你知不知道古代的传统礼仪，嫁女儿时陪送的嫁妆越丰厚，女儿在婆家的地位越高。而古代嫁女，只有女儿当妾的时候才会向男方索取财物，用来当成卖女的报酬。相信出身名门的伯母一定听过一句话——妾通买卖，因为妾是花钱买来的财物，可以随意打骂、处置，而对正妻则不能。现在你嫁女，既想让女儿如妾一样换来丰厚的礼金，又想让女儿享受正妻待遇，是出身名门的伯母太贪得无厌了，还是我这个乡巴佬儿才识浅薄，理解不了你只要好处不想分担风险的自私想法？

“再换个角度想一想，你的女儿到底要和谁共度一生？是你的女婿！你让女儿嫁一个高攀的豪门，豪门是应有尽有了，那么你女儿又有什么可以和对方平等相处的资本？除了沦落为豪门的生育工具之外，所有的财富和享受都是由豪门提供，她又有什么地位可言？经济不独立，人格就不独立！我想见多识广的伯母肯定也知道一个道理，女人爱钱，男人就给你钱，但除了钱之外，再向男人索求爱情，就是贪得无厌了。如果从商业的角度考虑婚姻，婚姻就是一次商业合作，利润共享风险共担，只想共享利润不想分担风险，这样的合作能长久？如果是你男人，你会爱一个只和你共富贵却不会和你共患难的势利女人？”

何方远侃侃而谈，句句在理，字字珠玑，一番话说完，如火力凶猛的机关枪一顿扫射，直打得刘薇薇体无完肤，直说得刘薇薇目瞪口呆，无言以对！

“你，你，你……”一连说了三个“你”，刘薇薇却一句完整的话也说不出来，“请你马上离开！”

离开就离开，反正该说的已经说了，该做的事情——其实他什么也没做——就当已经做了，他轻轻亲吻了一下梅荏苒的额头，轻声说道：“荏苒，我会对你负责一辈子。”话一说完，转身潇洒地扬长而去，才不管身后是不是洪水滔天。

反正他能帮的已经帮到了，梅荏苒是自毁清白，她怎么应付刘薇薇的怒火，就是她的事情了。

外面雨还在下，何方远走在雨中，不打伞，也不避雨，任凭雨水打湿了他的头发和衣服，忽然间他想起了马大勉，如果是马总遇到这种事情，肯定又会生发一番感慨，写几篇文青范儿的微博，感叹生命的漂泊不定，感怀人生的无常，感伤命运的无奈，等等。其实何方远也有感慨，只不过他压在了心底而已。

何方远并不知道的是，他从梅荏苒家中出来，一路风雨兼程，却没有注意到身后不远处悄悄跟了一辆保时捷，车内，蓝妹目不转睛地盯着他的背影，抿着嘴偷笑，笑得很调皮很开心，笑了他整整一路。

周一一上班，陈果刚在办公室露了个面，就急匆匆上去开会了。

何方远在办公室处理完积压的一些工作，正打算出去接一杯咖啡喝，门被推开了，一人端着咖啡走了进来，笑意盈盈：“知道你该要咖啡了，就给你送来一杯，怎么样，我算不算红袖添香？”

是梅荏苒。

原以为经上次一事之后，梅荏苒再见他时多少会有几分尴尬，不料她没事儿人一样，他就大为宽心。公司不允许办公室恋情，一旦发现，就会调离一人，平常他和梅荏苒之间打闹归打闹，却是哥们儿式的纯真友情，嬉笑怒骂之间，只有玩笑没有暧昧。

同事之间玩暧昧什么的，最无聊了。

“红袖添香？算了吧，你是素手添乱。”何方远用手一指桌子，“赶紧放下咖啡走人，省得别人乱说是非。”

“怕什么，一个大男人，这么没担当，我都不怕，你怕什么？男女的事情，向来不都是男人夸口，女人丢丑？”梅荏苒顺手关了门，坐了下来，“你也不关心一下我，问问你走了之后，我承受了什么样暴风骤雨般的摧残？真冷血。”

“我还关心你？我吃亏吃大了。我什么都没做，在你妈眼里却成了浑蛋。要是我真要了浑蛋也就算了，偏偏我是纯洁的正太，你说，你怎么赔偿我幼小的受伤的心灵？”

“我呸，你还纯洁，你以前肯定经历过无数女人，要不，你怎么会说你是我的……第一次？”梅荏苒羞红了脸，低下头。

“我随口一编，难道还真被我说中了？”何方远一脸惊讶，“你不是想告诉我，你现在还是处女吧？”

“哼，是又怎么样？女人如果不珍惜自己，男人怎么会珍惜你？”梅荏苒不信何方远的话，“你就别装了，告诉我实话，你是不是有过许多女人，所以女人是不是处女，你一眼就能看出来？”

何方远头大了，如果他真有这个本事，他去参加富豪相亲，替富豪肉眼辨别处女，肯定可以大受富豪欢迎，更可以大发其财，他摇了摇头，梅荏苒有时萌得一塌糊涂，有时又呆得一塌糊涂。

“不闹了，后来你妈怎么你了？”

“没怎么我，后来我妈又想通了，她说反正现在男人不在乎女人是不是第一次，她还是坚持让我嫁给顾南。她认为，顾南也没有资格挑剔我是不是处女！”

何方远一口咖啡差点儿喷出来，奇葩！真是奇葩！刘薇薇无限高要求男方条件必须如何如何好的同时，却又无条件放低自己女儿的人格下限。刘薇薇不是在嫁女，而是要将一家资不抵债的破烂公司包装成盈利能力强现金流充足的优质公司，然后高价出售给收购方。

当然，何方远只是打一个比喻，实际上梅荏苒是一个好丫头，如果按公司类比，她是一家综合条件优良的优质公司。

## /第二十七章/

# 方向

我去，敢情刘薇薇才是商场高手，深得厚黑三味，贪婪到了无耻没有下限的地步。不想还好，一想更让何方远怵然心惊，刘薇薇不是一个人在战斗，她还有庞大的同盟，国内有多少和她一样的丈母娘，不求女儿是不是完美无缺，只求女婿是有求必应的冤大头。怪不得都说现在是丈母娘经济，一个丈母娘，生生拉动了房地产和汽车行业的消费，威力堪比华尔街。

“我忽然觉得顾南也挺可怜，在你妈眼里，他是一个不折不扣的冤大头。”何方远深深地摇了摇头。

“你还是先可怜可怜你自己吧，我妈说，要我向你索要青春损失费，最少50万元。”

“噗……”何方远的咖啡终于喷了出来，他几乎不敢相信他的耳朵，“别说我没怎么你，就算推倒了你，也是你情我愿的事情，凭什么向我要50万元？50万元，你妈也真敢狮子大张口，她怎么不去抢银行？你自己说说，美人靠，要是你，你会向我索赔多少？”

“我呀……”梅茬苒咬着嘴唇，双眼迷离，嘻嘻一笑，“一分钱不要，还倒贴。”

一句话说得何方远又气顺了，他摆了摆手：“算了，不和老娘们儿一般见识了。说正事，有时间你向你爸打听打听，问问信光是不是要向兴众注资，最主要的是，探听一下乔董是不是真的有融资的打算。”

“好，我一会儿就问。”梅茬苒起身就走，走到门口又回过头来，“对了，你有没有想过一个问题……”

“什么问题？”何方远正在看一份报表，没抬头。

“如果我真爱上了你，赖上了你，你怎么办？”

“嗯？”何方远抬起头来，想捕捉梅茬苒的表情，看她的话是玩笑还是一本正经，梅茬苒却已经走了，背影娉婷，长裙如梦。

十点多，陈果开完会，回到办公室，召集何方远、黄是道、蓝妹和楚一亭召开紧急会议。

“初步确定，创始团队的资方是企鹅，乔董亲自下令，兴众文学全体行动起来，尽最大可能狙击企鹅和创始团队的联手！”陈果大手一挥，气势十足，“我和马总会去深圳出差，方远、是道，你们去北京出差，蓝妹、一亭，你们去下江的企鹅分公司。我们兵分三路，三管齐下，务必劝说企鹅放弃和创始团队的合作。”

企鹅总部在深圳，在北京和下江分别有分公司。

“陈总……”陈果话音刚落，黄是道发言了，“我和下江的企鹅分公司打交道比较多，北京的分公司，基本上不认识什么人。”

“企鹅在北京的分公司，我有关系。”黄是道话一说完，蓝妹就插嘴说道，“不如我和何副总去北京，让黄是道和楚一亭留在下江好了。”

“下江的企鹅分公司，我也有过接触，北京方面，几乎没有来往，去了也白去。”楚一亭也不想去北京跑一趟，忙附和了蓝妹的话。

“好吧，就这么定了。”陈果见各自重新组合了搭配，也没多说什么，只是意味深长地看了蓝妹和何方远一眼，眼中闪过一丝疑惑。

会后，蓝妹随何方远来到办公室。

“何副总，知道我为什么要和你一起去北京吗？”

“不知道，请蓝总监明示。”何方远不咸不淡地说道。

“不想知道就算了，我还懒得告诉你呢。”蓝妹见何方远兴趣不大，转身就走了，“收拾一下，下午的航班。”

女同事多了麻烦，因为女人容易感情用事。美女同事多了更麻烦，因为美女往往更敏感。何方远无奈地笑了笑，没去多想蓝妹为什么要和他一起出差，而是想到了这一次近乎全体出动的狙击行动的背后，应该是他的话对乔国界带来了不小的触动。

从某种意义上讲，他的提醒，起到了至关重要的推动作用，说明他在乔国界的心目中，至少占据了一席之地。

好事，他的策略奏效了，如此一来，他下一步的方向就更明确了。

不过……对于乔国界做出全面狙击企鹅和创始团队联手的决定，何方远并不看好。企鹅决定的事情，轻易不会更改。除非有更大的利益可图，否则想让企鹅放弃即将到手的一个宝藏，绝无可能。

早先曾有传闻，企鹅意欲出资五亿美元收购立化，乔国界开出的条件是，只收购立化是八亿美元，收购兴众文学也是八亿美元，企鹅觉得要价太高，最终没有谈妥。再联想到当初江武提出管理者收购的提议，也是拟出资四到五亿美元，江武等人手中断然没有四五亿美元，那么他们只能融资，背后出资方是谁？恐怕八成还是企鹅。

企鹅对互联网版权产业垂涎已久，早想一口吞下，只是苦于没有机会。互联网版权产业市场不比其他行业，从零开始很难，只凭企鹅一己之力，几乎没有成功的可能。业内最优秀的团队就是立化的创始团队，而业内最富有创造力的资源就是立化手中十年沉淀积累的资源。

互联网版权产业还有一个特点——时间积累，没有一定的时间，资金再雄厚也见不到成效。就如植树，阳光充足雨水丰沛，也必须要经过几年时间的精心培育才能成材。

基于以上分析，企鹅好不容易得到了创始团队这一块肥沃的土壤，而且创始团队还是自带资源的树苗，只需要企鹅现金的阳光和渠道的雨水就可以长成一片郁郁葱葱的森林，企鹅万事俱备只欠时间的东风了，在这样的情形下，企鹅会因为乔国界的狙击而放手？

别说小马哥不会，换了何方远，他也不会。商场之上，没有面子一说，何况乔国界的面子在小马哥面前，未必管用。

乔国界此举，或许是病急乱投医，同时也说明了一点，乔国界这些年过于独裁了，近一两年来他久居国外，很少回来，对国内的形势估计不足。但他再深居简出，也是深宫的帝王，他做出的决定，兴众上下人人俯首听命，无人敢提出反对意见。这一次的狙击计划如此轻率，却还能迅速地得以落实，可见董事会应该是没有任何反对的声音。

兴众这些年下滑的趋势不减，乔董如果不及时放权，还是一人独裁，他的能力将决定兴众的高度，创始人成为公司发展的天花板，是一家公司走向死亡的开端。

何方远甚至想，他到底能不能借助兴众这艘摇摇欲坠的巨船实现他一飞冲天的梦想？

“何哥，你要和蓝总监一起去北京出差？”范记安敲门进来，一脸贱笑，“草根逆袭白富美的机会来了，一定要抓住机会，争取一举推倒，何哥，你是我们全体草根最后的希望了。”

“一边儿凉快去，成天不想正事，范贱，什么时候你才能以天下为己任，以苍生为责任？”

“能，等我当上了国家领导人，就能了。”范记安知道何方远是在嘲笑他，才不以为意，“以我现在的层次，吃地沟油的命操哪门子中南海的心，是不是？我顶多关心一下何哥的性福就行了。”

“每一个白富美的背后，都有一个有钱有势的老爸。上床容易下床难，范贱，人生在世，有些事情可以偶尔犯贱，但有些事情，一次也不能犯贱，犯贱一次，悔恨一生。”何方远语重心长地教育范记安，其实何尝不是说给自己听，他对蓝妹没有非分之想，就算偶尔有不安分的念头，他也会赶紧压下。也许，最适合他的女人还真是梅花苒了。

“去北京，多半白跑一趟。”范记安不扯了，说到了正事，“不过白跑也得跑，上司有吩咐，下属就是跑断腿也得做做样子。对了，我最近发现大丽花有和黄是道勾搭成奸的迹象，我和徐子棋会替你盯紧他们的，何哥，你就放心去北京吧，帝都人们欢迎你。”

“楚一亭和黄是道留在下江，我估计他们去企鹅下江分公司，也就是应付一下差事，其余时间，多半会用来在公司内部活动，你让子棋留意黄是道就行了，你多关心一下楚美女的工作和生活，最好连私生活也别放过。”

“我是那种人吗？”范记安不好意思地嘿嘿笑了，“我刚买了一个观鸟镜，真贵呀，三千多块，正好可以观察到楚美女的房间，也是巧了，她和我住同一个小区，而且和我正对面。不过我可事先声明，我绝对没有偷看她换衣服洗内裤，我只是抱着欣赏一切美好事物的心态欣赏一下她优雅的人体动作……”

“行了，行了。”何方远打断范记安的眉飞色舞，“你随便欣赏美，我只想知道楚美女回立化，到底有什么目的，其他的事情，包括她的私生活和裸照，都不关心。至于你是不是感兴趣，我也不关心。”

“知我者，何哥也。”范记安笑得更下流了。

下午，何方远和蓝妹赶到机场时，本来晴空万里的天气忽然电闪雷鸣，然后很不幸，航班延误了。

“虎行风，龙行雨，贵人出行招风雨，得了，等吧。”在贵宾候机厅，何方远不慌不忙拿出手机，连上机场的Wi-Fi，开始刷微博。

“这得延误到什么时候？”蓝妹焦急地看了看手表，“早知道坐高铁多好，坐飞机太麻烦了，再延误下去，到了北京天就黑了，哪里也去不了。”

敢情蓝妹还真以为去一趟北京会有多大收获？何方远却只当成一次旅行了，他无所谓地笑了笑："天黑就天黑好了，北京那么多五星级宾馆，肯定有一张属于你的床，布拉格有张床，北京也有床。"

"《布拉格有张床》你也看过？"蓝妹眼睛亮了，脸上神采飞扬，"这部片子可好看了。"

是不是在女人眼里，爱情片都好看？何方远深刻地摇了摇头，继续刷微博，主要是他看看马大勉又有什么新的心情故事发布。

"对了，昨天顾南开了一辆M3送到了梅荏苒楼下，你猜，梅荏苒要了没有？"蓝妹拿出手机，似乎也想上网，却又放了回去。

顾南还真送M3了？真舍得下血本，何方远本来不想和蓝妹讨论梅荏苒的感情问题，忽然脑中灵光一闪，如此黑人的好时机，岂能错过，他就收起手机，神秘地一笑："估计梅荏苒不会要，她是一个自尊自爱的菇凉。"

"什么意思？"蓝妹没听明白。

"她做不出来怀着前男友的孩子开着新男友送的车的事情。"话有点儿绕，不过意思表达清楚了，何方远直直地盯着蓝妹一双好看的凤眼，"明白了吗？"

"她……她怀孕了？"蓝妹惊到了，"怎么可能，她看上去身子一点儿也不笨呀。"

"刚怀孕，显肚子至少四个月后了。"何方远嘿嘿一笑，"想想顾南也真是可怜，梅荏苒孩子都有了，他还追她，难道他想喜当爹？"

"她男朋友是谁？"蓝妹愣了一愣，"你怎么知道得这么清楚？"

"因为我就是她的男朋友……"何方远拉长了声调，停顿了足有十几秒钟，"……的好朋友，所以知道得清清楚楚。"

蓝妹惊愕的表情慢慢变成了好笑："吓我一跳，我还以为你和她玩办公室恋情。不过话又说回来，你和她还真的挺般配。如果她的男朋友是你，我不会惊讶。"

女人心，有时海底针，有时也和草叶上的露珠一样，浅显而晶晶亮。何方远摇了摇头，没接蓝妹的话，继续刷他的微博，他才不会被蓝妹绕进去。

马大勉还真的又发微博了，而且还是一条和企鹅有关的微博，顿时吸引了何方远的目光。

"兴众文学从来没有排除和企鹅合作的可能，不只企鹅，千方和芝麻开门都是兴众文学合作的首选目标。兴众文学十年积累的互联网版权资源，本着共享、分享和共赢的开放性思维，和企鹅在互动娱乐方面，有许多可以合作的具体项目，实际上，兴众文学和企鹅一直在探讨各种形式的合作的可能性……”

隔空向企鹅喊话？这一手不错，既释放了善意，又显示了兴众的博大胸怀和自信，同时，还有可能为企鹅和创始团队的合作带来困扰，马大勉马总的从业经历，虽然并没有真正经历过真刀实枪的商战，不过攻心为上的商战策略，运用得还算娴熟。

“你笑什么呢？有什么好消息分享一下，独乐不如众乐。”蓝妹本来坐在何方远的对面，见何方远看着手机傻乐，好奇心大起，就坐了过来。

蓝妹半边身子贴了过来，温热而清香，何方远的左肩被她一靠，忽然就有过电的感觉！坏了，他和梅荏苒同事三年，经常打闹，身体接触是常事，却从未有过过电的感觉，怎么和蓝妹认识才不久，就来电了，难道说，蓝妹才是他的真命天女？

怎么可能？他从来没有想过要和一个白富美有感情纠葛，况且他也清楚，蓝妹和他差距太大，就连一个普通的下江中老年妇女刘薇薇都嫌弃他，更不用提蓝妹的妈妈是一家大型公司的董事长了。

“马总的微博……有意思，心理战？”蓝妹没注意到何方远的异常，何方远向旁边让了让，她还跟进了几分，“喂，你觉得马总的微博心理战，有用吗？”

“微博从上线到现在，一直在讲故事，既上不了市，又套不了现，影响力正在迅速下滑，你看看互联网业界的巨头们，谁经常刷微博？小马哥还是大马哥？都没有，也就马总拿微博当阵地，喜欢刷存在感，他的隔空喊话，恐怕小马哥都看不到，表错情会错意了。”何方远关了微博，扭头看了蓝妹一眼，“你离我这么近干什么？危险。”

蓝妹坐直了身子：“我危险还是你危险？”

何方远坏笑一声，转移了话题：“新浪也许不是中国互联网最赚钱的公司，但一定是最有影响力的公司之一。不过我就不明白了，影响力一向就是财富的潜台词，为什么最有影响力却不是最赚钱？我一直在想一个深刻的问题，兴众以后的出路在何方？国内互联网业界号称五大门户的网站——企鹅、新浪、搜狐、网易和凤凰，企鹅以游戏占据中国网游半壁江山，同时，发力互动娱乐，投资创始团队。新浪依旧门户，还在孜孜以求地靠微博讲故事给华尔街听，也不知道讲到什么时候才能上市套现，如果不是大马哥注资微博，微博不知道还能再赔多久。搜狐畅游上市，但网页做得一塌糊涂，一团乱麻。网易游戏排名第二，收费邮箱也赚钱。凤凰新媒体有一些看头，不过以后的发展方向不太清楚……相比以上几家，兴众发展的主线是什么？”

蓝妹想了想，淡淡地笑了：“问我呀？我怎么知道？我也不关心，就算兴众出售或倒闭，也和我无关，我只是兴众的过客。不过你的话却让我更坚定了我的想法，你对互联网业界很有见解，和你合作，是正确的选择。”

/ 第二十八章 /

# 其人其事

“可以登机了。”何方远见登机的信息在液晶屏上闪动，“帝都，我登机了。”

“傻帽儿。”蓝妹被何方远伸开双臂的形象逗乐了，“登基？要不要我三呼吾皇万岁万岁万万岁？”

“算了吧，千年王八万年龟，我可不想被你骂乌龟。”何方想起了什么，笑了，“说到傻帽儿，我想起一件事情，顾南找的圆脸模特女友叫冒冒，是不是名字就是傻帽儿？”

“去你的，不黑顾南你不舒服是不是？奇了怪了，顾南又不是你的情敌，你干吗总是针对他？我现在严重怀疑让梅荏苒怀孕的男人就是你。”

“别诬我清白，我是纯情正太。”

“……”蓝妹现在才算见识到了何方远的无赖本色，她翻了翻白眼儿，没有说出话来。

原以为登机了就可以起飞，没想到又等了半天，下江离北京本也就一个多小时的飞行时间，但算上延误和各种耽误，到了北京落地后，天已经黑了。

初夏的北京，不冷不热，气候还算宜人，穿了职业装束了马尾辫的蓝妹，一到北京似乎变了一个人似的，如果说在下江她是高傲的富家女，现在却成了一个再普通不过的白领丽人。当然，除了她不管什么打扮都掩饰不了的惊人的美丽之外。

一看就知道蓝妹平常很少出门，或者说，很少单独出门，她紧紧跟在何方远身后，寸步不离，唯恐丢了一样。何方远笑了笑，替她拉过行李，又大方地伸出左臂：“来，免费让你挽上，省得你跟丢了。”

蓝妹迟疑一下，不情愿地挽住了何方远的胳膊，微微噘嘴：“你说的，男女身体的接触，男人只要不意淫就是正当接触，你现在不许意淫。”

“挽个胳膊也会意淫？拜托，蓝总监，你漂亮是漂亮，但还没有漂亮到祸国殃民的地步。而且，我也不是没有见过女人。”何方远气笑了，蓝妹穿着长袖衣服，身上的皮肤没有裸露半分，他如果被她挽了一下胳膊也意淫，他就不是男人了，是下半身动物。

“你都这么大了，当然见过女人了。对，你见过的女人是不是梅荏苒？”蓝妹也够坏，马上为何方远挖了一个坑。

何方远没理她，叫了出租车，直奔酒店而去。

酒店早就订好了，按照事先安排，下午有两个小时的活动，结果倒好，全耽误在机场了，只好一落地就回酒店睡觉了。

酒店硬件条件不错，五星级，当上常务副总之后，相应的待遇也提高了，以前何方远出差，只够三星级的规格，现在可以坐商务舱住五星级了。

“你好，立化，何方远，订了两间房。”何方远到前台去办理入住手续，蓝妹坐在一边等候。

“你好先生，两间房，两个身份证。”总台小姐接过何方远递来的身份证，办好手续后又还给了何方远，“何先生，您女朋友真漂亮，身份证的寸照也能照得让人眼前一亮的美女，真的不多。”

真会说话，何方远笑了笑：“不漂亮能当我女朋友，是不是？我这么帅，不找一个拿得出手的女朋友，也对不起自己的帅……”

“何先生确实挺帅，不过，我有一个问题想不明白，何先生别怪我多嘴……”总台小姐的胸牌上面写着她的名字——柳星雅，她长得也算漂亮，圆脸，大眼睛，小巧的鼻子。

何方远平常也没有和总台小姐调笑的爱好，而且他也是第一次见到这么爱说话的总台小姐，反正旅途寂寞，权当解闷了：“没事，我这人心胸开阔，你随便说，我绝对不会怪你。而且我一向怜香惜玉，如你一样的漂亮妹妹，我怎么舍得说你半句？”

柳星雅掩嘴一笑，露出左边的一个酒窝和两只虎牙：“何先生，谁当你的女朋友，真是幸福。可是你和女朋友一起出来，为什么要开两个房间？是不是因为她是我们董事长的女儿，怕住一个房间被董事长发现？”

“什么，蓝妹是你们董事长的女儿？你们的董事长是？”何方远吓了一跳，怎么住到蓝妹妈妈名下的酒店了？这么说，蓝妹的妈妈是花季连锁酒店的董事长了？

“啊，你还不知道蓝小姐的妈妈是陈容陈董事长？”柳星雅的嘴巴张大到吃惊的最大限度，“怪不得你不和蓝小姐住同一个房间，原来你们不是男女朋友，对不起，何先生，我多嘴了。”

“谁说你多嘴了？你没多嘴，你的话不多不少，恰到好处。”何方远开心了，蓝妹一直不告诉他她的真实身份，这下好了，得来全不费功夫，他坏坏一笑，“我们开两个房间的用意是，前半夜在我的房间，后半夜在她的房间，这是最浪漫的最新玩法，懂不？”

“懂了，啊，不懂，不懂。”柳星雅顿时红了脸，不敢再看何方远，头低到了胸前，“对不起何先生，我不该问。”

怪不得蓝妹不肯露面，非让他一个人办理入住手续，原来心里有鬼，有意避免露面，这姑娘，有心眼儿。

到了楼上的房间，各自安顿好，就到了晚饭时间，何方远去请蓝妹吃饭，两人的房间对门。

“吃点儿什么呢，我饿了。”蓝妹换了一身衣服，休闲、宽松、随意，脸上的淡妆洗去，更显素朝天的清新，也别说，她还真有百变女郎的潜力，这套衣服一穿，让何方远差点儿没认出来。

“东来顺还是全聚德？来北京一趟，不吃点儿特色，丫的，还真对不起咱的胃。”何方远虽不是北京人，却是北方人，对北京有天然的亲近之意。

“走起。”蓝妹现在不是富家女，也不是蓝总监，而是如一个清新可人的小妹妹，伸手又挽住了何方远的胳膊，“北京我不熟，我就当你是导盲犬了。”

“哎，骂人也得讲文明，我是导盲犬，你不就是女瞎子了？”何方远不肯吃亏，“你还不如说，我是你的指路明灯，蓝大小姐。”

何方远和蓝妹最后去了全聚德。

全聚德不愧是北京老字号的特色饭店，人那叫一个多，还好何方远早有预料，早早就赶到了，才没有排号，直接入座了。

点了烤鸭，要了鸭汤，又来了几样凉菜，他和蓝妹谁也没有客气，开始了大快朵颐的享受。

“方远，真的是你，这么巧？”

吃到一半的时候，何方远身后传来一个惊喜的声音，不用回头何方远就听了出来是谁，一下惊喜地站了起来。

“海老大！”

回头一看，果不其然，身后站立的个子不高身材微胖一脸笑容的男人，不是海山又能是谁？

昔日一别，今又重逢，只不过不在魔都下江，却在帝都北京，一时何方远竟有他乡遇故知的隔世之感，他紧紧握住海山的双手："海老大，没想到我们会在北京见面……"

"是呀，我也没想到。"海山感慨万千，"辞职后，我就离开了下江，兴众在下江的势力太大了，有人善意地提醒我，让我离开下江，省得被人算计了，说只有离开下江才能保证我的人身安全，我先是回了一趟广州，休养了一段时间，然后又有事情来北京，结果就和你不期而遇了。"

"重逢的人总会重逢，海老大，来，我来介绍一下。"何方远用手一指蓝妹，"蓝妹，立化新任总监。"

蓝妹站了起来，和海山握手，嫣然一笑："早就听说过三剑客海老大的大名，一直只闻名没有谋面，现在终于见到了，惊喜，人生无处不相逢。"

"见面不如闻名，是不是见到了真人很失望，一点儿也没有剑客的风采？"海山开了句玩笑，暗中打量蓝妹一眼，他弄不清蓝妹和何方远的关系，所以不会多说话。

"我和蓝总监是合得来的同事。"何方远点了一点，"海老大，你来北京是公干还是私事？"

本来这话不该问，现在他和海山各为其主，各行其是，眼见就是最直接的竞争对手了，不像以前能畅所欲言，中间隔了山隔了海，说话不能随便了。

"半公半私吧。"海山就势坐了下来，冲蓝妹点头一笑，"蓝总监，我和方远说几句话，没打扰你吧？"

蓝妹微笑回应："哪里，欢迎还来不及呢，我一直想听听海老大当面指教，现在有这么一个好机会，求之不得。"

谁说白富美除了高傲之外一无是处，蓝妹是顶级白富美，虽然也有高傲和高人一等的坏习气，但在为人处事上，也有机智多变的一面。

海山也大概看出了何方远和蓝妹关系不错，而且蓝妹是凭空杀出突降到了立化，不属于立化任何一个派别，他也就没有顾虑太多："我是和几家版权公司谈一些合作事宜，顺便和企鹅北京分公司的人见个面。"

"我们来，也是要和企鹅北京分公司的人接触一下，是为了……"蓝妹停顿一下，又大胆地说了出来，"是想向企鹅传话，说服企鹅不和创始团队合作，狙击创始团队和企鹅联手。"

这一句话一说，海山就立刻明白了一件事情——蓝妹坦诚而可爱，他有些话，不用避着她，呵呵一笑："兴众兵分三路，一路北京，一路深圳，一路下江，三管齐下狙击企鹅和创始团队联手，这件事情刚有动静时，我就已经知道了，正好，我也有话请你们二位向陈果和马大勉转达。”

三剑客在立化经营多年，虽然人走了，但在立化肯定还有影响力，甚至在兴众文学，也有一定的人脉，所以乔国界做出的决定第一时间传到三人耳中，也不足为奇。不过想想也是惊人，也不知道立化或是兴众文学哪一个人是三人的内线，岂不是说，兴众文学出台的每一个反击之策，都会第一时间让三人得知?

这仗，不好打了。

“海老大请讲。”何方远诚恳地说道，“我和蓝妹一定把话带到。”

“创始团队不管最后和哪一家合作，企鹅也好，千方也好，想要的不是零和游戏，而是共赢的局面。互联网版权产业的市场还很小，现在规模还不到一百亿，据预测，在未来十年，有可能呈几何级增长，达到一万亿的规模也不是没有可能。池子大了，养活几条大鱼没有问题，也只有大鱼多了，池子里的水才能盘活。”

何方远明白了，海山话里话外的意思是说，创始团队愿意和立化一起拓宽互联网版权产业的市场，而不是争抢小池子里有限的资源，如果立化胸怀宽广的话，创始团队愿意和立化互相呼应，把池子做大做深，最终达到共赢的大好局面。

不过一个严峻的问题是，现在互联网版权产业的资源有限，池子也许可以做大做深，但池子里的鱼有限，需要时间培育。也就是说，短期内，创始团队想要站稳脚跟，必然要抢夺一部分立化的资源。

创始团队先是挖了立化的墙脚，再从倒塌的墙脚中越界到立化的后花园，采摘立化的果实，何方远怎么想无关紧要，马大勉肯定不会同意，乔国界也不干。

“共赢的局面是最好的结果，只是局面可以共赢，资源却不可能共享。在抢夺资源的过程中，必然会伤了和气。”何方远尽量将话说得委婉一些，实际上现在的创始团队和兴众文学何止伤了和气，简直就是反目成仇了。

“前期，创始团队肯定会带走一部分立化的资源，这个我不否认。”海山信任何方远，他也相信何方远选择留在立化，是理性的选择，从共赢的局面出发，以现在的形势分析，何方远留下比跟着创始团队出走要好，“不过在创始拥有了安身立命的基本资源之后，就会停止再挖立化的资源，不让立化因为失血过多而死亡，这样，在创始利用先挖到的资源生存下来，并且开始了自身造血之后，立化的补血机制也迅速补血完毕，最后，立化和创始就会形成平分秋色的局面。”

实际上以何方远的推测，互联网版权产业现在风起云涌，创始团队的出走，是让企鹅抢到了胜利果实，而千方和芝麻开门也不会坐失第四次互联网浪潮的时机从眼前溜走，也会上马自己的互联网版权产业项目。在未来三到五年内，互联网版权产业将会由立化的一家独大，迅速变成三到五家巨头并存的局面。

没有三五家巨头并存，市场别说做到一万亿的规模，一千亿也不可能。

“乔董不会和创始团队共赢。”蓝妹一直在旁边睁大一双好看的眼睛，目不转睛地盯着何方远和海山，听到后来，她再也忍不住加入了讨论，“乔董不管做什么，从来都喜欢独赢，不喜欢共赢，别忘了当年乔董刚起家时因为网游而打过的两场官司。”

蓝妹的话，提醒了何方远。

当年乔国界刚开始涉足网游行业，就被一家韩国公司起诉侵权，乔国界派出时任兴众总裁号称打工皇帝的唐骏亲赴韩国和对方谈判，先后一共谈了五次，对方傲慢的态度才稍微缓和几分，答应可以不告兴众，但每年要分成3亿元人民币。乔国界不答应，3亿元就意味着每年业绩缩水百分之三十。

乔国界怒了，要求唐骏不惜一切手段解决纠纷。唐骏亲赴韩国和对方董事长谈判，对方依然很嚣张，直截了当地说就是要钱，唐骏很直接地回应，不给钱，必须和谈，不和谈，会让对方很难受。对方很轻蔑，不认为唐骏有什么本事让他难受。

唐骏不徐不疾但语气强硬：“你是最大股东，也不过拥有百分之三十二的股份，我如果从现在开始从市场上收购股票，不用多久就能超过你，控股之后，把公司做死，让你没有活路。”

“你不会这么做，这么做，对你也没好处。”对方还嘴硬，不过明显立场软化了。

“我为什么不会这么做？我来算一笔账，你就会相信我了，你们虽然也是上市公司，但只有4000万美元市值，我们是你们的50倍，你影响我们百分之三十的利润，那我不如拿出百分之五来砸你们，我还剩百分之二十五，这么一算，这笔账是不是很划算？”

对方冷汗立刻下来了，唐骏冷冷一笑，又补充了一句：“别忘了，你的全部家产都在上面，输了，你将会一无所有，而我输了，只伤到皮毛。就好比我断一根手指头来换你一条命，我敢断手指，你不敢丢命。”

对方这下真的服软了，完全接受唐骏开出的条件，退出了中国市场。

而另一个官司是一款网游的原开发商状告兴众侵权，唐骏直接把对方的老总请到下江，第一句话就说：“你们已经告了我们两年，还没有结果，知道为什么吗？我不想跟你讲得太直白。做人，含蓄才是风度。”

对方不肯让步：“我知道你在中国很有名，很有能量，但我不认为你能凌驾在法律之上。”

唐骏伸出一根手指，轻蔑地摇了摇：“我从来没说过我能凌驾在法律之上，但法律也不认定我的网游侵权了。”

对方以为抓住了唐骏话里的漏洞，哈哈一笑：“好啊，你能不能让中国的法律专家证明兴众的这个网游不属于侵权？”

/ 第二十九章 /

# 必须想得长远

“这个太简单了。”很快，唐骏就从北京请了一大堆知名的法律专家，开了一个法律研讨会。专家们纷纷认为，源代码是兴众自己写的，而国际上对形象侵权还没有很清楚的界定。由此断定，兴众的网游并没有侵权。

对方服了，承诺永不再起诉兴众，还将旗下的一款网游交由兴众全权代理。

以上两起官司虽是唐骏主导，背后却是乔国界不肯退让半步的坚定，就连唐骏也是被乔国界逼得无路可退，硬着头皮上阵，不想最后居然两战两胜，事后唐骏感慨万千地自嘲：“没想到，原来我也很江湖。”

比起唐骏的江湖，乔国界才是真正的老江湖。两起官司的胜利，奠定了当年兴众在国内网游界领军人物的地位，也造就了乔国界名震一时的首富传奇。同时，也成就了乔国界的威名。

虽然乔国界当年的风光不再，但江山易改本性难移，创始团队动了他的奶酪，还提出和他共赢的想法，他要是肯答应，他就不是乔国界了。

海山沉默了片刻，作为跟随了乔国界十年的下属，乔国界的往事他当然一清二楚，不过他还是希望乔国界看清形势。形势比人强，现在乔国界已经不复当年之勇，就如现在的兴众也只是一个没落的巨人：“还是希望乔董能慎重考虑我的提议，兴众今非昔比，现在的形势也公开透明了许多，如果非要再强调一个事实的话——企鹅是世界第三、中国第一的互联网巨头！”

确实，和企鹅相比，兴众不管是市值、实力还是背景，都不是一个数量级的对手，只能站在远处，高高仰望企鹅高山仰止的巍峨，除了羡慕嫉妒恨，甚至连超越的心思都没有了。但话又说回来，乔国界纵横互联网业界多年，从来没有低头认输过一次，不占理的时候，他都能翻云覆雨，现在他觉得是创始团队有负于他，他会善罢甘休?

肯定不会。

等海山走后，何方远和蓝妹草草吃过晚饭，就回宾馆了。到了宾馆，蓝妹先来到何方远的房间，显然，她有话要说。

“今天遇到海山的事情，我觉得你不要跟陈果和马大勉提起，海山让你转告的话，你也不要说。这样，让我来说好了，我和海山没有什么关系，说出来，不会让人起疑心。”既然当何方远是她在兴众的同盟，她就有必要维护何方远。

蓝妹想了很多，这件事情可大可小：大，被人误会成何方远和海山约好在北京会面就不好了，说不定何方远会被贴一个身在曹营心在汉的标签，他以后就别想在立化有什么发展了，肯定会被打入冷宫。

小，也会让人疑心何方远脚踏两只船，以为何方远随时做好跳槽的准备，何方远想在立化有什么作为，也不可能了。所以，从大局考虑，为了让何方远可以继续成为她在立化的助力，她有必要替他出面。

何方远猜到了蓝妹的心思，心里微微感动：“好，蓝总监考虑得很周到，就按蓝总监的指示精神办。”

“什么指示精神，你怎么学会打官腔了，我不喜欢。”蓝妹在何方远面前越来越放开了，她拢了拢头发，“等着我，我还有话要说，不过身上不舒服，先去洗个澡，你别睡，睡了我也叫醒你。”

好吧，何方远只好恭敬不如从命了，蓝妹回房间洗澡，他也洗澡了。男人洗澡比女人快多了，他洗完澡，打开电脑，上了网，和梅茌苒聊了一会儿天，蓝妹还没有过来。

让何方远震惊的是，就在他和蓝妹离开立化的半天时间里，立化又发生了意外辞职事件。

辞职的，是上次留下的四五名中立的老员工，本来几人在重组后的立化干得还算不错，虽然没有升职，不过工资也涨了三分之一，负责的工作也比以前重要了许多，算是小有进步，也算是皆大欢喜，怎么又突然辞职了？

“怎么回事儿？”何方远打出一行话，又觉得聊天太慢了，拿出电话拨通了梅茌苒的手机。

“美人靠，到底出了什么事情？”突变让何方远心中闪过一丝不安。

“你们刚走，陈果召开了一个会议，说是调整一下员工分工，张志强几个老员工原先负责的一摊儿交给了几个新人，然后又宣布了几个决定，大概意思就是原先留下的员工和新进的员工要分批培训，鼓励新员工尽快提高自身业务水平，挑起大梁。哼，意思很明显，过河拆桥。”梅茬苒的声音有三分慵懒四分气愤。

不好，新员工刚刚上手，就要对老的创始系开刀，陈果到底是聪明还是愚蠢？留下的老员工最怕被扣上创始系的帽子摘不掉，陈果却对他们不但不信任，还明显有冷落之意，这下好了，士可杀不可辱，直接辞职了。

这几个老员工每人带三五个新员工，等于带动了立化的半壁江山，陈果这一次的决定，草率了，得不偿失。

“陈总不是要和马总去深圳出差？”

“还没走，临走前开的会，会刚开完，几个人就同时提交了辞职报告，而且不等审批，立刻走人了，扔下了一摊子事情没人管，可忙坏了我们，一直加班到现在才回家。你倒是轻松了，与美同行，携美同游，再万一擦出爱情的火花在暧昧中沉醉，就更乐不思蜀了。”梅茬苒不无酸意地冷嘲热讽，“何方远，你说过要对我负责一辈子的，你别说话不算话。”

怎么说着说着正事就又扯远了，当时他就是应景那么一说，怎么梅茬苒还当真了？这可不行，把哥们儿一样的同事变成自己的女人，这是人生的倒退，何方远不想让梅茬苒在错误的道路上越走越远，忙说：“别扯远了，还说正事……你观察一下公司上下的反应，这事儿不是小事儿，我、你，还有记安、子棋，都属于创始系，说不定也有一天会飞鸟尽良弓藏。”

“我才不去想那么长远，反正有你。你留，我留；你走，我走。”梅茬苒耍赖的本事一流，“跟着何哥走，花天酒地全都有，反正我留下来是因为你，你得对我负责到底。”

叮咚，门铃响了，何方远一边打电话，一边去开门：“不和你说了，我还有点儿事情，你让范记安多留意一下黄是道和楚一亭的动静……”

“顾南送我宝马了，你说我是要呢还是不要呢？”梅茬苒不肯挂电话，还说个没完，“我在想，是他主动犯贱，非要送我，我不要，好像多伤他的自尊一样，反正我也没车，不如就收下，也当给他一个面子，你说是不是这个理儿……”

何方远还没顾上回答梅茬苒，随手拉开了门，门口站着穿着睡衣、长发未干的蓝妹，她脸色红润如玉，双眼迷离如夜，裸露在外的脚踝剔透如藕，手里拿着一瓶红瓶和两只酒杯，冲何方远甜甜一笑，人美如虹：“你洗好没有？我洗好了，别打电话了，我们办正事了。”

这话听上去怎么这么暧昧？何方远一想，坏了，还在和梅茬苒通话中，她肯定听到了，他正想解释几句，电话却突然中断了。

但愿梅荏苒不会多心吧，她是多么没心没肺的一个丫头呀，怎么会错误理解“办正事”的含义，不会，肯定不会，何方远一边自我安慰，一边请蓝妹进屋，收起手机：“办什么正事？”

“我要了一瓶拉菲，温度刚好，来，品尝一下。”蓝妹举止优雅地倒了两杯红酒，一人一杯，“不过不是我最爱喝的1982年的，这是一瓶1992年的。”

何方远是草根出身，从小没有受过红酒的熏陶，对红酒谈不上喜爱，不过倒也不拒绝，他轻轻晃动酒杯，让红酒的气味充分散发开来，才轻轻抿了一口。

1982年和1992年的拉菲差价多少，何方远不清楚，不过他清楚一点，以蓝妹的品位，她郑重其事拿出的红酒，价值怕是在万元以上。

富家女就是富家女，消费层次和观念差距太大，换了他，就算年薪300万元，怕是也舍不得花一万块买一瓶红酒，何况就他个人的口味来说，这瓶饮料带来的物质享受，还真不值一万块。当然，如果算上高人一等的精神享受和优越感，价值就不好以金钱衡量了。

“怎么样？”蓝妹献宝一样拿酒和何方远共享，自然期望得到何方远的认同，女孩的心思，敏感而细腻，再是白富美，归根结底她也是一个渴望被欣赏的女人。

“闻起来有花香和矿石的味道，入口后橡木味非常浓重，层次感丰富，甘甜和酸度非常平衡、丝滑，不错，非常不错。”何方远不吝赞美之词，毕竟蓝妹也是一片好心，他要感她盛情谢她美意，“不过，话又说回来……”

蓝妹立刻一脸紧张，唯恐她的酒不称何方远之心：“哪里不好了？”

“没有哪里不好。”何方远嘿嘿地笑了，三分坏四分无赖，“我长这么大，喝过的最好的酒就是这瓶，见过的最美的美女，就是蓝总监，良辰美景，美酒美人，人生几何，谢谢蓝总监，让我品味了美酒鉴赏了美人又升华了人生。”

蓝妹哪里见识过何方远的泡妞大法，从小到大，虽被人无数次夸过她长得漂亮，但还是第一次被人将她和美酒并列，并且还被上升到了升华人生的高度，顿时脸颊红润如霞，双眼如雾，用低低的声音说道：“何副总，没想到你这么油腔滑调。”

“冤枉啊，这分明是上等的甜言蜜语，怎么会是下等的油腔滑调？蓝总监，不要拿国产勾兑的葡萄酒的油腔滑调来形容我纯正法国进口拉菲的甜言蜜语……”何方远平常只是不显露他在女人面前应付自如的本领罢了，其实以他敏捷的思维和出口成章的才华，再加上阳光灿烂的外表，虽说不是高富帅，但骗倒几个富婆或是良家姑娘，不过是探囊取物，只是何大帅向来以事业为重，又过分追求真爱，所以他一直是纯情正太，没有流连花丛。

“算是见识了何副总的本事了。”蓝妹一拢头发，露出修长的粉颈，“何副总以前肯定流连花丛，万花丛中过拈花又惹草，刚才几句话，可见何副总哄女人的功力深厚。”

“蓝总监，别一口一个何副总，听着生分，叫我方远就行了。”何方远又抿了一口红酒，感受到酒中微微的苦涩，回味苦涩之后的甜美，“这些年我一直全身心投入到工作之中，哪有时间去恋爱？就算曾经真是万花丛中过，也是只留茉莉香。”

蓝妹似乎听明白了什么，微微低头，目光躲闪：“为什么是只留茉莉香？是说梅荏苒吧？”

“香奈儿有一款香水，调和着优雅玫瑰花苞与意大利茉莉的花香主体香味，呈现着更轻盈的性感气质，茉莉香气最迷人了。”何方远直视蓝妹躲闪的目光，语气中就多了挑逗之意，“蓝总监，梅荏苒不用香水。”

蓝妹身上淡而清雅的香气，正是香奈儿香水的味道，而且还是茉莉花香的主体香味。

蓝妹被何方远炙热的目光盯得坐立不安，头低到了不能再低：“你让我叫你方远，你还一口一个口蓝总监，是不是你先改口？”

“叫你蓝妹妹好不好？”何方远乘胜追击，务求一次正面遭遇战就拿下蓝妹。当然，他所谓的拿下，不是身体上的推倒，而是心理上的占领。

和蓝妹这样的白富美结盟，在资源和资本上，何方远处于完全的劣势，想要掌握主动，只有一条路可走——两军交战，勇者胜，同样，二人交锋，控局者胜。他要控局，不能让蓝妹牵着他的鼻子走。否则，最后不但立化有可能成了蓝妹的跳板，他也有可能只是蓝妹过河之后随手拆掉的一座桥而已。

蓝妹再是白富美，她也是女人，女人和男人相比，有天然的心理弱势，再者蓝妹有一定的洁癖，那么她的心理依赖就比一般人要多，现在出差在外，良辰美景，又有美酒助兴，她肯定心门大开，此时不一举攻破蓝妹的心理防线，更待何时？

所谓先声夺人，正是此意也，何方远步步逼近，蓝妹步步后退，等到了退无可退之时，就是他主她次之际。

“什么蓝妹妹，难听死了，就叫我蓝妹好了。”蓝妹哪里会想到何方远的坏心思，她只想和他加深一下感情，以便以后的合作可以更融洽，怎会想到何方远想得长远，想在结盟中占据主导位置，其实她压根儿就没想那么多，和何方远结盟，也只是出于心理上的依赖和对何方远的信任。

“好，蓝妹就蓝妹。”何方远和蓝妹碰了一杯，低头向地上看，“好一双染了指甲的粉嫩玉足。”

“你……”蓝妹大羞，收回双脚，“你真坏，真讨厌，我……”

说话间，蓝妹起身，扔下何方远转身跑了。

望着蓝妹玲珑而让人浮想联翩的背影，何方远没追，只是自信地笑了。

次日，早早起来，何方远和蓝妹一起吃过早饭，约好企鹅分公司的负责人赵令东，二人坐车来到了位于海淀区的企鹅北京公司。

赵令东是企鹅北京公司的副总监，长得人高马大，颇有威武之相，不过却长了一双小眼睛，一说话就三分笑。

虽说对此次出行并不抱什么希望，不过既然来了，多交一个朋友也是好事，何方远上来也不先和赵令东说正事，先是东扯西扯说了一些业内的轶事，而赵令东也对立化集体辞职事件的内幕大感兴趣，问了许多问题，能公开的，何方远也没小气，多少透露了一些，直让赵令东大呼过瘾。

蓝妹静静地坐在一边，不说话，时而低头想些事情，时而眼睛在何方远身上转上一转，满是好奇和探究。

几次接触下来，何方远差不多摸透了蓝妹的脾气，虽然她偶尔有典型的白富美的小性子，但总体而言，蓝妹是一个比梅茬苒还沉静的好丫头，就算生气，她也不失优雅不失分寸，而且气性不长，最长一个晚上过后就忘。

当然，也有可能与蓝妹确实对他有好感有关，否则以她的身份，对于没有好感的人，恐怕理也不理了。

“中国互联网公认有三座大山——企鹅、芝麻开门和千方。企鹅圈人、千方圈流量、芝麻开门圈产业链，三巨头市值最高、产业控制力最强。”说着说着，何方远就慢慢地引入了正题，既然来了，该转达的话还必须转达，“三巨头中，千方在产品的开发和迭代上是最慢的，芝麻开门在利润的增长上是最快的，企鹅在布局上是最完善的……企鹅这一次接手创始团队，又是一步好棋。”

赵令东微微点头：“互联网版权产业是一个金矿，就是开采的周期过长，不过现在开采，也不算太晚。”

“拿到了金矿，开采过度，也存在失败的可能，企鹅曾经投资过上百个项目，到现为止，活下来的没有几个。”何方远斟酌了一下语言，尽量让语气委婉一些，“而且以前企鹅也投资过互联网版权产业，最后也以惨败收场，这一次的投资，好棋是好棋，就是不知道能不能下到最后。”

/ 第三十章 /

# 臭棋还是妙棋

“这个，就不劳兴众担心了，这一次，企鹅不但投资超过十亿元，而且还下了决心，一定要成为互联网版权产业的霸主。”赵令东呵呵地笑了，“何副总，你们的来意，其实不说我也知道，你的话也传到了，我的态度也明确了，那么接下来是一起吃个饭，还是就这样了？”

最早传闻企鹅投资一亿元，后来说是三亿元，怎么现在又成了十亿元？当然，资本市场上的数字，多半虚报，真真假假，兵不厌诈，何方远不相信企鹅真会一下拿出十亿元豪赌互联网版权产业。

何方远还不想现在就走，多少也要打探一点儿消息才行：“十亿元？别开玩笑了，我听外界盛传是一亿元。不过企鹅如果真想成为互联网版权产业的霸主，还真至少需要投入十亿元资金，除了十亿元资金之外，还要十年左右的时间，企鹅钱花得起，不知道时间是不是耗得起？”

“十亿元对企鹅来说，小意思。”赵令东被何方远挑衅得有了火气，“十年？何副总，你也曾经是创始团队的一员，创始团队的战斗力，你会不清楚？以创始团队的能力，还需要再用十年时间才能再造一个立化？别开玩笑了，十年前，创始团队要资金没资金，要资源没资源，要市场没市场，现在呢？要什么有什么，我敢说，不出一年，创始团队就能打败立化，成为业界第一。”

一年走过十年路，这是三剑客辞职时的豪言壮语，何方远笑了笑：“有信心是好事，问题是，资源有限，创始团队想要打败立化，资源是短板。”

“资源？是说版权方资源还是别的资源？只要锄头挥得好，没有墙脚挖不倒，而且你不要忘了，立化的资源，是创始团队一手培育出来的，创始团队来了企鹅，相信有许多资源也会主动跟过来……”赵令东嘿嘿一笑，忽然意识到说得太多了，

“企鹅和创始团队的合作，不可能更改了，何副总，中午我请你吃饭。”

“好呀，我就恭敬不如从命了。”蓝妹见再谈下去也没有什么意义了，以为何方远肯定会拒绝赵令东的邀请，不想何方远想也未想就答应了，而且他还笑得很开心，“吃饭的时候，我还有赵总监感兴趣的内幕。”

赵令东安排的午宴，还算丰盛，又叫了几个人作陪，也算热闹。席间，何方远不时讲一些业界的笑话，引得众人时而惊叹时而哈哈大笑，都为何方远的渊博而叫好，就连蓝妹也被何方远的风趣幽默和无所不知感染了，话也多了起来。

“既然事情已经这样了，就只能希望以后兴众和企鹅可以联手开拓市场，而不是争夺有限的资源，在一方小池子里面捞食吃。”蓝妹背书一样重复了一遍海山的话，“其实，哪怕企鹅接手了创始团队，和兴众是敌对关系，一样也可以在互联网版权产业的许多渠道上合作。”

别看赵令东只是企鹅北京公司的一个副总监，却是负责企鹅对外渠道推广的关键人物，以后创始团队的新站运营和渠道推广，他应该是幕后推手之一，而且据何方远估计，创始团队的办公地点，下江是首选，北京次之，绝对不会去企鹅的总部所在地深圳。

深圳没有文化的氛围，在深圳发展文化产业，基本上没有成功的可能。创始团队的成员，大部分在下江待过五年以上，对下江有感情了，只要乔国界不逼迫过急，创始团队还是愿意留在下江办公。

但如果乔国界非要对创始团队赶尽杀绝的话，创始团队真有可能离开下江而到北京办公，如果真来北京的话，赵令东就有可能成为创始团队和企鹅之间的桥梁，所以很有必要和赵令东结识。

“互联网的精神就是开放、分享和共赢，小马哥会以开放的姿态期待和兴众的合作，怕就怕，兴众还是闭关锁国。”赵令东打趣说道，“回去转告马大勉，企鹅会成立一个互动娱乐部门来对应兴众文学，随时欢迎马总来北京讨论合作框架问题，而不是只在微博上做做样子。”

回去的路上，何方远揉了揉额头：“狙击企鹅和创始团队联手的动作，不但收不到预期效果，相反，还会刺激企鹅加大对创始团队的支持力度，更让企鹅方面嘲笑兴众乱了阵脚。这是一步实实在在的臭棋！”

“我也感觉，自从创始团队出走后，兴众做出的每一个反击，都是臭棋，我现在都怀疑某些人的智商了。”蓝妹和何方远并排坐在后座，她见何方远揉着额头眉头微锁，以为何方远忧虑了，“为兴众的未来担忧了？”

“才不是，是为我自己的未来担忧了。”说话间，二人到了酒店，何方远边走边说，“我担心想要实现我的终极目标，比我预想中困难多了，主要是兴众的决策总是臭棋不断，这样反而会一步步推动创始团队的壮大，也会让资源流失的速度加快。”

蓝妹没再说话，若有所思地沉默了，等到了楼上房间，她随何方远进了房间才说：“你现在是不是可以稍微向我透露一点儿，你想在兴众达到的终极目标到底是什么？”

“近期目标是超过马大勉，成了兴众文学的CEO，远期目标是替代乔国界，成为兴众集团的董事长。”何方远笑了，他的回答半真半假。

“别逗了，你替代马大勉倒不是没有可能，替代乔国界？纯属无稽之谈。”蓝妹见昨天的酒还剩下了多半瓶，等于是她走后，何方远没有再多喝一口，她就又倒了两杯酒，一人一杯，“你不说实话，证明你还不信任我。”

何方远接过蓝妹递来的酒：“不是我不说实话，是真的不知道该怎么说。如果我非说我一定要完成管理者收购的壮举，比江武收购立化更牛气，我要收购兴众，你会不会说我是异想天开？”

“现在兴众的市值大概是十几亿美元，而你只是兴众集团下属兴众文学全资子公司立化的常务副总，你距离兴众集团董事会的席位还有十万八千里，等你拥有了兴众的股份，跻身为董事会的成员，再担任了副总裁级别的高管之后，你才资格向乔国界提出管理者收购，这个过程，也许是十几年，也许永远可望而不可即。我劝你，目标放低一些，现实一些，才有可能成功。”蓝妹喝了一口红酒，娇艳红唇在红酒的映衬之下，美不胜收。

“哈哈，也许当上兴众集团副总裁的难度太高，还不如追求你，娶了你，也算是一步登天了，是不是？”何方远又向蓝妹进攻了。

原以为蓝妹会又羞又气，不料蓝妹一脸平静：“你有追求我的权利，我也有拒绝你的权利。不过有些话事先说明比较好，不管嫁给你还是嫁给别人，我肯定会签署一份婚前协议，先确定好财产的归属。我不想让财产问题成为感情的隐患，财产是幸福的条件之一，却不是幸福的先决条件。”

蓝妹的话是有钱人居高临下的无病呻吟，没有钱，没有房子，有多少女人愿意为了爱情而死心塌地地跟着一个穷小子？就算有，也是极少数。

午休了一会儿，下午醒来，何方远和蓝妹商议回去的事情，蓝妹却说不急，来都来了，多待两天才显得做事用心，她有一段时间没来过北京了，想到处转转。

好吧，美人有心，他自当奉陪。其实何方远心里也清楚，现在回去，陈果肯定会认为他应付差事，那就不如在北京玩上两天再回去，也显得他几天来一直在努力工作。

下午陪蓝妹去国子监街转了一转，体会了一下北京厚重的历史和人文，在沧桑的街道上步行，蓝妹一改平常三分傲慢四分冷艳的表情，一脸虔诚和沉静。

没想到，蓝妹还是一个能沉下心的好丫头。现在的女孩，浮躁而浮华，很难沉静下来思索一下人生和历史，天天沉迷在物质和虚荣之中，醉生梦死。前，不知道历史和祖宗；后，不知未来和人生。

第二天，何方远又陪蓝妹去了雍和宫。

蓝妹信佛，到了雍和宫，烧香拜佛许愿，虔诚而认真。何方远也信佛，只是他不太在意烧香仪式，只拜佛。

雍和宫原是雍正的府邸，后为藏传佛教寺院，庭院深深，古槐参天。花开时节，清风徐来，正是初夏时节，一树槐花几幽香，棋盘素茗曲悠扬，漫步其中，体会佛教博大精深的人文情怀，何方远一时物我两忘，将杂事全部抛到了脑后。

兴众信佛的人不少，其实应该说，整个上流阶层信佛者众多，只不过许多人并不刻意表露对佛教的信仰罢了。马大勉信佛，时不时会在微博上谈佛论道，而乔国界也深信佛教，却从来不与人言，知道他信佛的人寥寥无几。

正是因为信佛，近年来，乔国界常年住在国外，深居简出，闭门修身养性，不但极少和媒体打交道，也极少参加一些公开论坛，更不玩什么微博，甚至对外界的各种非议也视而不见，基本不回应，这些特征都让他和同龄的互联网企业家大不相同，似乎从首富的宝座跌落之后，他就和时代格格不入了。

其实不然，乔国界为人，性格坚毅，认准的事情绝不回头，虽信佛并且修身养性，终究难脱世间的争名夺利，他对人如果好，是真好，但一旦翻脸，就是绝交。

世间信佛的人很多，有人为追求生命的真谛，有人为追求内心的平静，也有人为追寻佛教中的智慧之光，想让佛的智慧和真理成为人生的光明，何方远不敢说他对佛教研究多深，但多年来精读佛经，他体会到的佛陀的人生智慧是——万事随缘莫强求，何须苦心用计谋，天下大事，本来就是分分合合，看开了，也就坦然了。

如果这一次乔国界能看开创始团队的辞职，分分合合平常事，他不再出手狙击创始团队的重新创业之路，他的人生就会突破现在的困境，达到新的高度。

如果不能，乔国界学佛就只学到了表面，而没有入心。而且可以预见的是，他将会成为兴众复兴之路的天花板。业内管理层大举离职的事件多了，也没见几人对离职高管穷追不舍的，乔国界差不多是业内对离职高管最痛下杀手的一人。

所以，何方远并不认为乔国界会收手，他只是希望乔国界学佛多年，多少能学到一些舍得的道理，有舍才有得，有舍必有得，不舍不得，否则，真的上升到了刀光剑影的地步，对兴众对创始团队，以及对他个人的大业，都不是好事。

走累了，坐在一棵槐树下面的长椅上，蓝妹闭上眼睛，靠在他的肩膀上，在微风和落花中，竟然睡着了。何方远微微一笑，蓝妹在心理上和他越走越近，倒是好事，一旦最后他真的无路可走，可以借助蓝妹的力量，脱困而出。

被人信任是好事，尤其是被一个美女信任，何方远顿时感觉重任在肩，一动也不敢动，唯恐惊醒蓝妹的清梦。他微微弯下腰，以便蓝妹靠得舒服又不至于滑落，又侧了侧身子，替她遮挡了从树间穿过的一缕阳光。

穿透树叶的阳光影影绰绰，落在蓝妹肤如凝脂的脸上，美不胜收，美不可言，映照得她的皮肤吹弹可破，如透明一般，让人忍不住想一亲芳泽。

还好，佛门圣地，不容有非分之想，再者何方远清楚一个事实，蓝妹靠在他的肩膀上睡觉，是可爱，他靠在蓝妹的肩膀上睡觉，就是非礼，再如果他亲上蓝妹一口，就是彻头彻尾的耍流氓了。

何方远没有留意的是，等他的目光从蓝妹的脸上收回，蓝妹紧闭的眼睛微微动了一动，嘴角悄悄露出一丝微不可察的狡黠的笑意。

正当何方远沉浸在宁静的感受之中时，忽然，手机响了。

"哎呀，我怎么睡着了？真不好意思，压了你的肩膀。"蓝妹吐了吐舌头，一脸羞涩的歉意，"我睡着的时候，有没有出丑？"

"没有，你睡着的样子，很美，也不知道以后谁有福分，可以每天都看到你睡着的样子。"何方远打趣了蓝妹一句，随即接听了电话。

"方远，我回下江了，有件事情要处理一下，你回下江后，有什么事情随时和我联系吧。对了，不出意外，新站月内上线。"海山的声音传来，周围比较嘈杂，应该是在机场了。

海山告诉他新站上线的确切日期，是对他的信任，何方远心中感念海老大对他一如既往地交心，想了想说道："海老大，最近一段时间能不回下江就别回了，前段时间楚一亭回来了，我怕她会对你不利。"

"楚一亭回立化的事情，我也知道了，应该没什么事情，乔董不会没完没了地拿辞职事件说事，不过也谢谢你的提醒，我会留意的。"海山不是不了解乔国界的为人，但他不认为乔国界真会撕破脸皮。他也释放了善意，团队走了，资源却不会全部带走，还要留一部分给立化，让立化可以度过危机，这么做，也算仁至义尽了。

"海老大……"有些话何方远不好说出口，毕竟现在立场不同了，不过不知为何，他心中的不安越来越强烈，也许海山接触乔国界的时间比他还长，但他自认比海山更了解乔国界的为人，这些年来，关于乔国界的报道他一篇不落全部看过，还系统分类进行过类比，所以他一向认为如果整个兴众只有一人最了解乔国界的话，非他莫属。

“我不懂业务，我没有人脉，我也没有能力，但我更懂界哥！”海山说了一句兴众人人知道的玩笑话，“楚一亭的为人，我也了解，她在外面混得不好，现在有机会回立化，就回来了，也是为了生计，方远，别想太多了。不说了，我登机了。”

“海老大，别忘了兴众之前离职的几十名高管，有好几人都和兴众打过官司……”何方远话未说完，另一端的电话就已经断了。

海山是太自信了还是对乔国界太高估了？何方远摇了摇头——我不懂业务，但我更懂界哥——是兴众人人皆知的一句很有内涵的话，意思是兴众员工走马灯似的变化，唯一没有变化的是对乔国界思路的绝对服从，凡是在兴众干到五年以上的老人，也许不懂业务，也许没有能力和人脉，但绝对懂乔国界的心思，否则，早被扫地出门了。

兴众人人都希望能懂界哥，可是真正懂乔国界的，其实没有几人，许多人都被乔国界的表象蒙蔽了，如果不知道乔国界信佛，不知道乔国界最爱的一首词——少年听雨歌楼上，红烛昏罗帐。壮年听雨客舟中，江阔云低，断雁叫西风。而今听雨僧庐下，鬓已星星也。悲欢离合总无情，一任阶前，点滴到天明——就不叫懂乔国界。

## /第三十一章/

# 几成胜算

再如果深入想一想做网游出身的乔国界在网游这样一个兼具了恶性竞争风险、专业风险、政策风险和社会风险的行业里面待久了，锤炼而成的心思比同龄的企业家老辣、沉稳多了，就会知道，不能以常理来推断乔国界的所作所为。

“怎么了？海山回下江，难道会出什么事情？”蓝妹大概听到了电话内容，“乔国界总不会对海山下手吧？”

“不好说呀，我总觉得楚一亭这个伏笔，差不多到了该揭开谜底的时候了。对了，新站负责人的名字，登记的是海山。新站定于月底上线，如果海山出现了意外，新站就会受到正面的狙击。”何方远越想越觉得背后有问题，猛然脑中灵光一闪，“不对，派我们出来和企鹅谈判，表面是让我们狙击企鹅和创始团队的联手，其实是调虎离山之计。”

“调虎离山？什么意思？”蓝妹还没有想明白其中的环节。

“楚一亭和黄是道都留在了下江，我和你都不在公司，他们做起事情来就得心应手多了，也不怕我会提前知道并且向创始团队通风报信。”至此何方远才完全想通一系列事件背后的阴谋，后背一阵发凉，“赶紧订回去的机票。”

蓝妹忙拿出手机订票，结果最后一班航班的机票已经售完，只能明天一早返回了。

“回宾馆。”

何方远和蓝妹回到宾馆后，立刻打开电脑上网，浏览了一下网页，果然，关于创始团队确定和企鹅合作的新闻已经铺天盖地了，而且创始团队正式宣布，新站将于月底上线，名字也已经定下——开天中文网。

从最早的安身立命、道德教化的立化，到现在开天辟地的开天中文，名字的变化也透露出了三剑客十年人生起伏的沉淀和感悟。

大战，果然开始了。

何方远顾不上招呼蓝妹，拿起电话正要打给范记安，范记安的电话就及时打了进来。

“何哥，可能要出事了。”范记安的声音沉闷，“你走的这几天，一开始风平浪静，没什么事情发生，除了突然辞职的四五个老员工之外。昨天一天也没什么事情，黄是道和楚一亭一天没露面，也许真是去了企鹅下江分公司，今天一早二人都来了，关起门商量了半天事情。到中午就出事了，来了几名律师和几名警察，封存了版权部的一些资料，搬走了一些东西，现在警察还在，黄是道要求所有人不得下班，等候通知……我也是乘人不注意利用上厕所的空隙才给你打了一个电话……”

“你和子棋、美人靠，都低调一些，什么都不要问，什么都不要说，安心做好自己的工作，等我回去。”事情怕是不可挽回了，何方远现在所能做的就是保住范记安几人，他承受不起范记安、徐子棋和梅荏苒三人之中任何一人出事的后果。

“我知道，放心吧何哥，有我在，子棋和美人靠都很低调。”范记安低低的声音说道，“先不说了，我先走了。”

“真出事了？”蓝妹一脸惊讶，“严重不严重？”

“恐怕会很严重。”何方远扬手将电话扔到床上，一屁股坐在椅子上，“派我们出来只是虚晃一枪，是为了迷惑企鹅和创始团队，真正的杀招马上就要出手了。”

“难道要对海山下手？”

“可能性极大！可惜的是，现在海山在飞机上，联系不上。”何方远摇了摇头，“晚了，来不及了，如果我没估计错的话，海山一下飞机就会被警察带走。”

“先不要胡乱猜测了，等消息吧。”蓝妹看看时间，下午两点多了，才想起还没有吃午饭，就打了电话要了饭菜，送到了房间里。

何方远无心吃饭，蓝妹劝他：“多少吃一点儿，就算你不吃，对事情也没有帮助，是不是？所以，该吃吃该喝喝，该怎么就怎么。”

何方远又被蓝妹逗笑了，没想到蓝妹还挺乐观，不过一想也是，蓝妹毕竟和海山没有太多交情，海山出不出事情，和她关系不大。

吃了饭，又陪蓝妹喝了几杯红酒，终于传来了消息。

这一次，电话是梅荏苒打来的：“何哥，海山在机场被警察带走了，罪名是职务侵占等经济犯罪，涉及倒卖公司资产、贱卖版权，涉嫌在版权交易中受贿20万元，等等，现在公司上下都震惊了，乱成了一团。”

该来的，终于来了，在新站即将上线的前夕，乔国界重拳出击，一拳将海山打倒，不但重创了创始团队的士气，还让创始团队注册在海山名下的域名无法使用，同时罪名还是贱卖版权，让许多想追随创始团队的版权方望而却步。厉害，犀利，好一个乔国界，一举数得，时机把握之准、拿捏之巧，手段果然辛辣。

隐忍数月之久，乔国界还是出手了，不出手则已，一出手就是致命一击。

放下电话，何方远沉默了，本是一次正常的和平分手，不承想最终还是上演了全武行，变成了不死不休的局面，不管海山的罪名是不是真的成立，至少在打击创始团队的目的上，乔国界做到了。

随后，范记安的电话也打了进来。

“何哥，事情不好办了，海老大以前成立过一个空壳公司，将多个作品的版权通过这个空壳公司卖给第三方，当时作品还没有火，卖出的价格很低，后来作品火了，卖出价和现在的价值相差太大，贱卖版权、倒卖公司资产的罪名就坐实了。”

这个说法不成立，一部作品就和一个演员一样，在没有成名之前，谁也不知道最终的价值是多少，如果作品一直没有成名，海山以不高的价格卖出去，还算是为公司创收了。但成名了，公司又觉得亏了，说是贱卖公司资产，就有无理取闹的意思了。

“还有一个罪名是受贿20万元，好像这个罪名证据确凿，不好洗脱。”范记安愤愤不平，“据说证据是楚一亭一手搜集的，她以前和海山最熟，海山的事情，是她一手推动。”

楚一亭！果然是楚一亭，到底还是楚一亭！何方远几乎出离愤怒了，海山对楚一亭如此照顾如此维护，到头来终究还是养虎为患，被楚一亭反咬一口，一口，就咬成了重伤。

如果海山罪名成立，几年的牢狱之灾是跑不了了。不能说前途尽毁，至少人生也会跌入低谷。可惜了海山，聪明一世，糊涂一时，当年是他力保楚一亭，到头来，楚一亭却为了个人前途不惜恩将仇报，将海山推下悬崖，上演了一出现实版的农夫和蛇的故事。

“蓝妹，还有酒没有？”何方远忽然有了想大醉一场的冲动。

“有，要几瓶？”

“两瓶。”何方远大手一挥，“何以解忧，唯有杜康。”尽管平常不怎么喝酒，更不醉酒，但事情发展到现在，他心中无比郁闷，就想畅饮几杯。

“我陪你。”蓝妹善解人意地去拿酒了，“你等着，别乱跑。”

何方远被蓝妹的叮嘱逗乐了，他又不是小孩子，一时郁闷，顶多发泄一番，怎么可能会乱跑？不过也算是第一次听到蓝妹的安慰，心中莫名一阵感动。没想到在他最愁闷的时候，竟是蓝妹陪在他的身边，人生际遇，确实不可思议。

很快，酒就来了，蓝妹为何方远倒了半杯，也为自己倒了半杯："告诉你一个小秘密，其实我以前不爱喝酒，有一段时间不知道为什么人生走入了低谷，就想麻醉自己，有朋友给我推荐了毒品，我差点儿就尝试了，后来理智战胜了邪恶，没有沾上毒品，却学会了喝酒。一来二去，慢慢就喜欢上了红酒的甘醇。"

富二代中沾上毒品的不在少数，富家女中如蓝妹一样只喝一点儿红酒并没有其他不良习惯的，也是少数，何方远也挺佩服蓝妹不染人间烟尘的气质，一直当她是蓝莲花一样高洁。

几杯酒下肚，蓝妹红晕上脸，雨润红枝娇，多了几分娇憨之态："乔国界抓了海山，企鹅方面也不便出面捞人，不过创始团队肯定不会善罢甘休，原先海山还要说共赢，这下好了，创始团队还不得大挥锄头，一口气挖空立化的所有资源才会停手呀。"

这也正是何方远最担心的地方，立化十年的积累，最宝贵的资源体现在两个方面：一是工作经验丰富的员工，这些资源被创始团队带走了百分之九十；二是业内顶尖的版权合作方，版权合作方是源源不断的优质版权的来源，是创始团队十年从业的人脉，是从上百万版权方中大海捞针一样精心挑选出来的几百个长期合作业内一流的版权方，并且都已经经过市场残酷的检验和筛选，是国内互联网版权产业中最核心也是最宝贵的资源！

版权方资源并不是不可再生的资源，但再生的难度极大，而且具有一定的偶然性。一名优秀的版权方，从初露头角到成长为一名优质高产的版权提供者，需要三到五年的培育期和市场检验期，中间还有夭折的可能，往往每一万名版权提供者中，最终只有三五名有可能成长为优秀的版权方。

版权方资源，是整个互联网版权产业的最上游资源，立化之所以一直领先业界，占据国内百分之七十以上的互联网版权产业市场，正是得益于旗下有数百名优秀的版权合作方。

优秀的版权方，立化都会签署长约以制约版权方被别的网站高价挖走，但恰恰在今年，有一批长约的版权方合约到期，而三剑客辞职之前，并没有为版权方续约，也就是说，这一批版权方就是三剑客重点要挖走的对象。

三剑客的辞职，从选择兴众文学冲击纳斯达克的时机，到大批员工同时出走，再到一批核心版权方的合同到期，三管齐下，也是精心谋划的一局！

实际上，合作到期的近百名版权方，虽说不是立化最顶尖的版权方，也是立化版权方中的中坚力量，是立化的中流砥柱，如果这一百多人全部被创始团队挖走，立化就算不会因为失血过多而遭受重创，也会伤筋动骨，至少两三年后才能补血完毕。

如果没有出海山这一档子事情，何方远相信，海山既然说过要双赢，就不会再继续去挖立化的墙脚了，立化的优秀版权方一共才两百多人，挖走一百多人，剩下一百多人，正是双赢的局面。但海山被抓，双方的较量正式上升到了刀光剑影的程度，既然乔国界不领情，非要兵戎相见，以何方远所了解的江武和高路的江湖义气，必然会奉陪到底。

以江武几人和立化版权方十年来建立的深厚交情，在同等条件下，版权方的立场必然会向创始团队倾斜，以何方远估计，只要企鹅加大投资，创始团队挖走立化三分之二的版权方，也不成问题。继一百多名现在合同到期的版权方之后，到年底还会有五六十名合同到期的版权方，如果创始团队再挖走这五十多人，立化就大厦将倾了。

就算立化签死了十几名顶级的版权方，再许以高价买断，也阻止不了立化的没落。任何一个网站或是实体公司，支撑大厦的都是庞大的中坚力量，而不是顶尖的十几个人。如果立化阻止不了创始团队挖人的锄头，早晚，立化会轰然倒塌。

两大核心资源，团队和版权方，已经走了一方，现在的立化已经是瘸腿巨人了，如果再连版权方的资源也不保，立化的衰败，只在一年之间。

前景堪忧呀，何方远一边喝酒，一边和蓝妹探讨事情的严重性，蓝妹听了，秀眉微锁，也意识到了乔国界盛怒之下的出手，杀敌一千也自伤八百，这一手，是实实在在的臭棋。

“我感觉乔董这一手只是第一次出击，还会有后手，以乔董的性格，既然开战了，肯定会血战到底。”蓝妹不知不觉有了五分醉意，“你说实话，何方远，你是希望兴众和企鹅大战，然后你好从中渔利，还是不希望呢？”

“兴众不是企鹅的对手，兴众和企鹅也不会大战，顶多是借海山事件，再围绕资源的争夺和行业第一的市场份额，不停地明争暗斗，最后鹿死谁手，别看企鹅家大业大，兴众日薄西山，也不一定企鹅就一定胜利。”何方远也醉了，舌头大了，他一只手端着酒杯，一只手指点江山，“从交情上讲，我不希望三位老大出事，从立场上讲，我也不希望兴众和企鹅大战，不过从个人前途上讲，兴众和企鹅明争暗斗，确实是乱世出英雄的最好时机。蓝妹，你也说实话，你是不是也盼着双方大战，然后你好浑水摸鱼？”

蓝妹嘻嘻一笑，俏皮地吐了吐舌头：“我和你不一样，我对三剑客没有感情，对立化没有归属感，对企鹅也没有好感，我只是对互联网版权产业感兴趣，想实现自己创业的梦想罢了。何方远，我问你，如果我也投资互联网版权产业，任命你担任

CEO，你有几成胜算？”

好大的口气，好宏伟的目标，一个互联网的门外汉也看上了互联网版权产业蓬勃发展的机遇，也想杀入这个竞争激烈的市场？不过也别说，蓝妹也看中了互联网版权产业的前景，正说明互联网版权产业的蓬勃发展，这一次是企鹅接手了创始团队，千方和芝麻开门没有接手，并不说明千方和芝麻开门就放弃了在互联网版权产业上的布局。不出意外的话，千方和芝麻开门会另辟蹊径布局互联网版权产业。

除了千方和芝麻开门之外，何方远也从不同的渠道得知，一些大型集团公司或是大型传媒集团，也有意介入互联网版权产业，就是说，立化除了面临创始团队的正面狙击之外，还会有无数大大小小的互联网版权产业的网站问世，蚁多咬死象，以后的互联网版权产业市场将会由立化的一家独大进入硝烟四起的战国时代。

时势造英雄，蓝妹如果有实力，再如果能找到有经验的团队，也投身到互联网版权产业的大战之中，未尝没有一战之力，也未必不会成功。

“那要看你投资多少了，而且还要看你有多大的耐心。”何方远笑了笑，“互联网版权产业表面上是一座金矿，但从开采到出产黄金，再到黄金转化为现金流，中间的过程可能比你想象中要漫长许多。互联网版权产业，现阶段还只是一个概念股。”

“三个亿，够不够？三年以内不要求盈利，耐心大不大？决心大不大？”蓝妹明显喝多了，伸出三根手指在何方远面前晃来晃去，“再给你百分之三十的股份聘请你担任CEO，你干不干？”

“干，为什么不干？”何方远只当蓝妹是醉话，三亿元的资金三年不盈利，一般人没这个魄力，就算蓝妹家里有钱，也不可能这么烧钱去豪赌一场。不过既然话说到了这个份儿上，她说醉话，他就回答玩笑话。

## /第三十二章/

# 立场坚定

“为庆祝我们初步达成合作意向，干杯！”蓝妹站了起来，摇摇晃晃地将酒杯向前一送，一下没拿稳，酒泼了何方远一身，“呀，不好意思，洒你一身酒，对……对不起，方远，我有多余的衣服，一会儿拿给你一件……”

真是醉了，他能穿女人衣服？何方远扶蓝妹坐下：“我没事，你别喝了，喝醉了就出丑了。”

“出丑怕什么？我才不怕，我胆子大得很，什么都不怕！”蓝妹脸上红晕散开，双眼如雾，又站了起来，不想脚下一个踉跄，一下跌倒在了床上。

跌倒的时候，她还用力抓着何方远的胳膊，何方远没有防备被她拉得向前一扑，正好压在了她的身上。

“你……你想非礼我？”蓝妹脸上的红晕更深了，用力推了何方远一把，“我警告你，我会跆拳道，能打得你生活不自理……你别压着我，死沉死沉的，起开。”

蓝妹娇躯柔软温热，散发着处子幽香，何方远俯身其上，本来醉了三分，这一下又醉了四分，有了七分醉意，差点儿让他意乱情迷不能自拔，好在他还保持了三分冷静，知道有些事情一旦越界就再也无法回头了，忙从蓝妹身上起来，帮她脱鞋，又为她盖上被子：“我从来不非礼女人，上床，也只上心甘情愿的床。蓝妹，你睡一会儿吧。”

蓝妹一把抓住了何方远的手：“方远，你别走，在旁边陪着我，好不好？我一个人睡不好，不习惯宾馆的环境。”

何方远蹲在床前，任凭蓝妹温润的小手抓住他的手：“好，我不走，我陪你。”心说本来就是他的房间，他能走哪里去？

蓝妹闭上了眼睛，长长的睫毛轻轻地跳动，就如莲花上的花瓣被风吹动，美好而轻灵。

不多时，蓝妹就睡着了，睡姿甜美而安详，她的手紧紧抓住何方远的手，一刻也不松开，仿佛一松手就惊醒了一个美梦一样。

也不知过了多久，蓝妹醒了，睁开眼睛见一个男人以一个十分奇怪的姿势坐在地上伏在床上，睡得正香，她吓了一跳，以为自己被人欺负了，差点儿惊叫出声，再一看，原来是她自己紧紧抓住男人的手不放，顿时面红耳赤，连忙松开。

想了想，还是不放心，轻轻掀开被子一看，身上的衣服完整如初，没有动过的迹象，这才放了心，轻轻翻了个身，从床的另一侧下地，然后又拿起自己的包，偷偷地溜之大吉了。

等蓝妹走后，何方远才睁开眼睛，站了起来，笑了笑："总算走了，蓝大小姐真难伺候，生理上是成熟了，可是心理上还没有断奶。一个心理上没有断奶的大小姐还想投资三个亿做互联网版权产业？还是别开玩笑了。"

看看时间，已经晚上十点多了，何方远洗了个澡，一头栽倒在床上，呼呼大睡。

次日，等何方远和蓝妹回到下江的时候，已是中午时分，二人马不停蹄先到陈果的办公室向陈果汇报了北京之行的成果。

果然和何方远预料的一样，陈果对他和蓝妹的北京之行没有取得任何成果丝毫没有流露出失望之色，相反，还宽慰了他和蓝妹几句，随后话题一转，说到了海山被抓一事："海山的事情，你肯定也知道了，公司不会纵容任何损害公司的行为，海山贱卖公司资产的案件据说涉及了不少人，刚刚又请了两个辞职员工去协助调查……"

何方远心中一紧，难道乔国界还想一网打尽，把创始团队的主要成员都抓进去不成？商业受贿的罪名可大可小：大，说是给公司造成了几亿元的损失都可以；小，也许涉案金额也就是20万元。听陈果话里话外的意思，分明有威胁之意，如果他立场坚定，应该一切无忧，如果他看不清形势，说不定也会落一个和海山一样的下场。

不过……何方远心中一阵冷笑，他在立化多年，财务上从来没有过问题，想要查他，尽管去查，清白得如一张白纸。

"如果需要我去协助调查，我一定会积极配合公安机关的调查取证工作。"何方远不惹事，但也不怕事，"我在立化五年了，从来没有做过对不起立化的事情，不过五年来，见到的听到的事情也不少，如果说海山身上的事情也叫事情，类似的，我可以列举十几个人出来，证据也有。"

一句话惊得陈果脸色都变了："方远，话不能乱说，你什么意思？"

"陈总才来立化不久，有许多情况不太了解，我没有乱说话，只是有一些想法，不吐不快。”何方远几乎可以肯定，抓捕海山的事情陈果没有参与，背后的推手是乔国界，而具体实施者是马大勉，这件事情，不一定会引发什么连锁反应，他现在暂时要借助陈果当靠山，就有必要让陈果置身事外，以免引祸上身。

“本来创始团队只想带走立化一百多名版权方，为立化留下一百多名版权方，这样，可以做到双赢，根据我掌握的版权方的资料显示，和立化到期的一百多名版权方确实都没有和立化续约。但海山被抓，共赢的局面没有了，创始团队现在改变了主意，由以前和立化共赢改成要置立化于死地！”何方远是想让陈果认清现在严峻的形势，“陈总，以创始团队和版权方的交情，同样条件下，你认为版权方会选择立化还是跟随创始团队？再如果企鹅加大投资，出高价买断，交情加上合理的溢价，你认为立化还能留下多少名版权方？没有了版权方的立化，又因为造血机制的丧失，没有新鲜血液的补充，还能支撑多久？”

陈果脸色再次大变：“事情真的有这么严重？”

“我在立化五年，和我关系密切的版权方有二十多个，在海山没有被抓之前，他们还在犹豫是留在立化还是跟随创始团队重新打天下。结果海山被抓，他们纷纷找我，说关键时刻，他们要跟随创始团队再战江湖……二十多个版权方，我劝都劝不住，估计明天就会和创始团队签约了。”何方远痛心疾首地说道，“陈总，我敢说，如果抓了海山之后，创始团队再有任何一个人受到牵连，那么立化旗下的版权方除了被签死的之外，其余人会全部出走！到时候，不用外力，立化连一年也撑不过去，就会因为失血过多而倒塌。兴众这么做，赢了面子，输了人心，杀敌八百，自伤一千。”

陈果被何方远的话震撼了，久久无语，他也清楚何方远向他说这么多，是想让他认清形势，不要在抓人事件上陷入过深，否则，最后无法收场时，他就成了替罪羊。

诚然，抓人事件是由乔董亲自下令并且由马大勉具体实施，不过陈果太了解乔国界了，和所有的帝王一样，决定正确，功劳是他的；决定失误，错误是下属的。如果他介入抓人事件过深，最后万一真如何方远所说，事情闹到了不可收场的地步，乔国界后悔的时候，必然要找人背黑锅。

“我有数了。”陈果点了点头，等于是心领了何方远的好意，心想拉拢了何方远，确实是一步好棋，让他对立化的全面掌控多了一大助力，“对了，你刚才说类似海山的事情，你能举出十几个来，这话可不要传出去。”

“不会，肯定不会。谢谢陈总关心，只有当一些人的所作所为影响到了公司的利益，他们的事情才会被揭露出来。我既然留在了立化，就会为立化的大局着想，为陈总的立场着想。”何方远又及时表了忠心，相信陈果能听明白他的意思。

陈果确实听明白了，何方远说的类似的人和事，怕是暗指马大勉身上也有什么事情，也是，马大勉担任兴众文学CEO以来，收购兼并了十几家网站，经手资金十几亿元，中间会没有一点儿猫腻？鬼才信。尤其是收购高山上的时候，溢价高达百分之三百。

再者马大勉还想提拔原高山上的吴连担任立化总经理，如果不是乔董亲自提名他，他还当不上立化的总经理。由此可见，马大勉和吴连的关系非同一般，有什么猫腻也未可知。陈果越想越来气，如果有机会让他替代马大勉，他一定会毫不犹豫地对马大勉落井下石。

回到自己办公室，何方远喝了一杯咖啡，处理了一些手头积压的工作，刚要打一个电话，蓝妹敲门进来了。

刚才在陈果办公室，蓝妹只听不说，表现得十分低调，不过她有一肚子问题要问何方远。

“刚才你为什么对陈果说那些话？是不是想让他传达到乔国界耳中？乔国界现在正在气头上，你的话只会火上浇油，他能听进去才怪。”蓝妹隐隐替何方远担心。

“听不进去才对，如果听进去了，他就不会意识到我的重要性了。”何方远淡淡地一笑，“他现在听不进去，等他发现受阻之后，遭遇到的反击和我说的一模一样，他冷静下来分析得失的时候，就又会想到我的先见之明，我在他心目中的位置，先抑后扬，就又会上升一个高度了。”

“说得也是，你不但善于分析问题，还善于分析人心，我发现，你越来越深不可测了。”北京之行，让蓝妹和何方远迅速走近，加深了了解增进了友情，现在在她的心目中，她和何方远完全是一个战壕的战友了。

“过奖，过奖，不敢，不敢。”何方远哈哈一笑，“在老谋深算的乔董面前，我还敢自称深不可测？别开玩笑了，我只不过是充分利用现在的局势，利用我既了解乔董又了解创始团队的优势，让我的价值无限放大罢了。”

“晚上我请吃饭，请你、梅荏苒还有范记安、徐子棋一起，怎么样？赏不赏光？”蓝妹背着手，抿着嘴，一脸俏笑。

“这么大方？”何方远微微一想，“不对，你请客的背后，是不是有什么阴谋？”

“我呸，我是会要阴谋的人？不过是想和你以及你的班底建立一个良好的互动关系，万一以后需要你组建管理层，你的班底我肯定是全盘接收。”

“不是吧？你的醉话会是真话？”

“我没醉，你才醉了。”蓝妹白了何方远一眼，背着手装模作样地走了。

下午，何方远浏览了网上的新闻，果然，和他预计的一样，网上的舆论一边倒，群情激奋，纷纷指责兴众阴险，选择在新站即将上线的节骨眼儿上抓捕海山，是故意狙击创始团队，虽是商战中常见的策略，不过手法太下作了。

江武也正式发表声明，力挺海山，声称海山不会被阴谋诡计打倒，开天中文网也会如期上线，不会推迟。

企鹅方面在接受采访时，对海山被抓一事不予评论，说这是兴众的内部事务，企鹅不会干涉。不过在问到开天中文网是不是获得了企鹅的巨额投资时，企鹅方面首次公开回应，和创始团队合作是企鹅互动娱乐战略的一部分，企鹅对创始团队寄予厚望，会下大力气对创始团队予以扶持，不管是资金还是宣传，包括企鹅的渠道优势，都会为创始团队大开方便之门。

明眼人都看了出来，表面上企鹅对海山被抓事件不予评论，实际上在用实际行动向兴众宣告，尽管放马过来，企鹅做好了准备，随时接招！

同时，一些门户网站大幅报道海山被抓一事，更有好事者再次列举了从兴众辞职的数十名高管名单，从数十名高管被乔国界赏识最后又被扫地出门的旧事谈起，又一次将乔国界推到了风口浪尖之上。

也是奇怪了，每一次乔国界成为新闻事件的主人公时，各大媒体异口同声对他全部没有溢美之词，相反，都不约而同对他的性格提出了质疑，乔国界的为人，也在各大媒体的描述中，形象越来越负面了。

综合各大媒体的报道和描述，何方远总结出了媒体眼中的乔国界的形象——乔国界在用人方面有自相矛盾的地方，一方面，他求才若渴，为了一个优秀的高管愿意三顾茅庐，高薪聘用；但另一方面，他又独裁专断、犹疑反复，往往会朝令夕改，让下属无所适从，一旦交恶则毫不留情。

也确实，兴众许多高管往往一开始是被乔国界的热情感染，满怀希望而来，最后却满怀惆怅而去，其中冷暖酸甜，只有当事人自己知道。出于签了保密协议等原因，大多数高管在离开兴众后都选择三缄其口。

同时，兴众在内部控制言论和对外公关方面下的功夫都很深，兴众内部很难听到关于乔国界的负面消息，只不过近年来兴众没落，外界一直唱衰兴众，再加上乔国界也很少接受媒体的采访，近年来更是深居简出，日积月累之下，兴众的形象越来越负面。

“何哥，接下来该怎么办？”范记安坐在何方远对面，忧心忡忡，他大口喝下一杯啤酒，将酒杯重重地一放，“没想到乔国界还真下了狠手，这下创始团队和立化不死不休了。以后的事情，不好办了，企鹅有实力，创始团队有人脉和资源，要是一狠心挖空了立化，立化就倒了。”

四人聚会现在变成了五人聚会，新加入了蓝妹。对于蓝妹的加入，范记安和徐子棋喜闻乐见，并无反对之意，梅茬苒却颇有不满，认为蓝妹的加入破坏了四人之间和谐的气氛，让聚餐的性质变成了个别人别有用心的例会。

蓝妹对梅茬苒的指责，一概不予回应，也不知是她对梅茬苒迁就，还是她压根儿就觉得梅茬苒的任性不值得一驳。

“怎么办？凉拌，再加一点儿盐。”何方远意味深长地笑了，“我很同情海老大的遭遇，对乔董痛下杀手也感到无奈，不过既然事情已经发生了，就只能坦然面对了。况且说实话，创始团队对立化的反击越猛烈，就越能体现我们的价值。说到底，我们还应该感谢乔董出手才对。乔董的做法，正在一步步将我们推向潮头。”

“当浮一大白。”徐子棋举杯庆贺，“如果不是担心海老大，现在我还真想一醉方休。”

何方远几位，对海山都有感情，一直以来海山对他们还不错，海山被抓，他们都是心有戚戚焉。

“蓝总监，听说你神通广大，怎么样，出面替我们打听一下海老大的消息？”梅茬苒本想和何方远坐在一起，却被蓝妹抢了先，再想起几天来蓝妹和何方远一直在北京出差，朝夕相处，她心里就不舒服，就想办法将蓝妹一军。

“刚才在路上，已经打听过了，现在还没有具体消息，说是正在调查取证中。不过听说是下江办案能力最强的经侦三大队接手的案件，事情怕是比较严重。等吧，如果一周之内能出来，就没什么问题，一周之内出不来，问题就大了。”蓝妹从容不迫地回应梅茬苒的挑衅，“茬苒，刚才来的时候你开的宝马M3，是顾南送你的吧？我觉得你和顾南挺般配的，你嫁给他，我们就成亲戚了。”

/ 第三十三章 /

# 风急浪高

来时的路上，何方远坐蓝妹的车，范记安和徐子棋坐梅荏苒的车，梅荏苒开了一辆白色的宝马M3，和蓝妹同样白色的保时捷跑车相映成趣，当时何方远也没问梅荏苒的车是怎么一回事儿，没想到，蓝妹问了出来。

“什么亲戚？别套近乎。”梅荏苒毫不客气地顶了蓝妹，“车是顾南送的，我开来玩玩，是看得起他，谁让他非要送我，还说如果我不要，就砸了，我想砸了多可惜，本着不浪费的想法，我就勉为其难地答应开一段时间。正好我怀孕了，有了车开，就省得挤地铁了。既让顾南开心我又有免费的车开，一举两得的好事，何乐而不为？”

“噗……”徐子棋一口酒喷了出来，很不幸，又喷了范记安一身，他一脸震惊：“怀孕？美人靠你怀孕了？谁的？”

话一说完，他的目光就落在了何方远身上。

范记安猜疑的目光也同时射向了何方远。

何方远假装什么都没有看见，继续吃他的饭喝他的酒，有些事情不能解释，越解释越黑，索性沉默好了。

还好梅荏苒也不想让何方远背黑锅：“别看了，是谁的孩子，我也说不清了，反正不是顾南的就行。蓝总监，你说顾南如果知道我怀孕了，还会不会送我车？会不会娶我？也许他还真有博大的胸怀也说不准，就愿意喜当爹。”

服了，范记安和徐子棋对视一眼，深深地被梅荏苒折服了，没想到平常大大咧咧时而如邻家小妹时而如白领丽人的美人靠，发作起来，其泼辣、强悍犹如母老虎一般威猛。

蓝妹惊呆了，愣愣地看了梅荏苒半天，却问何方远：“你不是说她做不出来怀着前男友的孩子开着新男友送的车这种事情吗？”

上次何方远告诉蓝妹梅茌苒怀孕的事情，其实是想借蓝妹之口传到顾南耳中，是想让顾南知难而退，哪里会想到梅茌苒不但接受了顾南的车，还当众说了出来，胆子也太肥了，脸皮也……太厚了，他都不知道该怎么回答了，只好支支吾吾地说道：“现在的女孩太开放了，也许是她想开了，还有一种可能是，据说怀孕的女人智商低，不是有句话说，一孕傻三年吗？”

“哧……”蓝妹被何方远逗得忍俊不禁，“一孕傻三年，你听谁说的？真要是这样的话，谁还敢怀孕呀。对了，梅茌苒怀孕的事情，我在北京的时候就告诉顾南了，你猜他怎么说？”

“说话大点儿声，别嘀嘀咕咕的，这么多人都在，不是二人世界。”梅茌苒不干了，翻了蓝妹一眼。

“我没想小声。”梅茌苒步步紧逼，蓝妹淡定应对，“顾南说，他不在乎你是不是怀孕了，只要你答应嫁给他，他愿意抚养孩子长大。”

我去，没想到富二代的顾南还有如此高尚的情操、博大的胸怀，简直就是伟光正的代表人物，何方远差点儿感动得热泪盈眶，不过在他眼泪还没有酝酿之前，且慢，他心中闪过一个强烈的念头，为什么顾南对梅茌苒这么迁就这么纵容，非梅茌苒不娶？顾南还会缺女人？

诚然，梅茌苒长得是漂亮，好吧，身材也不错，胸也不算小，性格嘛，马马虎虎，不算最好，但绝对不差，各方面条件综合之下，除了父母离异之外，算是上等资质，可问题是，顾南尽管长得不算高，不算帅，但也不矮不丑，最关键的是，他还很有钱。

这年头，有钱的男人就是宝，每一个有钱的已婚男人身边都不乏美女围绕，何况未婚有钱男人了，以顾南的身家，什么样的女人找不到？二三流的女明星他要是想娶，也不是难事，何必非要在梅茌苒这一棵歪脖树上吊死？

不对，一时激动想错词了，何方远连忙自责，梅茌苒可不是歪脖树，是长得非常顺溜的好树。

总之何方远实在想不通顾南对梅茌苒的痴情，完全没有道理，而且二人又没有谈过恋爱，谈不上顾南对梅茌苒爱得死去活来爱得没有原则，世界上没有无缘无故的爱，所以，顾南伟光正的背后，肯定有不可告人的目的。

“太感人了，我都要哭了。”梅茌苒说是哭，却咯咯地笑了，“顾南太完美了，太伟大了。可惜的是，完美和伟大只能瞻仰，不能共同生活，麻烦蓝总监转告顾南，车，他想开走，什么时候都可以；人，他想娶，什么时候都不可以。”

霸气，梅荏苒简直有大姐大的派头，车照开，人照骂，想娶她，没门儿，何方远都快要佩服梅荏苒了。

蓝妹却不生气："好的，我会转告他。不过我也忠告你一句，荏苒，顾南是真心对你，别太挑剔了，易求无价宝，难得有情郎，何况顾南还是一个有情有义的钻石王老五。"

"有情有义？"梅荏苒吃吃地笑了，"上次吃饭的时候，他身边一个冒冒，不知道下次再遇到的时候，会不会又换了一个瓜瓜？确实是有情有义，傻帽儿傻瓜，一对二货姐妹。"

"别吵。"何方远发现了情况，压低了声音，"嘘，有熟人。"

范记安也发现了："黄是道和楚一亭？果然是蛇鼠一窝，不对，还有一个人，啊，顾南。"

确实是顾南。

顾南、黄是道和楚一亭一行三人，步入餐厅，没在大厅停留，直接从楼道上楼而去。望着几人的背影，何方远脑中突然冒出一个念头："蓝妹，顾南是不是对立化或兴众文学也感兴趣？"

"这个我就不太清楚了，不过最近顾南要换公司，可能要换一家大型的国际投资集团，因为梅长河持有这家公司的股份，在这家公司又有一定人脉，他正在帮顾南运作。"

梅长河帮顾南，再从梅长河也力主梅荏苒嫁给顾南的所作所为来看，梅长河和顾南之间，似乎有什么幕后交易。如果再从梅长河亲自考察立化的情况分析，说不定梅长河和顾南在联手运作一件什么大事，而这件大事，难道也和立化的动荡有着直接或间接的关系？

莫非梅长河和蓝妹一样，也想趁互联网版权产业的格局大变之时，好出手捞上一笔？

回去的路上，蓝妹悄声对何方远说道："我和你说过聘请你担任CEO的事情，你先别对外透露，就是梅荏苒几个人，也别说。"

何方远点头："我当笑话听了。"

"企鹅当年穷困潦倒差点儿卖掉的时候，如果有人告诉他几年后企鹅会是国内第一的互联网巨头，他肯定也会当成笑话来听，哼！"蓝妹很不满地瞪了何方远一眼，一脚油门踩下，保时捷发出一阵轰响，瞬间跑远了。

何方远摇头笑了。

“何方远真这么说？”正当何方远准备回家做他的春秋大梦的时候，陈果和乔国界在一处花团锦簇的小区，正坐在楼顶花园的一角，俯视夜幕下的下江，谈起了何方远。

“是，大概就是这么个意思，我觉得他的话有一定道理。”在乔国界面前，陈果毕恭毕敬，好像小学生面见班主任一样，“据我了解的情况，确实有十几名版权方放弃了和立化续约，和创始团队签约了。”

陈果不敢过多说是因为海山被抓而引发的连锁反应，只敢含蓄一说，怕一言不慎惹怒了乔国界。

不过，乔国界还是震怒了：“何方远太自以为是了，他懂什么？走了十几名版权方？不过是听风就是雨罢了，版权方有没有走，不到最后一刻不会知道，现在大部分版权方都在观望，在等新的合同条款出台，哪边的待遇高福利好，版权方就和哪边签约，谁会看人情？这年头，人情值几个钱？”

陈果心里一跳，不好，何方远的话果然触怒了乔国界，他忙改变了策略，顺着乔国界的话向下说：“乔董，下一步是不是还要再动江武和高路？”

如果再把江武和高路牵涉进来，创始团队就被一网打尽群龙无首了。

“先不要了。”乔国界脸色阴沉如水，在暮色之中，脸色被时明时暗的灯光映衬得半明半暗，就如隐没在黑暗之中的隐形人一样，“事情一下闹得太大了，也不利于兴众文学的上市，而且企鹅方面也开始施压了。”

企鹅到底厉害，表面上什么都没说，暗中已经施压了，虽说企鹅在下江的影响力有限，但企鹅毕竟是中国第一互联网巨头，是一个庞大的互联网帝国，关系网渗透到全国各地，尤其是下江这样的经济中心城市，如果企鹅没有影响力才不正常。

收手是好事，陈果暗中长出一口气，也不知道是乔董畏惧企鹅的实力还是何方远的话起到了作用，总之乔董点到为止见好就收，他很欣慰，至少他可以不用冲锋在前扮演坏人了，坏人不好演，而且坏人的下场往往都不太好。

“不过这个何方远太多事了，回头你敲打一下他，让他别太自以为是了。这个节骨眼儿上，谁都想跳出来指点江山，也不先掂量一下自己的分量。”何方远的话，触动了乔国界敏感的神经，他心里很不舒服，不免多说了几句，“如果再越位，就让他滚蛋。”

陈果的冷汗一下出来了，乔董怎么一下发了这么大的火，他忙站了起来：“我一定管好他，请乔董放心。”

乔国界没再说话，微微闭上了眼睛，如帝王一般深不可测的表情让每一个兴众高管都胆战心惊，陈果心里十分后悔向乔国界转达何方远的话，又十分痛恨何方远自以为是，非要乱说一气。兴众的高管在乔董面前都战战兢兢，唯恐一句话说不对就会被乔董当场反驳下不来台，何方远才几斤几两，一个小小的立化常务副总，也敢挑战乔董的权威向乔董进言？

本来陈果打算第二天一上班就敲打何方远，不想一到公司就一堆事情，先是接到许多要求采访的电话，想采访海山被抓一事，然后又有部分版权方打来电话，替海山说话，质问立化是不是非要赶尽杀绝？如果立化真这么绝情的话，版权方将会联合起来，集体和创始团队签约。

陈果顿感身上压力倍增！

更有甚者，几个版权方趁火打劫，向立化提出必须在原来的价格上提高百分之三百的溢价，否则就会撕毁和立化的合同，转向创始团队的怀抱。如此赤裸裸的坐地起价行为，让陈果大为恼火，气得他差点儿摔了电话。

随后，陈果向马大勉汇报了此事。

马大勉比以前又憔悴了不少，白头发又多了十几根，他一言不发地听完了陈果的汇报，脸上的怒容渐盛："采访的电话，不要理，要求涨价的版权方，让他们亲自来下江见我。另外，准备发表一份声明，对立化前员工的违法行为进行谴责，对违约的版权方进行警告……"

"这……"陈果愣住了，乔董都说要适当收手了，马大勉怎么还想东风吹战鼓擂？他犹豫一下，"这样的警告，不太妥当吧？不但于事无补，相反还会火上浇油。"

"不怕，现在要的就是火上浇油，不能妥协，一妥协，立化就会没有斗志。"马大勉知道陈果担心的是什么，一挥手，"这件事情我已经征求了乔董的同意。"

陈果无话可说了，他虽然曾经担任过乔国界的助理，但他的性子太软，在大事上不够果断，跟不上乔国界杀伐果断的步伐，正是因此，一直没能被乔国界重用，算了，在处理立化和创始团队的大战上，他还是退到马大勉后面，让马大勉冲锋陷阵好了。成功了，他有一份功劳；失败了，马大勉背黑锅。

这么一想又想通了，也别说，何方远的话虽然乔董没有听进去，但对他来说确实大有益处，好吧，就暂时听从何方远的建议，以一个旁观者的姿态，看看事情到底会怎么收场吧。

回到办公室，陈果叫来何方远，含蓄地敲打了何方远几句，告诫他以后说话注意分寸，何方远一一应承下来，态度十分到位，让他挑不出毛病。

他又说了马大勉即将发表一份声明的事情，问何方远这份声明会不会对目前的局势带来困扰，何方远想了想：“陈总，是想听真话还是假话？”

陈果假装生气：“屁话，当然是想听真话了，在我面前，你不用躲躲藏藏，有什么说什么，只要别在外面乱说话，传到马总和乔董耳朵里就不好了。”

不错嘛，明显有包庇他之意，这么说，陈果有意当他是亲信了？何方远心中暗暗一笑：“是，是，陈总批评得是，我接受批评。陈总，马总这份声明一发表，立化至少损失一亿元。”

“怎么可能？”陈果大惊失色，被何方远一语震惊。

“但愿是我杞人忧天了。”何方远也不过多解释，他只需要点一点，等既成事实时，让陈果知道他的重要性即可。

“真会损失一亿元以上？”梅茌苒震惊的表情比陈果还夸张，她坐在何方远办公室的沙发上，一边喝咖啡一边翻看一本时尚杂志，“你是语不惊人死不休，还是故意虚张声势，显示你的重要性？”

“都有。”何方远笑了笑，目光总是忍不住落在梅茌苒平坦的小腹上，自从她煞有介事地声称她怀孕以来，他总是疑心她是不是真怀孕了，“公告怎么还没有发布出来？”

“你还没有回答我的问题，为什么你断定声明一出，立化就会损失一亿元以上？快说呀，别吊人胃口。”梅茌苒站了起来，来到何方远面前，摇晃他的胳膊。

“别闹，在办公室呢。”何方远推开梅茌苒的手，又刷新了一下微博，一条新微博跃入了眼帘，“出来了，出来了。”

以兴众文学名义发布的声明，准确地说，是公告，这一次很聪明地没有以新闻稿的方式发布，而是发布在了微博之上，微博的影响力比各大网站的新闻稿弱了许多，由此也可以看出马大勉的心虚——既想明确立场，又不想事情闹得过大，以免引起不必要的过度解读。

声明的全文很长，要点有五点，一是兴众文学和创始团队签有《竞业禁止协议》，如果创始团队继续从事互联网版权产业，兴众文学肯定采取相关法律措施。

二是企鹅这一次和创始团队合作，实际上是第三次冲击互联网版权产业了，前两次均以失败告终，兴众文学祝福屡战屡败的企鹅。

三是兴众文学流失的版权方资源有限，顶级的不超过五个，中间的有一部分，也不多，出走的大部分都是杂七杂八的不成气候的小鱼小虾，和兴众旗下100多万的版权方一比，不成比例，也不足为虑。

四是立化的员工已经全部补充到位，正在培训中，不用多久就会可大用。

五是立化的优势依然很明显，虽然出走了大批员工和一部分杂七杂八的版权方，不过有两样东西别人永远无法复制：一是时间，立化积累了十年的资源，永远属于立化；二是数据，创始团队可以走，但数据带不走。所以，经历过无数血雨腥风的立化会一直傲立潮头，依然是不败的传奇。

## /第三十四章/

# 杀敌一千，自伤一千五

看完之后，何方远摇头笑了，商业上的策略，果然是永远不怕大话闪了舌头。和马大勉相比，他的脸厚程度，还稍逊了几分，怪不得他没有马大勉的位置高，人说脸厚心黑才能坐高位，看来，不是没有道理。

何方远之所以认定公告一出，立化就会损失一亿元以上，其实也不是他未卜先知，而是他根据版权方的要求得出的准确数据。

本来一些和何方远关系不错的版权方看在他的面子上，准备留在立化，但在海山被抓之后，立刻倒戈，明确告诉他，他们要去助创始团队一臂之力，不会再留在立化了。

这些版权方一走，让原本还有一部分犹豫不定的版权方也人心浮动了。

有相当一部分和创始团队感情不深交情不多的版权方，在等立化方面开高价挽留，但立化为了留住十几个顶尖的版权方，给每个人开出了年薪2000万元的高价，十几个年薪2000万元的支出就是两个多亿！

两个多亿的损失，立化还承受得起，但不要忘了，支撑立化大厦的不是十几个顶尖的版权方，而是位于中间的两百多个中坚力量。两百多人被创始团队挖走一半，只剩下一百多人了，要留下这一百多人，立化既不想出高价，又想以提高福利和待遇的方式表示诚意，需要一个精确并且完美的财务规划，这一切都需要时间，但现在立化最缺的就是时间，因为，创始团队的新站，上线在即！而创始团队对版权方资源的争夺，变本加厉！

马大勉处事最大的一个缺点就是不接地气，有典型的官场作风，看上不看下，眼睛只盯着和他切身利益有直接关系的上层，而很少向下多看几眼，正是他的这种缺陷，导致他在担任兴众文学CEO五年以来，从来没亲手接触到立化的核心资源——版权方。

没有接触，他就了解不到版权方最需要的是什么，而且他还固执地认为，只要留住了顶尖的十几名版权方，立化就会屹立不倒，正是这种错误的认识导致创始团队快刀斩乱麻一般迅速出手，果断地签走了一百多名中坚力量的版权方，而等马大勉察觉时为时已晚，第一战，他连还手的机会都没有就输得一败涂地。

何方远也不知是该替马大勉惋惜还是该可怜他，争夺版权方的第一战，马大勉连对手的面还没有见到，就败了。现在是第二战了，在创始团队因海山事件誓要挖空立化的全部版权方时，马大勉却发表声明，声称除了顶尖的十几名版权方之外，其余的版权方都是杂七杂八的货色，这种不经大脑的话出自一名职业经理人之口，除了让人嘲笑他的智商之外，还会让人庆幸有一个猪一样的对手是怎样的一件幸事。

更会让创始团队兵不血刃就能再次挖走中坚力量中剩余的一半以上的版权方！

马大勉这份声明，直接将三五十名中坚力量的版权方推到了对方的阵营，何方远说立化损失一亿元以上还是保守估计！

一直以来，马大勉只重视十几名顶尖的版权方，实际上，近年来部分顶尖的版权方水平下滑，已经不能再维持以前的高度，只不过因为有特别合约在身，而马大勉只认名声不知真实成绩，总是忽略中坚力量的版权方，中坚力量的版权方早就对马大勉心存不满了，这下倒好，虽然马大勉的话并非明指不成气候的小鱼小虾是中坚力量的版权方，但打击面太广了，一下波及了除了顶尖的十几人之外的全部版权方。

宁为鸡口不为牛后，何况创始团队开出的条件还很优厚，在既得不到立化的实际承诺的情形下，又被马大勉形容为杂七杂八的货色，在有退路可走的前提下，谁还会非要没脸没皮地留在立化当小鱼小虾？何方远重重地一拍桌子，叹息一声：“损失一亿元太保守了，至少损失两亿元。美人靠，两个月之内，立化的损失就会影响到兴众文学的账务报表，半年之内，兴众文学必须融资才能度过危机。这一次的事件，越闹越大，没想到呀没想到，马大勉昏招不断，一步步助创始团队拥有了一个良好的开端。”

“真有这么严重？你别可吓我。”梅荏苒俯身过来，看了一眼电脑屏幕，“不就一个声明，能有多大的影响？”

“影响大了，不信，你等着。”何方远话刚说完，手机就响了。一看来电，他顿时苦笑一声，起身到一边接听了电话。

放下电话，他摇了摇头：“王那斯明确地告诉我，他刚看到声明，决定要和创始团队签约了。”

“王那斯？擅长都市题材的版权方？他不是说要留在立化，怎么又走了？”梅荏苒大吃一惊，“他可是都市题材的一面旗帜呀。”

“是呀，他本来决定留下，不过看到马总杂七杂八小鱼小虾的话后，他感觉受到了莫大的侮辱，觉得留在立化不会受到重视，所以决定走了。”何方远无奈地摇了摇头，“不是我非要背后说马总坏话，马总总是不遗余力地为创始团队创造便利条件，有时候我都怀疑创始团队留在立化的最大内线其实就是马总。”

“哧……”梅荏苒笑喷了，“马总听了你的话，肯定会气死，而且还会马上开除你。”

“你的话有语病，他都气死了，怎么开除我？应该说他先开除我，然后再气死。”

“好了，先不说公司的事情了，说说你和蓝总监进展到哪一步了，北京之行，孤男寡女，有没有发生什么意外事件？”女人就是女人，注意力总是不够集中，才说了几句目前的局势，梅荏苒的兴趣就转移到了男女关系上。

“我和蓝总监跟白纸一样清白，倒是你，收了顾南的车，还要编造怀孕的谎言骗人，不怕谎话被揭穿的时候会很尴尬？”何方远才不会和梅荏苒多谈蓝妹，况且蓝妹说了不让他多说他和她达成的合作意向。

“顾南他非送不可，我怎么好意思拂了他的好意？其实我收了他的车，也是为了你。”

“开什么玩笑，你收他的车，和我有什么关系？这么大的人情，我可还不起。”

“又没让你还，小气鬼，胆小鬼。”梅荏苒狡黠地一笑，“不怕告诉你，我怀疑我爸和顾南有什么内幕交易，以我爸的性格，他没必要非要让我嫁给顾南不可，顾南又不是错过了就会惋惜一辈子的优秀男人，至于让他这么看重？”

行呀，不简单，没想到梅荏苒也看出了端倪，何方远笑道：“其实顾南也算优秀了，你嫁他，不算太吃亏。不过你说的也有道理，梅长河和顾南可能是有一桩什么商业交易在谈，很不幸，你成了谈判的筹码之一。有件事情我一直想不明白，你爸和你妈离异多年，怎么都一直没有再婚？”

“快别说了，一提这事儿我就烦。”梅荏苒大倒苦水，“我爸以前处过一个，快要结婚了，后来不知道怎么又分了，听说现在又认识了一个，而且到了谈婚论嫁的地步。我妈也不示弱，最近也找了一个，看她的意思，好像也要结婚了，天啊，我一下要多出一个后妈和一个后爸，以后可怎么办才好。”

何方远乐了：“谁娶了你谁倒霉，两个老丈人倒没什么，关键是两个丈母娘，天啊，哪个男人能在两个丈母娘的压迫下侥幸生还，他就是不穿内裤的超人。”

“去你的，拿别人的痛苦当乐趣，鄙视你。”梅荏苒送了何方远一个大大的白眼儿，忽然想起了什么，又笑了，“你说，我和顾南周旋，等摸清他和我爸到底在做什么交易，然后一脚把他踹得远远的，是不是很好玩？”

何方远却不觉得好玩，他沉思片刻：“别玩过火了，也别小瞧了顾南，小心惹急了他，他会不择手段。”

“他敢？敢对我动粗，我杀了他。”梅荏苒眼睛一瞪，好像很厉害的样子，“我要是愿意了，怎么摆布我都行。我要是不愿意了，别想动我一根手指头。”

“顾南是不是想跳槽？”

“好像是，我爸在帮他运作，听说他想去一家叫作空行国际的投资公司……”

空行集团？何方远大吃一惊，和梅长河所在的信光相比，空行不论是实力还是规模，都不可同日而语，信光只是中国的一家投资公司，而空行则是在美国成立、业务遍布全球的一家国际领先的投资银行和证券公司，是全世界历史最悠久、规模最大的投资银行之一，在23个国家拥有41个办事处。

其实让何方远最胆战心惊的不是空行的实力，而是空行的所作所为，几次东南亚的金融危机，背后都有空行介入的影子，空行不但是一家跨国投资公司，还是一部金融武器，可以利用金融的力量，让一个国家破产！

而空行自从进入中国之后，先后入股了中国石化、中粮集团、金龙鱼等多家大型企业，并占有中国移动的股份，其旗下控股、参股的命脉企业，数不胜数，甚至有人说，空行的触手已经伸到了国民生活的方方面面，只不过不了解经济的人不知道罢了。

顾南要跳槽到空行集团，如果在平时，也不值得何方远大惊小怪，主要是空行作为兴众文学在纳斯达克上市的主承销商，和兴众的关系一向密切，值此立化辞职事件引发了兴众文学动荡、导致兴众文学上市前景扑朔迷离之际，顾南奋力一跳，准备跳槽到空行，如此巧合，不由何方远不多想。

看来，他还真猜对了一些，在梅长河力主梅荏苒嫁给顾南的背后，怕是还真有一出惊人的幕后交易，另外，蓝妹出现在立化的时机也巧合得让人不得不浮想联翩，好在蓝妹向他透露了她的野心，他对蓝妹多少心中有数，那么接下来就该擦亮眼睛看清形势，期待顾南的上场了？

第二天中午，刚吃过午饭，何方远上楼后还没有回到办公室，就被陈果叫住了，陈果一脸急色：“方远，到马总办公室开会。”

何方远、黄是道和蓝妹、楚一亭随陈果一起，到了十五层马大勉的办公室，进去一看，不止马大勉在，兴众总裁兼兴众文学董事长李丛林也在。

事情，闹大了！

印象中，何方远自来立化，就很少见过李丛林露面。虽然李丛林是兴众文学的董事长，是马大勉的顶头上司，不过他还是兴众的总裁，分管的工作很多，基本上兴众文学全在马大勉的一手掌控之中。

李丛林曾经任职于一家著名的投资银行，他于去年加盟兴众，业内人士普遍认为李丛林加盟兴众不是为了管理兴众，而是为了兴众文学的上市。

终于还是惊动了李丛林……

何方远还是第一次和李丛林这么近距离地面对面相处。作为兴众的总裁，仅次于乔国界的二号人物，李丛林是无数兴众人仰望的存在，即便何方远身为立化的常务副总，和李丛林相比，还是差了十万八千里。

李丛林看上去比马大勉还年轻，和马大勉面容憔悴头发花白相比，他气色不错，气定神闲。

“人到齐了，开会。”李丛林扫了何方远几人一眼，“何方远、黄是道、蓝妹、楚一亭，对吧？”

何方远心中一阵激动，李丛林不但叫出了几人的名字，还能每个人都对上了号，没有叫错，说明之前看过了他们几人的资料，做足了功课。

几人一齐点头向李丛林问好。

“场面话就不说了，直接说正事。立化现在到了生死存亡的关头，昨天发布的声明，在业内没有引发多少反响，在内部却激起了不小的浪花，让人始料不及呀。”李丛林直指马大勉昨天的声明，“声明的措辞或许是强硬了一些，又或者是被人误解了，不管是哪一种原因，引发的后果却很严重，首先，从立化各个小组汇总的消息，又有三十名以上的版权方不再和立化续约，而和创始团队签约了，据不完全统计，被创始团队挖走的版权方超过一百五十名，占立化最有实力的版权方资源一半以上。”

立化号称旗下有一百万版权方，其实是夸大其词，真正有实力有影响力并且可以创造价值的，不足三百人。

“剩下的一百多名中坚力量的版权方，有可能出走的还有五六十人，剩下的没有出走意向的四五十人，要么被合同签死，要么创造力不足，用一句不恰当的话形容，是老弱病残。也就是说，目前除了顶级的十几名版权方之外，立化剩下的有战斗力的版权方，只有五六十人，而这五十六人，还随时有可能倒戈，各位，立化的形势，现在岌岌可危！”

李丛林开了头，就将发言权交给了马大勉：“大勉，更具体的分析，你来说说。”

马大勉难掩一脸疲惫和失落之意：“首先，我要做一下自我批评。昨天发表的那个声明，欠考虑了，‘杂七杂八’的形容，确实带来了不少负面影响，是我疏忽了大部分版权方的感受。其次，这次事件对立化造成的直接影响是流失了三十名以上的中坚力量版权方，间接影响是有几名顶级版权方提出了不合理的高价买断要求，而在创始团队和立化之间摇摆不定的五六十名版权方，也乘机要了高价，初步估算了一下，顶级版权方的提价和中坚力量版权方的要价，总数大概在三亿以上。”

何方远、黄是道和蓝妹、楚一亭都惊呆了，一则声明让立化损失超过三亿元，太惊人了，互联网的传播效应果然了得，一句话说错，居然能引发如此严重的后果。

如果梅茬苒在此听了马大勉的话，她不会惊讶立化高达三亿元的损失，而会震惊于何方远超前的眼光。不过现在不用梅茬苒用震惊加仰慕的目光看向何方远，陈果就用几乎难以置信的目光直盯何方远年轻的脸庞，心中一阵狂风刮过，这个何方远，还真是一个人才，竟然让他一语中的！

三个亿只是估值，是可见的损失，如果再加上无形的损失，集体辞职事件以及引发的后续连锁反应，立化的直接损失超过五亿元，而整个兴众文学的市值估值，缩水至少十亿元！

如果没有一系列的昏招怪招迭出，或许立化的直接损失和兴众文学的间接损失还没有这么多，只不过凡事没有假设，乔国界的自负、独断专行再加上马大勉的不接地气，两者相加，放大了兴众在反击上的失误，同时乔国界心狠手辣对海山痛下杀手的杀招，看似重挫了创始团队的士气，其实杀敌一千，却自伤了一千五。

/ 第三十五章 /

# 见招拆招

“所以说，现在的立化，正处在生死存亡的边缘，各位同事，现在正是需要各位同心协力渡过难关之际，我希望，不管以前有过什么对立或是不快，都过去了，从现在起，都是一家人。”马大勉站了起来，很江湖地双手抱拳，“拜托了！”

马大勉的江湖气息学得不伦不类，他太学院派了，平常习惯了文青和高谈阔论，让他一下草莽起来，也不现实。而且，何方远也压根儿没有想过马大勉会转变，或者说，现在他就算真的转变也晚了，从创始团队出走之后，立化大换血，曾经很江湖很草根的立化就消失不见了，取而代之的是一个没有创新只会服从的很职业的立化。

任何一家公司一旦没有了创新意识，失去核心凝聚力而变得职业化，就失去了原汁原味。马大勉的认错和拜托，来得太晚了……

“接下来还会有一系列的举措出台，各位，不要灰心，乔董近期会常驻国内，亲自坐镇助立化渡过难关。”最后李丛林做了总结性发言，“乔董说了，要资金有资金，要人有人，要什么有什么，现在的立化是兴众近期工作的重中之重，一切以平稳过渡为首要任务，今后，立化的政策，将会由乔董亲自制定！”

怪不得李丛林出面了，原来是开始进一步削弱马大勉的权力，由此可见，乔国界虽然嘴硬，不承认他的决策失误，却还是在有条不紊地架空马大勉，从陈果上任立化的总经理，到他亲自出手制定立化的政策，马大勉作为兴众文学CEO,权力在一步步萎缩。马大勉对立化的影响力，降到了有史以来的最低点，甚至还不如江武等人在任时。

散会时，李丛林特意留下了何方远。

“你就是何方远？”李丛林饶有兴趣地打量了何方远几眼，“不错嘛，不愧为江武的得力干将。”

什么意思？何方远心中一跳，李丛林开口提到江武，是想暗示什么？他大脑急速运转，在慎重考虑如何回答李丛林的话。

李丛林和乔国界的关系有点儿复杂，作为外来者，他和马大勉一样，只是乔国界聘请的职业经理人，都不能算是乔国界的嫡系。联想到他曾经供职投资银行的背景，他和马大勉一样，在兴众任期内的首要任务就是促成兴众文学的上市。

兴众文学一旦上市成功，李丛林和马大勉都会得到为数不少的原始股，等上市一年后一解禁，就可套现，摇身一变成为千万或是亿万富翁。

实际上按照关系远近，李丛林和马大勉都不如陈果更得乔国界信任，李丛林和马大勉除了是乔国界的下属之外，也算半个合作方的身份。或者换句话说，李丛林也好，马大勉也罢，和江武一样，都是兴众的高管，同是乔国界眼中的能人。

而陈果则不同，陈果是乔国界眼中的好人。也就是说，李丛林和马大勉不会对兴众从一而终，陈果却会，李丛林和马大勉早晚会离开兴众，陈果却有可能以兴众为家，永远在乔国界的光辉旗帜下充当一枚重要的棋子。

“当江武是立化的总经理时，我是江武的得力干将。但现在陈总是立化的总经理，我就是陈总的得力干将了。”何方远不卑不亢地微微一笑，“往小里说，我是立化的得力干将；向大里说，我希望是兴众文学的得力干将。”

李丛林和马大勉对视一眼，一齐哈哈大笑，笑过之后，马大勉意味深长地说了一句：“方远，以前真是亏待你了。”

今天阳光普照，小鸟欢笑，喜鹊喳喳叫，是什么好日子？怎么堂堂的兴众总裁兼兴众文学的董事长、兴众文学的董事兼CEO先后向他示好，难道说他要鸿运当头了？当然，何方远只是自嘲地那么一想，他很清楚经过一系列挫折之后，他的重要性凸显，李丛林和马大勉都高看了他一眼。

出了马大勉办公室，何方远感觉神清气爽，仿佛瞬间提升了十几个魅力值和几十个战斗值一样，精神饱满，战意昂然。

回到办公室，何方远冷静下来想了一想，心情还是有几分沉重，看样子，海山一时半会儿怕是出不来了，事情发展到现在差不多成了僵局，立化损失再严重，乔国界也不可能自打嘴巴撤回对海山的指控，况且现在案件已经进入了司法程序，经济犯罪案不是民不告官不究的民事案件，不能撤销，况且以乔国界的性格，即使是他走错了一步，他也不会回头，也会坚持到底。

就是说，乔国界不收手，创始团队不会善罢甘休，那么接下来的较量，会更惨烈更持久？

一周后，海山案件如石沉大海，没有了丝毫消息，创始团队方面保持沉默，兴众方面也是只字不提，似乎双方都冷静了，其实何方远大概猜到了什么，企鹅介入了案件，在背后向兴众施压了，兴众也自知如果再大肆宣扬此事，不但有损兴众的形象——兴众和离职高管打官司不是一起两起了，媒体一向对兴众印象不佳——而且还有可能引发企鹅更大的怒火和创始团队不择手段的还击，也只好有意低调处理。

一天后，企鹅在北京召开新闻发布会，就新站上线和企鹅在互联网版权产业之上的宏大布局进行了预热和炒作，次日，创始团队的新站开天中文网如期上线，丝毫没有因为海山事件而延后。

新站一上线，立刻吸引了业内无数人的目光。

第一天，开天中文就推出了在互联网版权产业市场具有广泛影响力的十几名中坚版权方，其中还有两名顶级版权方，阵容之强大令业界大为惊呼，同时，开天更是打出了十万人十万年薪的口号，以极其优厚的待遇和福利期待更多版权方的加盟。

开天的上线，被业内人士称为具有历史性的一刻，并且引发了各大门户网站的关注，就连互联网巨头千方和芝麻开门也明确表示，从这一刻起，互联网版权产业的市场，正式进入了战国时代。

同一天，立化的流量大降，留在立化的版权方人心惶惶，对立化今后的前景充满了疑虑。

“何哥，这样下去可不行呀，立化的版权方，早晚会走光。”范记安一改往常冷嘲热讽的腔调，一本正经了起来，“这才没几天，立化的流量明显下降了许多，主要是开天的福利太好了，除了签死的版权方之外，许多底层的版权方也人心浮动，准备去开天发展了。”

任何行业都和金字塔一样，顶尖的只是极小的一部分，中坚力量是基石，但庞大的底层才是整个金字塔稳定的基础，现在立化已经失去了中坚力量的大多数，如果连底层的版权方也转向开天，立化根基不稳，等于彻底失去了造血功能。

顶尖的版权方从哪里而来？中坚力量。中坚力量从哪里而来？底层。一个合理而科学的层层选拔机制是一个国家、一个公司保持长盛不衰的活力的根本，立化之所以一直是业内的龙头老大，就在于有一条最合理的选拔机制，同时，也因为有庞大的底层版权方——号称100万版权方虽说有吹嘘夸大的成分，但几万名有创造力的版权方还是有的——才是立化一直屹立不倒的保障。

即便万里挑一，也会脱颖而出几名顶级版权方和几十名中坚力量版权方。

“是呀，底层版权方收入本来就不多，同样条件下，在开天能比在立化多收入几百元，这样他们会闻风而动。”何方远点了点头，“不过不用急，既然乔董现在亲自参与制定立化的各项政策，等着瞧，立化的反击手段，很快就会出来。最近一段时间，将会是见招拆招的密集交手期。”

范记安嬉皮笑脸地一笑：“何哥，你什么时候再前进一步呢？现在机会多好，乱世出英雄，先别提互联网财富神话几千万上亿元的传奇了，至少你也要当上立化的总经理，年薪百万，也算是小有所成了，是不是？”

何方远看了坐在对面的范记安和徐子棋一眼，无声地笑了。

今天的聚会不算是定期聚会，不过四人都到齐了，蓝妹缺席。最近一段时间蓝妹似乎很忙，不但很少参加定期聚会，连和何方远交流的时间都很少了，何方远没好意思问她在忙些什么，而且她似乎也恢复了富家千金高高在上的傲慢，疏远了立化一帮人。

蓝妹对何方远热情一减，梅荏苒同时也对他淡漠了几分，这让他大呼世态炎凉，女人心海底针，女人心天上云，昨天还含情脉脉，今天就形同路人。

当然，何方远可不是真的自怨自艾，他对蓝妹和梅荏苒，好感是有，要说有没有感情，还真不好说。在下江这个繁华却现实的城市，轻易别谈感情，伤钱。

“笑什么呢，何哥？”徐子棋用吸管喝一杯果汁，一个大男人非要跟女人一样用吸管扭捏地喝，而不是大口喝下，这让范记安经常嘲笑徐子棋太娘。

范记安是下江人，徐子棋是四川人，下江人嘲笑四川人娘，让身为北方人的何方远都懒得加入他们的互相鄙视。

“没笑什么，我在想一件有趣的事情。”何方远扭头去看坐在右首的梅荏苒，“美人靠，最近和顾南的感情发展得怎么样了？”

“就那样，马马虎虎，还在社会主义初级阶段。”梅荏苒低头吸饮料，她吸食的模样比徐子棋顺眼多了，“何方远，你这个问题问得太幼稚了，我要是和顾南热恋，会和你们几个男人坐在一起？切，早过二人世界去了。”

“子棋，听到没有，美人靠是在暗示我们影响她和何哥过二人世界。”范记安贱劲儿上来，又开始无聊了。

“一边儿去，别拿我和何方远开玩笑，他不是我的菜。”梅荏苒白了何方远一眼，“我喜欢纯爷们儿的北方人，不喜欢很娘的北方人。”

“得了，连何哥这个孔武有力、英俊有型的纯北方汉子在美人靠眼里也娘了，看来，美人靠眼里的纯爷们儿，只能是一堆胸毛浑身怪味的老外了。”范记安逮住了机会，好一顿冷嘲热讽。

“滚蛋你，姑娘我不崇洋媚外，非中国人不嫁，最讨厌满身是毛的外国人，见一个滚一个。”梅荏苒没好气地冲范记安一顿机枪扫射，随后又将枪口对准了何方远，“怎么着何方远，你想找一个外国妞？”

“别扯远了，我是想问你顾南跳槽成功没有？”何方远知道梅荏苒对他大有意见的原因是什么，是怪他一直没有挑明对她的感情，他也有苦衷呀，男人也不是想爱就能爱，男人不都是下半身动物，也需要感觉。

“应该快了，基本上定了，去空行。”梅荏苒最大的优点是虽然爱耍小性子，但不会闹个没完，点到为止，反正是让你明白了她的想法，她就不说了，懂她的人自会懂她，不懂她的，她也不强求。

聪明的女人当学梅荏苒，适可而止地耍赖，恰到好处地撒娇，有欲擒故纵的小心思，永远不会让男人厌烦。

顾南真去空行了？这么说来，梅长河和顾南的幕后交易完成一半了？何方远又想不通了：“最近你爸没逼你和顾南结婚？”

“他顾不上，正忙着他的结婚大事。要不是我没有找到合适的结婚对象，我非抢在他前面结婚，让他难堪，让别人都看看，女儿比爸爸结婚还早，哼！”梅荏苒气呼呼的表情再加上她的大框眼镜，绝对可以萌翻无数宅男，“还有，我开着顾南的车，骗他说和顾南感情不错，他信以为真，就没再多问。”

“我丈母娘是不是也要嫁人？”何方远故意调侃刘薇薇，“恭喜她，好女十八嫁，她才梅开二度，离好女的境界还差了十六次。”

“什么你丈母娘，那是我妈好不好？别乱认亲戚。你再说，再说我打人了！”梅荏苒气坏了，伸手要打何方远，“哪壶不开提哪壶，我妈是得罪过你，可她毕竟是长辈，不许你编派她。”

生完气，梅荏苒一推大大的眼镜框，做痛苦状：“唉，别提了，我妈还真是要嫁人了，我怎么这么命苦呀，都二十几岁的人了，突然变成了两个爸爸两个妈妈，天啊，怎么活呀。”

范记安和徐子棋一起贼笑。

“你爸结婚的时候，记得通知我一声，我去参加婚礼。”何方远嘿嘿一笑，“还没有参加过老年人婚礼，去凑凑热闹，开开眼界。”

“我……”梅荏苒拿起一件东西就砸在了何方远头上，“你不挨打不舒服是不是？”

何方远吃疼："LV包？行呀美人靠，你现在整体鸟枪换炮了，开宝马，背LV，来，告诉我内裤是什么品牌的，让我长长见识。"

"去死！"梅荏苒脸红了，收起了LV，"一想到这个包值好几万元，我还真舍不得用来砸人。喂，何方远，你想参加我爸的婚礼，到底打的什么鬼主意？"

梅荏苒闹归闹，其实够聪明，猜到了何方远不是开玩笑，是真想参加婚礼，何方远也不隐瞒，实话实说："我感觉兴众文学早晚可能融资，所以想提前知道到底是想和空行合作，还是和信光合作。"

"有什么区别吗？反正都是融资。"梅荏苒歪着头问。

"当然有区别，而且区别大了。"何方远诲人不倦地教导梅荏苒，"空行和信光两家投资公司，各有各的优势，论实力，空行强大了太多，不过在国内信光也是顶尖的投资公司，以信光的资金，买下整个兴众也没有问题，只为兴众文学融资，更不在话下。不过和哪一家合作，对兴众以及兴众文学以后的命运来说，有天壤之别。"

"不是吧，我怎么觉得你危言耸听了？"梅荏苒跟不上何方远的思路。

"何哥说得对，如果和信光合作，说明乔董还想继续在互联网版权产业的市场中搏杀，但如果最后选择了空行，就说明……"范记安想通了其中的环节，故作高深摇头晃脑地说了一半，故意停下不说了。

"就说明什么了，范贱，不犯贱你会死呀？"梅荏苒冲范记安凶狠地一瞪眼，"赶紧说，否则要你好看。"

范记安哈哈一笑："就说明乔董不想玩了，想一步步卖掉立化甚至是整个兴众文学。"

"啊，要是卖掉了，我们怎么办？"梅荏苒张大了嘴巴。

"能怎么办，被打包一起卖掉了。"何方远伸手一拍梅荏苒的肩膀，"所以说，你爸结婚的时候，务必通知我，我去婚礼现场，也许能打听出来一点儿消息，提前一步知道，可以早做准备，是不是？"

"哦，我明白了，怪不得我爸一直帮顾南运作跳槽到空行工作，原来是想两头不落空，不管兴众文学最后从哪家融资，反正肯定占一头。哎呀，这么说，岂不是说我爸和顾南都对互联网版权产业大感兴趣了？"梅荏苒一惊一乍的表情很好玩，不仅表情丰富，还声情并茂。

/ 第三十六章 /

# 加快布局

“肯定是了，而且还是在谋划一出资本较量的大戏，立化事件，惊动了不少人，是好事，也是坏事。”何方远微微摇头。

“你刚才说可以早做准备，是什么意思？”梅荏苒睁大双眼，“是不是兴众文学融资了，你就打算辞职了？”

“看情况再定吧，如果转让股份过多，出资方最后控股了，我想我们留在立化也意义不大了，资方毕竟是外行，不了解互联网版权产业的特点，乱指挥的话，我们听还是不听？不过根据我对乔国界的了解，他不会现在就打包出售兴众文学，顶多转让一部分股份，套现一部分资金以弥补最近的资金缺口，以后，他还会等兴众文学上市来带动兴众整体业务的提升。”

“万一真的资方控股了，我们不留在立化，能去哪里？难道去开天？现在去开天，也没人要我们了吧？”梅荏苒被何方远的话吓着了，“你可别吓我，好不容易觉得安定了，怎么又要折腾？”

“资本市场的硝烟才刚刚点燃，更大的折腾，还在后面。”何方远笑着看了范记安和徐子棋一眼，“企鹅接手了创始团队，并不表明千方和芝麻开门就会收手，立化一家独大的局面从此结束。企鹅和创始团队开辟了新的战场，许多资本都看到了互联网版权产业的巨大商机，相信在接下来的两年之内，会有大批资本涌入互联网版权产业市场，说不定有一天，风投会找到我们，让我们成立管理团队，我们也和创始团队一样，坐拥数亿资金，跃马扬鞭，开辟新的战场……”

“哇，太振奋人心了，我要当常务副总。”梅荏苒双眼放光。

和梅荏苒的关注点不同的是，范记安到底更成熟更有城府：“何哥，真有这么一天，你一句话，我绝对一路追随。不过我提个建议，我们团队必须控股。”

“哈哈，这个就看到时候怎么谈判了，最好的结果当然是管理团队控股了。”何方远笑道，“从现在起，都努力工作，提高自身能力，同时，关注业内动向，随时准备揭竿而起。”

“听何哥的口气，是不是都接触过投资方了？”徐子棋半天没说话，就在一旁眯着小眼乐个不停，终于逮着个空儿说话，一问，就问到了敏感问题。

“保密。”何方远嘿嘿一笑，外交辞令一样的语言运用得很娴熟，没办法，新闻联播看多了，“无可奉告。”

“我去！”徐子棋和范记安一起鄙视了何方远。

饭后，徐子棋和范记安先撤了，梅茬苒开车送何方远回家。

“忽然觉得自己很没出息，总是让女人开车送我回家。”何方远深深地摇了摇头，“我又不是吃软饭的小白脸。”

“这有什么？现在还分什么男送女女送男，你也太大男子主义了。”梅茬苒开车的水平不如蓝妹，她开得很慢，很平稳，虽没有刺激和惊险，却能让人感受到平和从容。

“其实我想说的是，上次李丛林和马大勉特意留下我说话，后来马总说了一句以前亏待我了，我当时还没有领会到什么意思，直到今天下班前才知道，原来马总特批，为我配了一辆汽车。”何方远一扬手中的钥匙，“大众十几万元的汽车，比不上你的百万宝马M3，不过也是我应得的奖励，是公司对我的肯定。我说，你以后能不能别开这辆宝马了，需要的时候，我可以送你回家。”

梅茬苒顿时得意扬扬：“为什么不让我开宝马？为什么要管我？我是你什么人？你说出一个让我信服的理由，我才会考虑你的话。”

“如果你不喜欢顾南，就别要他的东西。女人一定要记住一个道理，不喜欢一个男人，就别利用他对你的好感玩弄他的感情挥霍他的金钱，否则早晚有一天你会发现，你偿还不起了。”

“如果你说，你喜欢我，不想我和别的男人纠缠不清，我不但立刻把车还给他，还会把包也还给他，不会留下他的任何一件东西，哪怕这个东西价值连城！”梅茬苒目光如火直视何方远的双眼，“何方远，你敢不敢给我一个承诺？”

何方远愣了一会儿，懒洋洋地摇了摇头：“男人的承诺都不可靠，我不想骗你。”

“就算你骗我，我也认了。”梅茬苒的眼中涌出了泪水，“要你一句话，哪怕是假话，真的这么难？”

何方远嘻嘻哈哈地一笑：“太严肃了，不好玩，美人靠，你还是适合走宅男女神的路线，不适合演悲情戏，来，萌一个，笑一下。”

“下车！”梅萑苒生气了，一脚刹停汽车，“何方远，你别后悔！”

“真赶我下车呀？”何方远赔着笑，“美人靠，你给点儿我时间好不好？”

“我已经给了你足够的时间了，何方远，请你下车。”梅萑苒的泪水终于不争气地落了下来。

站在灯红酒绿的街头，何方远望着绝尘而去的宝马M3的尾灯，心里不知道是什么滋味，摇了摇头，叹息一声，迈步朝地铁站走去，才走没几步，忽然听到身后有一个迟疑的声音在喊他：“何方远……你是何方远？”

声音有点儿耳熟，到底是谁，却想不起来了，何方远回身一看，身后两米开外站着一个女孩，穿一身素色连衣裙，亭亭玉立如暗香浮动的夜来香，裸露在外的小腿闪烁逼人的青春光泽，微瘦的瓜子脸和稍嫌苗条的身材，身边还有一个大大的行李箱。

五月末的下江，夏天已然来临，微风吹动，花香袭人，花香中更有一丝唤醒久远回忆的栀子香气，何方远瞬间回到了轻舞飞扬的大学时代，回到了他回味悠长的初恋时分。

“常辛儿？”何方远喜出望外，向前一步，激动地一把抓住她的手，“怎么是你，辛儿？”

“是呀，我也以为认错人了，就试着喊了一声，没想到还真是你。人生无处不相逢，相逢疑是在梦中，方远，你一直在下江？”常辛儿一开口还是一口软软的江南口音的普通话，当年，正是她的清纯和绵软的普通话征服了何方远，让何方远为她痴迷了整整三年。

而最让何方远痴迷的是常辛儿身上的栀子花香。

常辛儿是何方远的大学同学，也是何方远同届的校花。当年追求常辛儿的人无数，何方远只是其中之一。实际上，何方远差一点儿就要抱得美人归了，眼见常辛儿就要倒在他怀中之时，突然有一个富二代凭空杀出，凭借宝马和每天上百朵鲜花的攻势，成功地俘获了常辛儿的芳心。

何方远功亏一篑，并不甘心，想当面找富二代理论一番，结果和富二代纠集的一帮人打了一架，他没吃亏，也没沾光，后来从不喝酒的何方远喝得酩酊大醉，用来纪念他纯真而短暂的初恋。

说是初恋，准确地讲，应该算是单相思，当时常辛儿对他的情意，似有还无。

大学毕业后各奔东西，也就失去了联系。何方远没有留在北京而来下江工作，未尝没有常辛儿家在江南离下江很近的原因，只不过人生隔山岳，世事两茫茫，一晃毕业五年了，他从未再见过常辛儿一面。

不想在他几乎遗忘了常辛儿的时候，常辛儿却不期然出现在了面前。

“我来下江五年了。”何方远感慨万千，“辛儿，你这是去哪里？”

常辛儿眉宇之间微有失落之意：“我正在找地方住……丢了工作，又没了住处，让老同学笑话了。”

“怎么会这样？”何方远忙说，“大晚上的，去哪里找地方住？如果你不嫌弃，先到我的住处凑合一晚上？”

“和你我就不客气了，麻烦了。”常辛儿喜出望外，“谢谢你呀方远，要不是你，说不定我要流落街头了。”

何方远租的房子是一室一厅，他让常辛儿睡他的床，他睡沙发。常辛儿还是和以前一样随和淡然的性子，也没推辞。

“毕业后，我和吴博栋分了手，回到了江南，在家乡的江南小城教书，一直过着平静知足的生活。谁知有一天，爸妈突然得了重病，撒手人寰，我孤身一人离开家乡，来到了下江。”洗澡之后，常辛儿换了一身睡衣，长发披肩，盘腿坐在沙发上，细声细语和何方远说起了她的过往。

“到了下江，先是找了一家外企，只干了半年，假洋鬼子的中国总监想潜规则我，被我拒绝了，他一怒之下就辞退了我。后来我又接连在三家公司做过，时间都不长，要么遇到让我当花瓶陪酒的上司，要么遇到要包养我的总经理，一个无依无靠的女孩想在下江这座现实到势利的城市生存下来，太难了。最后这家外企，我工作了整整两年，也升到了副总监的位置，本来前景还算不错，却突然出了一件事情，我成了替罪羊，被扫地出门了。”

常辛儿脸上无喜无悲，仿佛在说别人的故事，也许是生活中太多的不幸磨平了她的忧伤，又也许是她习惯了大都市的冷漠和无情，总之，她平静地面对一切变故。

“我的顶头上司总监钟果萌因为不堪忍受工作上的压力和升职无望的前景，在公司上吊自杀了，她家人向公司索赔500万元，打官司却输了，我替她说了几句公道话，公司就开除了我，还直接将我赶出了宿舍。我的钱都给了钟果萌的家人，身上的钱不够租房了，要不是遇到你，真的要流落街头了……”常辛儿抿嘴一笑，“真的得谢谢你，方远，以前欠你一段感情，现在欠你一个人情，你似乎一直是我生命中的最重要的人，可惜，以前错过了你。”

“以前的事情，过去就过去了。”现在的何方远正为梅荏苒的事情烦心，虽说初恋最难忘怀，他对常辛儿好感依旧，只是时过境迁，他只想以同学的身份帮她一帮，别的，就不再多想了，“你先在我这里住下，不用急，工作再慢慢找，下江的机会也多。”

“既然你这么说，我说不定还真得麻烦你一段时间，到时你别烦了就行。”常辛儿淡淡地一笑，一切，都那么云淡风轻，“烦我了，就说一声，别不好意思，我会马上搬走的。如果觉得我还不烦，我可以帮你收拾家、做饭……”

“别说这些，说这些就见外了……”何方远话说一半，手机忽然响了，一看来电，竟然是蓝妹。

何方远起身接听了电话：“蓝妹，什么事？”

“方远，最近我接触了几家风投，都对投资互联网版权产业很感兴趣，初步估算了一下，最少有三亿元投资。”蓝妹的声音有几分兴奋，“你现在方便不？我就在附近，想和你见面谈谈。”

“要不明天吧，今天太晚了。”何方远却没有蓝妹想象中的兴奋，“明天到公司再详细说说，怎么样？”

“听你的。”蓝妹挂了电话。

三亿资金虽说不少，但投入到互联网版权产业之中，并不算多，企鹅接手创始团队，一开始说是投资一个亿，后来据何方远估计以及从内部打探到的消息，前期是投资一个亿，后期会陆续追加五个亿，在三年之内投资总额有望超过十亿元！

企鹅为了一洗两次投资互联网版权产业的失败之耻，更为了加快互动娱乐的布局，这一次确实是下了血本，不但资金到位，据说宣传和渠道也全线向创始团队倾斜，开天中文正在酝酿开天辟地的惊人之举。

说实话，何方远也想如创始团队一样，自己拉一个队伍单干，哪怕只占百分之三十的股份，也是瞬间身家上亿。只不过他现在还没有决定是不是真和蓝妹合作跳出立化另起炉灶，不是他不想，而是时机未到。

有两点原因让他暂时还不能做出决定。其一，他在立化的目的还没有达到，立化的常务副总，绝不是他选择留在立化的动力，和乔国界面对面，成功进入乔国界的视线，借助乔国界实现他的理想抱负，才是他留在立化的最大原因。

但眼下，他距离成为乔国界眼中的能人和明白人，始终还差了一步，这一步，迟迟难以迈出。

乔国界是个人物，他需要从乔国界身上学习的东西有很多，不学会乔国界的战略眼光就离开兴众，是他千金难换的损失。

其二，现在局势还不是十分明朗，千方虽然明确要进军互联网版权产业，芝麻开门也有了意向，但只有三巨头牵头还不够，还需要更多的互联网企业甚至是传统企业杀进互联网版权产业，才是真正的群雄逐鹿之时。等到了秦失其鹿，天下共逐之的阶段，才是他跳出立化跃马天下之时。

当然，现在的他还不够强大，身边只有三五人追随，既没有创始团队一样的从业十年的经验，又没有深广的人脉和资源，自身的实力不够强大，在资本面前，就没有说话的权利，最终只能沦为资本的工具，他想打造一个可以和资本平等对话平起平坐的战斗团队！

他需要至少半年的时间。

第二天是周末，何方远一早就来到公司等蓝妹。

约好了九点，直到十点蓝妹才姗姗来迟。

穿一身蓝色长裙的蓝妹，如高洁的蓝莲花，当前一站，素裙玉面如相识，佳人一如月圆时。

“不好意思，来晚了。”蓝妹歉意地笑了笑，“最近实在太忙了，我妈的公司出了点儿事情需要我去帮忙，我两边跑，差点儿没累细了腿。”

何方远呵呵一笑：“你的腿形很好看，不用再细了，现在就已经完美了。”

蓝妹一吐舌头：“无事献殷勤，非奸即盗。”

“万一以后你成了我的老板，我不大拍你的马屁怎么成？”何方远伸手一指沙发，“坐，别站着了，说说你的三亿元。”

“三亿元是风投的资金，我估算三亿元应该不够，最少要五亿元，所以我也会出资两亿元，怎么样，三年内，五亿元资金到位，有没有信心打造一家在互联网版权产业市场进入前三的网站？”蓝妹坐下，一脸期待地等何方远回答。

“如果你要我现在回答的话，不能。”何方远摇了摇头，“目前互联网版权产业发展的瓶颈不是资金，现在想杀入互联网版权产业市场的互联网巨头和传统巨头，有很多，我估计，明年应该就是互联网版权产业集中爆发之年，而明年末或者后年初，也许就是互联网第四次浪潮的开端。”

“是呀，我也正是想到了这一点，才急着和你商量一下什么时候开始布局好。”蓝妹微有焦急之色，“时不我待。”

“呵呵，别急，心急吃不了热豆腐。”何方远摇了摇头，“现在团队还没有打造好，我如果负责成立管理层，就必须对投资方负责，而不是只捞一笔快钱就走。所以，我还需要半年到一年的时间。”

“这么久？我等不及了。”蓝妹站了起来，“再等下去，我们就落在别人后面了。”

/ 第三十七章 /

# 无所不用其极

“后发制人也能成功，企鹅有许多成功的例子都是后发制人。”何方远也站了起来，来到蓝妹身前，“创始团队和立化的大战才刚刚开始，这个时候贸然进入互联网版权产业的市场，等于是自寻死路，说不定还当了炮灰，所以现在不是最佳的介入时机。等明年，创始团队和立化的大战分出了胜负，市场重新洗牌，同时，我们的团队也初具了战斗力，这个时候出手，成功的可能性才最大。”

“你说的也不无道理，不过我怎么总觉得你是在为自己争取时间？”蓝妹歪着头，一脸狡黠的笑容看着何方远，“你的团队越强大，你的身价就越水涨船高，讨论股权比例的时候，你的底气就越足，是不是？”

“亲兄弟还明算账呢，是不是？”何方远嘿嘿一笑，毫不掩饰他的诉求，“有三剑客的前车之鉴，合作之前，就得想得长远一些。我的底线还是坚持控股！”

“你凭团队、从业经验和资源入股，怕是很难控股。”蓝妹嘻嘻一笑，“不过，如果是三方参股的话，风投一方，我一方，你一方，我和你可以联合起来，联合控股。”

“怎么个联合法？”何方远又朝蓝妹靠近了一步，对她形成逼迫之势，“就算联合，我和你也得一人主一人次，谁主谁次？”

蓝妹不肯后退一步，迎着何方远逼视的目光：“我主你次！我既出钱又出力，就应该指挥你。”

“也许我的团队打造成功之后，并不会跳出兴众另起炉灶，而是留在兴众和乔国界谈管理者收购。”何方远又含蓄地笑了，“这样的话，到时你就得另请高明了。”

“江武提出管理者收购都没有成功，你就这么自信可以成功？”蓝妹嘲笑何方远过度膨胀的信心，“更何况你现在距离立化管理者的身份，还有遥远的距离，陈果刚当上立化的总经理，你想替代他？可能性太小了。”

“唐朝贞观年间，有四种最荣耀的事情是——年轻有为，进士出身，编修国史，娶四姓女，四姓是指崔、卢、李、郑，我也为自己定了四个目标——年轻有为，大学毕业，年薪千万，娶白富美……四个目标已经完成了两个，后两个，难度很高，也许一辈子也实现不了，也许明年就会全部实现。”何方远哈哈一笑，“做人，要敢于有梦想，要敢于拼搏奋斗。我现在确实还算不上立化的管理者，陈果也确实是刚刚上任立化总经理，但凡事没有绝对，现在正是大战之时，也许一次失误就会折损乔国界的一员大将，我随时做好替补的准备，嘿嘿……”

“好吧，听你吹牛也是周末放松的一种休闲方式。”蓝妹抿嘴一笑，笑容可掬，“你最后一个人生目标——娶白富美，现在是不是已经有了明确想娶的对象？”

“有了。”何方远就知道蓝妹会问这个问题，坏坏地一笑，“这个人，蓝总监也认识。”

“梅茌苒？”蓝妹上当了，脸上流露出紧张的神情，“真的是梅茌苒？”

“不是，是楚一亭。”

“讨厌！”蓝妹笑得前仰后合，“楚一亭结婚了，再说，她又不是白富美，你逗我玩呢，是吧？”

“还真不是。”何方远忽然压低了声音，神秘地说道，“楚一亭在海山事件上立了大功，她现在是马总身边炙手可热的红人，现在她在暗中活动，想再前进一步。”

楚一亭现在是版权部经理，在级别上和总监平级，不过权限没有总监大，只局限在版权部。再升职的话，一小步是总监，一大步是副总。

“想替代我？”蓝妹一愣，“我这个总监还没有当够，还不想让位。”

“不是，她是想取代我。”何方远意味深长地笑了，“以她敢于踩着海老大的脑袋上位的狠心，下一个要想踩的人，肯定是我。现在她对打击创始系的人不遗余力，打掉一个，她的地位就稳固一分。我现在是创始系留下的最有代表性的人物，打掉我，她不但可以顺势坐上我的位子，还会让她也进入乔董的视线，这样一举两得的好事，她肯定不会放过。”

“啊，真的？楚一亭真要对你下手？你听谁说的？”蓝妹愤怒了，“她要是敢对你不利，我第一个不饶她。”

“不用你出手，我亲自和她过过招。”何方远冷冷一笑，“虽然我很尊重海老大，但我和海老大不一样，我不会因为她是女人就心慈手软。”

“狠起来，女人比男人更坏。”蓝妹表示赞成何方远的话，“我也很看不起出卖自己老大的人，何况以前海老大对她还那么好，这样的女人，没有节操。你打算怎么对付她？”

“对付她的事情，就不告诉你了，可能手法不太光明正大，不太正能量，你就不要问了。”

“对付这种无赖女人，还讲究什么手段？恶人自有坏人磨。”

“不对，是恶人自有浑蛋磨，哈哈。”何方远想起范记安为他出的主意，哈哈大笑，“等着看好戏吧。”

“对了，我还没有去过你住的地方，肯不肯让我参观一下？”蓝妹很聪明地转移了话题，不再讨论楚一亭。

“不是吧，单身男人的房间，有什么好参观的？别闹了，又乱又脏，影响观感，更影响我伟光正的形象，不好意思，谢绝参观。”何方远说得堂皇，其实是怕蓝妹发现家中住着一个美女而引起误会。按说他和蓝妹也没什么关系，可为什么他就是怕蓝妹误会他呢？

“你紧张什么？好像你金屋藏娇一样。我不怕脏不怕乱，主要是我还从来没有见过单身男人的房间，想从你这里长长见识，也要让我充分认清男人这种生物的基本特征。我也就你这么一个可以称得上是朋友的异性单身好友，难道你连我这一点儿的好奇心都不满足？”

为什么不管是灰姑娘还是白富美，只要是女人都会耍赖呢？何方远无语了，说实话，他真想不通蓝妹想参观他房间的真正用意是什么，但她的理由虽然牵强却很充分，让人无法拒绝，他只好挠了挠头：“能不能让我先回去收拾一下？”

“不用了，我和你一起去，这样才能看到最真实的一面。”蓝妹开心地笑了，笑容如花，她挽住何方远的胳膊，“走啦，别愣着了。”

好吧，赶鸭子上架，何方远有点儿后悔刚才为什么不见好就收，一结束谈话就赶紧溜之大吉，结果让蓝妹拿住了他。

路上，何方远本想给常辛儿打个电话，想了一想，又没什么好打的，难道要让常辛儿准备一下？有什么好准备的，常辛儿只是过客，况且她也未必在家，算了，不管了。

何方远住的地方离公司不远，十几分钟就到了，打开房门，蓝妹一下惊呆了：“哇，不是吧，这么干净整洁，比我想象中好了一百倍。”

何方远比蓝妹还惊讶：“是不是走错门了？等下，我再看看房号。”他退到门外，看了一眼，“没错呀，是7-7-701，怎么眼睛一眨，老母猪变鸭，神奇，太神奇了，我记得走的时候，拖鞋在厨房门口，袜子在茶几上，衬衣在沙发上，怎么都各归其位了？不对，地也拖了，啊，灯也擦了……"

正当何方远一副见鬼了的表情目瞪口呆时，常辛儿穿着围裙戴着手套从厨房出来，手里拿着何方远的短裤，正准备去阳台晒干，一见何方远吓了一跳："方远，你回来了，我刚才在洗衣服，没有听到声音，差点儿吓死我……"

话说一半，她才发现何方远身边的蓝妹，顿时愣在当场，愣了片刻，她笑着迎上前来："你是方远的女朋友吧？我叫常辛儿，是方远的同学，昨天晚上流落街头无家可归，正好遇到了他，如果不是他捡了我，我昨晚肯定露宿街头了。"

蓝妹张大了嘴巴，看了常辛儿一眼，又看了何方远一眼："何方远，你还真是金屋藏娇呀，怪不得不敢让我来，原来是怕被我发现。"

蓝妹这么一说，常辛儿以为蓝妹误会了她和何方远，忙不迭解释："你误会了，我和方远没什么，也就是他当年喜欢过我，我和他最后没走到一起，然后就在街上偶遇了，然后……"

蓝妹吃吃地笑了："我叫蓝妹，是何方远的同事，我没误会你，是你误会我了，我不是他女朋友。"

"啊……"常辛儿不好意思地笑了，"你刚才和方远站在一起，郎才女貌，太般配了，我以为你们……不好意思，我说错话了。"

蓝妹脸微微一红："其实何方远喜欢的是和你一样居家、贤惠的女孩，我不是他的菜，他也不是我的菜。"

"才不是呢。"常辛儿和蓝妹一见如故，"你没我了解他，他志向远大得很，在大学就立下目标说要娶白富美。"

"哧……"蓝妹忍俊不禁，"这人怎么这么爱做白日梦？上大学的时候就想娶白富美，他可真敢想。不过他的梦想到现在还没有实现，没有白富美能看得上他。"

"咳咳……说什么呢，我还在呢，你们注意一下言论，不要人身攻击。男人想娶白富美和女人想嫁高富帅一样，是爱美之心人皆有之的具体表现，是再正常不过的想法，白富美看不看得上我是一回事儿，和我想不想娶白富美没有关系，而且下江的白富美多了去了，众里寻她千百度，总有一个爱我的白富美等我在灯火阑珊处。"

何方远的话，引起了蓝妹和常辛儿的一顿大笑。

到了吃饭的时候，蓝妹提议出去吃，常辛儿却说不如自己动手做，蓝妹不会做，陪常辛儿买了菜，她自告奋勇帮常辛儿打下手，何方远就坐在沙发上看电视，第一次体会到了男人当家做主的幸福，不由说起了梦话："怪不得男人都怀念万恶的旧社会，也是，有两个女人伺候着，真是舒坦。”

常辛儿只是笑，不理他，蓝妹却不干了，一扬手一片菜叶飞出，正中何方远的鼻子。

三人围在一起吃饭，蓝妹对常辛儿的手艺赞不绝口，连连向何方远暗示：“你呀，贪心不足蛇吞象，要娶什么白富美，白富美会做什么？不会做饭，不会家务，只会盛气凌人，你娶来做什么？”

“你不会做饭，不会家务，只会盛气凌人，不代表别的白富美也和你一样什么都不会，别用你的笨来衬托别人的能干，蓝妹，我想娶一个白富美，又没说想娶你，你不要总是打击我对美好事物的向往。”何方远嘿嘿一笑，“蓝妹，如果你想嫁给我，从现在起，你要向辛儿学习做饭和家务，半年后，你还真可能成为我的目标人选之一。”

“我呸！”蓝妹乐坏了，“为了让你娶我，我还要学会做饭做家务，你哪位呀？你真有这么好的话，还会到现在还单身？估计早就被一堆白富美逼婚了，哪里还轮得着我，是不是？”

常辛儿既不向着何方远，也不附和蓝妹，只是含蓄地笑。过了一会儿，她忽然插嘴说道：“我听说，男女之间的互相吸引，就是由斗嘴开始，斗嘴，是感情萌芽的标志。”

“啊，不是吧？那我闭嘴好了。”何方远忙紧闭了嘴巴，一言不发了。

蓝妹瞪了何方远一眼，想说什么，忽然想起常辛儿的话，又不说了。气氛，一时就有些暧昧而迷离。还好，何方远的手机及时响起，打破了尴尬的局面。

“何哥，楚一亭和黄是道一起从公司出来，好像吃饭去了。”范记安用惯常的讥讽腔调说道，“最近楚一亭和黄是道关系近到都穿一条裤子了。”

何方远起身到阳台，不想让蓝妹和常辛儿听到他的对话：“人家只是纯洁的同事关系，不要乱说，任何不以为民除害为目的的跟踪和拍照行为，都是打击报复。”

“嘿嘿，何哥英明。”范记安一阵得意的贱笑，“照片是有了，不过没拍到精彩的，别急何哥，只要有火爆的场面，肯定拍下来让你以艺术的眼光鉴赏一下。”

“别扯了，赶紧跟上，别跟丢了。”何方远笑骂一句，“徐子棋调查得怎么样了？”

“他是宅男，让他在家里黑别人电脑，他求之不得，听说他已经有了眉目，楚一亭当年确实手脚不干净。”

“好，抢在她的前面，为她挖一个大坑。”何方远杀心大起，楚一亭阴了海老大不说，还想背后黑他，此女不除，立化不宁。他可不比海山，惹了他，他才不会怜香惜玉，更何况楚一亭虽是女人，却不是什么香更不是什么玉。

楚一亭背后想要黑他一刀的事情，他也是无意中听史尚飞说漏了嘴才察觉到了危险的逼近。

作为副总监，史尚飞在立化的存在感不强，主要是他初来乍到，业务不精人脉不广，在上有何方远下有范记安等人的包围之下，他根本就没有施展手脚的机会。不过他并不想被边缘化，总想显示一下存在感，本来就是门外汉，偏偏又喜欢外行指挥内行，就闹出了不少笑话。

史尚飞是陈果的人，他原来在总办工作，陈果从总办来立化，他也跟着空降过来，很明显，陈果当他是扎根立化基层的亲信，只可惜，他处处碰壁，黄是道不喜欢他，楚一亭提防他，蓝妹理也不理他，甚至连范记安等几个小组组长也对他阳奉阴违，他在立化的处境十分尴尬。

幸亏有一个人对他还算不错，正是何方远。

何方远倒也不是看在陈果的面子上才对史尚飞照应一二，而是他觉得史尚飞为人不坏，就是不太会说话办事，不过如果拉拢过来，也不失为一个朋友。

正是由于平常何方远对史尚飞还算照应，遇到史尚飞有难题，他会帮着解决，史尚飞对何方远心存感激。有一次史尚飞到黄是道的办公室汇报工作，无意中发现桌子上有一份材料，上面有何方远的名字，他就留了心，后来趁黄是道不在的时候，又溜进了黄是道的办公室，打开抽屉，翻看了材料。

材料，是当年何方远刚刚担任副总监时，和海山一起经手的一起版权交易。其实也不算何方远经手，只是当时出售的版权是和何方远关系不错的一个版权方的作品，何方远从中牵线，将作品推荐给了海山，海山通过他的公司转让出去，版权方得到了五万元的版权转让费。

几年过去了，当年转让的版权作品并没有大红，以当时作品的知名度和影响力估算，五万元的转让价格算是高估了，也就是说，何方远和海山算是替版权方做了一件好事，让版权方多了一笔意外收入。但楚一亭现在旧事重提，经过评估之后得出五万元的转让价格只是作品实际价值的十分之一，何方远从中获利四十五万元。

## /第三十八章/

# 实战课

我去……何方远听到史尚飞透露的消息后，差点儿骂娘，人不能无耻到这种地步，凭空捏造也就罢了，还直接栽赃陷害，楚一亭这是作死的前奏呀。

史尚飞还向何方远透露了另一个惊人的消息——在黑何方远的事情上，楚一亭是始作俑者，黄是道是帮凶，有一次他偷听到了黄是道和楚一亭的对话，二人达成了一致，要彻底扳倒何方远，让楚一亭取代何方远坐上常务副总的宝座。

这个消息对何方远分析黄是道和楚一亭的合作背后有什么不可告人的内幕，起到了至关重要的点拨作用。黄是道出于憎恨他的目的帮楚一亭黑他，可以理解，但黄是道却活雷锋一样要助楚一亭当上常务副总，成为他的上司，骑在他的头上，试想，一个男人为一个女人无怨无悔地付出，甚至不惜被这个女人骑在头上，那么这个男人一定是想将这个女人压在身下，或者他已经将这个女人压在了身下。

黄是道未婚，作为大龄未婚男人，对女人有想法也正常，问题是楚一亭已婚了，好吧，楚一亭为了事业也好或是婚外恋也罢，愿意为黄是道献身，那是她的事情，是道德层面的问题，何方远才不会评价，但她和黄是道怎么胡搞是她的事情，在胡搞之余却还要黑他一道，就是自寻死路了。

黑别人的时候，自己身上干净才行，自己一身臭，还想泼别人脏水，用范记安的话说，生得犯贱，死得浑蛋。

至于怎么反制楚一亭，何方远比海山心狠手辣多了，主要也是有海山的前车之鉴，对于如毒蛇一般的女人，必须一击得手，不能打蛇不死反被蛇咬，所以在范记安正面跟踪楚一亭和黄是道的同时，徐子棋负责在背后着手调查楚一亭当年被立化开除时的内幕。

和范记安通话完毕，何方远心里更有底气了，刚要回到饭桌上，手机又响了，一看来电，是徐子棋。

“何哥，差不多了，只要你一声令下，马上就可以收网。”徐子棋小有兴奋，“不做黑客许多年了，没想到，江湖上还有哥的传说，别迷恋哥，哥只是个传说。”

“别嘚瑟了，保存着证据，随时等我的招呼。”何方远几乎要哈哈大笑了，摆平了楚一亭，也算是为海山报了一箭之仇。

“遵命。”徐子棋嘿嘿一笑。

徐子棋黑楚一亭和黄是道的电脑，其实也是从马大勉下令抽走三剑客和几名主要负责人电脑的硬盘举动中，得到的启发，是活学活用。当时三剑客辞职时，在还没有对外公布批准三剑客的辞职之前，马大勉就下令第一时间封存电脑，后来考虑都是IT从业人士，又怕三剑客采取黑客手段销毁电脑中的数据，就又让人抽走了电脑硬盘。

此事在公司一时传为美谈。

“什么事情，怎么打了这么长时间电话？”蓝妹咬着筷子，斜着眼睛不满地瞪了何方远一眼，“扔下两个美女不管不顾，到一边没完没了地打电话，是不是太失礼了？”

“饭都凉了，要不要热一下再吃？”和蓝妹张口指责何方远不同的是，常辛儿温存似水，想得周全。

“女人和女人的差距，怎么这么大呢？”何方远感慨，“蓝妹，我推荐一本书给你看，名字叫《怎么做一个不被丈夫抛弃的妻子》，你看了肯定受益终生。”

“去，懒得理你。”蓝妹白了何方远一眼，“说说看，乔董为了狙击开天的崛起，会采取什么手段？”

何方远还没有回答，常辛儿却掩嘴吃吃一笑：“蓝妹，你不太像是方远的同事……”

“不像同事像什么？”蓝妹大感好奇。

“像是一对有着革命情谊的恋人。”常辛儿笑得很暧昧，“根据我的经验，但凡哪个女同事用撒娇、指责的口气和一个男同事说话，要么她喜欢他，要么他喜欢她，而且她也知道他喜欢她，所以才恃宠而骄。”

“没有吧，我哪里喜欢他了？他暗恋我估计是有，不过我在他面前可没有恃宠而骄。”蓝妹想起了什么，似乎是急于把自己澄清，“对了，他理想的恋人是梅茌苒。”

“梅茌苒是谁？”常辛儿对何方远的感情问题很感兴趣。

“是他共事三年的美女同事。”蓝妹笑眯眯地看着何方远，“不过好像他让她怀孕了，却又不打算娶她。”

“啊，始乱终弃？”

何方远终于忍无可忍了：“都说三个女人一台戏，我现在才知道，这话太坑爹了，两个女人就能上演一台戏。你们狠，你们赢了，我走还不行吗？”

最后何方远当然没有走成，下午他又在蓝妹的强迫下，陪蓝妹和常辛儿逛了街。也许是蓝妹确实没什么朋友的缘故，她特别喜欢常辛儿恬淡如水的性格，和常辛儿迅速走近，成了无话不谈的闺密。

以前何方远一直以为闺密和发小儿是同样的意思，是指从小一起长大的伙伴，现在才知道，只要关系密切到一定程度，女人之间不管认识多久，都可以成为闺密。

晚上，蓝妹也不知道哪里来的兴致，又留下吃饭，何方远算是怕了她了，这才知道以前傲慢、冷艳的蓝妹只是她的伪装，现在调皮的、发坏的她，才是真正的她。

不过还好，晚饭时蓝妹没有再取笑他，饭后，却提出让他送她回家。何方远知道蓝妹有话想说，就答应了。

天气渐热，保时捷跑车开启车顶，变身敞篷，让夜风尽情地吹拂蓝妹的秀发。

“事先声明，我不是有意偷听你的电话，你说话声音太大了，我不小心听到了一些。”蓝妹俏皮地一笑，“好像你要谋划一件什么事情，为什么不让我知道？”

“这事儿和你没关系，而且也不那么光明正大，你就没有必要知道了。”何方远才不会告诉蓝妹他的一举一动，他和蓝妹是同盟没错，但关系还没有好到共享全部秘密的程度。

“如果我非想知道呢？”蓝妹耍赖。

“我不会告诉你的，你撒娇耍赖都没用。”何方远嘿嘿一笑。

“好，不告诉我是吧？”蓝妹脸色一寒，“我也不告诉你顾南想娶梅荏苒的真正用意。”

这一手够狠，何方远无语了，顾南为什么非梅荏苒不娶，确实是他一直想知道的，不过，他真心不想和蓝妹交换，楚一亭的事情，太肮脏了，不想污染了蓝妹的耳朵。

“算了，你不告诉我，我也不强求，不过我做的事情，还是不能告诉你。知我者谓我心忧，不知者谓我何求。”何方远深深地摇了摇头，“我不想让一些黑暗的事情掩盖了你心灵上的光明。”

“哇，你太伟大了。”蓝妹冷哼了一声，不无嘲讽之意，“我一直觉得伟光正的人不存在，现在才知道自己还真是孤陋寡闻了，原来我身边就有一个伟光正。”

“接下来乔董应该会出台一系列的福利措施来应对开天崛起，开天上线后，立化不但流量大减，而且版权方人心浮动，作品的质量下降不少，长此以往，立化将没有了立足之本。”何方远不管蓝妹的小性子，直接转移了话题，“不过鉴于前一段时间的高价买断超支太多，兴众文学今年的财务报表肯定会特别难看，财务报表又直接影响到兴众文学的上市大计，所以不出意料的话，乔董下一步的举措，不会再出台任何高价买断措施，而是会在分成比例上做文章。”

和立化合作的版权方，合同分两种：

一种是分成，就是版权方和立化在版权销售的总金额上，各得百分之五十，如果版权方按期保质保量地完成合同，额外会有一定比例的返还。

一种是买断，就是立化按照字数的多少为版权方支付报酬，版权方的作品版权全权归立化处置，买断价格以千字计算，从千字一百元到千字五千元不等。

以前立化开出的最高买断价格是千字千元，一般买断字数是五百万字左右，相当于一部作品需要支付五百万元的版权使用费。但在创始团队出走之后，版权方的身价大涨，原来千字千元的买断坐地起价涨到了千字三千元，甚至有三五人涨到了千字五千元。

以千字三千元计算，一部五百万字的作品，立化要支付的报酬高达一千五百万元！

据何方远统计，千字三千元的买断，高达十人之多；千字五千元的买断，三五人；千字三千元以下的买断，也有五六人，都是在创始团队出走初期大挖立化墙脚时，马大勉慌乱之下，被版权方绑架了理智弄昏了头脑，急切之下全部答应了下来，结果财务审核之后做出了统计报表，立化今年的买断支出高达三个亿！

而去年立化一年的利润才一个亿。

再加上大量中坚版权方千字三百元左右的买断，累积下来也有上亿元，创始团队的出走引发的立化内部的动荡和混乱，远比外界的猜测更惊人，如果不是靠总公司输血，立化现在就直接倒闭了。

这也是乔国界无比痛恨创始团队的原因之一。

当然，以上造成的巨额损失，完全归咎于创始团队也不公平，毕竟，立化给版权方开出高价的初衷是不想创始团队轻松地从立化挖走版权方，只不过没想到开了头却收不住尾，导致要价越来越高，再加上马大勉不接地气，和版权方关系不熟，被版权方当了冤大头，结果就造成了不可收拾的局面。

创始团队从立化挖人，也付出了高额代价，据说创始团队准备了一亿元的现金储备用来随时支付挖人的前期预付款。所以，深知版权方难挖、投资互联网版权产业需要巨额投资的何方远，在蓝妹说能拉来三亿元的风投时，并没有表现出过多的兴奋。

创始团队在挖到想挖的人后，改变了策略，不再溢价挖人。这时马大勉才清醒过来，意识到杀敌一千自伤两千。创始团队现在就是烧钱阶段，不怕砸钱挖人，而兴众文学则不同，兴众文学要上市，就必须要有利润报表。结果倒好，一番高价买断下来，立化几年的利润全部扔了进去。立化的利润占兴众文学利润的一半以上，以前的立化是兴众文学的现金奶牛，现在的立化，是兴众文学的无底洞。

也正是因为马大勉昏招错招不断，乔国界才做出亲自坐镇兴众、亲手制定立化政策的决定，以何方远的估计，乔国界会收紧高价买断政策，然后从分成的比例上下功夫。

“真是一堂活学活用的实战课。”蓝妹心思剔透，见何方远不接她的招，就是不告诉她他在暗中做什么，她也不多问了，顺着何方远的话向下说，“看来我来立化当总监，确实来对了，不但亲身体验了一场最高级别的商战，学到了不管花多少钱都学不到的知识，而且还认识了你，为我以后的宏伟蓝图铺平了道路。说吧，方远，我今天高兴，你有什么需要我帮忙的地方，尽管说，我尽量满足你的要求。”

“真的？”何方远顿时双眼放光。

“当然是真的。”

“那好，嫁给我，让我实现娶一个白富美的梦想。”

“……”蓝妹翻了何方远一个白眼儿，“没正形，说正事呢。”

“试试你到底有几分诚意，一试才知道，原来只有三分。”何方远嘿嘿笑了一气，“好，说正事，你能帮我向乔国界传话吗？”

“要是平常，我可能不会帮你，但刚才大话说出口了，好吧，我答应你。什么话，你说。”

“就知道你和乔董的关系非同寻常，现在你的关系到了实现价值的时候了。”何方远点点头，“我让你传的话，有两个要点，第一，先从战略的高度夸乔董一番，历数乔董战略家的高瞻远瞩，让乔董体会到高高在上的成就感，然后再切入正题。”

“先拍马屁？”

“别捣乱，这叫拍马屁吗？这叫讲究谈话技巧。不过平心而论，我是真心佩服乔董的眼光，他确实称得上战略家，他打造中国迪士尼的产业链梦想尽人皆知，从网络游戏到文学创作，从电子阅读到影视制作，从手机游戏到主题旅游，从云计算建设到电子支付保障，他都早早就布好局了，当然，他的战略只停留在设想上，最终遗憾的是，他提出了设想却是别人获得了成功。战略并不仅仅是远见和布局的能力，更是将这些远见和布局变为现实的能力。这些年来，兴众在很多领域纷纷布局落子，看似格局恢宏，但最后往往不了了之，结果是起了个大早，赶了个晚集。”

何方远的话发自真心，他从内心深处佩服乔国界的远见，只不过和他的远见不相称的是他用人的眼光，正是用人的失误，才导致了兴众许多极有远见性的项目没有落到实处。如果再细数当年乔国界的壮举，会让人大吃一惊，如果以前乔国界的梦想全部实现的话，现在的兴众将会是一个无法想象的庞大帝国！

早年，乔国界曾经想要买下弱小时的企鹅，也曾经收购过新浪。七年前，他提出盒子的概念，现在苹果大卖Apple TV盒子，国内也有巨头在搞盒子。十年前他开始看好互联网版权产业，并且收购了立化，结果到今天，互联网三巨头都争相杀入互联网版权产业市场。可以说，乔国界提出过的每一个概念和设想，几乎都得到了成功的验证，当然，他只是点火者，最后却在别家开了花结了果。

“我希望乔董在处理立化的事情上，别再犯同样的错误，否则，他可能会失去最后翻身的机会。互联网版权产业，是兴众还能不能承受第四次互联网浪潮冲击的最后机会。”何方远语重心长地说道，“蓝妹，请你转告乔董，立化应对创始团队挖人和抢夺资源的最佳策略是——提高分成比例，将分成百分之百返还版权方，这样，兴众文学才能以最小的代价留住最多的版权方，同时，也能源源不断地吸引中小版权方签约立化，保证立化龙头的位置不倒。”

“百分之百返还？立化不是要亏死？”蓝妹惊讶地问，“你让我转告乔董这句话，是你向乔董献的妙计？这个妙计太不妙了，乔董听了不拍死你才怪。”

“蓝妹，如果你进军互联网版权产业，没有我，你寸步难行。你来立化的最大收获，就是认识了我。”何方远自夸的时候一本正经，毫不脸红，还一脸的扬扬自得，“你对这个行业，了解得太少了。你放心，我的想法多半乔董也想到了，我让你传话给他，只是为了验证我的想法的正确性，同时，也为了让乔董再次加深对我的印象。”

“我是不了解这个行业，可是这种只赔不赚的主意，乔董肯认同才怪。”蓝妹还是想不通。

“换了别人，也许不认同，乔国界肯定认同，你帮我传话就是了。成，我谢谢你；败，我也不怪你。”

## /第三十九章/

# 旗开得胜

“好吧，后天上班就帮你传。”蓝妹咬了咬嘴唇，“万一乔董一怒之下将你扫地出门，你是不是马上就会和我开始合作？”

行呀，蓝妹想得还挺长远，何方远点头笑了：“好，如果乔董现在就赶我出立化，那么我马上就回身朝他心口上再插一把刀。”

“话能不能别说得这么吓人，直接说分他一杯羹不就成了？”蓝妹做了个鬼脸。

“或许你和乔董有关系，可以直接说上话，但你还是没我了解他，我说的心口一刀，是乔董自己的真实感受。”何方远意味深长地笑了。

送蓝妹到了家门口，何方远下车：“坐你的车送你回家，我还得自己坐地铁回去，蓝妹，记住我的好，记住我的真诚。”

“我清清楚楚地记得。”蓝妹甜甜地笑了笑，“你也记住，你和常辛儿只是同学，别越界。还有，我有一套房子一直闲置，想请她帮我看房子，你问她愿不愿意。”

“你什么意思，为什么要拆散我们？”何方远一阵坏笑，“如果她住你的大房子，能不能带上我？和常辛儿住在一起，我既不用打扫房间，又不用做饭，还不用洗衣服，太幸福了。”

“想得美！”蓝妹一溜烟儿跑了，扔下何方远一个人呆立原地。

周一一上班，蓝妹就直接到了十八层，来到了乔国界的办公室。

乔国界的办公室一般人进不来，除非有预约，否则即使是兴众内部的高管想见乔国界一面也不容易。蓝妹却不用预约，直接就闯进了乔国界的办公室。

“乔叔叔，我来打扰你了，不会不欢迎吧？”女人天生的优势就是撒娇，尤其是漂亮女人，在男人面前有天然的性别优势。

乔国界今年才刚刚40岁，按照新划分的标准，他还是青年，蓝妹只比他小十来岁，叫他叔叔，也是因为他和蓝妹的父亲交好。

“怎么会？来，蓝妹，坐。”平常深居简出的乔国界在接触新闻媒体采访时，经常面色沉静，在蓝妹面前，他笑容满面，微微欠了欠身子以示欢迎。

“无事不登三宝殿，我也知道乔叔叔平常忙，所以来到立化之后，也一直没有打扰你，乔叔叔不会怪我失礼吧？”蓝妹就势坐下，“我来呢，是想就目前的形势向乔叔叔说说我的想法。”

“好呀，欢迎。我最愿意听年轻人的建议，年轻人思路活跃，对互联网有天生的灵敏嗅觉。”乔国界心里在想，蓝妹来立化说是对互联网行业感兴趣，不想从事传统行业，想投身到互联网行业，这个理由也算充分，他也没有多想，安排一个子公司的总监对他来说，不过是小事一件，他压根儿没有放在心上，以他和蓝妹父亲蓝成器的交情，一个总监的位置不算什么。

蓝妹微微正了正身子，酝酿了一下情绪，然后一五一十地将何方远交代的话和盘托出，当然，顺序也没乱，先盛赞乔国界的高瞻远瞩，再提出分成比例百分之百返还版权方的想法。

说完后，蓝妹的心怦怦跳个不停，心想何方远，你可是欠了我一份大人情，如果乔国界否定提议，我就说是我的想法；如果他接受建议，我再报上你的名字，总之不管输赢，你都是最大的人生赢家，希望你能记住我的好。

乔国界听了，久久无语，站了起来，背着双手来到窗前，朝窗外望去。

兴众大厦刚落成时，虽说不是下江第一高楼，但和周围的高楼相比，也如鹤立鸡群一般突出。所以以前乔国界最喜欢站在办公室的落地窗前俯视下江，颇有一种舍我其谁的豪迈和大丈夫生当如此的自豪，只不过十几年过去了，时过境迁，现在的兴众大厦早已不复当年的鹤立鸡群，就如兴众逐年下滑的业绩一样，放眼望去，兴众大厦的周围全是高不可攀的高楼，兴众被高出许多的高楼包围，犹如英雄迟暮美人白头，满目都是沧桑。

如同外面阴云密布的天气一样，此时的乔国界心中也是乌云滚滚，只差一点儿就电闪雷鸣了——怎么会？蓝妹才投身到互联网行业多久，或者说，她完全就是互联网版权产业的门外汉，她怎么可能想出这么契合他心意的创意？

乔国界猛然回过身来，直视蓝妹的眼睛：“蓝妹，你说实话，这个创意是你想出来的？”

蓝妹被乔国界一语点破真相，顿时心慌了：“其实，其实，我是替别人传话的……”

"是谁？"乔国界继续逼问，他不允许下属有欺骗他的行为，尤其是当面欺骗，即使蓝妹也不行。

"何方远。"和老辣的乔国界相比，蓝妹在意志力上还是差了一些火候，一下就交底了。

"何方远？又是他？"乔国界脸色平静如水，"好，你先回去，让他上来见我。"

蓝妹忐忑不安地下了楼，心里懊恼，没办好何方远托付她的事情，她觉得心里有愧，同时更为自己被乔国界一句话就逼问出了真相而责怪自己不够镇静。

"方远，对不起，我把事情办砸了。"蓝妹低下头，一副做了错事的小学生模样，"你骂我好了。"

"怎么了？"何方远欣慰地笑了，蓝妹能勇敢面对自己的失误，就不是刁蛮任性的富家女，是好事。

"乔董发火了，让你马上上去见他。"

"这应该是好事呀。"何方远轻轻一拍蓝妹的肩膀，"我没怪你，你也没做错事，我先上去了，等我好消息。"

"嗯。"蓝妹难得地在何方远面前乖巧一次。

何方远上楼而去，蓝妹回了自己的办公室，路过黄是道办公室的时候，不经意看了一眼，见楚一亭正在里面，眉飞色舞，也不知在和黄是道说些什么。

"何方远最近动作不断，明显是想引起乔董的注意，他还挺有心机，捞了一个常务副总难道还不满足？再往上，可就是陈总的位置了。"楚一亭眼尖，眼光一扫就注意到了蓝妹从门口经过，她"扑哧"笑了，"何方远商场情场都得意，你没注意到最近蓝妹和他来往密切，我看呀，他说不定快要推倒蓝妹了。"

"怎么会？蓝妹怎么会看上他？蓝妹可是白富美，就算何方远是立化的常务副总，在她眼里也不过是一个穷屌丝。"黄是道不以为然地摇了摇头，"多半是他利用蓝妹不懂业务接近蓝妹，让蓝妹成为他接近乔董的梯子。"

"你不是女人，怎么懂得女人心？别看蓝妹是白富美，其实心思单纯得很，一看就没有谈过恋爱，很容易被何方远骗得团团转，何方远这种乡下来的小子最会甜言蜜语骗城里的女孩了，这叫农民式的狡黠。"楚一亭极尽嘲讽之能事。

"何方远不是农民出身，倒是你，好像是农村来的？"黄是道一时脑子短路，一不注意揭了楚一亭的短，"我老家也在苏北农村，别动不动就地域歧视，一亭，你别忘了，乔董也是从小县城来到了下江。"

楚一亭哼了一声，不满地白了黄是道一眼：“行了，不说这个了，说说下一步怎么办吧。再不堵住何方远，何方远就真的骑到我们头上耀武扬威了。陈果也真是，怎么非要重用何方远？何方远可是江武的得力干将，他也不怕何方远是江武留在立化的内线？”

“何方远不会是内线，连我都清楚这一点，陈果会不清楚？陈果重用何方远也对，他在立化没有根基，而何方远身边有几个同盟，上次剩下的五个老员工一走，现在何方远几个人是立化最有资格最有从业经验的小团伙，现在新来的员工，也有一半围着何方远转，在立化，何方远一系作为新兴势力，正在逐渐势大……”黄是道摇了摇头，一声叹息，“再加上有蓝妹、史尚飞跟他关系也不错，从正面战场，我们还真斗不过他。”

“所以要从侧面战场打败他。”楚一亭跷起二郎腿，拨弄了一下头发，“现在万事俱备只欠东风了，你说，什么时候点火比较好？”

“先不急，等一个最合适的机会，先让何方远再上蹿下跳几天，爬得越高，摔得越狠，等他快要爬到屋顶的时候，突然抽了梯子，你说，他会不会摔得遍体鳞伤？”黄是道嘿嘿一笑，“一亭，你的手法很绝，我都佩服你了。先扳倒了海山，后打垮了何方远，立化的两个常务副总先后折损在你手里，你太了不起了。”

楚一亭自得地一笑：“我没什么了不起，就是顺应潮流，一切为了公司利益着想罢了。”

黄是道虽然和楚一亭关系不错，不过见楚一亭大言不惭地说出一切为了公司利益着想的话，脸不红心不跳，他就更佩服楚一亭的脸厚心黑了，忽然又想起了什么，说道：“刚才何方远急急上楼，干什么去了？陈总没在楼上，难道是去见马总了？”

“打个电话问问马总不就知道了？”

黄是道拿起电话打到了马大勉的办公室，假装汇报了几句工作，就含蓄提到了何方远上楼的事情，马大勉说他没有找何方远谈事。

“怪了，难道何方远上楼去见乔董了？”

“见乔董？怎么可能？”楚一亭一下站了起来，“乔董怎么会见子公司的一个常务副总？”

是呀，按照乔国界多年的习惯，有资格和他接触的高管都是董事级别的，以前就连江武想见乔国界一面，也不容易。近五年来，乔国界就没有和各子公司的总经理中的任何一人见过一面。兴众内部的共识是，子公司的总经理如果能和乔国界面谈一次，就升职在即。

何方远心中微有紧张，站在乔国界面前，不说话，等乔国界开口。

乔国界也不开口，只是站在何方远面前，先是上下打量了何方远几眼，然后又围着何方远转了一圈，最后他坐回到高大的办公桌后面，淡而无味地说了一句："坐吧。"

何方远坐下，心里七上八下，他并不清楚蓝妹和乔国界对话时的情景，也无从从乔国界的表情判断他的心思，只不过乔国界的眼神还算平和，这说明乔国界并没有怒火中烧。

"何方远，你知道我最大的缺点是什么？"乔国界开门见山，直接抛出了一个天大的难题。

是人都有缺点，何方远不可能大拍马屁说乔国界没有缺点，如果他这么说，估计马上就被乔国界扫地出门了，乔国界身为兴众的帝王，对各种马屁早就免疫了。

"乔董的优点是高瞻远瞩，缺点是……太高瞻远瞩了，快人一步是优点，快人两步就是缺点了。"何方远没让乔国界等太久，只停顿片刻就回答了问题。

乔国界不动声色，又问："你最大的缺点是什么？"

人都容易挑剔别人的过错，却很难看到自己的不足，就和眼睛一样，看外不看内，这是人类自私的共性，何方远也不例外，好在何方远也会内省，对自己的缺点有充分的认识："我的缺点是眼光不够长远，太容易轻信别人，有时又过于高看自己。"

"哈哈，高看自己？"乔国界忽然哈哈大笑，"你不简单，敢于正视自己的缺点，就凭这一点，就让我高看你一眼。"

这……算是过了第一关？何方远差点儿一头大汗，在乔国界面前，他时刻感受到莫名的压力。也是，乔国界纵横互联网多少年了，当年风光时，连三巨头都臣服在他的脚下，而和曾经坐拥150亿元财富的乔国界相比，他还弱小得如一棵小草。

"分成比例全额返还版权方，这个创意你是怎么想到的？"乔国界问到了正题。

"我……"何方远正要开口说他是怎么灵光一闪想到了这样一个可以正面狙击创始团队的点子时，忽然想起了一个注意事项，在兴众内部，不管哪个高管有任何创意，在向乔国界汇报时，都要含蓄地说成创意的光芒其实是反射乔国界的智慧阳光。

"我是在看到一篇关于您的专访时，您说的一句话启发了我——共赢的前提是让合作方先赢——现在渠道多元化了，移动互联是以后的大方向，所以在PC端的分成全部返还给版权方，亏损掉的部分可以从移动端弥补回来。短期看，立化是会亏损；长远看，立化赢了人心。"何方远越说越有感觉，"全额返还，一年多支出不到一个亿，但可以挽留至少十万版权方，等于是平均每一个版权方才多支出一千元，比起高价买断合算多了。最主要的是，这样一来，会为创始团队带来极大的压力！”

“这个创意，和我的想法不谋而合，方远，你再细化一下，最好能拿出具体的细则，回头再交给我。”乔国界对何方远的回答很满意，不但满意何方远引用他的话，还满意何方远的态度和才干。

何方远心中大喜，乔国界的话等于是说，他在完善了细节之后，可以直接越过马大勉而提交到乔国界手中，岂不是说，他和乔国界之间隔了千山万水的距离，终于因为全额返还的版权分成的提议而有了连接的桥梁？

好事，天大的好事，这样一来，以后他就可以和乔国界直接对话了，对他今后的发展，大有好处。

回到办公室，刚坐下，蓝妹就推门进来了，一进门就关切地问：“怎么样？”

“旗开得胜，也许不用多久就马到成功了。”何方远难掩一脸喜色，“说来还得谢谢你的引荐，要不是你，我也很难迈进乔董的办公室。”

“太好了，你现在距离立化总经理的位子就一步之遥了，加油，方远，相信你很快就可以再次升职。”蓝妹喜笑颜开，“我希望你能用半年到一年的时间，从副总监到常务副总，再到总经理，走完一个完整的升职表，这样，等你跳出立化时，就是一个从业经验非常丰富的职业经理人了。”

蓝妹说得容易，真要完成她所说的升职表，不但需要高明的职场技巧，还需要一个特定的机遇，而这个特定的机遇，还没有来临。

不过，何方远对特定机遇的来临，有信心，对自己，更有信心。

“你怎么就能猜到乔董会同意你的提议？”

晚上，蓝妹又参加了定期聚会，梅茬苒、范记安和徐子棋，全部到齐，吃饭的时候，蓝妹忍不住又问何方远。

“有两点原因，一是乔董不会再同意高价买断，再高价买断下去，不但兴众文学会被拖死，兴众总公司也有可能被拖进深渊，据说兴众文学的财务报表上报到乔董面前时，乔董勃然大怒，直接扔给了马大勉说，我开的是公司不是慈善机构。所以在不会继续买断的前提下，既想留住版权方，又不想财务报表难看，就只有一条路可走了——全额返还。”

何方远坐在蓝妹和梅茬苒的中间，左边蓝妹右边梅茬苒，他的对面是范记安和徐子棋。

“二是全额返还成本最低，但对创始团队造成的困扰最大，短期内可以形成对开天的狙击。现阶段是立化和开天争夺版权方和资源的初始阶段，谁的待遇好福利高，谁的策略到位，谁就会吸引更多的版权方。开天在初始阶段对中低端版权方和资源需求更迫切，分成全额返还的策略恰恰对中低端版权方最有吸引力，在中高端版权方被高价买断之后，再稳住中低端版权方，就可以确保立化的根基在半年之内不会被撼动！”

/ 第四十章 /

# 围棋和象棋

“就保半年呀？半年之后呢？”徐子棋习惯性一推眼镜，他习惯性推眼镜的动作和梅茬苒如出一辙，不过和梅茬苒萌得一塌糊涂的动作相比，他的动作就如一只熊猫一样憨态可掬。

“半年之后再说半年之后。”何方远的话乍一听像是绕口令，其实不是，他说的是实情，“如果半年之内开天不能迅速崛起，士气就会大受打击，实际上，立化和开天争的就是半年之内的短兵交接，半年之后，就是长期的持久战了。半年之内的密集交手最重要，将决定以后的长期作战谁能占据上风。”

“我明白了，我明白了。”范记安摇头晃脑地说道，“乔董的想法是，半年内，要想尽一切办法死死压制开天的崛起，哪怕是短期的亏损也不怕。半年后，此消彼长，开天再想崛起，要付出三倍以上的代价。因为版权方一旦选定一家网站，再去另一个网站，最少需要一年的缓冲期。”

“说对了，乔董不喜欢下围棋，围棋并不图逐子搏杀，只需要把棋局做活，最后取势得地就行。他喜欢下象棋，喜欢对手被逐子吃掉的快感，喜欢攻城略地地厮杀。而且半年之后，兴众文学或许已经引进了融资，财务报表也好看了，再重启了IPO进程，甚至有可能都上市成功了，到那个时候，乔董就万事大吉了，开天是不是崛起，兴众文学是不是行业第一，对他来说也无关紧要了。”何方远一边说一边轻轻敲击桌子，胸有成竹，气定神闲，“对乔董来说，上市，是压倒一切的首要任务，一切的策略都是手段，上市是唯一目的。为达目的，不择手段。”

“不是说乔董是战略家，现在互联网版权产业方兴未艾，怎么听你的意思，乔董对互联网版权产业的兴趣就到上市为止了？不想再长远布局了？”梅茬苒终于插话了，她一手托腮，一手拨弄盘中的食物，“乔董不是还有一个娱乐帝国的梦想，他不想实现梦想了？”

“哧……”蓝妹忍俊不禁，“资本家的梦想是上市，战略家的梦想是变现，变现才是终极梦想，别的这个梦想那个梦想不过是说来好听罢了，资本市场，实力为尊。也只有有了实力，才敢谈论什么梦想，你什么时候见过一个穷小子高谈阔论伟大梦想？吃饱饭穿暖衣就是他的梦想。现在形势很清晰了，兴众下滑的趋势不减，以现在兴众杂乱无章的发展方向来看，兴众后继无力，兴众文学是兴众的最后一根主线，也是乔董的养老金了。”

“不至于吧，乔董才四十岁就准备退休养老了？兴众文学就算上市成功，能套现多少？以前估价八亿美元，据说市场并不看好，所以一直没有成功。受创始团队出走的影响，估值又缩水不少，再加上一系列的额外支出导致巨额亏损，现在的兴众文学至少缩水一亿美元。”梅茌苒不喜欢蓝妹居高临下的腔调，就反驳蓝妹，“七亿美元上市，就算乔董持有兴众文学百分之七十的股份，也才合五亿美元，套现一亿美元的话，够养老吗？”

“账不能这么算。”面对梅茌苒咄咄逼人的反驳，蓝妹不慌不忙地一笑，“第一，兴众文学缩水不止一亿美元，最少两亿美元，就是说，即便兴众文学上市，市值也不超过六亿美元。第二，就算是六亿美元上市，也远超这些年来兴众对兴众文学的投入了，乔国界从中陆续套现两亿美元问题不大，两亿美元，足够他养老了。”

“我觉得乔国界不会这么年轻就退休！”梅茌苒说不过蓝妹，索性耍赖了，“何方远，你评评理，我和蓝妹谁说得对？”

何方远笑了：“都对，又都不对，我们都不是乔国界，乔国界到底怎么想的，谁也不知道。我们不管兴众文学上市以后他退不退休，现在我们关心的只是在兴众文学上市之前如何应对来自开天挑战的问题，纵观国内历史，英雄辈出的时代都是乱世，在开天和立化短兵交接的密集交手期，是我们大展手脚的最佳时机。”

“和稀泥。”梅茌苒白了何方远一眼，“以前觉得你挺有骨气的，自从认识了蓝妹后，你变得越来越娘了，再娘下去，就别活了，死了算了。”

“我要真死在你面前呢？”何方远逗梅茌苒。

“你敢死我就敢埋。”梅茌苒一扬手中的刀叉，“信不信立马儿挖坑埋了你？”

范记安和徐子棋一缩脖子，二人都识趣地埋头吃饭去了，谁也不再多说一句。自从蓝妹出现之后，梅茌苒越来越崇尚暴力了，二人算是看了出来，何方远明显对蓝妹有好感，经常和蓝妹在一起密谋什么事情，到底是在谈恋爱，还是有别的事情，不好乱猜，不过有一点可以确定，何方远似乎喜欢蓝妹比喜欢梅茌苒更多一些。

私下里，范记安和徐子棋也替梅茬苒打抱不平，梅茬苒哪里不好，长得不错，身材也好，性格开朗，又萌又可爱，几乎就是完美职业白领的代表人物。虽说蓝妹不管长相还是身材，都比梅茬苒稍高一筹，不过她性格没梅茬苒好，又有大小姐的脾气，更有富家女的傲气，和何方远不太般配。

徐子棋是怎么也理解不了何方远的选择，认为何方远别的都好，就是在感情问题上，有点儿陈世美了，喜新厌旧，始乱终弃——当然，始乱终弃是徐子棋愤愤不平之下的夸张形容，实际上他心里也清楚，何方远和梅茬苒之间清清白白，什么都没有发生，不过他就是接受不了何方远不选择梅茬苒而选择蓝妹。

或许在他的潜意识里，还是希望草根出身的何方远最终能和邻家小妹梅茬苒走到一起，而不是被富家女迷惑了双眼。

范记安倒没有那么多想法：在他看来，何方远选择了梅茬苒，是水到渠成，是好事；选择了蓝妹，是草根的逆袭，是大好事。女人都有嫁高富帅的梦想，男人为什么不可以有推倒白富美的渴望？只不过由于和梅茬苒太熟悉了，从感情上他还是倾向梅茬苒多一些，多少为梅茬苒失宠感到可惜。

“生活如此美好，我为什么要死？”何方远若无其事地一扬手中的刀叉回应梅茬苒，“好了，下面是好好吃饭时间。”

说是好好吃饭，却偏偏有人不让他好好吃饭，何方远刚切下一块比萨送到嘴边，就听到邻桌的女子娇滴滴地说道：“老公，我到下江了，好累，刚洗完澡，正准备睡觉，等我明天再给你打电话，好不好？”

嗲声嗲气，声音肉麻得让人掉一地鸡皮疙瘩。打电话的女孩，浓妆艳抹，尤其是她性感的红唇，红得惊心动魄，红得吓人。

倒不是她打电话时肉麻的声音吸引了何方远的注意，而是她分明依偎在了一个男人的怀中，正一边喂男人吃东西，一边哄骗电话一端的老公，这种公然在公共场合为老公戴绿帽子的行径，是个男人都无法忍受。

何方远怒了，人可风流但不可下流，人可无赖但不能无耻，他悄然朝范记安使了一个眼色。

范记安是何许人也，经常无赖偶尔犯贱，立刻心领神会，回应何方远一个贱笑，然后捅了捅徐子棋。

范记安和徐子棋同时站了起来，朝邻桌走去。

“喂喂，何方远，他们去做什么？”梅茬苒注意到了异常，忙问，“别惹事好不好？”

“不惹事……就是让没有节操的女人知道什么叫廉耻。”何方远坏坏一笑。

“你的针对性太明显了，你是不是对女人有成见？”蓝妹斜着眼睛看了何方远一眼，笑得很灿烂，“我明白了，肯定是你以前被常辛儿伤过，男人嘛，总是对初恋念念不忘，得不到的女人，才是最好的。对了，你什么时候让常辛儿搬走，天天和初恋情人住在一起，小心擦枪走火。”

“什么什么？”梅茌苒瞪大了眼睛，一脸难以置信的表情，“蓝妹，何方远他金屋藏娇了？”

“是呀，他没告诉你？真没良心。”蓝妹又和梅茌苒统一战线了。

“何方远，你真行，左一个右一个还不满足，又偷偷在家里藏了一个，真男人。”梅茌苒冲何方远竖起了大拇指，“要不是蓝妹告诉我，是不是等你结婚的时候我才能知道？”

都什么跟什么呀，何方远恨恨地看了蓝妹一眼，怪蓝妹多嘴，蓝妹却吐了吐舌头，做了一个胜利的鬼脸，转身去看好戏了。

好戏，确实上演了。

范记安和徐子棋假装路过邻桌的时候，停了下来，此时性感红唇的电话还没有打完，也不知道她正肉麻地和不知远在何处的老公说些什么，也真难为她了，躺在一个男人的怀里欺骗另一个男人，而且还若无其事驾轻就熟，演技直逼影后。

范记安先出手了——他站在性感红唇面前，冲性感红唇身边的男人说道：“先生，请问打电话的是你的老婆吗？”

性感红唇身旁的男人长得又瘦又小，论模样，离帅十万八千里，身高估计不超过一米七，而且还黑，可以说要样子没样子要男人不男人，再看他面黄肌瘦的猥琐形象，肯定也没钱，也是怪了，性感红唇虽然妆浓了点儿，也算一个中等姿色的女人，怎么就看上了一个猥琐男？难道真应了一句话，好汉无好妻，好妻嫁个秃毛鸡？

“你什么人？”猥琐男顿时一脸警惕地看着范记安，“走开。”

范记安握了握拳头：“我在问你话，打电话的是不是你老婆？如果不是的话，我会带走她。”说话间，他一点头，徐子棋从身后闪出，耀武扬威地朝猥琐男展示了一下肌肉。

其实徐子棋没肌肉，不过一身肥肉再加上一米八的身高让他当前一站，显得人高马大，颇有威武之相，是用来当成吓人道具的不二人选。

猥琐男吓坏了，性感红唇也吓坏了，她不但惊吓过度，还忘了收起手机，只顾呆呆地看着范记安和徐子棋：“我是他老婆，你们……你们是谁？我不认识你们。”

范记安冷哼一声："你是不是叫楚一亭？我是楚一亭丈夫雇来的私家侦探，调查楚一亭和她的奸夫石导的奸情。"

"你认错人了，我不叫楚一亭，我叫居小易，我的奸夫，不，丈夫叫刘宝家，不叫石导。"性感红唇吓得六神无主，"我和丈夫来下江度蜜月，我们不是下江人……"

见效果已经达到，范记安忍住笑，很江湖地一抱拳："对不住了，认错了。青山不改，绿水长流，后会有期！祝你们蜜月愉快！"

话一说完，他和徐子棋快速离开，面面相觑的性感红唇和猥琐男半天不知道发生了什么事情，直到手机中传来怒声："度蜜月？居小易，你这个烂货！我要和你离婚！"

"噗……"的一声，蓝妹笑喷了，喷了何方远一身。

自幼受过良好家教的蓝妹在外面笑不露齿，在人前从不失礼，这次实在是没有忍住，大大失礼了，还好喷在了何方远身上，不是梅荏苒，否则又得惹一场官司。

"调查楚一亭和她的奸夫石导？亏你们想得出来，太逗了，太损了，何方远，范记安和徐子棋的一肚子坏水，是不是跟你学的？"蓝妹哈哈大笑，淑女形象全无，"不过我没想明白，石导是谁？是随便编的人名还是？"

"形象，注意形象。"何方远擦了擦身上的咖啡，"刚买的衬衣，蓝妹，你赔我衬衣。"

"行，一会儿给你买一件新的，真小气，我问你话呢，他们是不是跟你学坏了？"蓝妹还是忍不住笑，身子笑得直抖，"你们真损，这一下居小易非得闹离婚不可。"

"这事儿办得漂亮，我支持。什么女人这是，骗老公也就算了，还骗得这么心安理得，还躺在别的男人怀里骗，要是我是她老公，非得打她一顿不可，太气人了。"梅荏苒气得双眼圆睁。

"走，边走边说。"何方远嘿嘿一笑，"此地不可久留，等一下居小易醒悟过来，就会想起来范记安是和我们一起的，会来找麻烦的。"

一听这话，蓝妹和梅荏苒忙收拾东西和何方远一起逃离了餐厅，一口气跑到外面，二人还笑个不停，尤其是蓝妹，第一次做惊险的事情，大感刺激，大呼过瘾。

"原来，石导就是黄是道的谐音呀。"在餐厅外面和先出来的范记安、徐子棋会合后，蓝妹总算想通了其中的环节，恍然大悟，"方远，你告诉我，你在背后做的事情，是不是在调查黄是道和楚一亭的奸情？"

"什么叫奸情？顶多叫婚外恋好不好？"在餐厅外面的停车场，何方远靠在车上，懒洋洋地坏笑，"不告诉你，是不想让你知道一些杂七杂八的事情。"

"我早知道楚一亭和黄是道有事了。"蓝妹抿嘴一笑，"别以为就你眼尖。"

“怪事，你怎么知道的？”何方远不解地问。

“楚一亭走路的时候，左顾右盼，看人的时候，眼神轻佻，一看就是容易出轨的女人。”蓝妹的秀发被夜风吹动，她长裙飘动，秀发如梦，在霓虹灯的映衬下，更显娇艳。

何方远啧啧称奇：“厉害，都说男人闻香识女人，没想到你还有从眼神看女人是不是正经的本事，来，看看我的眼神，我是不是纯情正太？”

“呸，你最坏了。”蓝妹笑骂何方远，正要再说他几句什么，身后传来了一个熟悉的声音。

“蓝妹，你怎么又和何方远混在一起了？不是告诉你离他远一点儿了吗？”

是顾南。

顾南显然是喝多了，一步三晃地朝何方远走来，幸好身边有一个女孩搀扶，要不他说不定早就一头栽倒在地了。

“何方远坏得很，你早晚被他骗了。”顾南来到何方远身前，借着酒劲儿伸手推了何方远一把，“你，以后离蓝妹远点儿，她太单纯，你太坏，要是你敢毁她，我跟你没完。”

上次见顾南，顾南身边有一个女人，这次偶遇，他身边还是有一个女人。不过和上次的媚俗女人不同的是，这次的女人清新脱俗，一袭白色长裙，肤白貌美，细腰圆臀，既有梅在苒邻家小妹的小清新，又有蓝妹富家女的气质，难能可贵的是，她将二人的特点完美地集于一身，范记安的眼睛瞬间就亮了。

何方远伸手一挡，将顾南的手推到一边：“顾南，低看别人和高看自己都不可取，蓝妹是不是离我远一点儿，是她的选择，你管不着。”

“我是她表哥，我还真管着了。”酒壮尿人胆，顾南虽不能说是尿人，不过在酒精的刺激下，居然也想和何方远动手动脚了，“信不信我现在就把你放倒？”

/ 第四十一章 /

# 必杀令

“放倒？”何方远冷笑了，“男人对战男人说什么放倒，应该说放血才对。”

“顾南！”白裙女孩一拉顾南，“你不要闹了，跟我回家。”

“回家？”范记安嘿嘿一阵贱笑，来到白裙女孩面前，“姑娘，难道你叫瓜瓜？”

白裙女孩一愣：“你怎么知道？”

范记安差点儿笑得直不起腰来：“上次我遇到顾南，他在宾馆和一个女孩开房，接了一个电话，却说他在超市，我顺嘴说了一声我在天安宾馆718房间，结果可能声音大了点儿，让电话一边的人听到了，后来一个女人来到了宾馆，大吵大闹，顾南连裤子都没穿就跑了，边跑边说，冒冒，我先走，你断后……我想既然他身边的女人不是傻帽儿就是傻瓜，上一个叫冒冒，你肯定就叫瓜瓜了。”

范记安够损，不但编派了顾南偷情的糗事，还暗示顾南身边最少有两个女人，同时又含蓄地讽刺白裙女孩傻得可以。

顾南气得暴跳如雷：“你胡说八道，你什么时候在宾馆见过我？哦，我想起来，上次你是见过我和冒冒在一起，不过是在餐厅吃饭，不是在开房！”

“你不是说你没有女朋友吗？”白裙女孩听明白了，不管范记安出于什么目的，反正是揭了顾南的老底，她气得脸色大变，“骗我钱可以，但不能骗我感情，我最恨感情骗子！”

“啪！”她扬手打了顾南一个耳光。

“打得好。”梅萓苒及时出现了，她背着手，幸灾乐祸地用手指指着顾南的鼻子，“顾南，你天天口口声声说爱我永不变，还说只爱我一个，要娶我，却背着我左找一个傻帽儿右找一个傻瓜，你太无耻了，太卑鄙了，你这样的男人就该被阉了。”

一句话既出，何方远只觉双腿之间一股凉气盘旋而过，冷汗差点儿滚滚流出。

好一个彪悍的梅茬苒，真敢说，不知道她是不是也敢做？

“梅……梅茬苒，别以为你长得漂亮我就非你不娶了，告诉你，你还真不是我的菜，既不风骚又没风情，你以为我真想娶你？算了吧，我是看在你爸的面子上才勉强对你好的，你别真当自己是公主了……这年头，自以为是的女人太多了，都以为自己是公主，其实什么都不是。”

顾南这次喝得不少，敢对梅茬苒不恭了，可见胆子大到了一定程度，他嘲讽完了梅茬苒，又伸出一根手指冲何方远轻蔑地摇了摇：“还有你，何方远，别以为一个立化的常务副总有什么了不起，告诉你，说不定有一天我一句话就会决定你的命运，空行早晚会控股兴众文学……”

顾南开车走了，何方远站立原地未动，似乎是被顾南吓住了，其实不是，他心里翻江倒海，被顾南的话震惊了。

空行早晚会控股兴众文学？到底是顾南的醉话还是真话？以乔国界不愿意和别人分享财富和权力的原则，他会拱手相让兴众文学的控股权？不可能，乔国界还指望兴众文学上市后养老呢。

范记安拿出电话，征求蓝妹的意见：“蓝总监，我打个报警电话，行不行？”

蓝妹没反应过来范记安是什么意思，随口一说：“你打你的，不用征求我的同意。”

“我就当蓝总监是同意了。”范记安嘿嘿一笑，拨通了一个号码，“交警大队吗？我举报有人酒后驾车，应该是醉酒驾车，是一辆蓝色的保时捷，车牌号是……”

“你也太坏了，范记安，这样做，损人不利己。”蓝妹这才明白过来范记安为什么打报警电话要事先问她，原来他是黑顾南，再怎么着顾南也是她的表哥，她生气了，“你太过分了。”

“一点儿也不过分。”梅茬苒向着范记安说话，“蓝总监，顾南是你的表哥不假，不过顾南是什么德行，你也看到了，玩物丧志，玩人丧德，而且他酒后驾车，活该被抓。”

白裙女孩并没有随顾南一起走，而是呆呆地站在一边，双手抱肩，一副柔弱无助的可怜模样。范记安和徐子棋同时上前安慰女孩，一个逗她开心，一个轻声安慰。不用说，二人都对她来电了。

“走，回去。”何方远一扬手，他刚才想了半天，想通了一个事实，顾南刚才的醉话不是空穴来风，空行可能真有染指兴众文学之心。

作为兴众文学上市的承销商，空行在美国的影响力无人可比，允许空行入股兴众文学，既可以缓解兴众文学目前的财务危机，又可以为兴众文学注入一针强心剂，让市值大幅缩水的兴众文学重新恢复元气。

而空行选择此时入股兴众文学，一是乘虚而入，可以以最低的代价获得最多的股份，现在兴众文学市值最低，此时出手正是时机，二是埋下以后控股兴众文学的伏笔。空行作为一家老牌的风险投资公司，在全球范围内布局宏大，在中国也是短线和长线并进。短线，控股了许多在业内有影响力的龙头公司；长线，参股了多家大型央企，有经济学家惊呼空行以后将会在中国建立一家可以影响政治决策的经济帝国。

空行长远的布局是什么，何方远不去操心，拿几十万元年薪的人操不了全国人民的心，他只关心空行到底能不能入股兴众文学以及能入股多少，乔国界引进空行的融资，到底是只为了度过眼前的财务危机，还是有意在以后合适的机会，将兴众文学全部卖给空行？

何方远感觉他大概摸到了乔国界的脉络，引进融资应该是确定了，毕竟五亿元以上的巨额亏损，以兴众目前的业绩，资金短缺，只靠自身的造血不足以弥补过多的失血，引进外部输血机制，是唯一的选择。再者，空行入股比信光更有优势，信光虽然实力足以弥补兴众文学的失血，不过毕竟只是一家国内公司，不具备作为兴众文学承销商的资格助兴众文学再次冲击纳斯达克。

而空行一旦入股兴众文学，本着利益最大化的原则，空行会不遗余力地推动兴众文学再启上市进程。

应该就是这样一个脉络了，何方远心中的思路越来越清晰了，越是清晰，他就越是肯定了一点，空行入股兴众文学，估计已成定局！

“范记安和徐子棋呢？”走到一半的时候，何方远才注意到范记安和徐子棋没有坐在车后，他哑然失笑，想得太投入了，竟然忘了这两个活宝。

“没上车，跟付瓜瓜走了。”梅荏苒靠在副驾驶上，也不知道在想什么心事，有点儿心不在焉。

范记安和徐子棋没跟来，蓝妹直接开车回家了，现在就只有他和梅荏苒了，何方远笑了笑：“付瓜瓜？她还真叫瓜瓜，有意思。范记安和徐子棋是不是看上她了？这下热闹了，范记安和徐子棋成情敌了，依我看，徐子棋还真不是范记安的对手。”

“那可不一定，范记安是能说会道，不过感情这种事情，要看缘分，也许付瓜瓜就看上徐子棋了，范记安再会犯贱再会讨女人欢心，也没用。”梅荏苒忽然又来了精神，“对了，不管范贱和胖棋了，我要跟你回家。”

“干什么？”何方远一脸警惕，“我不是随便领女孩回家过夜的人，我很纯洁的。”

“滚蛋，想什么呢你？”梅茌苒弹了何方远一个脑瓜崩儿，“你还没有好到让我主动献身的地步，我是想见识一下你金屋藏娇的女主角。”

“不见为好，你会自卑的。”何方远一边开玩笑，一边开进了小区，“她比你温柔贤惠并且漂亮多了，是完美的妻子人选。”

“我就是想见识见识你心目中的完美妻子是什么样子，也好让我认清你的品味。”梅茌苒一推眼镜，不服气地说道，“我就不信了，还有比我好的女人。”

何方远乐了：“这么自信？”

“那当然，从小到大，就没自卑过。”梅茌苒笑得灿烂而明媚。

常辛儿正在上网浏览招聘信息，一边看，一边想起她麻烦何方远一段时间了，孤男寡女住在一居室的房子里，毕竟不太方便，考虑要不要接受蓝妹的邀请，搬到蓝妹家中去住。

其实她一直是一个要强的人，不愿意接受别人的施舍，只是现在实在是身无分文，既无工作又无住处，只能暂住何方远家中，好在她和何方远也算有过朦胧的感情，住在他的家中，她没有寄人篱下的感觉。

但如果住在蓝妹家中就不一样了，她会觉得心里不安。

下江的机会虽多，合适的工作一时半会儿也不好找，常辛儿不免有些焦急，何方远不欠她什么，相反，她却欠何方远一段情，长此下去，她不知道该怎么收场，而且说实话，其实她一直没有忘了何方远。

她也看了出来，蓝妹对何方远有好感，好感以后是不是能够发展到感情，她不愿意去猜测，不过从一个女人的角度分析，蓝妹早晚会屈服在自己的好感之下，任由好感转化为感情。蓝妹和何方远很般配，她落落大方，家世良好，又有才能，何方远娶了她，将会爱情事业双丰收。

正胡思乱想之时，听到门响，她忙起身迎了出来：“方远，你回来了。”

一看何方远和一个清丽如邻家小妹的女孩并肩站在一起，她一下收住了脚步，脸上的笑容凋落了：“你好。”

“你好。”梅茌苒暗中打量了常辛儿一眼，第一印象为常辛儿打了七十分，她向前一步和常辛儿握手，“常辛儿吧？我是梅茌苒，是方远的同事，很高兴认识你。”

“梅茌苒你好，早就听方远说过你，他说你是他在立化工作五年最大的收获，我还不相信，以为他吹牛，这一见面才知道，他说的还真没错。”常辛儿努力笑了笑，心中却闪过一丝深深的失落，梅茌苒比他想象中还要漂亮，不但漂亮，气质也温润如玉，完全可以打到八十五分以上。

想她当年在大学里也有校花之称，现在却被何方远身边一个又一个美女比得黯然失色，她心中的失落可想而知，原本以为蓝妹和何方远成不了，她或许还有机会，现在见到梅茬苒才知道，何方远即使和蓝妹擦不出火花，也会和梅茬苒发生什么。

她当年怎么就没有发现何方远还是一个潜力股？人呀，没有回头路可走，当年要是俘获了何方远，哪里还有现在的无奈。

“他最会骗人了，他在立化最大的收获才不是我，一是业内从业经验，二是认识了蓝妹，我连第三都排不上。”梅茬苒大笑，扭头质问何方远，“我说得对不对？”

“喝白水还是喝茶？”何方远顾左右而言他，“我有好茶，黄山毛峰、信阳毛尖和杭州龙井，喝哪种？”

“喝你。”梅茬苒一把推开何方远，“起开，忙你的去，我和辛儿说一会儿话，这儿没你什么事了。”

何方远很无辜地挠了挠头，回房间上网去了。

浏览了一会儿开天中文的网页，又查了查开天和立化的流量，他心中的担忧越来越沉重了，立化的流量逐日下降，而开天的流量持续上升，这不是好兆头，是立化衰落的征兆。

相信马大勉和乔国界比他更心急如焚，毕竟十年之功毁于一旦，谁也不会甘心，稍后，肯定会有一系列的重大举措出台。

“方远，我走了。”梅茬苒坐了不到几分钟，就要走了，“你来送送我。”

何方远送梅茬苒到楼下：“用不用送你回家？”

“你说呢？”梅茬苒不客气地拉开车门坐了进去，“走，我还有话对你说。”

车行半个小时到了梅茬苒楼下，梅茬苒没下车，沉默了一会儿才说：“我爸下周结婚，我帮你要了一张请帖，你想去就去吧。到时，肯定会有许多风投参加，能不能把握住机会，就看你自己了。”说完，她扔下请帖转身走了。

何方远呆呆地坐了一会儿，看着梅茬苒的背影消失在夜色之中，他才摇了摇头，发动了汽车。

几天后，何方远提交的关于分成全额返还的细则，越过陈果和马大勉，当面交到了乔国界手中。乔国界看后大为满意，又稍加修改了几处何方远故意遗漏的漏洞，然后他召开了会议，讨论了细则，最后一致通过。

分成全额返还的政策一经通过，立刻在业内引起了轰动，开天中文还没有做出回应，业内几家中小网站大为惊呼狼来了，立化此举是高举屠刀，要血洗互联网版权产业，是自杀式攻击，要的是想彻底毁掉互联网版权产业！

不少媒体在分析立化此举的时候，都武断地认为，立化要的就是在短期内断了同行的生存之路，宁肯巨额亏损，也要让同行没有活路，是自伤一臂却取人性命的毒计。乔国界还是当年的乔国界，出手犀利、绝不留情，这一手，颇有当年华为出手扼杀港湾之遗风。

华为扼杀港湾的来龙去脉，何方远也略知一二，作为业内最经典的商战案例之一，如果不知道华为如何手起刀落地将港湾扼杀在摇篮之中的往事，就白混IT圈了。

2000年4月，华为常务副总裁李一男从华为辞职，华为总裁任正非亲率数十名高管，隆重为他送行，以感谢他任职期间为华为做出的巨大贡献，同时，也有殷勤叮嘱之意，希望李一男离开华为后，遵从职业伦理，不要做出损害华为利益的事情。

李一男不但当面答应任正非他会严格遵守《竞业禁止》的规定，还信誓旦旦声称要帮助华为开拓数据市场。任正非对李一男的话深信不疑，因为他一直对李一男关照有加，相信李一男不会背叛他。

送行宴上的欢声笑语犹在耳边，李一男转身就在资本力量的支持下，创立了港湾公司，用华为的套路，用他熟悉的华为的发家史作为发展思路，不顾一切地挖角和挑战老东家。

而此时的华为正处在内外交困、濒于崩溃的边缘。许多从华为出走的人，在风投的推动下，成群结队地合手偷走公司的技术机密与商业机密，不但偷得光明正大，还似乎很光荣一样，一时风起云涌的变故使华为摇摇欲坠，只差一步就走向末路了。

从华为出来的员工前后超过三千人，但没有一人比李一男的港湾对华为的伤害大。想想当年对李一男的培养和信任，再看港湾一副不置华为于死地誓不罢休的气势，任正非发怒了，他下达了对港湾的必杀令！

2002年，华为正式收回了港湾的代理权，并派重兵加大了市场开拓的力度。2003年，华为又和3COM成立了合资公司专门从事中低端的数据市场，明显围堵港湾。2004年，华为甚至专门成立“打港办”来针对港湾公司。

/ 第四十二章 /

# 酝酿中的下一局

“打港办”有两条基本原则，一是宁肯亏损也不能让港湾赚钱，二是不惜一切代价阻止港湾上市。据说华为为此准备的“打港”经费，最多时一年高达4亿元。

任正非的策略奏效了，经过三四年的围堵、围剿和包抄，港湾公司不但上市梦想破灭，而且亏损严重，心力交瘁的李一男不得已只能将港湾低价卖给华为，而他本人则如同一颗绚丽的流星，一闪而过，从此再没有发出亮丽的光芒。

业内人士拿乔国界全额返还的决定和任正非扼杀港湾的手法相比，并不恰当，任正非的手法三四年才见到成效，而乔国界的决定，要的却是半年之内就要收到奇效，任正非的战术是围剿战，乔国界的打法是狙击战。

何方远长长地舒了一口气，希望创始团队能渡过难关，他不是故意给创始团队出难题，而是在其位谋其政，必须为立化出谋献策。还有一点，他也希望创始团队能在炮火的洗礼中快速成长起来，这样，才能开拓市场，将互联网版权产业的规模做大，才能从目前百亿左右的市场规模，一步步壮大成为千亿甚至万亿的市场规模。

由于全额返还的细则是由何方远一手操作，等于是何方远的提议得到了乔国界的肯定和采用。何方远一时声名大噪，成为立化乃至兴众文学炙手可热的新星，许多人都认为，何方远必将成为乔国界眼中新的能人，也许很快就会受到重用。

中午下班时，何方远到食堂吃饭，梅荏苒不知道去了哪里，范记安和徐子棋也不在，他正和几个新来的同事说话，忽然闻到一阵香风不期而至，其香浓烈而提神，抬头一看，原来是楚一亭。

“何副总，我能坐在这里吗？”楚一亭笑容如向日葵一样灿烂。

“能呀，食堂又不是我开的，随便坐。”何方远笑着点点头，心里却想这下完了，午饭算是没法吃了，这一身的香水味儿，太呛人了。

楚一亭款款坐在了何方远的身边，抬头看了何方远对面的新员工一眼，两名新员工会意，借口吃好了，起身走人。何方远也不吃了，索性放下筷子，等楚一亭开口。

“何副总，恭喜你呀，听说你马上就要受到乔董重用了，等你高就了，可别忘了我呀。”楚一亭眼神轻佻，笑容中三分暧昧四分挑逗，果然如蓝妹所说一样，举止轻浮的女人，一颦一笑都流露出不正经的味道。

“我要受到重用了？谁说的？我怎么不知道？”何方远装傻充愣，“现在立化的传闻太多了，楚经理，你可不要听风就是雨。”

“怎么会？全额返还的策略谁不知道是你提议然后由乔董亲自拍板定下的，乔董有许多年不直接和子公司副总以下级别的员工面谈了，你可是四年来的第一人，何副总，我是真心替你感到高兴，你可不要误会了我的好意。”

她还能有好意？何方远差点儿冷笑出声，还好他忍住了，只是淡然地笑了笑：“我没误会楚经理的好意……楚经理还有事情吗？”

楚一亭脸色微微一变，何方远居然不想和她说话，她顿时心头火起，不过一想到不小忍则乱大谋，就又压下了怒火：“何副总，有件事情，我想和你说一声……”她左右看了一眼，压低了声音，“有人嫉妒你升得过快，想背后黑你，你最近可要小心了。”

贼喊捉贼？何方远几乎要哈哈大笑了：“谢谢楚经理的提醒，我会留意的，身正不怕影子斜，谁愿意折腾事情，尽管放马过来。”

楚一亭见何方远自信满满，心里更踏实了几分，故意又说：“我听说是以前几个离职的老员工对你处处和创始团队作对非常不满，整理了一份你以前当副总监时经手的版权交易材料，想通过陈总提交到马总和乔董手里，你最好想一想以前是不是也犯过和海山一样的职务侵占的过失，别到最后也被查到，误了大好前途。”

至此，何方远算是明白了楚一亭的良苦用心，看似特意提醒他，其实是想让他先自乱阵脚，又将罪魁祸首推到离职的老员工身上，如果他不是早已知道楚一亭和黄是道在背后整理他的黑材料的事实，一旦版权交易事发，他会被楚一婷牵了鼻子，认为背后的推手是离职老员工。再如果他中了楚一亭的误导，认为事情是经陈果之手引爆从而对陈果产生了误会，那么他在立化就完全没有立足之地了。

最毒莫过妇人心，古人的话，有时真的不是乱说。这样的事情，黄是道都办不出来，何方远相信，黄是道都不敢当着他的面这么面不改色地骗他，楚一亭却敢，不但骗他，还骗得光明正大，骗得颠倒黑白。

也得承认，这个楚一亭是何方远见过的女人中最有心机、最无耻的一个。

“谢谢楚经理的提醒，回头，我请你吃大餐。”何方远不动声色，既没有惊惶失措的震惊，也不是若无其事地镇静，总之，分寸把握得恰到好处，让人很容易认为他身上多多少少真的有事，只是在克制罢了。

楚一亭客气两句，转身走了，她扭动的细腰和婀娜的背影确实引人遐思，只是在何方远眼中，她再无美感可言，毒花再美，也是毒物。

行吧，且看看毒花怎么放毒吧，何方远沉思了片刻，又微微地笑了。

一周后，创始团队并没有针对立化的全额返还出台什么新的应对之策，实际上，之前创始团队制定的相关福利政策，已经很完善了，基本上没有什么可补充的地方，而且现在创始团队的开天中文网刚上线不久，还在测试阶段，估计最近一段时间会沉静下来，以酝酿一个大的高潮。

创始团队对立化全额返还的重磅炸弹出奇平静的反应，一时让业内称奇，不过更让业内称奇的是，立化的重磅炸弹一下炸出了两头巨鲸！

一是千方。

千方在创始团队最初出走之时，也曾经和创始团队密切地接触过几次，据说，当时创始团队正打算离开北京，眼见就要登机了，千方却派人在机场截留了创始团队，又将创始团队拉回来进行了长时间的密谈，最后只差一步就要签约了，却还是在控股问题上没有达成一致。

技术出身的李颜红过于强调掌控一切，从千方的扩张之路基本都是全权收购可以得出结论，李颜红的控制欲极强，只要收购就要掌控一切，而创始团队有过痛失控股权的惨痛经历，不可能再重蹈覆辙。

早先何方远就预言，千方就算不接手创始团队，也会自己搭台子进军互联网版权产业，果不其然，就在立化抛出全额返还的重磅炸弹的节骨眼儿上，千方宣布，千方子公司向往中文网正式上线运营！

向往中文网的页面在醒目位置隆重标注——千方旗下互联网版权网站，由此，千方正式进军互联网版权产业！

业内顿时震惊，在创始团队的事情上，千方一直保持沉默，原来在背后酝酿了这么一个大动作，尽管向往中文网的页面稍显简陋，内容也不够充实，但却直接挂在千方名下，表明了千方进军互联网版权产业的决心。

三巨头中，企鹅接手创始团队，千方虽没能联手创始团队，却高举自力更生的大旗，磨刀霍霍，显然也准备大干一场。以千方的实力和庞大的用户群，假以时日，如果千方对向往的扶植力度足够大的话，向往成为互联网版权产业巨头中的一极，恐怕只是早晚的问题。

事实上，创始团队虽然是企鹅投资，但在开天的网页上并没有打出企鹅旗下网站的旗号，当然，企鹅还是给予了一定宣传资源上的倾斜。

千方的加入，意味着三巨头之中的两巨头已经赤膊上阵，企鹅和千方都毫不掩饰地流露出要成为互联网版权产业新的巨头的野心。

在互联网版权产业市场风起云涌之时，芝麻开门怎么能坐视机会从眼前溜走而无动于衷？大马哥可不是会放过任何一个机遇的人，芝麻开门是在酝酿什么大动作，还是真的放手这一块了？众说纷纭。

几乎就在向往中文网上线的同时，芝麻开门旗下寻贝网站的主页在一个不起眼的角落，新增加了一个版权频道，点开一看，也是一个类似互联网版权交易的平台……不少人才恍然大悟，原来大马哥一声不吭悄悄上线了版权交易平台，等于是说，芝麻开门也正式涉足了互联网版权产业？

以往大马哥喜欢高调布局，这次涉及了互联网版权产业，怎么成了悄悄地进村打枪的不要了？是大马哥信心不足，还是现在只想试水，背后准备酝酿一次颠覆整个行业的大动作？

大马哥从来不乏天马行空的创意，总有惊人之举。如果这次大马哥也声势浩大地进军互联网版权产业，倒也不会引起业内人士的猜测，偏偏大马哥躲躲藏藏悄悄上线，不是他一贯的风格，反常之举必有猫腻，不由人不浮想联翩，再联想到大马哥最擅长大开大合的布局，这一次的互联网版权产业的浪潮如果没有大马哥傲立潮头的身影，就缺少了硝烟四起的宏大场面。

想当年，在芝麻开门还很弱小时，大马哥就决定屏蔽千方的抓取，不让千方搜索到芝麻开口的数据，要的就是自己控制流量的入口。当时千方对芝麻开门的做法嗤之以鼻，觉得小到不值一提的芝麻开门还屏蔽千方，太可笑了。

可是当后来视野清晰了，千方意识到芝麻开门的屏蔽导致千方电子商务入口即将丢失，惊慌之下投资了许多电子商务网站，但为时已晚，千方被芝麻开门结结实实摆了一道，再想控制电子商务的入口，难如登天。由此可见大马哥是多么有远见卓识的一人。

那么是不是可以说，大马哥现在悄悄地试水互联网版权产业，肯定是一步伏笔了？

不管怎样，三巨头全部下水，互联网版权产业的市场，从来没有过如此的烽火连天！

周六是梅长河大婚的日子，何方远一早起来，收拾利索，准备参加婚礼。最近一段时间来，似乎进入了平静期，在全额返还政策出台之后，除了千方的向往中文和芝麻开门的版权频道上线之外，业内再无更大的新闻。不过何方远心里清楚，不管是立化还是开天，都在酝酿下一轮更猛烈的交手，毕竟，离鹿死谁手的结局还有很远。

梅长河的婚礼在世纪大酒店举行。

何方远之所以千方百计想要参加梅长河的婚礼，因为直觉告诉他，梅长河的婚礼上不但会有许多风投到场，还会有一些下江的名流，虽说以目前的局势分析，兴众文学和信光合作的可能性极小，不过作为信光的董事，梅长河既然有能力让顾南从信光跳槽到空行，那么他在空行一定也有人脉。

只不过何方远万万没有料到的是，梅长河的婚礼到场嘉宾之多、层次之高，还是超出了他的想象。

何方远约好和梅荏苒一起参加婚礼，他接上梅荏苒，赶到世纪大酒店，正在停车的时候，一辆奔驰S600停在了旁边。

车上下来一人，一袭红色长裙，娇美如明月，高洁如雪莲，当前一站，气质高雅，举手投足尽显大家闺秀风范。

正是蓝妹。

梅荏苒今天也精心打扮了一番，也是长裙飘飘，不过相比之下，她的淡蓝长裙还是比不上蓝妹一袭红裙的高贵。话又说回来，梅荏苒玉面如凝脂，唇不点自红，脸不抹自粉，她是天然的美女，清新气息无人可及。

蓝妹下车后，车上先后又下来二人，男的五十开外，微显富态之相，西装革履，脸色肃然，不怒自威，女的年纪相仿，穿一身暗红色礼服和紫色披肩，雍容华贵，仪态万方。

不用想，二人自然是蓝妹的父母了。

何方远下车，替梅荏苒打开车门，梅荏苒挽住何方远的胳膊，二人款款来到蓝妹面前。

蓝妹也发现了何方远和梅荏苒，嫣然一笑："郎才女貌，天作之合，方远、荏苒，刚才看到你们，我差点儿以为今天是你们的婚礼了。"

梅荏苒摇头一笑："算了吧，我才不会嫁给他，他不是我的菜。其实要我说，你和他才是天作之合，一个有资本有实力，一个有创意有人脉，加在一起，就是必胜的联合。"

要是平常，蓝妹会一笑置之，但今天不同，爸妈在身边，她脸微微一红："荏苒，不要拿我和何方远开玩笑了，我和他，就是再普通不过的同事关系……来，我介绍一下。”

蓝妹错开身子，用手一指蓝成器：“我爸蓝成器。”又用一指陈容，“我妈陈容。”

何方远微微弯腰，恭恭敬敬地问好：“蓝伯伯好，陈伯母好。”

梅荏苒也微笑问好。

蓝成器和陈容微微点头回应，陈容的目光在何方远脸上停留片刻，有探究有疑问，蓝成器对何方远大感兴趣的样子，握住何方远的手不放：“你就是何方远？常听蓝妹提起你，说你很有本事。”

“蓝伯伯不要听蓝妹乱说，她是被我的花言巧语骗了，我哪里有多大本事？不过是喜欢高谈阔论罢了。她心思单纯，心地善良，又没见过什么坏人，我说什么她信什么。”何方远谦虚得很有特点，三分自嘲四分玩笑。

“我比你了解蓝妹，她最大的优点就是不乱说话。”蓝成器呵呵一笑，“你不要过于自谦了，蓝妹单纯是单纯，好人坏人她还分得清。不是我说大话，追求她的男人多了去了，百分之九十九一个回合就被她淘汰了，你能和她相处这么久，证明你确实有过人之处。”

何方远连连摆手：“蓝伯伯误会了，我和蓝妹是清白如纸、始终保持一米距离的正常同事关系，没谈恋爱。”

“哈哈，你紧张什么？我只说你和她相处，也没说你和她谈恋爱。”蓝成器哈哈大笑，似乎很得意他掌握了主动权，“方远，高谈阔论也是本事，商场上，有许多重大谈判就是在高谈阔论中完成的，能高谈阔论，就说明胸中有文章。一个人，只有读书多了，才能看得长远，好了，今天没时间和你聊了，以后有机会，到家里做客，我想好好和你聊聊。”

“好，我也很希望当面聆听蓝伯伯教诲。”何方远心中大喜，蓝成器对他的态度出乎意料地好，说明平常蓝妹没少在蓝成器面前说他的好话，更说明他在蓝妹的心目中，确实分量不轻。

陈容挑剔的目光在何方远身上又扫了一遍，慢条斯理地说了一句：“何方远呀，你太油嘴滑舌了，还有我强调一件事情，我不喜欢花言巧语的人。”

蓝成器和陈容一前一后进了大厅，蓝妹落在后面，轻轻一推何方远：“平常你一本正经的样子，好像纯情正太一样，今天怎么反常了？我妈都对你有意见了。”

何方远嘿嘿一笑：“她有意见是她的事情，我又不是她什么人，不用她用丈母娘挑女婿的眼光审视我，我还真没打算找一个下江丈母娘。”

/ 第四十三章 /

# 盛名

蓝妹"扑哧"一乐："为了不找一个下江丈母娘，你这个荒唐的决定等于是将上千万下江美女拒之门外了？"

何方远哈哈一笑："我纠正你的几个错误：其一，下江适龄女青年也就几百万人；其二，其中美女不过几十万人；其三，符合我的审美的美女也就几千人；其四，几千人和我有缘认识的，也就几十人；其五，几十人中，看上我的，也就两个。"

"我明白你的意思了，两个人中，一个是我，一个是蓝妹，对不对？"梅荏苒实在看不下去了，站了出来。

"答对了。"何方远扬扬自得。

"对你个大头鬼。"梅荏苒不客气地一把推开何方远，"我才没看上你，别自作多情了，蓝妹也没看上你，所以说，你想找一个下江丈母娘，还找不到呢。"

蓝妹却意味深长地笑了："荏苒，你还真说错了，我还真有点儿看上他了。"说完，她得意一笑，转身走了。

梅荏苒惊呆了片刻，重新挽住了何方远的胳膊，不无威胁地说道："何方远，我警告你，你要敢和蓝妹谈恋爱，我就嫁给顾南，当你表嫂。"

这个威胁毫无杀伤力，何方远深深地摇了摇头，和梅荏苒一起步入了礼堂。

何方远安静地坐在角落里，远离喧嚣中心，婚礼快要开始的时候，一个熟悉的人影一闪，顿时让他屏住了呼吸——乔国界。

居然是乔国界！

这么说，乔国界也认识梅长河？正当他疑惑不解的时候，乔国界身边另一个熟悉的身影，又让他吃惊不小——顾南。

顾南陪在乔国界身边，一脸浅笑，态度恭敬，正小声向乔国界说些什么，乔国界微微点头，似乎很用心在听顾南的话。何方远看在眼里，心中更加坚定了他的想法，顾南应该是空行派出和乔国界直接洽谈融资事宜的负责人。

随后，何方远又发现了几个熟人，马大勉和陈果都参加了婚礼。

梅荏苒坐在何方远旁边，闷闷不乐，何方远有意逗她："你爸的新娘不错，挺漂亮，看上去也就四十多点，你以后叫她阿姨还是姐姐？"

"不说话没人当你是哑巴。"梅荏苒正没好气，她瞪了何方远一眼，"我真是命苦，说不定过段时间还得参加我妈的婚礼。我在想，我爸都结婚了，我妈都嫁人了，我还没有嫁出去，是不是很失败？我想好了，等我妈一结婚，我就搬出去住，你帮我留意一下租房信息，最好在你的小区，最好是同一栋楼，我也好去找你蹭饭。"

"……"何方远无语了，想了想，还是安慰了梅荏苒一番，"你应该这样想，你爸以后有人照顾了，你妈以后有人依靠了，你应该高兴才对，是吧？不能为了自己的生活而忽略了父母的感受，他们也是人，也需要爱。"

"听你这么一说，我心里舒坦多了。何方远，如果有一天我无家可归了，要去你家里住，你收留不收留我？"

"我……我房子太小了，住一个常辛儿就满员了，你再来，我连沙发都没的睡了。"

"我睡沙发，你睡地板。"梅荏苒又高兴地笑了，"就这么定了，未来有着落了，我忽然又感觉生活美好了。"

何方远心中一阵无奈，梅荏苒看似无忧无虑，其实她的苦处不少，只不过她总是喜欢笑对生活罢了。

婚礼仪式过后，何方远乘机拉着梅荏苒来到乔国界的桌子前，向乔国界敬酒。乔国界今天也格外高兴，见何方远和梅荏苒在一起，还惊讶梅荏苒是谁，等何方远介绍了梅荏苒的身份后，他才呵呵一笑一拍额头："原来你是梅长河的女儿。"

梅荏苒在公司很少提及家里的事情，知道她父母离异的同事，寥寥无几，知道她爸爸是梅长河的人，更是没有几人。

算起来这是梅荏苒第一次这么近距离接近乔国界，她嘻嘻一笑："乔董，您是我的偶像，见到您好兴奋，能不能给我签个名？"

乔国界哈哈一笑："你这个丫头还挺有意思，见面就要签名，我又不是明星，要我的签名有什么用？"

"十个明星也不如一个乔董对中国的经济做出的贡献大，您以前说过一句话，我听了后，震撼了好多年。"梅荏苒笑嘻嘻的样子，似乎对乔国界不够敬畏，不过在她表面没心没肺的背后，其实也很会说话，刚才的话，就深得"我不懂业务但我懂界哥”这句话的精髓。

“哦，什么话？”乔国界饶有兴趣地笑问。

“今年中国税收总收入两万亿元，我们兴众缴了一点五亿元，我们做得还是很大的，我们自得其乐……您这句话让我认识到了一个人生在天地之间，只有对社会对国家有用，才没白活一场。”梅茬苒正经八百的样子，和她平常萌得一塌糊涂的可爱样子判若两人。

何方远顿时对梅茬苒刮目相看，没看出来，梅茬苒才是整个立化，不，整个兴众文学最懂界哥的人，就连马大勉也得靠边站，毫无疑问，刚才的一番话说出，她会立刻成为乔国界眼中的好人。

以前，真是小看了梅茬苒，如果梅茬苒早一步进入乔国界的视线，她现在调到总办也不是没有可能。

“哈哈，没想到很久以前的一句话你一个女孩子还能记得，我很高兴。”乔国界又看向了何方远，“方远，茬苒是不是一直跟着你？”

重头戏来了，何方远深吸一口气：“茬苒是一直在我手下，不过她聪明能干，早就能独当一面了。”

乔国界点了点头，没说话，目光中流露出一丝赞许之意，显然，他对梅茬苒和何方远都很满意。

何方远见时候到了，是该离开了，见好就收也很考验一个人眼力高低，他正要向乔国界告别时，忽然听到身后传来一阵爽朗的笑声。

“何方远，怎么又是你？”

回头一看，蓝成器、陈容和蓝妹现身于身后。

何方远笑答：“婚礼大堂就这么大的地方，低头不见抬头见，和蓝伯伯再次见面太正常了，除非我故意躲着蓝伯伯。”

“你不用躲着我，我又不是吃人的老虎，倒是乔董估计对我会有意见，因为他怕我挖走你，呵呵，正好乔董也在，我就大胆地问一句，乔董，我正缺一个助理，你放不放人？”蓝成器显然和乔国界很熟，上来就是一句玩笑。

说是玩笑，其实话里话外大有玄机，不由乔国界不心中一跳，何方远什么时候这么受蓝成器器重了？他不由自主打量了何方远几眼，似乎不认识何方远一样。

乔国界心里清楚蓝成器话中的分量，蓝成器为人持重沉稳，轻易不会在人前高抬别人，更不说当面挖人，当然，蓝成器如果真想挖何方远，肯定不会当面说，但他如果只当成玩笑话来听，也不行，就呵呵一笑：“现在方远是立化的顶梁柱，你想挖他？没门儿。就算你开出年薪百万的高价，方远也不会跟你走。”

蓝成器和乔国界一对一答之间，何方远的身价以火箭速度上升。

“年薪百万？你太小瞧我的诚意了，乔董，我要真挖方远，最少年薪两百万元外加股权激励。我想这个条件如果真的开出来，你肯定留不住他，到时你可别怪我挖你的墙脚，我可是事先打了招呼了。”蓝成器继续哄抬物价，就和拍卖一样，同样一件物品，就算价值连城，如果没人竞拍，也只能底价出售，但如果有人竞争，价格就会直线上升。

“哈哈，蓝董，你是向我下战书了？好，我应战。”乔国界举杯和蓝成器碰杯，“有人挖证明方远是人才，方远，你也听到了，两百万元外加股权激励，你跟不跟蓝董走？”

这个难题难度颇高，两大高手过招，何方远成为支点，既是他的幸运又是他的不幸，如果他从容过关，不但身价倍增，而且还会在乔国界眼中的重要性再加一成，是为幸运。如果他一着不慎，回答错误，既驳了蓝成器的人情，又落了乔国界的面子，两头不落好，说不定会转眼就被乔国界打入冷宫。

何方远心中怦怦直跳，深吸了一口气：“谢谢蓝董的好意，我有自知之明，以我现在的能力和资历，距离年薪两百万元还差了一些火候，我算了算，大概还差半年多的时间，所以我不能接受蓝董的厚爱，德不配位，必有灾殃。再者说了，乔董对我的知遇提拔之恩，我还没有回报，怎么能现在就离开立化？现在正是立化最需要我的时候。”

何方远话一说完，乔国界和蓝成器都目露赞许之色，既拒绝得含蓄，又表白了心迹，有水平。

“哈哈，人才，人才呀，乔董，你赢了，我挖不动你的墙脚。”蓝成器和乔国界又碰了一杯，“我自罚一杯。”

蓝妹站在蓝成器身后，目光不离何方远片刻，眼神中流露出欣赏和喜爱之意，她的表情被身边的陈容看得一清二楚，陈容微微皱眉，不无埋怨地瞪了何方远一眼。

其实何方远心里清楚得很，蓝成器故意这么说，有当着乔国界之面抬举他之美意，他得领情。也别说，他和蓝成器的初次见面，比他预想中好多了，也比他和梅长河一见面就大起冲突好了太多，而且很明显，蓝成器对他大有好感。

蓝成器的好感应该源自蓝妹对他的好感，同时也说明，蓝妹想和他合作的事情，蓝成器心知肚明，也是支持的态度，而蓝成器有意在乔国界面前挺他，也正是蓝成器的高明之处。

何方远暗暗赞叹，蓝成器比梅长河为人处事圆润多了，蓝成器在乔国界面前越抬举他，他就越受乔国界重用，他越受乔国界重用，在互联网版权产业圈子中的分量就越重，同时，他在立化就越有人脉，如此一来，等他跳出立化另起炉灶的时候，他能带走的人马和资源就越多。

蓝成器真高人也。

不过看样子，蓝妹的妈妈陈容虽然比刘薇薇态度稍好，不过对他似乎也有成见。算了，随她去，反正她又不是他的丈母娘，爱谁谁。

“感谢各位大驾光临。”

何方远正胡思乱想时，一抬头，梅长河和新娘来敬酒了。

梅开二度的梅长河，今天似乎一下年轻了几岁，乍一看好像四十多岁一样，和身边四十出头的新娘站在一起，还真有几分夫妻相。

一直站在何方远身边的梅荏苒，一见梅长河，就向后移动了脚步，不想和梅长河面对面。

“何方远？你怎么来了？”梅长河本来兴致冲冲和乔国界、蓝成器打招呼，目光一扫才注意到何方远也在，一时口快脱口说了一句不该说的话，话一出口他就知道失言了，忙呵呵一笑，“欢迎，欢迎，你和荏苒一起吧？”

“梅伯伯。”何方远恭恭敬敬地问好，“荏苒让我陪她来参加您的婚礼，出于对她的爱护和对您的尊敬，我就来了。”

一句话说得梅长河无言以对，心里莫名对何方远多了几分好感，如果不是何方远陪同梅荏苒，梅荏苒或许就不会来了。他很爱梅荏苒，虽然再婚了，却知道他以后不会再有孩子了，梅荏苒就是他唯一的女儿。

想到这里，他不由举杯向何方远致意：“方远，谢谢你一直以来对荏苒的照顾，我敬你一杯。”

“不，我敬梅伯伯。”何方远先干为敬，态度十分谦恭。

“上次在陈果的办公室我们谈了一次话，你的观点让我受益匪浅，如果当时我接受你的观点，也许就不是现在的局面了。”梅长河又转身敬乔国界，“乔董，这一次我们没有合作成功，原因在我，如果我第一次来立化的时候，不因何方远年轻而看轻他的观点，我们的合作，也许就成功了。”

两个重量级人物先后都力挺何方远，乔国界大为高兴，这也从侧面印证了他眼光的正确性，全额返还的策略正是由何方远提出而他亲自拍板决定的，他也没有想到，何方远墙内开花墙外香，居然深得蓝成器和梅长河金融界两位鼎鼎大名的大人物的赏识，谁说立化走了江武就没有了人才？何方远就是！

经蓝成器有意的哄抬和梅长河无心的抬举，何方远的分量再次加大，乔国界本来对何方远已经初步建立了信任，经此一事，他对何方远更多了惜才爱才之心。

站在乔国界身后的马大勉和陈果心思各异，二人对视一眼，同时震惊何方远火箭速度般从一名无名小卒迅速成长为业内小有名气的重量级人物，只用了短短不到三个月的时间。

奇迹，绝对是奇迹。

马大勉心中闪过一丝不安，何方远升得越快，就越威胁他的位置，虽说他不可能现在就被乔国界过河拆桥从兴众文学扫地出门，但如果乔国界找到合适的人选——既有能力又有人脉，可以让兴众文学加快上市的步伐的人——取代他的位置也不是不可能的事情，而兴众总部有许多闲职可以随时让他明升暗降。

陈果心中有三分不安四分惊喜，不安的是，何方远现在已经威胁到了他的位置，惊喜的是，何方远如果能够独当一面，担当领导立化的重任，那么他也可以高升一步，替代马大勉成为兴众文学的CEO。

根据他对乔国界的了解，乔国界对马大勉的耐心差不多消耗殆尽了，半年内如果兴众文学上市未果，马大勉必然成为弃子，但如果到时立化还没有人可以独当一面的话，他也不可能接任马大勉的位置。现在好了，何方远迅速成长起来了。

但愿何方远别成长太快了，不等马大勉被遗弃就担任了立化的总经理，而他因为领导无方被排挤出局，就太悲剧了。如果这样的话，他宁愿亲自出手毁了何方远，也不能让何方远骑到他的头上。

梅长河的身后，站着顾南。

顾南看着被人群包围风光无限的何方远，眼中闪过一丝冷光，何方远，先让你得意几天，等着瞧，会有你想不到的事情发生，到时候，你不但什么都不是，而且还会失去现在的一切。

等你一无所有的时候，梅荏苒还会跟在你的身边？哼，别以为她什么都不在乎，她是女人，她在乎一个男人是不是可以为她带来安全感，也在乎一个男人能不能保证她过上无忧无虑的生活。就算我不爱她，我也要让她成为我的女人，我要娶了她，让她臣服在我的脚下！我顾南想得到的女人，谁也别想从我手中抢走，哪怕她只是一个摆设的花瓶，也要让她在我的面前蒙尘。

梅长河一场盛大的婚礼，却无意中成就了何方远的盛名，让他在乔国界心目中分量大增，也算是意外的惊喜收获。婚礼结束后，何方远和梅荏苒开车正要离去，却被人拦住了去路。

/ 第四十四章 /

# 仅存的硕果

“你就是何方远？”一个态度傲慢、表情冷漠的中年男人挡在何方远身前，居高临下地打量何方远几眼，“为什么非要和顾南作对？”

“你是？”何方远并不认识对方，不过看样子，来者不善。

“顾伯伯，您这话就不对了，什么叫方远非要和顾南作对，应该是顾南非要和方远作对才是。”梅茬苒挺身而出，将何方远推到身后，“您应该好好管教您的儿子，天天寻花问柳，说出去是您的儿子，您都不好意思承认，太丢人了。我都撞见他两次了，身边的女人一次叫傻帽儿，一次叫傻瓜……”

原来是顾南的爸爸顾北，何方远不无鄙夷地想，打仗亲兄弟，上阵父子兵，顾北亲自出面向他兴师问罪，这也太丢人了，顾南为人嚣张而无礼，看来和顾北的教育失败大有关系。

养不教，父之过。

“茬苒，这里没你什么事情，你到一边去，我和何方远说几句。”顾北老脸一红，显然梅茬苒的话他心里有数，却还是嘴硬，“顾南本质上是个好孩子，有时候可能是场面上的应酬。”

“不好意思，顾伯伯，我是一个没有什么远大理想的小女人，不想嫁一个天天在外面应酬的男人，我只想找一个能陪我一起日出日落的顾家的男人。顾南的名字，您起错了，他应该叫顾色才对。”

“你……”顾北气得脸色铁青，“茬苒，注意你的言论。”

“顾伯伯，您要是想教训我，尽管说，我不会反驳您。不过我有言在先，我不反驳您，是尊重您的年纪，不是尊重您的人品。”何方远的话更刁钻，直接将顾北置于为老不尊的境地。

顾北怒极，被梅茬苒和何方远夹枪带棒地一顿嘲讽，他没有还击之力。梅茬苒刁蛮直接，何方远刁钻阴险，二人还真是天作之合，一阴一阳，配合得天衣无缝，真是一对……他差点儿骂出狗男女的脏话。

“顾伯伯走好，我就不远送了。”二人联手气走了顾北，梅茬苒一扫梅长河婚礼带来的沮丧，开心地冲拂袖而去的顾北挥了挥手，“小心开车，请勿超速。”

“你真刁。”何方远哈哈一笑，望着顾北绝尘而去的尾灯，“这下好了，彻底得罪了顾家父子。”

“他活该！一把年纪了，还出来丢人现眼。”梅茬苒一脚踢飞路边的一粒石子，恨恨地一咬牙，“下梁不正，是因为上梁歪了。”

“你爸的新婚妻子，是什么来历？”何方远想起新娘还算年轻漂亮的风采，忽然有了点儿想法。

“她在空行工作，叫杜悦。”梅茬苒想了想，“好像是空行的什么总监，对了，顾南在她的手下，是副总监。”

怪不得，何方远明白了，梅长河也是高人呀，婚姻的背后，也有商业利益，他努力推动顾南和梅茬苒的婚事，怕是也和兴众文学未来的上市大计有关。顾南是他布置的一步好棋，梅茬苒是他用来牵制顾南的棋子，而顾南跳槽到空行，空行又有他的新婚妻子，再联想到空行有望和兴众文学合作，一系列的事件串联起来，就有一个非常清晰的脉络在何方远眼前浮现……

围绕兴众文学的宝藏的开采，现在各方势力闻风而动，都在趁兴众文学估值跌到最低点时入手，以便以后兴众文学市值大涨再出手，可以大大地赚上一笔。

好呀，兴众文学是国内互联网版权产业的龙头，是一座大金矿，创始团队的出走虽说让立化遭受重创，同时影响到了兴众文学的上市和市值，但依然有国际风投看好兴众文学以后的潜力，等于是说国际风投认可了国内互联网版权产业市场的成熟度，并且看好互联网版权产业的前景。

互联网版权产业的前景好，何方远以后的身价才会水涨船高。

三天后，乔国界亲自打电话给何方远，让何方远到他的办公室一趟。

何方远挺直了胸膛，一口气上到了十八层，十八层是兴众总部的办公层，是所有兴众人心向往之的神圣之地，他站在乔国界办公室门前，深吸了一口气，然后才推开房门。

乔国界正埋头办公，头也不抬地说道：“方远，千方和芝麻开门也试水互联网版权产业，你怎么看？”

何方远心中一阵狂喜，这句本该是问马大勉的话，乔国界却问了他，由此可见，经过上次婚礼上的一出好戏之后，他在乔国界心目中的分量直线上升，不敢说已经超过了马大勉，至少和陈果平起平坐问题不大了。

“业内有句俗语说，千方最稳，芝麻开门最能忍，企鹅最咄咄逼人，从近年来的业绩可以看出，咄咄逼人的企鹅，连年上升；最稳的千方，在去年被企鹅超过之后，今年再次被企鹅打败；而最能忍的芝麻开门，今年也是大小动作不断，入股、收购，再加上大马哥的高调退休，忙得不亦乐乎。性格即命运这句话用在企业身上，也合适。您以前常说——我从来不认为家族化管理需要淡化，如果它能帮助我们实现理想的话——在现阶段，国内几乎每一家成功的互联网公司的企业文化都是创始人的个人文化，所以，如果说三巨头哪一家最能在互联网版权产业折腾出浪花，首选企鹅，其次芝麻开门，而大张旗鼓上线的千方向往，我最近研究了一下，不管是宣传力度还是资金投入，都不足为虑。”

何方远说出了心中所想，现在不是故弄玄虚的时候，以现在乔国界对他的信任，他单刀直入回答乔国界的问题，才更称乔国界之心。

根据他对乔国界的研究，乔国界重用一个人之前，每次都是向对方问计，一般三次问计之后，乔国界就会做出决定了。

莫非说，乔国界真会重用他了？不过何方远也清楚，乔国界在重用他认可的人时非常感性，只要聊得投机，说用就用，也很舍得开高价，但如果不能快速证明自己的价值，乔国界的耐心也非常有限。

乔国界半晌没有说话，他不停地摆弄手中的一支钢笔，显然在深思什么。过了许久，他忽然又问了一句：“方远，马大勉说兴众文学现在资金不成问题，不需要融资，你是什么想法？”

融资还是不融资，乔国界肯定早有决定了，之所以问他，不是征求他的意见，而是考查他是不是他心中的理想人选，他的思路是否能和他保持一致，何方远再次深吸一口气：“融资很有必要。”

乔国界以为何方远会不赞成融资，没想到何方远的回答出乎他的意料，他不免微微一惊：“为什么？”

何方远知道乔国界是一个很会赚钱的商人，而且他没有共赢的理念，不会同别人分享财富，这也是这些年来兴众始终由他绝对控股的原因所在，他不允许在他的帝国有不同或者反对的声音，甚至以前他还公开为家族企业辩解，如果以何方远惯性的思维，他会毫不犹豫地认为乔国界也反对融资。

但是……何方远认识顾南，认识梅长河，先是从顾南的醉话中嗅到了一丝山雨欲来风满楼的气息，又从梅长河的精心安排中敏锐地察觉到了乔国界的心态变化，形势比人强，兴众今非昔比，乔国界也今非昔比，昔日独裁、傲慢并且不允许卧榻有他人酣睡的乔国界在立化遭受重创、兴众文学市值严重缩水的重大打击之下，不得不以退为进，为了兴众文学的上市大计，退而求其次接受融资了。

融资不但能帮兴众文学渡过眼前的资金难关，还能让兴众文学提升形象，为再次冲击纳斯达克打下基础。

何方远淡定地一笑："乔董您别嫌我啰唆，我想先举个例子——美国投资公司最新一项调查，问询消费者永远都不会使用哪款手机，结果，71%的消费者选择了黑莓，这个结果似乎很惊人，但另一项数据却显示，有20%的消费者表示将永远不会购买iPhone，而31%的消费者表示，他们永远不会购买安卓系统的手机……世界很大，人心善变，这个调查虽然有一定的科学性，但谁敢说等iPhone新款出来后，永远不会购买iPhone的消费者会上升多少个百分点？世界无时无刻不在改变，十年前您决定投资互联网版权产业之时，肯定想不到会发展到今天的规模，同样，现在的市场比十年前大了十倍不止，但谁又能知道三年后这个市场不会再扩大数倍？市场大了，引进融资才能有助于兴众文学更好地扩大市场份额，继续保持领先的优势。"

何方远的聪明之处在于用一个例子来冲淡了乔国界引进融资的尴尬，以乔国界的性格，引进融资是迫不得已的选择，何况又是在兴众文学的市值缩水之时，风投此时注资，明显有趁火打劫之嫌，他一向打劫别人，现在轮到他被别人打劫了，肯定心里不舒服。

果然，何方远的话触到了乔国界的痒点，连苹果也有这么多消费者不喜欢，乔国界脸色舒展了许多："你的例子举得很好，我也有一个例子——当年微软CEO史蒂夫·鲍尔默曾经嘲笑iPhone，说iPhone不会有什么作为，他还高调预测iPad不会有什么良好的市场表现，结果呢？"

结果当然是市场无情地推翻了鲍尔默的论点，乔国界也有意思，用鲍尔默的失误来说服自己接受融资的患得患失的心理。

融资是一把双刃剑，钱有了，权小了，风投资金注入之后，必然要在董事会占据席位，同时开始介入兴众文学的管理。

"空行将会向兴众文学注资。"乔国界说完这句话，冲何方远摆了摆手，"你要做好心理准备。"

以前兴众文学有什么重大动作，何方远都是先从小道消息得知，或是事后才从新闻媒体上知道，这是他第一次事先得知兴众文学的巨变，而且还是由乔国界亲口告诉他，他虽是立化的常务副总，现在享受的却是立化总经理的待遇。

回到办公室，何方远的心情还是无法平静。果然不出他的预料，空行乘虚而入要入股兴众文学了，这是一件堪比创始团队从立化出走的大事，必将轰动业界，同时也会对互联网版权产业的格局造成不可逆转的重大影响！

“确定了？”蓝妹推门进来，一脸喜色，“空行进军互联网版权产业，是好事呀。”

空行的介入，对兴众文学来说不是好事，不过对整个互联网版权产业来说，确实是好事，而且还是大好事。当然，对蓝妹来说，也是欢欣鼓舞的好事。

“确定了。”何方远点了点头，“是不是很开心？”

“当然了。”蓝妹毫不掩饰她的兴奋，“空行一旦介入兴众文学，必然会削弱马大勉的权力，也会导致兴众文学以后的发展受制于人，这件事情对你职业经理人的未来规划是当头一击，让你以后没有选择余地地和我合作。”

蓝妹倒是实话实说，确实，空行介入兴众文学之后，何方远想走如马大勉一样的职业经理人之路会遭遇拦路虎，不再如马大勉一样，只要入了乔国界之眼，乔国界就可以直接一言而定。而空行在董事会获得席位之后，人事上的任何变动，空行都有投票权。

“影响是有，但并不大，现在乔董对我赏识有加，如果他想重用我，基本上还是一句话的事儿，别忘了乔董的性格，他绝对不会让空行的股份超过百分之三十，乔董还会拥有绝对控股权。”虽说蓝妹的话属实，不过为了争取更多的主动权，何方远才不会让蓝妹认为他只有和她合作一条路可走，实际上，他也确实没有做出最后决定是和蓝妹合作，还是在兴众文学走出一条管理者收购之路。

“你还想留在兴众文学？好吧，就算你成为马大勉第二又能如何？难道你还做着管理者收购的美梦？别想了，空行注资后，你的管理者收购的想法就算乔董同意，空行也不会同意。”蓝妹似乎吃定了何方远，“你就从了我吧，给你和你的团队百分之三十的股份，三年内没有盈利压力，条件不错吧？”

“俗话说娶妻娶贤，纳妾纳色，我从了你，相当于抛弃现任妻子再娶，是再次娶妻而不是纳妾，所以，必须慎重行事，你这个妻子还不够贤惠，没有打动我。”何方远半是玩笑半是认真。

“照你这么说，你从立化跳槽出来，等于是离婚了，离婚的男人还挑三拣四？”蓝妹一脸窃笑。

“不管是按生活经验还是工作经验来说，离婚一次的男人是个宝，离婚两次的男人是棵草，想让我和立化离婚再和你结婚，如果你没有足够的贤惠和足够优秀的条件，我是不会动心的。”何方远嘿嘿一笑，一脸坏意，“何况我现在和立化感情稳定，生活幸福美满，一下抛家别妻，怎么舍得？”

“别逗了，你和立化还感情稳定？楚一亭恨不得置你于死地，黄是道天天想背后推你下水，马大勉对你也大有意见，你在立化是处处受制。”蓝妹继续加大攻势。

二人你来我往，看似说笑，其实是在讨价还价，都想让对方先让一步。

“马大勉不足为虑，黄是道和楚一亭更不足为惧，我下有陈果的信任上有乔董的器重，出头之日指日可待。你想呀，我在立化干得好好的，你却非要我和立化离婚，又不承诺让我当家做主，我何苦折腾？”何方远坚持控股的底线不让，虽说他也知道在雄厚的资本力量面前，控股的可能性很小，但不争取不尝试，怎么知道有没有成功的可能？

百分之一的希望，也要付出百分之百的努力去争取。

“你在立化顶多当上总经理，说好听点，是职业经理人，说难听点，还是高级打工仔，就算年薪百万，在兴众帝国庞大的序列之内，还是处于底层，你若从了我，你不但拥有公司的管理权，自身也是公司的所有者，百分之三十的股份，又不是干股，按照三亿元的投资计算，等于是转眼间成为亿万富翁。”蓝妹不肯让步，何方远毕竟不是三剑客，他就算现在组建了一个有一定战斗力的团队，但战斗力和号召力还是远不能和创始团队相比。

创始团队可以和企鹅合作而控股，何方远团队和她合作，却只能是从属。

“兴众文学下半年肯定还会冲击纳斯达克，半年之内，我如果能够争取到乔董的信任而获得一定的兴众文学的期权的话，一上市，我也会身家倍增。再万一我坐到了马大勉的位置，说不定还可以成为兴众文学的董事。和跟了你前途未卜胜负各一半的人生豪赌相比，还不如留在立化，旱涝保收并且成功更是触手可及。”何方远知道他资历尚浅，团队战斗力弱，远不能和三剑客及创始团体相比，但创始团队是和企鹅合作，企鹅不论实力还是渠道，国内无人可及，而他的合作方也远没有企鹅的实力和渠道，所以大家半斤八两，也算是门当户对，他要求控股，也说得过去。

况且在国内要想找到和他一样有从业经验并且又是在立化成长起来的团队，绝无仅有了，他是仅存的硕果！

/ 第四十五章 /

# 两则轰动的消息

其实这也是当初何方远选择留在立化的一个重要的出发点，创始团队只有一个，但三巨头却有三个，创始团队只能花落其中一家，有两家会落空，那么落空的两家肯定不会坐视得到创始团队的一家唱独角戏，肯定还会另起炉灶，那么到时候，他的机会就来了。

只不过计划赶不上变化，何方远还没有等到千方和芝麻开门的绣球，却意外遇到了蓝妹，而且没想到蓝妹也看中了他的团队。

对于现在就跳出立化，何方远还没有做好准备，说实话，到底是不是真的跳出立化和蓝妹一起打天下，他还没有下定决心。蓝妹不是两巨头，资金虽说不成问题，但由于没有渠道，以后的发展之路会比较艰难。当然话又说回来，他相信以他的实力，还是大有成功的可能。

不过终归有几分不甘心，如果再等一段时间，也许千方和芝麻开门就会向他抛来绣球了，就算千方不会，芝麻开门也大有可能。诚然，他和芝麻开门，肯定没有控股的可能，而且股份充其量拿到百分之十就不错了，但芝麻开门的渠道无与伦比，营销能力举世无双，和芝麻开门合作，成功率高达百分之九十以上。

正是因为有多种选择，何方远在和蓝妹的谈判时，才从容不迫，抱着可进可退的态度，寸步不让。

蓝妹被何方远坚定的态度惹火了，她咬着嘴唇，直盯着何方远的眼睛："你太贪心了，何方远，我对你很失望。"

蓝妹到底年轻，没有谈判经验，不懂谈判经验，其中夹杂了太多的个人感情。何方远坏笑一声："蓝妹，在商言商，我们是在谈判，不是谈恋爱。谈判是在理智下谈利益，谈恋爱是在激情下谈感情。就算我是你男朋友，我也不会什么都不考虑就全部答应你的条件，这是生意，生意要计算得失。”

“不理你了，坏人。”蓝妹说不过何方远，就开始耍赖了，“从现在起，你什么时候答应我的条件，我什么时候才会和你说话。”

这就太孩子气了，这个样子怎么能做大事，动不动就使小性子，何方远深深地摇了摇头：“如果你答应我一个条件，百分之三十的股份……我就答应你。”

“什么条件？”蓝妹立刻惊喜交加，“快说，快说呀。”

“你嫁给我。”何方远一脸坏笑，不无挑衅的目光直视蓝妹的双眼。

“嫁给你？”蓝妹自言自语地说了一句，忽然又笑了，“好呀，我也考虑考虑，等我考虑好了，就答复你。事先声明，说话算话，不许反悔。”

蓝妹走了，何方远傻了，不是吧，他本意是开个玩笑缓和一下气氛，好让蓝妹别和他闹别扭，没想到，蓝妹似乎真有要答应他的意思，这下麻烦大了，万一蓝妹真的答应要嫁他，他怎么办？难道他真要娶她？

他的魅力还不足以让一个白富美死心塌地非他不嫁。

算了，不去想了，估计蓝妹也就是随口一说，找了个台阶下，还是先顾好眼前的事情再说吧。

一周后，一则消息的公布，轰动了整个业界——兴众文学在北京召开新闻发布会，宣布已通过私募融资总计1.1亿美元，投资方包括空行集团等，1.1亿美元兑换兴众文学百分之二十的股份，意味着之前一直估值八亿美元的兴众文学，市值缩水百分之二十。

业界震惊的不是兴众文学融资1.1亿美元的举动，而是空行第一次开始插手布局国内互联网版权产业，意味着国内的互联网版权产业正式进入国际巨头的视线，到底空行注资兴众文学，是看好国内互联网版权产业的市场前景，还是只想做空兴众文学从中渔利，尚有待观察。

同时，业界也纷纷猜测，兴众文学联合空行，转让了百分之二十的股份，成功套现1.1亿美元，那么由创始团队的出走而引发的巨额损失以及兴众文学的财务危机将大大缓解，而空行作为兴众文学曾经的上市承销商，以巨资入股兴众文学，是不是意味着空行依然看好兴众文学的上市之路？

不管业内如何猜测和分析，总之，经过一系列举措的推出，到兴众文学联手空行引进资金为高潮，兴众文学总算走出了阴影，有了重整旗鼓的迹象。

不过耐人寻味的是，在新闻发布会上，乔国界并没有露面，这引发了媒体的纷纷议论，乔国界避而不出是不是表明对这一次的合作，并不是十分满意？

“有时候人和人的烦恼真的天差地别，一下有了1.1亿美元，乔董不但不高兴，反而还生闷气，真是咄咄怪事。”徐子棋坐在何方远的办公室，手里拿着厚厚的一沓资料，“何哥，人和人的差距，怎么这么大呢？”

“到了乔董的境界，钱多钱少不再重要，脸面和尊严比钱重要。”何方远接过徐子棋递来的资料，只大概翻了一下，就放到了一边，“乔董不参加发布会，在意料之中，这一次的融资，表面上皆大欢喜，其实乔董吃了亏，首先市值被低估，其次控制力被削弱，再次外界纷纷猜测兴众之所以融资是资金链出现了问题，尽管马大勉在发布会上信誓旦旦地说兴众文学不缺钱，但谁都不是傻子，不缺钱为什么要以股份换资金？乔董才不会在借钱的发布会上抛头露面。”

“我的资料不错吧？可是费了我和范贱好大的劲儿。”徐子棋嘿嘿一阵奸笑，“这女人，太不是东西了，何哥，女人和女人的差距，怎么也这么大呢？”

徐子棋送来的资料是楚一亭和黄是道的资料，资料很详细，应有尽有，毫不夸张地说，是一枚威力无比的深水炸弹，一旦引爆，可以炸出许多新闻。

之所以迟迟没有引爆，何方远是想等楚一亭自投罗网。

其实何方远自认是好人，无心在背后整理楚一亭和黄是道的黑材料，可惜的是，是楚一亭和黄是道主动挑衅在先，如果不是二人一心想要置他于死地，他才懒得费尽心机让范记安跟踪拍照并且让徐子棋黑了对方的电脑。他有太多的事情要忙，哪里顾得上理会楚一亭和黄是亭这一对活宝？

即使这样，他对楚一亭也存了一念之仁，如果楚一亭不再主动挑事，他的炸弹就引而不发。现在正值立化用人之际，他还是希望求同存异，共渡难关。

何况他现在有更强大的对手要对付——顾南。

空行以1.1亿美元换取了兴众文学百分之二十的股份的同时，也自动拥有了兴众文学董事会的一个董事席位，顾南就是空行派来兴众文学作为空行公司的代表来担任兴众文学董事的人选。

等于说，顾南现在拥有五分之一的否决权可以否决何方远的每一次任命！

何方远顿感身上压力大增。

“说到女人，徐子棋，你和范记安竞争失败，下一步有什么打算？”何方远笑问。

最近徐子棋和范记安狂追付瓜瓜，二人各自施展平生绝学，一死缠烂打，二甜言蜜语，三厚颜无耻。总之，招数使尽，终于抱得美人归——当然只有一人抱到了美人，不用想，肯定是——下江有贱人，风骚无人及。一贱倾人城，再贱倾人国——的范记安了。

范记安追到了付瓜瓜，徐子棋失落加失恋，竟然瘦了几斤。不过好在他心态好，很快就恢复了“天涯何处无芳草，何必单恋狗尾巴草”的屌丝情怀，几天后就恢复了体重。

“我……”徐子棋竟然扭捏了几分，“我最近在和辛儿聊天，聊得很投机，我为她介绍了一份工作，她今天去面试了，应该八九不离十了。”

“行呀，你小子，偷偷摸摸挖我的墙脚，居然还瞒了我。”何方远拿起一本书扔向了徐子棋，“老实交代，什么时候勾搭上了常辛儿？”

徐子棋接过了书，没让书打中他的脑袋，他嘿嘿一笑：“男欢女爱的事情，能叫勾搭吗？这叫情投意合。就上次梅荏苒说你金屋藏娇后，我就从她嘴里套出了不少话，知道你和辛儿没什么暧昧，也知道了辛儿长得挺漂亮，然后就打了你家里电话假装找你，然后套出了辛儿的QQ，然后……就发展到现在了，嘿嘿，嘿嘿……”

行呀，没想到在女人问题上一向由于太宅而总是落于人后的徐子棋，也有开窍的时候，看来，男人追逐女人，还真是天性。

“我警告你，辛儿挺不幸的，你要喜欢她，必须百分之百对她好，否则我饶不了你。我是她的娘家人，谁娶了她，我就是谁的大舅哥。”其实何方远很乐见常辛儿和徐子棋的恋情，徐子棋为人老实顾家，虽说胸无大志，不过也算是难得的可靠的好男人。

“你放心，大舅哥，我对辛儿是真心的，我想娶她。”徐子棋推了推眼镜，一本正经地说道，“如果我有半句假话，让我被漏电的苹果手机电死，被洗脚水的米线吃死，被转基因粮食致癌而死……”

“行了，别胡说八道了。”何方远笑了，“等辛儿找到工作，和你确定了关系，你赶紧让她搬走。”

“就是，就是，天天与狼同住，万一被狼吃了可就惨了。”徐子棋忙不迭点头，一低头看到了手中的书居然是何常在的新作《运途》，顿时大喜，“谢了何哥，我正想看这本书呢，你就主动送我了，到底是大舅哥，亲人啊。”

何方远哭笑不得。

奇怪的是，从立化全额返还政策出台后，到兴众文学融资成功，一系列事件的出台，不但企鹅方面置若罔闻，就连创始团队也没有再出台任何应对之策，从新站开天上线之后，一直沉默而低调，似乎无心再应战了。

外界或许不知道创始团队的沉默是什么原因，何方远却清楚，开天中文上线之后，并没有大肆宣传，网站一直处于公测的阶段，最主要的是，开天隆重推出了近两百名版权方的新作，现在正处在茁壮成长阶段。版权产业和别的产业不同的是，种下了树苗，需要时间培育。现在的开天，正在等待树苗长大中，等有一天树苗长成了一片郁郁葱葱的树林之时，就是开天大举展开宣传攻势之日。

以企鹅的实力和渠道，势必会下大力气将开天在最短的时间内推广成为互联网版权产业的一支生力军，只是现在时候未到。

又一周后，盛夏已经来临，炎热的天气阻挡不了业内依然酝酿的风暴，在距离兴众文学宣布融资成功仅仅事隔几天之后，兴众文学又在北京和闻中传媒联合召开新闻发布会，宣布闻中传媒战略投资兴众文学。

此事再一次将兴众文学推到了风口浪尖之上。一时之间，兴众文学风头无两，成为无数媒体争相报道的对象，兴众文学一扫先前的颓势，大有逆风飞翔的强劲。

闻中传媒是国家通讯社闻中社的下属传媒集团，有官方背景，兴众文学和闻中传媒合作，意味着兴众文学开始在官方的认可度上布局了。

这一次的发布会，久未公开露面的乔国界终于现身，并且在发言中对兴众文学和闻中传媒的合作给予了高度评价，认为这一次的战略合作是一次双赢的合作。

不过让人不解的是，和上次发布会直接宣布了1.1亿美元的融资金额不同的是，这一次的发布，只字未提战略投资的金额。业内人士分析，所谓战略合作却没有投资金额，应该只是资源上的合作。

“和闻中传媒的合作，意味着兴众文学完全走出了阴影，正在大步前进，下一步，应该就是再次在上市问题上有所动作了。”何方远侃侃而谈，为众人分析闻中传媒和兴众文学的联手意味着什么，“闻中传媒发挥在信息新闻产业网络、采集制作、媒体品牌等方面的优势，助力兴众文学完善产业链布局。而兴众文学回报闻中传媒的是海量的内容资源，这对于想在互联网版权产业有所发展的闻中传媒来说，是一个开采不尽的宝藏。”

“这对整个互联网版权产业来说，也是一件利好的消息。”范记安点头附和何方远的观点，“双方合作的品牌效应，是可以互相加分的，互联网版权产业如果和新闻传播的优势结合在一起，也许会改变两个行业的生态平衡。”

“对开天也是好事？”蓝妹最关心的还是兴众文学的大动作是不是可以带动整个行业的良性改变，行业的前景越好，她对投资就越有信心。

“是好事，对整个行业来说，也是好事，乔董的眼光还是要稍高一筹，最近一系列的动作，扭转了局面。”何方远微微点头，心中愈加看清了一个事实，乔国界最近频频出手，事事亲为，是对马大勉的信任度持续下降的有力证明，“对我们来说，更是好事。”

今天的聚会，只有四人，梅茬苒没来，她和顾南约会去了。也不知她是改变主意接受了顾南的追求，还是故意气何方远，反正她拒绝聚会的理由直接就说她没有时间，要和顾南去吃饭。

“兴众文学还会上市吗？”蓝妹微有不解，“现在一切顺利，应该不用急着上市了吧？”

“一切顺利？”何方远摇头，“别忘了开天是和企鹅合作，企鹅还没有真正发力呢，也别忘了千方和芝麻开门也涉足了互联网版权产业，这两个巨头的战斗力谁敢轻视？乔董做了这么多事情，其实还是在继续夯实基础，保证兴众文学龙头老大的位置不变，但以上只是虚招，只有上市成功，才能确保兴众文学是国内互联版权产业的第一。”

何方远的全额返还策略之所以深得乔国界之心，在于全额返还策略一可以挽留版权方，二可以美化财务报表，这是内功。而乔国界的引进空行融资以及和闻中传媒的战略合作，融资可以让兴众文学有足够的资金支付版权方的报酬，同样也美化了财务报表，二可以提升兴众文学的形象，形象提升，市值就会提升，这是外功。

内功和外功的结合，最后还是剑指一处——上市。

“好吧，是好事当然好了。”蓝妹搅动杯中的咖啡，意味深长地看了何方远一会儿，“方远，范记安和徐子棋都在，有一件事情我想和你挑明了说，你上次说如果我同意嫁给你，你就答应我的条件，现在我的答复是，我同意嫁给你。”

“哐当”一声，范记安的刀子掉在了餐桌上。

“啊！”徐子棋惊讶地张大了嘴巴，不敢相信地说道，“不是吧，何哥，这么快就逆袭了白富美，你太有能力了。不是，要是简单的推倒也就算了，怎么没有一个中间的过程，直接谈婚论嫁？等等，让我的大脑运转一会儿，受不了这么庞大的信息量。”

/ 第四十六章 /

# 即将到来的风雨

何方远才懒得理徐子棋的贫嘴，他心中也十分震惊："不是吧，你这么轻率就答应嫁给我，你了解我吗？知道我的缺点比优点多吗？我很懒，没上进心，最主要的是，还很花心，你嫁给我别说不幸福，还会天天受气挨骂，说不定还会挨打。"

范记安和徐子棋大眼瞪小眼，什么情况这是，哪里有这么埋汰自己的？有送上门的白富美不要，还用力向外推，做人，不能太嚣张了呀，装，太装，二人都看不下去了，恨不得上去掐死何方远。

"没关系，我都想通了，嫁给你，就得接受你的所有缺点。还有，我爸对你印象很好，说你是一个可靠的男人，谁嫁了你，谁就会幸福。虽然我妈对你小有意见，说你眼睛不够灵活，个子不够高，尤其是收入太低，不过家里我爸说了算，所以说，如果我想嫁你，八成可行。"蓝妹笑意盈盈，谈笑间，将何方远逼到了墙角。

何方远无计可施了："我得考虑考虑，现在我正处在事业的上升期，还不想考虑婚姻问题。"

"不是想反悔了吧？"蓝妹步步紧逼，笑得很有杀气，"趁我现在还没有改变主意，你要是答应了，逆袭白富美的美梦就成真了。等过了这一刻，你再同意，说不定我还不答应了呢。"

说实话，何方远虽然真有几分喜欢蓝妹，作为顶级白富美，蓝妹很难得没有一堆大小姐的缺点，但要说到和她结婚，他还真不敢下定决心，娶一个白富美确实是他的人生目标之一，但他期待中的白富美，似乎并不是蓝妹。

"冷静，冷静一下，冲动是魔鬼。"何方远本来戒酒了，忽然又觉得无酒不欢，一扬手叫来服务员，"来一瓶啤酒，冰的。"

蓝妹无声地笑了，不再多问一句，只是目光闪动，似乎微有不甘，不甘中好像还包含几分委屈。是呀，她是什么身份，身边有多少人追求，只要她想嫁，娶她的人可以排一个连。何方远倒好，居然不答应她的求婚，尽管她只是开玩笑一样将何方远的军，至少何方远也要表现出迫不及待的样子才算对得起她的一番苦心，没想到，何方远这么不给面子。

是，她是早就料到何方远不会答应，也能猜到何方远知道她是在逼宫，可是，她心里还是隐隐有一丝失落，何方远怎么就没有爽快地答应下来？转念又一想，万一何方远真的一口答应了，她又该怎么办？难道真要嫁给他？

气氛一时有些微妙，何方远埋头喝啤酒，徐子棋和范记安低头不语，最后还是蓝妹打破了沉默："开个玩笑，至于吓成这个样子？你真以为我想嫁你？算了吧，我理想中的丈夫不是高富帅就是官二代，你还差了太远。"

何方远知道他这一战是被蓝妹打败了，男子汉大丈夫，能伸能屈，怕什么，就大胆地承认："蓝妹，这事儿我没处理好，我认罚，再自罚一瓶啤酒怎么样？"

"随便你，喝醉了，我不管送你回家。"蓝妹也云淡风轻地笑了，"反正你回家有人照顾。"

"没了，没了。"徐子棋知道蓝妹的意思，忙不迭摆手，"辛儿答应当我的女朋友了，我已经和她约好了，一会儿就去接她，要和她一起看电影——通宵电影。"

对宅男徐子棋来说，看电影是最幸福的休闲方式。

也许是真怕何方远喝醉了回去后，酒后乱性，徐子棋坐不住了："何哥，要不我先撤？"

"我也撤。"范记安起身就走，"我和瓜瓜约好了一起过周末，何哥、何嫂，不，蓝总监，沙扬娜拉。"

一转眼人都走光了，何方远也放下了酒杯："重色轻友的家伙，说走就走，真没趣，不喝了。"

"喝吧，喝醉了我送你回去，酒壮夙人胆，喝醉了，也许敢说一些正常状态下不敢说出来的话。"蓝妹诚心气何方远。

"回家。"何方远站了起来，哈哈一笑，"我想说就说，不用借酒壮胆。"

蓝妹送何方远到家，见常辛儿的行李已经打包完毕，显然是要搬走了，忽然开心地笑了："何方远呀何方远，你可真失败，先是梅茬苒跟了顾南，然后常辛儿又和徐子棋恋爱了，刚刚你又拒绝了我的求婚，你身边的女人一个个离你而去，你成了孤家寡人，是不是应该想想自己失败在哪里？"

"我当茬苒是妹妹，对她说有感情也有，要说有爱情，也不知道是我不敢面对还是不敢承认，反正总觉得和她太熟悉了，少了一些让人迷恋的感觉。和常辛儿，在大学的时候我确实迷恋过她，只是现在再次相见，以前的感觉烟消云散，再也回不来了。所以说，我身边的女人一个个离我而去也没什么，多少人曾在你生命中来了又还，来了走了很正常，只要我心里的女人一直在就行。”

何方远是第一次在蓝妹面前说出心里话。

蓝妹神色微有慌乱，躲闪何方远炙热的目光：“你心里的女人是谁？”

“她刚刚住进来，还没有适应，也不知道能住多久。等她决定长住之后，我会告诉她，我的心房将会永远为她敞开。”何方远深情款款地凝视蓝妹的双眼，“蓝妹……”

蓝妹以为何方远要表白了，心如鹿撞：“什么？”

“你喝水不？”

“……”蓝妹气笑了，“你……你……我不渴，不喝！”

“不喝算了，辛儿不在，估计家里连热水也没有。”何方远坏笑，坐到了沙发上，“你猜猜看，马大勉什么时候离开兴众文学？”

“最少还得一年半载吧。”蓝妹见何方远转移了话题，心里恨恨的却又无法说出口，这个何方远真无赖，明明是他酝酿的气氛，却又故意破坏掉，真是气死人不偿命的坏蛋。

“用不了。”何方远大摇其头，“根据最后一系列的动作不难得出结论，乔国界及其亲信现在全面接管兴众文学，并且引进了空行的融资，有了空行的加入，兴众文学上市之路将会一马平川，马大勉现在留在兴众文学，还有什么用？马大勉从担任兴众文学CEO时开始，他的唯一目标就是整合并促成兴众文学的上市，现在兴众文学整合大业已经完成，上市之路已经铺平，是到了卸磨杀驴的时候了……”

“不会吧，乔国界不会这么翻脸无情吧？”蓝妹理解不了何方远的想法。

兴众旗下几个分公司的负责人基本上都是乔国界的原助理，或者说，是乔国界眼中的好人，他们会比乔国界眼中的能人和明白人更能忠心耿耿地执行他的指令，马大勉在乔国界眼中不是可以跟随他一直走下去的好人，而是可以丢车保帅的明白人。

“资本市场，从来不是温情脉脉的游戏，何况，马大勉捅了这么大的娄子，总要负起应有的责任。市值两亿美元的缩水，如果都归咎于创始团队，也说不过去，而在创始团队出走之后，马大勉昏招不断，一次又一次让乔国界失望，乔国界一方面怨恨创始团队的背叛，另一方面他也怪罪马大勉的无能。可以说，立化的分裂，马大勉最少也要负三分之一的责任，另外的三分之一归创始团队，还有三分之一归乔国界，不过本着乔董永不会犯错的兴众共识，乔董的三分之一也会落到马大勉的身上。背负了三分之二责任的马大勉，在失去可以促进上市的最后一个用处之后，他不是弃子，谁是弃子？”

“不过……”蓝妹还是不太相信何方远的话，虽然何方远说的不无道理，但她总是觉得乔国界不应该过河拆桥，“总要给马大勉一个缓冲期，而且马大勉手中还有兴众文学的期权……”

“其实，乔董不仅仅是一个商人，他身上还有浓郁的政治因素，换了别人，或许马大勉还能在兴众文学待上一年半载，但既然乔董对马大勉失去了信心和兴趣，马大勉就是一系列事件的替罪羊，不管做出最终决策的那个人是不是他，他的黑锅……背定了。”何方远笑了，笑得很灿烂，也很坏，“马大勉一走，陈果坐地升迁，你说到时候立化的总经理会是谁？”

“不会吧，你才当上常务副总没几个月，难道还能再升一级成为立化的总经理？”蓝妹终于明白了何方远的言外之意，“你当了立化的总经理，就更有了和我讨价还价的资本，是不是？好吧，如果你真的当上了立化的总经理，以总经理的身份跳出立化和我合作，我给出百分之四十的股份。”

“好，一言为定。”何方远要和蓝妹击掌盟誓。

蓝妹伸出小手毫不犹豫地和何方远击掌：“百分之四十了，该知足了。不过我对你信心不足，你已经言而无信一次了。”

何方远知道蓝妹是指她答应嫁给他的事情，好，是他的错，他认了：“常务副总的身份，再加一支团队，百分之三十。总经理的身份，再加一支团队，百分之四十。如果我再有额外的筹码，是不是就可以得到百分之五十一的控股权了？”

蓝妹抿嘴一笑：“贪心不足蛇吞象，我真是服了你了，念念不忘控股，怎么你的控股欲这么强？好，如果到时你另有加分项，我们可以再谈。”

“你妈的企业是制造业吧？”何方远嘿嘿一笑，突然就顾左右而言他。

“是呀，怎么了？”

“制造业是非常强调绝对控制的一个产业，在他们的企业文化中，要把一件事情做好，一定要有很强的全局控制力，从某种意义上说，有军队文化下级绝对服从上级的感觉。军队文化最重要的就是命令和服从……”何方远坚持要求控股，是基于深思熟虑的，他呵呵一笑，“这样的公司一旦控股，就肯定会要求全盘控制全面服从，而互联网公司的文化一般都是宽松和随性，在宽松和随性之下，才能保持足够的灵活性和创新力，而灵活性和创新力是互联网公司赖以生存的根本。知道兴众为什么业绩连年下滑，衰落的趋势难以挽回吗？就是因为兴众文化太像军队文化了……问题是，兴众是互联网公司。”

“我明白了，你考虑得还真的挺周全。”蓝妹点头，想了一想又说，“我可以和你签署一个放权的协议，由你全权管理公司。”

“控股是第一生产力。”何方远寸步不让，靠在沙发上，微眯了眼睛，“不早了，蓝妹妹，你现在有两个选择，一个留下侍寝，二是开车走人。”

“侍寝？我敢留你敢收？”蓝妹站了起来，“都说北方男人爷们儿，我看你也很娘。”

何方远一伸手拉蓝妹入怀，用力一抱，将她的娇躯紧紧贴在自己胸膛之上：“男人尊重女人，女人讽刺男人娘。男人强迫女人，女人又骂男人流氓。宁当流氓，不当伪娘。”

蓝妹被何方远用力一抱，浑身瘫软，几乎站立不稳，她顿时面红耳赤，用力一推何方远：“流氓，滚开。”

何方远见好就收，哈哈一笑：“恭送蓝公主起驾回宫。”

次日，常辛儿正式搬出了何方远的住处，何方远送她上车，她依依不舍地走了几步，忽然又一头扑进了何方远的怀中：“方远，谢谢你，你是我心中永远的初恋。”

送走常辛儿，何方远一个人站立原地半天未动，初恋情怀最美丽，却只能珍藏在心底，当成记忆中永不凋谢的爱情之花。

周一一上班，何方远还没有打开电脑开始工作，就被陈果叫进了办公室。

“方远，有件事情你要做好心理准备，空中书城要被调整了。”

来得真快！何方远心中大跳，虽然他预计马大勉即将失势，却没想到，来势之快，比他预料中提前了整整两个月，空中书城这个空中楼阁被拆除，是内部开始清算马大勉的第一战。

乔国界对马大勉出手了！

何方远原本以为，马大勉全面失势，大概会在两个月之后，现在空行刚刚入股兴众文学，顾南的董事席位还没有完全坐稳，陈果上任立化的总经理还不足半年，应该还有两个月左右的缓冲期才能布局完毕，不想乔国界对马大勉的耐心连两个月也坚持不了了。

空中书城原是马大勉的政绩工程，是马大勉为了对抗立化移动客户端而成立，成立几年来，年年亏损，但空中书城的员工收入却是立化员工收入的三到五倍，立化以及整个兴众文学对空中书城不满的声音一直此起彼伏。可以说，空中书城是创始团队出走立化的导火索之一。

创始团队出走之后，兴众文学完全掌控了立化，那么由立化整合空中书城是题中应有之意，同时也为了合并重复资源，是融资后资方要求进行内部业务梳理，提升竞争力和利润水平的具体举动，是资方介入管理的第一把火。

更深层次的含义则是乔国界对马大勉的否定，是内部去马大勉化的第一步。

“怎么个调整法？”何方远问道。

“空中书城并入立化，原空中书城的员工裁员百分之九十，留下的员工并入立化，空中书城的资源全部并入立化移动端，由立化统一管理。”陈果踌躇满志，大手一挥，“事实证明，立化这个品牌还是大于空中书城，空中书城被调整后，才会更加突出立化的品牌效应。”

马大勉上任以来，一直在打造兴众文学的品牌效应，刻意去除立化的烙印，空中书城就是一个具体举措。但具有讽刺意味的是，经过几年的努力，创始团队出走了，空中书城被合并了，立化的品牌知名度还是远远高于空中书城的品牌，甚至兴众文学的品牌也一直笼罩在立化的阴影之中。

这也是当初企鹅只想收购立化而不想收购兴众文学的原因所在。

“调整了空中书城，避免了资源的重复和浪费，是好事。”何方远见陈果颇有对马大勉取而代之的兴奋，就顺势说道，“当初为了空中书城，马总可是下了不少功夫。”

“是呀，出发点是好的，可惜决策失误，昨天乔董还对我说，下一步还要苦练内功，除了调整一些资源重复的部门之外，在人事上也要做出相应的调整，保证让能者居其位，我向乔董推荐了你，说你现在是立化的中流砥柱……”

回到自己的办公室，何方远还在回味陈果的言外之意，他现在已经是立化的常务副总了，升无可升，再升，就替代陈果了，陈果却还特意提出他向乔董推荐了他，明显有强烈的暗示之意，莫非是说，马大勉要被乔国界过河拆桥而陈果接任兴众文学CEO的大戏即将真实上演？

正想得入神，黄是道推门进来了。

“方远，有件事情要和你商量一下。”黄是道笑眯眯地递上一份资料，“有一个版权方违约和开天签约了，法务部准备起诉他，也是起一个杀鸡儆猴的作用，警告其他版权方不要效仿，你看看起诉书有没有需要修改的地方？”

## / 第四十七章 /

# 再次轰动

何方远并没有看起诉书，直接放到了一边："是道，我觉得这个事情不妥，立化现在度过了危机，不应该再出负面消息了。如果真的起诉了版权方，就算对方违约，对方也是弱势一方，媒体总会同情弱者。再者你也清楚，立化的合同条款，一向被版权方诟病，个别霸王条款，和版权法有冲突……"

"这件事情，马总已经定了。"黄是道伸手拿走起诉书，"你有什么意见可以直接向马总提，既然你不看，我就当你同意了。"

黄是道转身走了，何方远拿起电话想要打给陈果，这件事情陈果应该还不知情，法务部归马大勉直接领导，不归陈果管辖，不过拨了一半号码后他又停下了，想了一想，意味深长地笑了笑，索性放下了电话。

随他去吧，马大勉是想继续显示他的重要性，不过他选错了突破口。

吃完午饭，何方远回到办公室想要休息片刻，却来了一个不速之客——顾南。顾南一进门就哈哈一笑："何方远，我担任兴众文学董事有一段时间了，一直没时间和你聊一聊，现在有没有时间，我们谈一谈？"

顾南是兴众文学的董事不假，不过他担任的董事职位不止兴众文学一家，作为空行集团的派出代表，他是空行参股的三家大型公司的董事。平常他也不在兴众文学上班，只在召开董事会时才会过来一趟。

"有时间，顾董事吩咐，没时间也得创造时间。"何方远站了起来迎接顾南，招呼顾南坐下，"喝茶还是咖啡？"

"算了，你这里的茶和咖啡，都不够档次，入不了我的口。"顾南摆了摆手，一脸傲慢，"我来呢，有三件事情向你说个明白：一是我和梅花苒确定了恋爱关系，你以后别打她的主意了，否则我不会放过你；二是你也少打蓝妹的主意，你配不上她，她比你高贵多了，你一个立化小小的常务副总和她一比，根本就不是一个世界的人；三是鉴于你的恶劣行径以及我对你极差的印象，以后你在立化的工作最好别出什么差错，否则，我会建议董事会罢免你的职务……听明白没有？”

原来是上门挑事来了，气势汹汹盛气凌人外加不可一世，何方远点点头，微微一笑：“你说完没有？”

“说完了。”顾南还以为何方远怕了，“我暂时就想到了这三点，以后如果再想到什么，会再告诉你。总之一句话，我在兴众文学一天，你就得夹着尾巴做人24个小时。”

“顾南，请你出去，我要午休了。”何方远毫不客气地下了逐客令，“不过在你出去之前，我再多说几句，你和梅长河想借兴众文学的上市中饱私囊，想赚钱的出发点可以理解，但手法不要太阴险了，如果你了解了乔董的为人，知道乔董最不能容忍有人背后暗下黑手，你肯定会后悔你的所作所为。如果乔董对你不满意，让空行另外派一个董事，换掉你，不过是一句话的事情。你也不要忘了，空行才占百分之二十的股份，在董事会五个席位中，只有一张票！你没有拍板的权力！”

“你……”顾南气得脸都红了，“行，你有种，何方远，走着瞧。”

目送顾南离去的背影，何方远摇头一笑，没心没肺地午休去了。

下午下班，他发动汽车正要走人，有人拉开车门坐了进来，对他颐指气使地说道：“带我去兜兜风。”

是梅茬苒。

汽车一路疾驶，驶入了外环路，夜色渐渐暗了下来，何方远见周围车辆少，就靠边停车了。

“怎么了？别闷葫芦了，说说。”一路上梅茬苒一句话没说，任由何方远信马由缰，何方远太了解梅茬苒，知道她心情不好。

“不想说。”梅茬苒索性闭上了眼睛，靠在椅子上，假寐。

不想说就算了，何方远也不勉强，闭目养神。听到外面不时呼啸而过的汽车，周围夜色苍茫，他和梅茬苒共处一片狭小的空间之内，本是最有情趣的时刻，他却心静如水。

不心静如水也不行，他不是不喜欢梅茬苒，但三年来始终只是擦出火花却没有点亮爱情，也许他和她之间总是差那么一点点火候或者说契机。

也不知过了多久，何方远感觉胳膊被梅茬苒抱住了，她的头靠在了他的肩膀上。

“到底怎么了？”何方远又问了一句。

“我不知道该怎么办了……方远，你帮帮我。”梅荏苒终于开口了，嗓音稍有几分沙哑，“我到底要不要嫁给顾南？”

“……”何方远无言以对，沉默了一会儿，“顾南向你求婚了？”

“嗯。”梅荏苒点了点头，“女人的青春耗不起，再过两年我就老了，除了他之外，又没有别人要娶我，我没有选择。”

如果说上次蓝妹向他求婚半是玩笑半是将军，那么这一次梅荏苒向他逼婚，严肃而认真，没有半分玩笑的意思，何方远深吸一口气，眼前浮现出常辛儿离去时幽怨的眼神以及蓝妹俏皮的笑容，他还能说什么？

“你才26岁，再等两年也没什么，不能为了嫁人而嫁人，嫁人是女人的第二次投胎，嫁不好，下半辈子都赔了进去。”

“可是顾南说，如果我不答应他的求婚，他就娶别人了，他只给我两个月让我考虑。”夜色中，看不清梅荏苒的表情，只依稀可见她的一双眼睛闪烁着迷离的光芒。

“这么说，他身边随时有可以嫁他的备胎了？以顾南的德行，荏苒，你嫁给他会安心？你嫁他图什么？图他给你带来物质享受？你不是一个贪图享受的女人，否则，你去另外找一个高富帅也很容易。嫁给他，他不能给你带来幸福和你想要的生活，你又何必为难自己？”何方远其实知道梅荏苒要的是什么，她要的是他，可是他真的无法给她肯定的回答。

“你告诉我实话，你为什么摆脱不了顾南的纠缠？”何方远知道梅荏苒有意瞒着他一些什么，她和顾南之间，可能有什么不可告人的交易。

“好吧，我都告诉你。”梅荏苒咬了咬嘴唇，似乎下了很大的决心一样，“你也了解我，我不是一个勉强自己的人，不喜欢就是不喜欢，喜欢就是喜欢，从来不暧昧。我喜欢你，你也知道。我不喜欢顾南，甚至很讨厌他，你也清楚。可是为什么我总是摆脱不了顾南的纠缠？表面上是因为我爸，其实最根本的原因，是我妈。

“我爸虽然也希望我嫁给顾南，不过他的话我可以不听，但我妈的话我不能不听……”

“梅伯伯和顾南之间，是不是有什么秘密？”何方远打断了梅荏苒的话，现在时机正好，他必须问个清楚。上次他气势汹汹地反驳顾南，指责顾南想借兴众文学上市中饱私囊，不过是他根据推测随口一说，要的就是试探顾南的反应，实际上他并没有掌握顾南和梅长河想怎样中饱私囊的证据。

根据当时顾南的错愕可以看出，他的话说中了顾南的痛处。

"我也不太清楚，应该是一个什么商定，好像是想借兴众文学的上市达到什么目的，具体怎么操作我不是很懂，大概就是借空行向兴众文学注资的机会，个人置换了一部分股权，等上市后套现……我爸当初代表信光和兴众文学合作没有成功，后来听说兴众文学有意和空行合作，就策划运作，让顾南跳槽到了空行，就是想借顾南完成幕后交易……"

差不多和他设想的一样，理论上讲，梅长河和顾南的所作所为只要手续合法，构不成经济犯罪，问题是，二人以个人名义交换部分股权，是由谁一手经办？肯定不是乔国界，乔国界不会自己出卖自己的利益，他是兴众文学的最大股东，那么背后帮助梅长河和顾南的人，到底是李丛林、马大勉还是陈果？

不管是谁，只要被乔国界查实，就会受到严惩。梅长河和顾南置换的股权不会太多，影响不了大局，也损害不了乔国界多少利益，主要是乔国界容不得兴众任何一人瞒着他做出违规的事情，违规事小，对他的背叛事大。所以这么多年来，能在兴众一直干得长久的都是忠心耿耿执行他的指示的亲信，而有能力有魄力者，早晚被他鸟尽弓藏。

"荏苒……"何方远又回到了梅荏苒的感情问题上，"你妈妈为什么要逼你嫁给顾南？"

"顾南在我妈面前很有礼貌，事事顺她的心，她对他印象非常好，认为他是天底下符合她女婿的最佳人选，再加上顾南花言巧语骗我妈说他会对我一辈子真心，我妈就认定了顾南是她的女婿，就拿她的绝症为由，逼我在她临死之前嫁给顾南，她死也瞑目了。"

"什么？不是说你妈也要嫁人了，怎么又得绝症？"何方远吃惊不小。

"是呀，原本说好要嫁人了，谁知她去医院体检却查出了大肠癌，已经晚期了……"梅荏苒声音低落了，轻声抽泣，"我妈真可怜，她一个人拉扯我长大，眼见我长大成人可以照顾她了，她却又得了绝症……医生说，最多还有一年多的寿命。"

下江是大肠癌高发地区，和常年高脂肪饮食、缺少膳食纤维摄入的不良生活习惯有关。多运动，多吃粗粮和蔬菜、水果，可以有效降低大肠癌的发病率。

梅荏苒真是不幸，先是父母离异，然后爸爸另娶，眼见妈妈也要重新组建家庭的时候，却又得了不治之症，生活给了她太多的磨难，刘薇薇还要把自身的不幸再强加到她的身上。

何方远握住了梅荏苒的手，心中忽然一阵激荡："荏苒，如果你愿意，如果你能说服你妈同意，我娶你！"

“真的？”梅荏苒一下惊呆了，“你不是逗我玩吧？我的小心脏承受不了忽上忽下的刺激。别勉强自己，如果做不到，不要给我希望。希望越大，失望越大。”

何方远伸手抱住梅荏苒瘦削的肩膀：“你一个人扛这么多生活的磨难，太吃力了，我来替你分担一部分。我负责娶你回家，你负责说服你妈，怎么样？只要你能说服她，我愿意娶你为妻，呵护你一辈子。”

“那你……亲我一下，证明你爱我。”梅荏苒闭上眼睛，送上了娇艳红唇。

何方远没有迟疑，轻轻地印上了他的唇印，宣告了他的占领，他嘿嘿一笑：“刚才我在你的嘴唇上印了几个字。”

“什么字？”梅荏苒人比花娇，妩媚如丝。

“何方远专属，闲人远离。”

“坏蛋。”梅荏苒喜笑颜开，“你才不是第一个，别臭美了。”

“啊，谁抢先了？”

“太多了，我小的时候，爸爸、妈妈还有许多人都亲过了。”

“我从小到大，亲过的女孩也数也清了，从幼儿园开始，我就亲遍了班上的女生，然后小学三年级，班上就有一大半女生想嫁给我……”

“吹牛皮，你小时候肯定长得跟瘦猴一样，谁会喜欢你？”

…………

一时之间，车内春光融融，欢乐无边。

空中书城被调整、员工被裁掉一事，只在兴众文学内部激起了一丝浪花，外界媒体几乎都没有报道，并不是媒体对空中书城的新闻不感兴趣，而是兴众文学有意封锁了消息，不想让这件事情成为媒体的焦点。

可以理解，空中书城本是马大勉的政绩项目，是马大勉在兴众文学权力的象征，空中书城被拿下，意味着马大勉的权力之塔轰然倒塌，马大勉才不会让宣传部门大肆宣扬此事。

况且空中书城被裁掉的百分之九十的员工，事先没有接到任何通知，突然就被裁员了，许多人十分不满，扬言要告兴众。不过根据以往兴众强力裁员的手腕，就算有员工上告，最后也不会有什么结果，这些年来，兴众辞退高管和员工的手法，向来粗暴而简单，不留余地。

如果说空中书城被裁掉只算是兴众文学的内部事务，并不为人关注的话，那么几天后，兴众文学对外宣布，撤销了在美首次公开募股(IPO)申请——等于是正式承认了第三次冲击纳斯达克的努力再次以失败告终。不过兴众文学同时宣布，此次撤销不影响启动IPO的时间弹性。

业内人士分析，兴众文学此举，是以退为进的战术，撤销申请，是为了重新美化财务报表，等时机成熟后，会再次提交上市申请。现在的兴众文学，引进了空行1.1亿美元的融资，又和闻中传媒缔结了战略合作，再加上先前一系列措施的实施，基本上一扫创始团队出走的阴影，等再次提交上市申请时，有了空行不遗余力的推动，上市的成功率大大提高。

至此，兴众文学完全突围成功，大局已定，许多人纷纷猜测，下一步，兴众文学是不是开始内斗了？

还真不幸地让外界猜对了，重整旗鼓的兴众文学，在其后不久，就开始了大规模的内部整顿，和调整空中书城并裁员的小打小闹相比，这一次的调整，才是真刀真枪、大刀阔斧。

在距离兴众文学引进融资不到一个月、空中书城被调整才一周之后，马大勉突然宣布辞去兴众文学CEO一职，只保留了兴众文学董事职务。

此事，顿时轰动了业界，引发了议论狂潮，不少人纷纷指责乔国界过河拆桥，见马大勉对兴众文学没有价值了，就将马大勉一脚踹开。

不过也有人分析，马大勉选择此时辞去兴众文学CEO，却保留了董事的职务，显然是谈妥了交换条件。按照正常的商业行为推断，马大勉的董事职务会保留到兴众文学上市之后，等他兑现了所持的兴众文学的股票，他才会彻底和兴众文学脱离关系。

现阶段不再担任兴众文学的CEO，马大勉等于是被雪藏了。

马大勉的辞职，引发了业界广泛的议论，就连许久没有发出声音的创始团队，也终于发声了。

“马大勉先生是一个值得尊重的职业经理人……”一句没头没脑的话出自江武的微博，是正面称颂还是反面讥讽，谁也猜不透。

不过何方远却清楚，让江武说一句关于马大勉的话题，也不是一件容易的事情。从马大勉担任兴众文学的CEO以来，创始团队的管理层无一人和马大勉在一起吃过一顿饭，马大勉在创始团队心目中的地位，可想而知。

更有意思的是，有一个署名为夏莱——谐音“下来”——的记者，对马大勉辞职之后的去向，做出了三种预测：一是马大勉可能去投奔创始团队，继续担任创始团队的上司，领导创始团队打造另一个企鹅版的兴众文学；二是马大勉也可能选择千方，千方现在正是用人之际，作为有丰富从业经验的马大勉，到千方之后可以继续担任向往中文的CEO，推动千方的互联网版权产业大计向前大步迈进；最后一种可能是，马大勉会被芝麻开门招安。虽说大马哥喜欢有创意有执行力的人，马大勉创意不足但执行力尚可，应该可以得到大马哥的青睐。

## / 第四十八章 /

# 后决战的时刻

总之夏莱最后语重心长地劝导马大勉，趁早从兴众跳出来，别让兴众成为他职业生涯的滑铁卢，更别指望乔国界会善心大发让他重新上位，他现在在兴众就是一个被闲置的木偶，早离开，早复活，否则被闲置久了，就生锈了。

明眼人都看了出来，名叫夏莱的记者明是为马大勉指出了三条路，其实是打了马大勉三个耳光：第一个耳光是嘲笑马大勉的下场还不如创始团队；第二个耳光是嘲讽马大勉与其在兴众被雪藏，还不如去千方屈就；第三个耳光是讽刺马大勉只会充当执行乔国界的命令而没有创新精神的木偶，大马哥肯定不会赏识他。

据说马大勉看到文章后，气得暴跳如雷，一脚踢翻了价值万元的座椅。马大勉担任职业经理人多年，轻易不动怒，不过这篇文章彻底激怒了他，他也明白，这个名叫夏莱的记者对他十分了解，如果不是创始团队的人，肯定就是兴众内部的人。

不管怎样，马大勉时代已经结束，兴众文学即将迎来全新的时代，马大勉之后，谁担任兴众文学的CEO就成了各方关注的焦点。

仅仅一天后，兴众就宣布了任命——陈果担任兴众文学的CEO兼立化总经理。

谁接马大勉的班，就等于是谁摘走了马大勉的胜利果实，或者说，谁就是乔国界最信任的好人——果不其然，根据以往经验，每一个重要部门的负责人，都是曾经跟在乔国界身边的前助理，陈果作为以前的总办主任，他绝对是乔国界眼中的好人。

兴众一个人的帝国的性质还是依然如故，乔国界人治的习惯，根深蒂固，没有因为立化的分裂和空行的注资而有一丝改变，江山易改本性难易，创始人的高度就是企业天花板的顽疾，也许只有等创始人离开公司或是离开人世，才能真正改变。

陈果暂时兼任了立化的总经理，是权宜之计，谁都清楚，立化总经理的位置，正在等候新的人选上任，会是谁呢？

立化人心浮动，议论纷纷，都想让自己心目中的理想人选上任，有一半人选择何方远，另有三分之一选择黄是道，居然还有四五人认为楚一亭是最合适的人选。由此可见，楚一亭笼络人心的手腕确实不简单。

“何哥，楚一亭快要出手了。”范记安大口喝了一杯冰镇可乐，“这女人，真有心机，马大勉一倒，黄是道失去了靠山，立化总经理最热门的人选就是你和她了，然后她再抛出版权交易的问题，你应声落马，她作为唯一的人选将会毫无悬念地走马上任。我去，上次你秒杀黄是道上演了惊天逆转，已经让人眼花缭乱了，没想到，强中自有强中手，楚一亭的手腕才是步步惊心的计中计。”

这一次的聚会，是六人聚会，人数之多规模之大，是实行聚会制度以来的第一次顶峰，除了何方远四人之外，多出来的两人是蓝妹和常辛儿。

没错，常辛儿也参加了会议。

常辛儿找了一份还算不错的工作，收入稳定，工作环境也好，她还和徐子棋住在了一起，决定和徐子棋过甜蜜的二人世界了，徐子棋对常辛儿呵护备至，爱如至宝，也算让何方远放心了。

二人都商量好了，最早国庆最晚明年五一，结婚。

“确实，楚一亭真有手腕，也真有耐心。”何方远自信地笑了，“我宁肯让蓝妹上位，也不会让她得逞，以她的行事风格，她当上立化总经理，立化就暗无天日了。”

“我才不会当立化总经理。”蓝妹志不在此，她才不会被一个立化总经理的身份缠身，“其实从另一个角度来说，楚一亭当上了立化的总经理，也许是好事。立化鸡犬不宁，有利于互联网版权产业市场格局的重新洗牌。”

蓝妹的出发点是什么，何方远当然清楚，不过徐子棋就不清楚了。蓝妹来立化的真正目的，他还没有向范记安和徐子棋透露半分。他不想过早透露消息，以免走漏风声就没的玩了。

徐子棋连连摇头：“蓝总监，你这话说得好像你不是立化人一样，怎么，想跳槽呀？呵呵，其实按照排名序列，你应该排在楚一亭前面才对。”

范记安嘿嘿一笑：“子棋，蓝总监的志向不在立化，这你都看不出来？蓝总监来立化一不为赚钱二不为事业……”

“那为了什么？难道是为了何哥？”徐子棋脑子没那么灵光，说不出来蓝袜是为了学习相关工作经验才来立化的话，他现在被爱情冲昏了头脑，就一心认定所有人不管做什么都是为了爱情。

“算是猜对了一半，我当初来立化，一半是为了无聊，一半是为了碰碰运气，看看能不能找到生命中的另一半，没想到还真的找到了。”蓝妹大方地承认了她对何方远日益加深的感情，“后来我发现，我还真喜欢上了何方远。好了，我现在当众表白了，何方远，该你了。”

蓝妹坐在何方远右侧，梅茌苒坐在何方远左侧，听到蓝妹的话，梅茌苒一把抱住了何方远的胳膊，用力将何方远向她的方向一拉：“蓝妹，你别跟我抢方远，我认识他三年了，你才认识他多久？才半年。方远是我的，我和他订婚了。”

蓝妹不慌不忙地笑道：“有些人认识一辈子也不来电，有些人却一见钟情，你和何方远认识了三年，要有爱情早有了，还用等到现在？你和他订婚？我怎么不知道？”

“哼，我和他订婚是我们的私事，凭什么让你知道？”梅茌苒对蓝妹充满了敌意，“方远，你快告诉她我们订婚的事情。”

何方远为难了，上次他和梅茌苒有过约定，只要梅茌苒能够说服刘薇薇同意他和她的事情，他就愿意娶她。得到的反馈却是，刘薇薇死活不同意，还威胁梅茌苒说，如果梅茌苒敢和他好，她就死给她看。

一个将死之人的死的威胁，不是玩笑，何方远不是拿不起放不下的男人，但他也不敢拿得了绝症的人的威胁不当一回事儿，人一旦得了绝症，多半会变得神经质，很容易做出出格的事情。

在刘薇薇以死相逼的情形下，他和梅茌苒想走到一起，基本上没有可能。订婚一说，当然是子乌虚有了。不过他可以理解梅茌苒善意的谎言，梅茌苒不想失去他。

“方远，你真和梅茌苒订婚了？”蓝妹眼神中有了惊慌失措，她也拉住了何方远的胳膊，用力一拉，“你对我说实话。”

范记安和徐子棋不忍再看，都闭上了眼睛，摆出一副我不忍心眼睁睁看你跳进火坑所以我闭上眼睛的无赖模样，摆明了是想置身事外，不会插手。

常辛儿也将头扭到一边儿，这种事情，只有当事人自己解决，外人不好多说。

“我……我其实和茌苒没有订婚，只是有过口头约定。”何方远不愿意说谎，只好如实相告，“她妈妈不答应我和她的事情，以死相逼，我们……”

“我就问你一句，你是想和她在一起，还是和我？”蓝妹腾地站了起来，脸色大变，“何方远，你最先和我有过口头约定，说是只要我答应嫁给你，你就答应我的条件，我上次已经答应嫁给你了，等于我们之间的约定已经生效，你是男人，不能言而无信！”

“何方远，你和蓝妹也有过约定？”梅茌苒也站了起来，眼中涌出了泪水，“你到底爱哪一个？”

何方远平常很男人，气势如虹，当机立断，从来不喜欢拖泥带水，但今天一反常态，低头不语，像一个做错事的孩子。爱梅荏苒？明知他和梅荏苒不可能，永远也跨不过刘薇薇这座高山，他再给她希望，是害她。爱蓝妹？似乎他和蓝妹的感情掺杂了太多外界因素，将感情当成了事业的附加筹码，这样的感情，能纯粹吗？

只是梅荏苒为他，甘愿和妈妈闹翻，宁愿不要比他更有钱更有前途的顾南，她是真心的。但蓝妹为他，不但准备拿出几亿元的投资来下注到他身上，甚至还愿意赌上她一生的幸福，她对他，也是付出了百分之百。

曾因酒醉鞭名马，唯恐情多误美人……没想到，他终究要误一个美人！

“好，我明白了！”梅荏苒见何方远不说话，泪水汹涌而出，转身就走，“祝你和蓝妹幸福。”

梅荏苒一走，蓝妹也愤恨地起身就走：“我生平最恨感情骗子，最恨脚踏两只船的男人，何方远，我恨你！我恨死你了！”

梅荏苒和蓝妹一前一后夺门而出，何方远呆呆地站立当场，半天不动，许久，他才自嘲地摇了摇头：“这辈子第一次误人，却一下误了两个人，我成了千古罪人了。”

“快去追呀。”常辛儿都替何方远着急了，“还傻愣着干什么？你呀，关键时候不能掉链子。”

“追？别逗了，追哪一个？”徐子棋拉了常辛儿一把，“你别添乱了，让何哥冷静冷静。这事儿换了谁，谁也不知道该怎么办。一下两个大美女，一个温柔贤惠，邻家小妹，一个落落大方，大家闺秀，哪一个都想爱，哪一个都不舍，唉，还是万恶的旧社会好，可以一下全部娶到家中……”

“你说什么？”常辛儿对徐子棋怒目而视，“你是不是也想左拥右抱？”

“不敢，不敢。”徐子棋举双手投降，臣服在常辛儿的威风之下。

“其实，我当初没有跟着三位老大出走，留在立化，只是想让自己的事业更进一步，没想到，会是现在的结果……”何方远缓缓坐了下来，他一脸苦笑，“怎么就无意中惹了一身情债？我太冤了，就和雷蒙德一样无辜。”

“雷蒙德是谁？”常辛儿不解地问，“你的外国朋友？”

“哧……”范记安讥笑出声，本想再冷嘲热讽几句，一见徐子棋冲他瞪眼，他又闭嘴了。

“辛儿不是商场的人，她不知道雷蒙德也正常，你不许笑她。”徐子棋冲范记安挥了挥拳头。

“一开始，雷蒙德是一个普普通通的美国人，一天他要给妻子买内衣，但是当他在百货商场选衣服的时候，在服务员的注视下，忽然觉得身为男人置身在女士内衣中，特别难堪，于是他想，如果创建一个高级男士专属的女士内衣商店，让买内衣的男人不再觉得自己是变态，该有多好。”何方远讲起了雷蒙德的故事，他忽然觉得他真的和雷蒙德一样无辜，“他从银行贷款四万元，又从亲戚手里借了四万元，创建了一家名叫‘维多利亚秘密’的内衣店……”

“结果呢？”常辛儿第一次听故事大王何方远讲故事，马上被吸引了。

“结果第一年他就赚了50万元，大获成功，随后不久就开了三家分店。五年之后，他的公司被一家大公司看中，最后以四百万元的价格卖出……五年时间赚了四百万美元，很美好的结局，不是吗？”

“是呀，这个故事很圆满，你怎么能说雷蒙德无辜呢？”常辛儿继续追问，她很有最佳听众的潜质。

何方远无奈地笑了：“两年之后，雷蒙德创立的公司价值就由四百万美元迅速升值到了五亿美元，雷蒙德承受不了心理上的落差，在金门大桥跳河自杀了。”

“啊？”常辛儿惊叫一声，“他也太傻了。”

“是呀，是太傻了，可是他也很无辜，要知道，一开始，他只想为妻子买一件内衣。”何方远恢复了惯常的坏笑，“我也一样，一开始，我只想事业成功，没想到到头来，却伤了两个人的心，这能怪我吗？”

“你不会和雷蒙德一样自杀吧？”常辛儿吓了一跳，“方远，你可千万别做傻事，别跳黄浦江。”

“你看我像会跳江的人吗？”何方远哈哈一笑，知道火候到了，“记安、子棋，有一件事情要提前和你们通个气，也许有一天，我们会组成一个团队，和创始团队一样，在大资本的支持下，也另起炉灶，成就一番属于我们自己的事业。”

一句话说得范记安和徐子棋热血沸腾，原来何方远说了半天雷蒙德的故事，说的并不是雷蒙德最后一跳的自杀，而是在暗示当初选择留下，其实和雷蒙德创建维多利亚秘密的内衣店一样，谁也不知道以后的发展会是怎样地惊人。

大资本、大买家都喜欢李一男、三剑客这种类型的创始团队，因为创始团队的成功经验加上资金优势，可以快速地切入一个高速成长的行业并迅速占据非常有利的位置。但创始团队出走加大资本的模式未必都能功成名就、名利双收，比如李一男。

一件事情能否成功，天时、地利、人和一样都不能缺。何方远的团队不能称为创始团队，但可以称为核心团队，核心团队的战斗力或许不如创始团队，却吸收了创始团队的全部经验，同时，跟在创始团队后面借鉴成功模式，大大降低了创业的风险。

现在互联网版权产业的市场正呈迅速膨胀之势，是为天时；在开天和立化争夺市场，以及千方和芝麻开门都开始试水互联网版权产业的硝烟四起之时，是为地利；如果他和蓝妹合作，双方的信任度很高，而且又是平等姿态的合作，是为人和。

天时地利人和，如果他从立化出走，成功的可能性高达百分之七十以上。

范记安眼睛贼亮："何哥，透露一下具体细节？"

徐子棋也摩拳擦掌："就是，就是，何哥，我兴奋得要唱歌了。"

"无可奉告。"何方远嘿嘿一笑，"我只要你们一句话，如果我走，你们跟不跟我走？"

"走！"范记安和徐子棋异口同声。

"有多少人会跟随我们一起走，你们是不是心里有数？"何方远不求如创始团队一样能拉走百分之九十以上的员工，至少也要有十人左右追随才能称之为团队。

"十五人左右。"范记安微微一想说道。

"这样是不是不太道德？"常辛儿大概听出了什么，创始团队出走的事情她也知道，"挖东家的墙脚，不太好吧？"

"在资本运作面前，别站在道德的制高点指点江山。"徐子棋哈哈一笑，"兴众的发家史以及兴众对待员工的无情，用一个成语形容就是——罄竹难书。"

"可惜的是，梅茌苒也许不会跟来了。"范记安摇了摇头，一脸可惜。

周一上班，蓝妹请假没来，蓝妹不来也就算了，梅茌苒也请了病假，立化三枝花一下少了两枝。楚一亭就故意走来走去，不停地在众人面前出现，她在办公区走了几遍之后，不少人都被她浓烈的香水味道呛得直打喷嚏。

陈果担任了兴众文学的CEO后，就不在十楼办公了，搬到了十五层，何方远就成了立化办公区的最高负责人。

"何副总，恭喜你呀。"楚一亭满面春风地来到何方远的办公室，"听说陈总向兴众文学董事会提交了任命你担任立化总经理的提议。"

/ 第四十九章 /

# 何去何从

楚一亭是来向他炫耀她的消息灵通，还是旁敲侧击来了？何方远呵呵一笑："我才担任常务副总不久，怎么可能再担任总经理？你肯定听错了。"

"我怎么会听错？顾南亲口告诉我的。"楚一亭一拢头发，笑容妩媚而灿烂，"不过顾南好像对你有点看法，他可能会投反对票。"

"其实我倒觉得，你的资历和能力完全可以胜任总经理的位子。"何方远顺水推舟，不着痕迹地将球踢到了楚一亭脚下。

"我可不行，差得远了，你是首选，然后是黄是道，我嘛，最多排第三。"楚一亭假装谦虚，语气中却不无炫耀之意，"主要是中间离开了立化一段时间，人气都消耗完了。"

论资历，楚一亭确实比何方远和黄是道深，在她担任版权部副经理时，何方远和黄是道才是小组长。如果她一直待在立化，现在的常务副总说不定还真是她。不过她也真不简单，这么快又和顾南熟悉了？看来，见黄是道失势，楚一亭又要另寻新欢了。

"人气是虚的，实力是实的，楚经理想要冲击总经理的宝座，可以理解，不过我倒觉得是道的希望更大。"何方远故意搬出黄是道测试楚一亭。

"是道希望不大了。"楚一亭惋惜地摇了摇头，"他受马大勉指使，想要起诉一名版权方，结果还没有提交上去，马大勉就辞去了CEO，陈总对他起诉版权方的做法十分不满，严厉批评了他……"

说不定背后鼓动黄是道起诉版权方的人正是楚一亭，楚一亭事先得到了马大勉可能会下台的风声，就故意设计了一个圈套让黄是道跳，黄是道鬼迷心窍，还真跳了。结果就一头摔断了腿，再也没有爬起来的可能了。

楚一亭真是一个祸水！

现在就一口一个马大勉而不是马总了？真是现实而势利的女人，如果她生一个女儿，她肯定会是下江最极品的丈母娘，其刁钻刻薄以及卖女求荣的做派，绝对堪比妈妈桑。

“哦，还有这事儿？”何方远连和楚一亭周旋的兴趣都没有了，现在他看着她都觉得恶心，从她出卖海山，到摆弄黄是道讨好马大勉，再到现在推黄是道跳坑并迅速傍上顾南，在她眼中，人品和节操连一分钱都不值！

“当然了，你还不知道呀，何副总，消息怎么这么不灵通？”楚一亭还搔首弄姿地卖弄风情，“都这个时候了，你应该多方打听一下，万一出现了变数，踩空了，可是一辈子的大事。”

“多谢楚经理的关心，还有事吗？”何方远下了逐客令，“我还有工作要忙，你请便吧。”

楚一亭脸色一变，轻哼一声，一脸不屑地走了，一出门就扔下一句话：“不知好歹的家伙，别以为你坐定了总经理的宝座，等着瞧，谁笑到最后还不一定呢。”

回到办公室，楚一亭想了片刻，没有多少犹豫，拿出早就准备好的材料，上楼而去。她先是来到陈果的办公室，递上了材料：“陈总，上次调查海山职务侵占的问题时，我还发现了这样一件事情，一直没有上报，也是出于对何副总的爱护。不过现在听说可能要提何副总担任立化总经理，为了公司的利益着想，我认为还是有必要让陈总知道这件事情。”

陈果疑惑地看了楚一亭一眼，接过材料看了几眼，一脸平静地说道：“我知道了，你先回去，我会向乔董汇报。”

楚一亭一脸喜欢，点头出门，又拿出另一份材料，朝顾南的办公室走去。

楚一亭不知道的是，她刚一出门，陈果就拿起电话打到了何方远的办公室：“方远，楚一亭的材料提交上来了，你的材料准备好了没有？”

“已经准备好了，等下就送上去，谢谢陈总。”何方远自信地笑了，早在几天前马大勉辞职时，他就猜到楚一亭要有所行动了，就提前做好了部署，向陈果详细说明了当时的情形。

陈果对楚一亭和黄是道联手成为马大勉在立化最大的助力没什么好印象，也知道既然楚一亭能出卖海山、黑了黄是道，一转身也能出卖下一个重用她的人。

看过楚一亭整理的关于何方远的材料，再想起之前何方远向他汇报的关于版权交易的详细内情，陈果不无鄙夷地将楚一亭的材料一扔：“无耻！”

被陈果评定为无耻的楚一亭，一步三摇走进了顾南的办公室，顾南平常不来兴众上班，今天要召开董事会讨论立化总经理任命一事，他不来不行。

“一亭，有没有好消息要告诉我？”顾南一见楚一亭就眼睛一亮，立刻从椅子上站起，迎了过来。

“当然有好消息了，没有好消息，我敢来见你？”楚一亭媚眼横飞，将材料递到顾南手中，也许是递得过快了，也许是故意，总之她的手轻轻滑过了顾南的手。

顾南笑得更开心了，立刻回应了楚一亭一个挑逗的眼神：“杀伤力够不够？”

楚一亭咯咯一笑：“我说了不算，你说了才算。”

顾南看了几眼材料，哈哈一笑：“不错，即便弄不死何方远，阻止他当上总经理足够了。他一下，就是你上了。我提名了你，你怎么谢我？”

“你说怎么谢就怎么谢。”楚一亭笑得花枝乱颤。

“当我的情人？”顾南半开玩笑半是试探。

“恨不相逢未嫁时。”楚一亭娇笑一声，推门走了，“我等你的好消息了。”

“小样儿，还想跟我要花样儿？早晚让你臣服在我的脚下。”顾南望着楚一亭风摆杨柳的背影，嘿嘿一阵狂笑。

一个小时后，董事会如期召开。

兴众文学董事长李丛林主持了会议。

“不管是相关工作经验、能力还是在立化的号召力和影响力，何方远都可以胜任立化总经理的职务，我提名何方远担任立化的总经理。”陈果的目光不经意地扫了顾南一眼，见顾南手中拿着一沓材料，和之前楚一亭送他的一模一样，他心里一阵冷笑。

董事会成员一共五人，除了李丛林、陈果和顾南之外，另外二人是马大勉和陈典工，马大勉自不用说，陈典工以前是乔国界的助理，他在兴众文学董事会的作用相当于乔国界的传声筒。

李丛林作为董事长，轻易不会先发表意见，他看了马大勉一眼：“大勉，你说说，你在兴众文学的时间最长，应该最了解何方远。”

马大勉不再担任兴众文学的CEO，董事身份还在，比起几天前，他似乎又苍老了几分，头上的白发更多了，人也憔悴了不少，他沉吟片刻，迅速和顾南交换了一下目光：“何方远能力有，经验也有，就是资历太浅了，从一个副总监升到常务副总，已经是火箭速度了，再担任立化的总经理，倒不是说他不能够胜任，而是他到底年轻，会让人不服。我觉得，他不是很适合再提为总经理。”

“我赞成马董事的说法。何方远升得太快了，根基不稳，而且他还太年轻，这么年轻怎么能担任立化的总经理呢？”顾南迫不及待地跳了出来，马大勉点火，他来放炮，务必将何方远的上升之路堵死，“何方远不符合资方对人才的定义，我反对。”

顾南原以为他代表资方的强硬发言会让陈果有所收敛，不料陈果呵呵一笑，立刻反驳了他的话：“年轻？在互联网业界，有多少25岁就担任了CEO的例子，何方远27岁了，和他们比，不算年轻了。立化的员工中，何方远从业时间最长，经验最丰富，人脉最广，我认为，他是最合适的人选。”

“最合适的人选？陈总，你眼中最合适的人选和海山一样涉嫌职务侵占！”顾南发怒了，扬手扔出一沓材料，“何方远在一起版权交易中，涉嫌贱卖版权方的版权，证据确凿，这样的人也能当总经理的话，立化就成了业内的笑话。”

陈果看也不看顾南扔出的材料，冷冷一笑：“你眼中的最佳人选又是谁？让我长长见识。”

“楚一亭。”顾南到底年轻，哪里会深思陈果话中的陷阱，当即抛出了楚一亭的名字，“论资历，论经验，论对立化的忠诚度，楚一亭样样比何方远强。”

李丛林拿过顾南扔出的材料翻了几页，一脸疑问：“陈果，这是怎么回事儿？”

马大勉想趁热打铁敲死何方远的罪证，正要开口，一见陈果一脸笃定，眼中甚至还闪出得意的光芒，他心中蓦然闪过一个强烈的念头，以何方远的狡诈，怎么可能会被楚一亭、顾南抓住把柄而不自知？陈果是一个心里藏不住事情的人，他现在一点儿也不惊慌失措就证明他早就料到了顾南的这一手。

一想到此节，马大勉张了一半的嘴又合上了，现在他自身难保，还是不要出头了。

“李董，这件事情从头到尾就是一个误会。”陈果早有准备，拿出一份资料递给了李丛林，“版权方和何方远是关系很好的朋友，他当时急用钱，需要出售名下的几部版权，就全权委托何方远替他出售，不管钱多钱少，只要卖出就行，急等钱救命。何方远想人所想急人所急，为他争取到了一个他不敢想象的价格卖了出去。正是何方远的及时帮助，才让他的家人有钱治病……”

陈果不无得意地看了顾南一眼，继续说道：“李董，这份材料是当时的情况详细经过以及版权方的全权委托书，还有版权方写给何方远的感谢信，事实清楚，证据确凿，这是一件充分证明何方远有职业操守视版权方为朋友的好事，怎么在某些人眼中，就成了职务侵占了？”

顾南睁大了眼睛，不敢相信地紧盯陈果手中的材料，心想怎么回事儿，楚一亭不是说一切顺利，不会出差错，为什么好像何方远早就知道了这件事情一样？难道说，他被算计了？或者说，楚一亭被坑了？

李丛林接过陈果的材料，认真地翻看了一遍，然后轻轻放下：“顾南，在没有调查清楚事实之前，不要轻易乱下结论。”

这句话等于是李丛林明确表态否决了顾南对何方远的指责。

顾南没办法了，愣了愣，还不死心：“就算何方远身上没事，我还是提名楚一亭。”

这样的态度就近乎要赖了，陈果被激怒了，拍案而起：“好，你提名楚一亭是吧？我就让各位都见识一下楚一亭的为人！”说话间，他又拿出一沓材料，一人一份分发给了在座各位。

顾南拿过材料一看，顿时眼前一黑，身子晃了一晃，差点儿没有一头栽倒在地，完了，走路没看路，一脚踩在一堆臭狗屎上了。没想到呀没想到，他多年周旋在女人中间，一直骗得女人团团转，到头来人有失手马有失蹄，楚一亭这个女人骗他骗得好惨。

陈果分发的材料上有楚一亭和黄是道的聊天记录，详细地记录她和黄是道如何一步步设计陷害何方远，想让何方远在关键的提拔时一头栽倒的内幕，更让人好笑的是，连她和黄是道胡搞八搞的对话都截屏了，甚至还有她和黄是道在一起的照片！

所有人都沉默了，马大勉一脸灰白，低头不再说话，顾南无地自容，他一直以为楚一亭只对他一人青睐有加，以为是他的风流倜傥让楚一亭折服，没想到，连黄是道这样的货色楚一亭都能上，纯粹一只破鞋还在他面前装风骚，真是瞎了他的钛合金狗眼。

李丛林怒气冲冲地将材料一扔：“乔董最不喜欢背后搬弄是非的人，楚一亭和黄是道，不能轻饶。”

最后董事会一致通过决议，何方远被正式任命为立化的总经理！

至此，何方远在半年时间内，先是秒杀黄是道升任常务副总，又秒杀楚一亭升至总经理，从一个名不见经传的副总监到坐上业内排名第一的立化的总经理。他就如一道闪电闪过天空，在极短的时间内不但缔造了个人的历史，也成为互联网版权产业业界万众瞩目的一颗闪亮的新星。

何方远声名鹊起。

立化从此正式进入何方远时代！

不过伴随着何方远上任的是，兴众文学和立化，再起人事变故。

先是兴众文学的副总裁沈易辞职了。

沈易辞职在意料之中，沈易是马大勉坚定的追随者，一直负责版权部和空中书城，现在空中书城被裁，马大勉辞职，他在兴众文学已经没有了立足的根本，只能一走了之。说是辞职，其实是被扫地出门了，辞职，不过是为他留了情面，好听而已。

兴众文学经过马大勉和沈易的先后辞职，今非昔比，马大勉一系全部被清空，马大勉用五年时间经营的一切，在短短半个月之内就被扫荡殆尽。

资本残酷，商场无情，乔国界始终牢牢将兴众掌握在自己手中，不允许兴众帝国有反对他的声音存在。兴众历史上，滚滚车轮碾碎了多少人的梦想，而今除了乔国界依然是兴众高高在上唯一的帝王之外，无数为兴众付出心血的高管，谁还会记得他们曾经的业绩？

所有的人都笼罩在乔国界的阴影之下，永远别想超越乔国界的高度，一将功成万骨枯！

和兴众文学的人事变动相比，立化的人事变动似乎就没那么引人注目了，但在业内，却引起了巨大的轰动。

黄是道和楚一亭被同时开除。

立化刚刚度过创始团队出走的动荡，却一下开除了副总和版权部经理两个重量级人物，到底是闹哪样？黄是道和楚一亭被除名，比起何方远上任立化总经理引起的轰动效应还大，业内人士纷纷猜测立化的内斗到现在才是真正的高潮。

何方远坐上总经理的宝座，而黄是道和楚一亭又被除名，常务副总、副总和版权部经理的职务全部空缺，最后陈果的亲信樊铮担任了常务副总，蓝妹升任副总，范记安升任总监，梅茬苒升任副总监。

谁也没有想到的是，何系大获全胜之时，梅茬苒突然辞职了。

“我想通了，既然我说服不了妈妈，也拉不回你，与其天天和你低头不见抬头见，不如不见，我辞职，我退出。”梅茬苒亲自向何方远递交了辞职信，“我会离开下江，去北京发展。”

“茬苒，你这是何必呢？”何方远不知道该怎么挽留梅茬苒，犹豫了一下，“你再考虑一下好不好？别这么仓促做决定。你一个人去北京，人生地不熟，何苦为难自己？你妈不是生病了吗，她也需要你照顾。”

“我会经常回来看望她的，和你天天在一起是伤心，和她天天在一起会吵架。”梅茬苒咬了咬嘴唇，忽然又振作了，“我不会认输，总有一天我还会回来，是我的就是我的，谁也抢不走。”

何方远怅然若失，想挽留梅茬苒，却又不知道该从何说起，只好叹息一声，任由梅茬苒离去。

梅茌苒升任副总监却意外辞职，副总监的宝座就意外地落到了徐子棋的头上。现在的何方远在兴众如日中天，成为炙手可热的新贵，人人都预测，总有一天何方远会当上兴众文学的CEO。

事实真是如此吗？

一周后，何方远接到了一个来自京城的电话，是梅茌苒。

“方远，你绝对猜不到我在哪家公司工作。”换了一个环境，梅茌苒的心情似乎好了许多，声音中都透露出兴奋，“我来千方了，在向往中文当副总。”

不是吧，梅茌苒去了千方的向往？岂不是说，立化这些年来在不停地为竞争对手培养人才，创始团队去了企鹅，梅茌苒去了千方，虽说梅茌苒不算是业内知名人士，好歹她也有几年的从业经验以及担任立化副总监的经历，担任向往中文的副总，也算人尽其才了。

“有人让我带话给你，希望你能来北京一趟，有事面谈。”梅茌苒咯咯一笑，“绝对的大好事，你来不来？我可是在人前夸下了海口，说我出面请你，你一定会来。”

何方远猜到了什么，心中一跳，千方想要挖他了！

千方挖他，价格肯定不会低，他现在在立化年薪百万，跳到千方，以千方的实力，不开到三百万元都不好意思开口。

“你先好好干，等我考虑一下。”何方远没有一口回绝，也没有一口答应，而是留了余地。

“你快点呀，三天之内给我答复，否则，我和你没完。”梅茌苒半是威胁半是玩笑，突然又冒出一句，“我想你了。”

放下电话，何方远心潮起伏，不知所以。

范记安推门进来了。

“何哥，好事，嘿嘿，绝对的好事。”范记安一阵贱笑，他关了门，“我和芝麻开门中国事业部的张总关系不错，他托人传话给我，让我带话给你，看你有没有兴趣到芝麻开门发展……”

何方远差点儿以为听错了，愣了片刻才说：“这么说，芝麻开门要挖我们团队了？”

“没错，张总说了，条件不会比企鹅给创始团队的条件差，他想请你到北京见个面，见面再细谈。”范记安嬉皮笑脸地凑了过来，“大话我都说出去了，我说只要我一开口，何哥肯定出马。何哥，你不会让我丢人现眼吧？”

得了，去一趟是去，去两趟也是去，干脆后天就去算了，一箭双雕：“你准备一下，订后天的机票。”

“何哥英明。”范记安乐开了花，“几个人的票？”

“三个人，我、你，还有……蓝妹。”

两天后，上了飞机，蓝妹还十分不解，她一边走一边拉着何方远的衣袖：“你说清楚去北京到底做什么？不说清楚，我不跟你去了。”

此时人已经在飞机上了，蓝妹的威胁毫无力度，不过何方远还是告诉了她真相：“去北京见千方和芝麻开门的人。”

“什么？不是吧？千方和芝麻开门想挖你了？”蓝妹顿时明白了何方远的用意，“好啊你，你就欺负我比梅花苒好说话是不是？梅花苒没原谅你，都辞职了，我心软，转身就不和你计较了，你倒好，得寸进尺，故意将我军是不是？”

何方远嘿嘿一笑：“蓝妹妹，在商言商，是和你合作，还是和千方、芝麻开门合作，我总要货比三家才能做出决定，何况又不是我一个人的前途，我身后还跟着一帮兄弟，我必须为他们的未来着想，是不是？当然，我带你去，是对你的绝对信任，是想向你暗示，如果可能，我的第一合作对象还是你。”

“别说好听话了，你是想明确地告诉我，如果你和我合作，你必须控股，对不对？不让你控股，你就会和千方或芝麻开门合作了，摆明是威胁我。”蓝妹气呼呼地坐下，忽然又开心地笑了，“何方远，你先别得意，有一件事情你可能忘了，你现在刚刚坐上立化总经理的宝座，如果你敢现在离开，信不信乔董会不惜一切代价抓你进去？”

“抓我？我身上一点儿事情也没有，想抓我，也得我犯了事才行。”何方远嘿嘿一笑，“乔董最有可能做的事情是拿出任正非对付李一男的决心对我大下狠手，不过话又说回来了，以兴众目前的实力，还真对抗不了千方和芝麻开门任何一家，对付你，倒是绰绰有余。所以说，和你合作，才最有可能一败涂地。”

“你……”蓝妹恼了，又想到了什么，笑了，“如果我现在答应你，让你控股，不过要签署一个对赌协议，你同意不同意？”

“怎么个对赌法？”

“三年内盈利，你继续控股。三年后没有盈利，我以极低的价格收购你手中的股份，你为我打工一辈子，你敢不敢赌一把？”

“敢，赌了。”何方远哈哈一笑，“司机，停车。”

周围的人都笑了，飞机在轰鸣声中，腾空飞起。飞机不是出租车可以随时停车，何方远是故意惹人发笑。

北京之行，收获颇丰，千方开出了百分之三十五的股份加三年没有盈利要求的条件，千方承诺投资额不低于五个亿。而芝麻开门的条件更好，百分之三十七的股份，三年没有盈利压力，投资额六个亿以上。

优厚的条件是相同的，都不让何方远控股的前提条件也是相同的，坐在返回下江的飞机上，何方远感慨万千："现在才知道三剑客的威力，和企鹅合作都能控股，奇迹。其实，投资是五亿元还是六亿元都不重要，重要的是，不能控股，最终说不定还是为他人做嫁衣裳。"

"所以说，你还是从了我吧。"蓝妹并没有因为千方和芝麻开门争相向何方远示好而气馁，相反，她觉得她的机会更大了，"我这边儿虽然投资少一些，不过初期资金三个亿没有问题，后续资金可以再找风投，最主要的是，我让你控股！"

"何哥，怎么办？"范记安摩拳擦掌，兴奋得想在飞机上跳舞，"发达了，真的发达了，财富神话就要上演了，可问题是，到底要去哪一家？"

"怕就怕，哪一家也去不了。"何方远不无忧虑地说道，"乔董不会放我们走的，有过上一次的出走事件，他肯定会想方设法留下我们。"

果然被何方远猜中了，一回到公司，他就被乔国界叫到了办公室。

"方远，你现在有两条路可走：一是留在立化，你不但会当上兴众文学的副总裁，而且以后兴众文学CEO的位置也非你莫属，一旦兴众文学上市，你名下的期权就会升值，到时你身家千万不是问题；二是你离开立化，不管是去千方还是芝麻开门，或是别家，我都会对你发出必杀令，要不惜一切代价毁了你的职业生涯……你自己决定吧。"

乔国界的话，霸气侧漏杀气逼人，何方远默默点了点头，回到了自己的办公室，关上门，他陷入了深思之中。

到底是走是留？

留下，诚如乔国界所说，有一个清晰可见的职业前景，达到年薪千万不是梦，但想想被乔国界毫不留情炒掉的几十名高管，甚至以前他最为信赖的唐骏，最后也是他先失去了耐心，最终导致唐骏出走兴众。就更不用提马大勉和三剑客了。

走的话，是去千方、芝麻开门还是和蓝妹合作？去千方，有庞大的搜索引擎的优势，以后的前景不可限量。去芝麻开门，以大马哥的庞大布局和天马行空的创意，或许会为互联网版权产业开拓一条全新的渠道之路。

但和以上两家合作都没有控股权，三年后，他是被闲置还是被扫地出门都未可知。万一理念不和，最终他大权旁落，人生的职业规划和梦想也许会一脚踩空。

和蓝妹合作，风险虽大，但胜在可以控股，人生在世，除了追求事业的成功之外，更在意的是实现自己的理想抱负，让自己的想法变成现实，这种成就感，无与伦比。

在感情上，一边是梅荏苒，一边是蓝妹；在事业上，一边是留在立化，一边是从立化出走，选择和千方、芝麻开门或是蓝妹合作。何方远蓦然发现，他的人生从未面临过如此艰难的选择？

何去何从？

思忖良久，何方远终于有了决定，他拿起电话打给了蓝妹："蓝妹妹，什么时候方便的话，我们可以详细谈一谈合同的细节。"

何方远相信，他做出了一个英明的决定，和蓝妹合作，不但可能事业上大丰收，也许还可以同时收获爱情。只是想起梅荏苒如花的容颜，他心中微有不甘，难道说，他和梅荏苒真的要渐行渐远了？

人生总要面临两难的选择，不管选择哪一种，总要舍弃另一种，世事古难全，不过……何方远忽然脑中又闪过一个念头，其实他不是一个很俗气的非要逆袭白富美的草根，梅荏苒的小家碧玉气质更适合他，谁说世事不能两全，他大可以和蓝妹合作事业，而和梅荏苒雕刻爱情。

对，就这么办，何方远心中大喜，至于乔国界霸气侧漏杀气逼人的威胁，他直接抛到了脑后，商场又不是黑道，乔国界能奈他何？谁也阻拦不了他以火箭一般的速度冲上幸福彼岸的步伐。

何方远又抓起电话，打给了梅荏苒："美人靠，想不想和我谈论一个重大而深刻的人生命题？"

"想倒是想，就是不知道是关于什么的人生命题？"

"论事业和爱情可以分别幸福的人生命题……"

"呵呵，好呀，我早就做好了心理准备。"

何方远抬头仰望蓝天，白云朵朵，天空辽远，一瞬间，所有的往事全部飘远，眼前不停地闪现出蓝妹笑而不语的容颜，耳边不停地回响起梅荏苒轻灵的笑声。